U0945782

中国小说观念的近代化进程

贺根民 著

ZHONGGUOXIAOSHUOGUANNIANDE
JINDAIHUAJINCHENG

齊魯書社

广西师范学院学术著作出版基金资助

序

中国的古代文论研究，精彩纷呈。古代文论这门学科由传统的诗文评发展而来，小说、戏曲等文学理论加入，拓展和充实了古代文论的研究领域。古代文论的物质载体是中国的传统文学、文化文本，古代文论资料的杂糅性和分散性特征，形成文论言说重体悟的具象思维方式。古代文论源远流长，怎样激活传统，让古代文论的审美精神盘活于新的语境之中，让古代文论参与民族新文化的建设，是当下中国文论界普遍关注的学术话题。在古今对话、中西汇流的文化坐标之中，考察中国古代文论的现代转换与重构之路至关重要。

中国文论要形成自己的特色，必须植根于中国的文化土壤。古代文论是饱含东方文明特质的文化形式，它促使我们要立足学科本位，回归原典，弘扬传统文化成果。从“五四”至今，“以西律中”的研究方式妨碍了古代文论的健康发展，以西律中，忽视中国文论的原生样态，只能是对中国传统文化的割裂与强加，对中国文论的建设毫无裨益。我们要运用传统文化精神来阐释和评定文论资源，发掘古人的文化心态和精神人格，从而推动古代文论的现代转换。“没有晚清，何来五四”，20世纪初的中国文论处于复杂的世界文学格局之中，过去的近代文论研究一度将目光过多地停留在国家与民族的危机上，而忽视了文学、文论内在的嬗变规律。诚然，近代的社会动荡与外来文化刺激，是中国文论近代化的重要外部动力，而文学自身的演变，更是我们探究文论演变的重要基础。像周作人、任访秋二位先生将中国文学的近代化追溯至明代中叶，日本的京都学派更是将其推至宋代，这都说明近代化有它相对自足的演变空间。

小说观念是小说理论研究的核心问题，中国小说观念的近代化是中国文论转型的标志性现象，《中国小说观念的近代化进程》显然是触及了一个富有挑战性的研究课题。中国小说观念的近代化进程不仅反映在小说评点、序跋、期刊发刊词、小说话等文论样式之中，也反映在具体的小说文本之中，诸如主题、人物形象、描写手段、表现语言的变化，回目改革、入话与小说韵文的减少或消失，这些反映在长篇小说形式的变革，也是考察中国小说观念的近代化进程的题中应有之义。本书抓住这一肯綮，对中国小说观念的发展和近代化走向，进行了宏观梳理和辨析。按照观念学的视角，作者开辟了一条通向林莽深处的道路，将研究重点回拢到中国小说理论的自身。贺根民扣住观念的本体层面，做全面打通的整体观照。他努力发掘小说理论上的境界观点，提出"小说批评境界说"；从知识分子的边缘化来剖析小说队伍的嬗变、探究叙事话柄与小说教育功能的关系，从学理上探讨小说评点衰落原因、小说期刊发刊词和小说广告与小说创作的关系、小说话与小说批评史关系，不乏某些精到之见，在理论认识领域取得一定的发言权。

《中国小说观念的近代化进程》侧重探究小说理论的中国气派，为全面考察中国文论的转换之路提供了发生学意义上的参照。该作运用纵横交织的分析法，尝试建构富有新意的理论体系，凸显研究模式的追求和创新，该作采用的范畴、功能、方法三维度的研究，虽然不能完全摆脱以往研究的一些问题，但在总体布局、研究目标、价值考量、切入角度、问题意识等方面，确实与过去的研究模式已有某些体系性的区别，试图建构一种较新的研究格局，显示出作者敢于向高端难题挑战的学术勇气。

贺根民擅长中国古代小说理论的体系研究，这部著作是他的博士论文。在2008年6月的博士学位论文答辩之际，论文的选题意义和创新价值得到以邓绍基先生为答辩主席的答辩委员会的充分肯定，认为该论文通过对晚清民初小说理论的整体把握，将中国文论隐而未彰的理论体系凸显出来，从而使中国文论的中国气派得到很好的体认。立足中国文论的本土文化生态，光大中国文论的民族特色，这确实是根民一贯的学术方向。从事古代文论研究，单有研究热情还不够，还得尊重学术规律，讲究研究方法。贺根民作文有新风，他一直致力于古代文论的近代转型研究，研究方法注意创新，本书以范畴、功能、方法三维切入观念研究，体系建构就颇有新意，希望他孜孜创新，呈现更多的后续成果。我为根民此书作序，学理上无甚发明，有些地方还参考了当年论文答辩委员会的意见。同时我又心情激荡有话想说，天道酬勤是个真理，千里马常有而伯乐不常有，更是个普遍的真理。愿根民也愿别的有志青年怀着感恩之心继续奋斗。谨以此为序。

董国炎

2009年于荷花盛开之瘦西湖畔

目 录

绪 论

综 论

分 论

绪 论

文学由传统迈向现代的转变，是一个艰难的蜕变过程，它是近代社会转型的具体表现。从史学维度上考察，中国近代史的开端，肇始于1840年的鸦片战争。一部中国近代史，就是一部中国人民的苦难史、一部中国人民的抗争史，也是一部复杂的中国知识分子的心态演变史，“有天地开辟以来未有之奇愤，凡有心知血气莫不冲冠发上指者，则今日之以广运万里地球中第一大国而受制于小夷也”①，鸦片战争以来的国家和社会际遇，强化了传统士人的激愤心理和忧患意识，也促使传统文化体制更新。费正清言：“中国的近代史就是两出巨型戏剧——第一出是扩张的，进行国际贸易和战争的西方同坚持农业经济和官僚政治的中国文明之间的文化对抗；第二出是从第一出派生出来的，它揭示了中国在一场最巨大的革命中所发生的基本变化。”② 这两出戏剧改变了传统中国的自我形象，也促进了其思想和文化观念的变更。

中国社会的近代化是一种条约制度影响下的变化历程。虽

① ［清］冯桂芬：《校邠庐抗议》，中州古籍出版社1998年版，第197页。

② ［美］费正清：《剑桥中国晚清史》（上），中国社会科学出版社1993年版，第2页。

然，本土惰性和国人的思维积习处处左右着社会的转型进程，而西方传教士的鼓噪跟中国知识分子的感应有效嫁接，促进了各种变革思想的逐步传播。条约制度左右下崛起的近代都市，为文化传统的更新提供了一片肥沃的土壤。近代小说文化的张扬，小说作为崇高艺术的物质呈现，书写了一代文人的社会期待和文明图像。晚清民初小说处在新旧交替的时代转折关口，近代文化的开放性处境，壮大了小说的编撰队伍和刺激了小说事业的繁荣。基于文化语境的改变，因此考察中国小说观念的近代化进程就成为一个富有挑战性的研究论题。中国小说观念的近代化是中国文学近代化的一个重要侧面，其以颇为显明的现代性色彩，形成区别于传统小说浓郁的时代特征，艰难跋涉的中国小说观念的近代化进程抒写了新小说家①追求文体独立的小说理念。

第一节 中国小说观念近代化研究综述

一、中国小说观念近代化的义界和时限

纲举目张，小说观念的义界是我们立论的基础，职是之故，

① 本书不刻意将清末民初的小说家划分为维新派、革命派和保守派三大阵营，因为他们的小说主张并非都与阶级意识挂钩，他们很大程度上超越了本阶级或本阶层的界限，像政治立场保守的王国维，并未将其立场的“辫子”拖进小说研究，其文学研究方法，在很多方面是起到了开创作用的，郑逸梅记载：“郭沫若称王国维头脑是近代式的，感情是封建式样的。”见郑逸梅：《艺林散叶》，中华书局 2005 年新 1 版，第 117 页；黄小配在政治上是典型的革命派，而其小说创作和批评却趋向于维新派。将晚清民初的小说家统称为新小说家，一是崇仰《新小说》杂志的开创之绩，二是借鉴陈平原《中国现代小说的起点：清末民初小说研究》的行文策略，避免在行文上陷入主题先行的阶级分析法的漩涡之中。

有必要对“小说观念”作文学层面上的界定。“观念”的义界，《辞海》、《现代汉语词典》① 等工具书多从哲学层面上阐释，是指客观事物在人脑里留下的概括的形象，也就是一种思维活动的结果。小说观念应当是小说实践的理论概括，小说观念的范畴演变和社会体认，经历了一个相对漫长的历史过程，从“娱情之作”的小道到“裨国利民”的大道，其中浓缩着数代小说先驱者的汗水和心血。陈晋标举文艺（自然包括小说）的观念世界为六大部分：对象观、创作观、形态观、价值观、分类观和发展观。② 对于小说的外在形式阐述可谓用力，却相对忽视了小说文本的特殊性，即对于小说观念内核范畴层面的认知，缺少必要的阐释与审核。宁宗一认为小说观念的内涵有四个意义层次：“一、小说观是小说家对小说作为一种艺术形式的总体看法，包括小说家的哲学、美学思想、对小说社会功能的认识，所恪守的艺术方法、创作原则等等复杂内容；二、小说观是小说家和读者（听众）审美思想交互作用的结果，它在创作中无所不在，渗透在作品的思想、形式、风格之中；三、小说观具有鲜明的时代色彩，各个历史时代都具有其代表性的小说观，小说家们的各种小说观之间存在着沿革关系；四、小说观像一切艺术观念的变革一样，一般说都是迂回的、缓慢的、有时甚至出现了巨大的反复。”③ 观念延伸于本体，小说观念是当下小说理论和实践的一种内在标志。其后，宁宗一更就该命题从小

① 《现代汉语词典》诠释“观念”的义项有二，其一为“思想意识”；其二为“客观事物在人脑里留下的概括的形象（有时也指表象）”。《现代汉语词典》，商务印书馆 1995 年版，第 409 页。

② 陈晋：《文艺的观念世界》，花城出版社 1988 年版，第 253 页。

③ 宁宗一主要就白话系统的小说观念而论，见宁宗一：《说不尽的〈金瓶梅〉》，天津社会科学院出版社 1990 年版，第 3 页。

说文化学的角度进行阐发："小说观是小说家对小说作为一种艺术形式的总体看法。包含小说家的哲学、美学思想，对小说社会功能的认识，所恪守的艺术方法、原则等等许多复杂内容。"① 这实际上涉及小说的思想、功能、方法等三个层面，抓住和凸显了小说的本体因素，较为全面地反映和把握小说观念的文学特质。

"中国小说理论的近代化" 命题，最早见于 1985 年颜廷亮《晚清革命派和我国小说理论的近代化》一文，其标举"一个核心"（即小说著、译与社会变革的联系问题）、"两条轨迹"（其一，关于小说著、译与何种具体社会变革相联系问题的认识；其二，关于小说著、译与社会变革应当如何联系问题的认识）② 来阐释中国小说理论的近代化。近代化不只是一个静态的术语，它展示着小说文体及其观念的当下处境和发展趋向。中国社会科学院编著的《中华文学通史》的近现代卷用"文学体系的全面转型"来阐释近代化，王飚进一步阐发近现代合卷的原因，并由此界定近代化："中国文学的'近代化'或'现代化'（与 80 年代以来所说的'现代化'不是一个概念）实际上是同一的、连续的过程。都是指中国的'文学体系'，即包括文学的社会属性、作家构成、文学观念、创作内涵、形成体制，直到语言模式和传播方式等等，所有构成要素的整体性、根本性的转变。"③ 立足于对文学体系的转型的整体把握，这就展示了中国文学观念演进的时代全貌。

---

① 宁宗一：《中国小说学通论》，安徽教育出版社 1995 年版，第 17 页。

② 颜廷亮：《晚清小说理论》，中华书局 1996 年版，第 224 页。

③ 王飙等：《探寻中国文学从古代到近代的转型历程》，《文学遗产》2000 年第 4 期，第 4～23 页。

中国小说观念的近代化是中国社会近代化的一个表演分支，它紧密关合着中国社会近代化的断限。“华夏民族之文化，历数千载之演进，造极于赵宋之世”①，宋代就物质和精神文化层面而论，可谓我国传统文化发展的一个枢纽。日本京都学派将东亚近代化的上限推至中国的宋真宗时代，这种主张在美国当代比较历史学家麦克尼尔的《权力的追求》中仍有嗣响，只是这种以都市化、政治文官化、文化世俗化、市场经济的发达等为标准的划分原则，浸带浓郁的西方中心论的色彩，未能引起我国学者的普遍共鸣。中国社会近代化的上限划分通常有鸦片战争说、洋务运动说、甲午海战说、庚子赔款说等几种，其中又以持鸦片战争起源说者为多。“中国社会明显的近代化变革始于1840年鸦片战争以后的晚清时期，直到1895年甲午战争后，随着维新运动兴起，确立了近代社会变革的理念，此后中国社会开始逐渐走向全面近代化改革道路。”② 以传统社会为参照，将社会近代化进程分割成几个阶段的演进，这种划分法，基本上是学界的一种共识。

以《金瓶梅》为代表的世情小说系列，立足于世俗平凡人生的关注与考察，铸就了一篇篇迥异于将相、英雄传奇艺术风范的市井文字，洋溢着市井生活的自然本色，它们引领了小说创作的近代趋向。从关注人性维度切入小说观念，将新文学的源流追溯至明代中叶，至少早在周作人和任访秋两先生那里得到了局部的体现。黄霖认为自明代嘉靖以后，“文学创作随着接受对象的下层化、平民化而更加面向现实，创作主体精神更加高扬，从而突

① 陈寅恪：《邓广铭宋史职官志考证序》，见《金明馆丛稿二编》，上海古籍出版社1980年版，第245页。

② 李长莉：《晚清上海社会的变迁：生活与伦理的近代化》，天津人民出版社2002年版，第5页。

出了个性和人欲的表露。此外，叙事文学的全面成熟，各体文学语言的通俗化，以及流派意识的自觉，也都充分地显示了文学正在有力地向着近代化变革。”① 职是之故，明代中叶的文学创作包括小说创作，为中国小说观念的近代化进程作了先期的铺垫。周作人以甲午海战来厘定中国文学的转折，“自甲午战后，不但中国的政治上发生了极大的变动，即在文学方面，也正在时时动摇，处处变化，正好像是上一个时代的结尾，下一个时代的开端。”② 其隐隐约约地告知国人，新文学的源头溯自明代中叶，真正的文学近代化却开启于甲午战争。黄霖《中国文学批评通史·近代卷》开篇就论“中国文学批评的近代化”，其所归纳的近代化进程大致与近代社会相始终，并以中日甲午战争为界分成前后两期，建树颇多。与其观点大致相仿者亦有颜廷亮先生，他界定中国文学的近代化历程为四个阶段：“即从鸦片战争到中日甲午战争50多年的酝酿和开始阶段、从中日甲午战争到中国同盟会成立10余年间的第一发展阶段、从中国同盟会成立到辛亥革命和中华民国成立6年多的第二发展阶段、从中华民国成立到‘五四’运动发生近8年间的暂时中止阶段。”③ 颜文论述对象是整个中国文学，而晚清民初小说作为当下的主流文学形式，也就具有相似的文学特征。

近代化意味着由封闭到开放的变革，是一种新的变易和发展观。在柳珊的理论构架里，“中国文学的近代化是从小说界革命

① 袁行霈：《中国文学史》（第四卷），高等教育出版社1999年版，第4页。

② 周作人：《儿童文学小论、中国新文学的源流》，河北教育出版社2002年版，第52页。

③ 颜廷亮：《维新变法运动与中国文学的近代化》，《文史哲》1998年第6期，第14~16页。

开始的，而小说的近代化又是从小说的文学化开始的”[①]，这种主张实际上就是承认1902年是小说近代化的开端。若从小说观念各个因素的前后变迁来断论近代化的上限，1872年便理所当然进入学者的研究视野。董乃斌等主编的《中国文学史学史》主张：“近代报纸文学副刊和第一份文学刊物都是《申报》[②]创办的，中国文学传播方式的近代化变革肇端于此。”[③]刘德隆对这一说法作了详尽的补充和阐发，他列举三件与《申报》有关的文化事实：《谈瀛小录》、《一睡七十年》和《乃苏国奇闻》的刊登[④]，

---

① 柳珊：《前夜的涌动——论民国初期的小说理论》，《文艺理论研究》1999年第6期，第49～58页。

② 《申报》，1872年4月30日创刊于上海，由英商美查创办，初为两日刊，第5号改为日报。内容主要有谕旨、宫门抄、诗歌、传奇、小说等，1909年，主权移归中国人。《申报》初用毛太纸单面印刷，1909年开始用印刷纸双面印刷，1949年5月27日终刊，共出25600号，是近代中国历史最长的中文报刊。

③ 董乃斌等：《中国文学史学史》（第三卷），河北人民出版社2003年版，第193页。

④ 《谈瀛小录》，即斯威夫特《格列佛游记》的第一部分，它始载于农历1872年4月15日的《申报》的第18号，1903年7月，《绣像小说》第5期重新连载，名为《僬侥国》，自第8期起又更名为《汗漫游》，1906年又经林纾翻译，以《海外轩渠录》为书名由商务印书馆出版；《一睡七十年》，即欧文《瑞普·凡·温克尔》，它始载于农历1872年4月22日《申报》的廿四号；《乃苏国奇闻》始载农历1872年4月25日《申报》的廿七号，自农历1872年5月1日《申报》的第32号起，其名则改为《乃苏国奇闻把沙官小说》。报刊上刊录小说，胡道静认为始于《沪报》，见胡道静《上海的小报》，杨光辉等编：《中国近代报刊发展概况》，新华出版社1986年版，第392页；胡适认为始于《汇报》，见胡适《十七年的回顾》，姜义华主编：《胡适学术文集·新文化运动》，中华书局1993年版，第91页；其实，报刊上刊录小说，应该始于《申报》，这已被陈平原指出，参见陈平原：《中国现代小说的起点：清末民初小说研究》，北京大学出版社2005年版，第69页注释（1）。

第一部文艺杂志《瀛寰琐记》① 的创办和理论文章《〈昕夕闲谈〉小叙》② 的发表③，在他看来，这些都肇始了中国小说观念书写的新篇章，实际上也标志着中国小说观念近代化的开端。《申报》首刊的这三部小说，均尽力将文本背景向中国本土文化靠拢，开创了翻译小说中国本土化的道路，只是碍于清廷的小说禁律，“报纸没有把它们归在小说的名下，更不用说作为翻译小说了，它们仅仅是混迹于报纸上其他读者感兴趣的内容之中”④。但是，个中透露的革新信息不容忽视，如果说《谈瀛小录》和《一睡七十年》的文类特征还不太明朗的话，那么，《乃苏国奇闻》从第二版起公然标为《乃苏国奇闻把沙官小说》，则客观承认了小说在期刊上的文类意义，这实际上也奠定了晚清民初的小说繁荣的

---

① 《瀛寰琐记》创刊于 1872 年 11 月，是我国最早的专业文艺杂志，创刊于上海，由申报馆发行，刊行 28 期，至 1874 年 1 月更名为《四溟琐记》，发行 12 期后，至 1876 年 2 月，又改名为《寰宇琐记》，刊行 12 期而终。《瀛寰琐记》刊发蒋子让的翻译作品《昕夕闲谈》及其《〈昕夕闲谈〉小叙》，被认为是近代“对小说认识的初步转变”，见阿英：《晚清文艺报刊述略》，古典文学出版社 1958 年版，第 9 页；“标志着从地主阶级的传统小说观向近代资产阶级小说观转变的开始”，见黄保真等：《中国文学理论史》（五），北京出版社 1987 年版，第 187 页；“更是一篇最早透露出中国小说理论近代化气息的重要文章”，见颜廷亮：《晚清小说理论》，中华书局 1996 年版，第 11 页；也被认为“向传统的小说观念挑战，实开了现代小说理论的先声”，见周葱秀、涂明：《中国近现代文化期刊史》，山西教育出版社 1999 年版，第 5 页。

② 《〈昕夕闲谈〉小叙》发表于《瀛寰琐记》的第三期，时为同治十一年壬申（即农历 1872 年）十二月，公历则为 1873 年，以致学界关于其发表时间，有 1872 年一说，实误。

③ 刘德隆：《1872 年——晚清小说的开端》，《东疆学刊》2003 年第 1 期，第 73 ~ 79 页。

④ ［美］韩南：《中国近代小说的兴起》，上海教育出版社 2004 年版，第 131 页。

基础。这正如时彦所论："可以说，如果没有同治十一年（1872）四、五月间，申报馆在《申报》上所安排的这种投石问路性质的小说尝试性刊载，和带有'小说'字样的作品标题的明确使用，以及之后所引发的杂志小说连载、书局小说出版的连锁反应，也许中国的近代小说依旧会沿着既定的道路发展下去，不过，可以肯定的是近代小说发展高潮出现的时间将肯定会推迟一段。"① 平心而论，《申报》早期编者对小说的开创之功和探索勇气，是值得我们大书和称颂的。

近代化进程体现出一种时间和历史意识，它应当从小说文体观念的独立上赢得突破，1872 年《申报》创刊和 1873 年的蠡勺居士（蒋子让）《〈昕夕闲谈〉小叙》的发表，开始破除载道、慕史的传统观念积习，并认识到小说相对自足的文体特征，它标志着中国小说观念的初步转变。在此之前的近代小说，其审美范畴、功能形态和批评方法仍未脱离传统小说观念的制约，只能作为传统小说在近代的延续，欧阳健认为，1911 年以后，"作为观念形态的小说创作乃至整个文学创作，都理所当然地步入进入一个全新的阶段"②。中国小说观念的近代化进程应当指向中国小说观念的现代化，大多数学者基本上选定以五四运动作为进程的归结。"五四时期不仅完成了中国文学观念的现代转换，而且促进了中国文学创作的现代发展。也就是说，文学创作也出现了不同于传统文学的现代特点，开始了中国文学现代化的历程。"③ 中国小说观念近代化是文学观念转型的一个重要阶梯，它绘制了激于

① 文娟：《申报馆与中国近代小说发展之关系研究》，华东师范大学 2006 届博士论文，第 20 页。

② 欧阳健：《晚清小说史》，浙江古籍出版社 1997 年版，第 357 页。

③ 王齐洲：《中国文学现代化的检讨》，《井冈山师范学院学报》（哲社版）2000 年第 3 期，第 25～30 页。

时代转轨而新变的崭新文学图像。

二、中国小说观念近代化的标志与维度

小说批评是历史与现实的双重吁求，不同时代自有其独特的标志与维度。小说观念从传统的经学、史学话语中解脱出来，呈现相对自足的近世文学特征，是其近代化进程的主要标志。冯天瑜《代序言：中国文化的近代化问题》云："中国文化的近代化既不是全盘西化，也不是中国文化的整体沿袭，而是传统文化的改造与飞跃，是西学与中国传统文化既相冲突又相融汇的复杂历程。这一历程伴随着自然经济解体，大生产兴起，封闭状态逐渐打破，社会革命和变革此起彼伏这样一种时代的际会风云而渐次展开。在这一过程中，中国传统文化表现出它的双重性格，既有阻挠近代化进程的消极面，又有顺应近代化进程的积极面；既有对外来文化顽固拒绝的一面，又有博采异域英华的一面。"[①] 侧重中西文化的冲突融合来阐释中国文化的近代化，这实际上也设置和限定了近代化的几个维度，即"技术——制度——意识"的三个演进层面，并因为物质技术的革新，其最终指向于意识形态的解放。中国小说观念的近代化不是一个孤立的文学存在，中国文化的近代化给中国小说观念的近代转变提供了一个新的解读方式。

黄霖《中国文学批评通史·近代卷》对中国小说理论的近代化有详尽的论述，他认为新小说家"对于文学的功用、文学的性质、创作的原则、创作的方法、文体的结构、文学的语言等一系列重大问题的认识都有了质的飞跃，而且努力寻找着中国文学在世界文学中的位置。这场革新运动所取得的理论成果，实际上是

---

① 冯天瑜：《东方的黎明——中国文化走向近代的历程》，巴蜀书社1988年版，第10页。

中国文学近代化进程的主要标志，并规定了它向现代化过渡的根本方向”①。这种形式的近代化表现为外国论著的译介、专题论文的出现、思维方式的改变和理论色彩的浓重。更为可贵的是，黄著几乎是戛戛独造地归纳近代化的十大特征：变“实利所归，一人而已”的封建文学为“万姓所公”的国民文学、破除杂文学体系而建纯文学体系、由“独抒性灵”说走向创作“自由”论、白话运动的开展、文体结构的改观、典型化原则的输入、创作方法的新识、悲剧观的确立、开创了新的中国文学史学、开始了中外文学的比较研究。② 其虽着意于整个文学的转型，而小说作为近代文学主流地位的彰显，基本上能在其所论述的框架内找到相应的位置。

趋向或靠近西方近代文明，这一观念选择是当下一种进步的近代文化潮流。对中国小说观念的后发性近代化探究颇为用力的郭延礼先生，其《西方文化与近代小说的变革》一文，认为中西文化的汇流融通形成了中国小说的近代化，而这种形式上的近代化特征主要表现为小说类型增多、叙事模式的多样化、艺术表现手段的丰富与提高、章回体制的突破和新型短篇小说的出现等。③这一理念亦见于其同时的一部专著《中西文化碰撞与近代文学》之中，“在近代文学的新变中，首先是文学观念的变化”④。他标举了近代文学转型的三个维度，一为改变了鄙视小说戏曲的观

---

① 黄霖：《中国文学批评通史·近代卷》，上海古籍出版社1996年版，第5页。

② 黄霖：《中国文学批评通史·近代卷》，上海古籍出版社1996年版，第6~16页。

③ 郭延礼：《西方文化与近代小说的变革》，《阴山学刊》1999年第4期，第12~17页。

④ 郭延礼：《中西文化碰撞与近代文学》，山东教育出版社1999年版，第2页。

念，使小说、戏曲从文学结构的边缘向中心转移；一是改变了中国自我优越感的偏见，自觉地以欧美和日本文学为榜样，进行文学革新；其三则为汲取西方先进的哲学思想和美学思想，开始以西方新的观念来研究中国文学。[①] 而其先于此的《中国近代翻译文学概论》则云："我们考察文学的近代化，除思想层面上的近代特色、审美的近代意识外，艺术层面上的近代性主要指叙事方式和艺术表现上的近代化特征，即与世界（主要指西方）近代文学总体艺术水平的对应程度。"[②] 开放意识下的中西小说交流，形成近代小说自新和他新的双重效应。

新小说家思维的多元化，导致近代小说观念古今杂糅、新旧并陈的风貌。程华平推崇王国维的理论先导意义，他认为王国维《红楼梦评论》援引西方哲学、美学观念重新阐释传统小说经典，"彻底摆脱了传统小说批评模式，创建了一种全新的理论批评框架，给中国小说理论批评的近代化转型树立了典范"[③]。戴云波则认为梁启超领袖群伦的功绩不可忽视："中国文学研究的近代化的首要标志即是对小说戏曲空前的重视。其代表人物即资产阶级维新派的领袖梁启超。"[④] 童庆炳设置中国文学理论现代性（近代化）转型的标志为1902年梁启超《论小说与群治之关系》和1905年王国维《论哲学家和美学家之天职》的发表，其四个维度分别是文学观念的转变、文体观念的转变、批判观念的勃兴和文

---

① 郭延礼：《中西文化碰撞与近代文学》，山东教育出版社1999年版，第4～22页。

② 郭延礼：《中国近代翻译文学概论》，湖北教育出版社1998年版，第501～502页。

③ 程华平：《中国小说戏曲理论的近代转型》，华东师范大学出版社2001年版，第314页。

④ 黄霖等：《中国小说研究史》，浙江古籍出版社2002年版，第201页。

论话语的转变。[①] 徐鹏绪则认为梁启超与王国维并称为近代文学批评的“双璧”，王国维的“文学批评是中国文学批评近代化趋于成熟的重要标志”[②]。虽然，王国维学术路径十分宽广，但是就其摸索小说观念的批评方式之功而论，中国小说观念的近代化是其题中应有之义。依据不同的尺度和学术路径，厘定中国小说观念近代化的标志与维度，自有其合理性，它们展示了学者各具特色的学术才识。[③]

三、中国小说观念近代化的动力与机制

中国小说观念近代化是社会变迁在文学领域的具体折射，西方小说艺术的现代性，给中国小说提供了一个自新的借径方向。中国小说观念的近代化进程，不只是一个纯理论的文学构架，更应当是一种具体的操作实践。阿英《晚清小说史》论述晚清小说繁荣之因，第一原因“当然是由于印刷事业的发达。没有前此那样刻书的困难；由于新闻事业的发达，在应用上需要多量产生”[④]。这种论断大体上是一种社会——经济层面上的探究。出版工具的更新，缩短了小说生产和消费的周期，在物质基础上促进了近代小说的繁荣。在陈则光看来，新式印刷技术的广为采用、报章杂志的创办、科举制度的废除和文化消费市场的扩展、职业

① 童庆炳：《中国文学理论现代性转型的标志与维度》，《社会科学辑刊》2003年第2期，第154～160页。

② 徐鹏绪：《中国近代文学史纲》，中国社会科学出版社2004年版，第305页。

③ 韩洪举认为：“事实上，新旧之际的转变应当以《巴黎茶花女遗事》一书的译刊为界标，这也是清末小说观念转变的一个重要标志，它在中国小说史上有着重要的意义”。见韩洪举：《林译小说研究：兼论林纾自撰小说与传奇》，中国社会科学出版社2005年版，第316页。

④ 阿英：《晚清小说史》，人民文学出版社1980年版，第1页。

文人的出现，“具备这样有利的条件，才有可能踊跃地迈出走向近代化的步伐。这也是近代文学得以向前推进的一个重要因素”①。郭延礼《中国前现代文学的转型》将小说的近代化定格为不充分的近代化，其列举转型的外部机制，突出像传媒、稿酬的诱发作用，并强调翻译文学的刺激功用，这主要表现为促进了文体类型的健全与完善、叙事艺术的本土转化等方面。这种工具层面的近代转型，促进了中国文学的近代化。

世间变幻、魑魅夜哭，国势危殆的民族生存际遇，是中国小说观念近代化不可忽视的外在动力。“当时知识阶级受了西洋文化的影响，从社会意义上，认识了小说的重要性”②，阿英《晚清小说史》首倡小说观念之于小说繁荣的辩证关系，裴效维则将小说观念的改变推至为晚清小说繁荣的根本动力。在他看来，社会危机并不跟晚清小说的繁荣同步，因为社会危机自鸦片战争起就存在，而至 1902 年梁启超创办《新小说》杂志，他积极介绍和引进外来小说观念，中国小说的文类地位方才有大的改观，晚清小说的繁荣局面因此而出现。③ 言下之意，晚清民初小说批评的逻辑起点，绝非传统的小说观念，而是西风东潮鼓荡下的异域小说观念。文学是人学，程华平侧重批评主体的转变来探究中国小说观念的近代化，“中国小说戏曲理论批评的近代化，首先应该是作为理论批评主体的人的思想观念的近代化”④。照程氏所

① 陈则光等：《中国近代文学鸟瞰——〈大系·总序〉》，见徐中玉主编：《中国近代文学大系·文学理论集一》，上海书店出版社 1994 年版，第 8 页。

② 阿英：《晚清小说史》，人民文学出版社 1980 年版，第 1 页。

③ 裴效维：《20 世纪中国文学研究·近代文学研究》，北京出版社 2001 年版，第 399 页。

④ 程华平：《中国小说戏曲理论的近代转型》，华东师范大学出版社 2001 年版，第 253 页。

论，科举废除、新学制实行等社会制度变革所引发的崭新社会价值“为中国小说、戏曲理论批评的近代化提供了坚实的社会、文化基础”①。程著从时代背景上探讨中国小说观念机制的转变，涉及评点、序跋和专题论文等小说批评方式的转型，较好地把捉到小说批评的观念内核。

求新求变的时代特质，赋予中国小说观念奋勇突进的文学气概，“求”的方式和来源在一定程度上造就了近代小说面向世界、贴近现实的审美趋向。至于“如何求”和“求什么”倒是新小说家颇费心神的一个现实问题，在通常情况下，他们更多地思考“求”的层次和方法。张正吾言：“‘求’的方式方法主要是通过评述和借用外国文学作品的主题以至故事情节结合中国现实的某些情况进行再创作。这股热潮对中国文学的近代化，起了相当深刻的催化作用。”② 他客观承认异域文学的刺激作用，又凸显了小说观念的本土转化效应。郭延礼说得更明白，他认为中国文学的近代化有两个重要因素不能忽视，“一是传统文学的自身转化；另一个则是中西文化的碰撞”③。其在张正吾观点的基础上，将转化的动力一分为二，更接近于近代小说发展演变的实际。而郭延礼、武润婷《中国文学精神·近代卷》则属意探究西方翻译文学的艺术方法和表现技巧之于中国本土的关系，认为外国小说的译介，引起了中国文学（包括小说创作）的近代化。其所论述的小说传媒的近代化，则主要就小说报刊和近代印刷术两个层面展

---

① 程华平：《中国小说戏曲理论的近代转型》，华东师范大学出版社 2001 年版，第 253 页。

② 张正吾：《爱国、开放：中国近代文学的基本特征》，见郭延礼：《爱国主义与近代文学》，山东教育出版社 1992 年版，第 113 页。

③ 郭延礼：《中国近代翻译文学概论》，湖北教育出版社 1998 年版，第 495 页。

开，探讨了社会文化层面的原因。

黄霖《中国文学批评通史·近代卷》整合中国小说观念嬗变的内因和外因来考察近代化，他提出近代小说理论与创作为之一变的主要动力是“西方文化思想、美学理论和小说观念的输入，新闻出版事业的发达”①。相对而言，黄著特别强调中外文学比较在小说观念近代化上的重要意义，“一八七二年蠡勺居士翻译英国小说《昕夕闲谈》时，就在序言和译语中注意比较中外小说在内容和表现手法上的异同。后来，不论是维新派如梁启超、黄遵宪、蒋智由、王国维、吴沃尧，还是革命派如黄人、徐念慈、王钟麒、周树人等，都注意中外文学的比较研究”②，“中外文学的比较，在近代还刚刚是起步，但这一步确是中国文学走向世界、走向近代化的重要一步”③。平心而论，中国小说观念的近代化进程中自有林纾的身影，他的批评胆识和文学功绩不能抹煞，中外文学特别是中西小说的比较思维和研究，就是在他的倡导下而蔚为风潮的。

思想解放、学术日进，中国小说观念与西方传教士的关系是当今学者较为重视的一个研究领域。对这一论题的探讨，汉学家韩南较早关注，他搜集并分析了近 20 部基督教小说，只是其未能上升到近代化的研究层面，国内学者尤以袁进用力最深。“中国文学的近代变革，首先是由西方传教士推动的，他们的活动是五四新文学的源头之一”④。这种背景还原式的研究方法，澄清了

---

① 黄霖：《中国文学批评通史·近代卷》，上海古籍出版社 1996 年版，第 498 页。

② 黄霖：《中国文学批评通史·近代卷》，上海古籍出版社 1996 年版，第 16 页。

③ 黄霖：《中国文学批评通史·近代卷》，上海古籍出版社 1996 年版，第 17 页。

④ 袁进：《中国文学的近代变革》，广西师范大学出版社 2006 年版，第 91 页。

许多过去蒙在小说观念头上的模糊认识，有助于全面了解西方传教士与中国文学的关系。袁著《中国文学的近代变革》的第三章“本体与范围”则论述“中国文学要‘近代化’，还必须鼓动‘新潮’，正本清源，建立新型的近代文学观念，确立文学的独立地位”①。文学独立地位的获得，固是中国小说观念近代化机制完善的产物，但是“正本清源”又谈何容易，这势必涉及小说观念要突破传统的种种文学实践，这可能也是时彦的研究没有深入下去的一个重要原因。袁进在其早先的一部专著亦有过精辟的论述：“小说由文学边缘向文学中心的移动和中国小说向外国小说的移动，学习接受外国小说，使中国小说外国化。它意味着小说近代变革所面临的双重任务：进入文学殿堂，改变鄙视小说的传统观念和促进小说‘近代化’。”② 中国小说观念的曲折突围之路，解构了传统的经学和史学话语，并最终赢得小说文体的真正独立。

中国小说观念近代化是中国文学近代转型的一个重要阶段，它展示着小说文本创作和批评的当下处境，也从方法论上规约着近代小说理论的生存空间。行色匆匆的新小说家，绘制了群体建构小说观念的文明图像，虽然有几分单一和粗糙，特别是中国小说观念近代化机制层面的小说报刊之商品化机制和工具性功能的渗透和互补，影响到中国小说观念的近代化进程，但这一矛盾演进的过程毕竟重铸和再现了古代小说理论的时代活力。中国小说观念近代化进程以其丰富的时代文化内涵，书写小说观念的流衍突进的真实轨迹，新小说家前瞻后顾的理论探究勇气，至今仍有

① 袁进：《中国文学的近代变革》，广西师范大学出版社 2006 年版，第 153 页。

② 袁进：《近代文学的突围》，上海人民出版社 2001 年版，第 202 页。

重要的理论和实践意义。对中国小说观念近代化进程作历时性和共时性的综合考察，当不失为摸索和解读小说理论的演变和考究近代文化语境下的文学批评变迁提供一个绝好的话语参数。

第二节　基本构思、研究难点与研究方法

一、基本构思

"中国小说观念"和"近代化"是两个界域相对开放的文学命题，以"近代化进程"的动态演绎来纵向展示和以中国小说观念各因子的复杂内涵来横向描绘中国小说观念的转型，这是本书构思的一个基点。晚清民初相对宽松的文化语境，孕育了文体观念新变的因子。新旧话语之间的审美张力，搭建了文学沟通和融合的过渡桥梁。晚清民初因为启蒙思想和中西文化交流而浮起的"小说界革命"之舟，豁露出对传统小说观念的批判锋芒。我们就属意在观念层面上敞露小说文体转型的时代特征。

本书主体分"综论"和"分论"两大板块，"综论"部分试图勾勒中国小说观念近代化的整体风貌和特征，"分论"部分则从"范畴、功能、方式"三个方面切入中国小说观念，来考察和审视中国小说观念各因素的横向联系。小说观念的每一因素本身就是一个个相对自足的批评领域。从范畴、功能、方式三个维度尽可能全方位地摸索观念嬗变的规律，这是笔者的一个美好愿望，因此，对前贤时彦已经阐述清楚的问题少谈或尽量避免，具体行文主要目的是呈现自己的独立思考，在现象描述和规律总结中始终扣住中国小说观念的发展脉络，力图有机编织和整合中国小说观念近代化进程的横向分析和纵向分析的各种资源，从而使中国小说观念近代化进程的全貌都能够得到清晰的立体显示。

黄伯耀云："小说一门，隐与报界相联系。"① 晚清民初的小说浸染着鲜明的时代特点，它的生存机制和传播手段都有别于传统的小说模式，研究晚清民初的小说观念，就必须把报纸杂志的存在情况和影响考虑在内，这是考察问题的一个最为根本的研究视野和观念认知。"研究晚清以降的文学，一定要发展出不同于古代文学研究的方法与思路。假如还照研究杜甫、白居易那样，不考虑现代报刊及出版等新的文化因素，抹杀'报馆之文'与'文集之文'的巨大差别，那很难有大的突破。报刊研究不只给你提供回到历史现场、理解一个时代氛围的绝好机会，同时也让你驰骋想象，重构那个时代的'文学场'。这是古代文学研究所不具备的。"作为文化传媒的报章，是精神与物质的统一，是时代文化的晴雨表，"报章研究"也就成为一种能兼及物质与精神、文化与文学、内容与形式的研究方向。② 诚然，晚清民初传媒的新变，由物质层面影响到精神层面，报纸杂志的崛起，会不同程度地影响到中国小说观念的演变，这也是考察中国小说观念近代化进程的一个基本认识。

"清末是一个由近代印刷术支持的杂志时代"，"清末文学与以前的区别就是杂志的出现，如果不视杂志，仅仅将单行本作为收录对象，就无法正确反映清末民初的文艺状况，所以我们必须重视杂志，这就是所谓的杂志主义"③。为了清晰地把握

---

① 黄伯耀：《小说与风俗之关系》，见陈平原、夏晓虹：《二十世纪中国小说理论资料》（第一卷），北京大学出版社 1997 年版，第 324 页。

② 陈平原：《文学的周边》，新世界出版社 2004 年版，第 112、97 页。

③ ［日］樽本照雄：《新编增补清末民初小说目录》，齐鲁书社 2002 年版，第 5 页和第 2 页。陈平原也称晚清民初是"一个以刊物为中心的文学时代"，见陈平原：《中国小说叙事模式的转变》，北京大学出版社 2003 年版，第 266 页。

小说载体的演变，兹将晚清民初以小说命名的期刊和小说专刊加以胪列①：

杂志名称	发行时间	杂志形式	主编	发行者	出版地
海上奇书	1892. 2—1792. 11	前 10 期为半月刊，后 5 期为月刊	韩子云	申报馆	上海
新小说	1902. 11 1906. 1	月刊	梁启超	新小说社	横滨、上海
				广益书局	上海
绣像小说	1903. 5—1906. 4	半月刊	李伯元	上海商务印书馆	上海
新新小说	1904. 9—1907. 5	月刊	陈景韩	上海开明书店	上海
小说世界	1905. 10—?	半月刊			上海
新世界小说社报	1906. 5—?	月刊	警僧		上海
小说七日报	1906. 8—?	周刊	谈小莲		上海
游戏世界	1906—?	月刊	钟骏文		杭州

① 本表的资料来源主要参照鲁深：《晚清以来文学期刊目录简编》，张静庐：《中国现代出版史料丁编》（下），中华书局 1959 年版，第 510 ~ 515 页；王斯德主编：《现代化进程中的中国人文学科·文学卷》，上海人民出版社 2005 年版，第 152 ~ 155 页；魏绍昌：《中国近代文学大系·史料索引集二》，上海书店出版社 1996 年版，第 8 ~ 107 页。

（续表）

杂志名称	发行时间	杂志形式	主编	发行者	出版地
月月小说	1906.9—1909.1	月刊	汪惟父、吴趼人	群学社	上海
小说林	1907.2—1908.10	月刊	黄人、徐念慈	小说林、宏文馆	上海
小说世界	1907.2—?	旬刊			香港
中外小说林	1907.5—?	旬刊	黄伯耀、黄世仲	中外小说林社	广州
广东戒烟新小说	1907.9—?	周刊	李哲		广州
竞立社小说月报	1907.11—?	月刊	彭俞	竞立社小说月报社	上海
新小说丛	1908.1—?	月刊	林紫虬	新小说丛社	香港
白话小说	1908.12—?	月刊	姥下余生		上海
扬子江小说报	1909.4—?	月刊	胡石庵	中西日报社	汉口
宁波小说七日报	1909.6—1909.9	周刊	倪轶池	上海新学会社	上海、宁波
十日小说	1909.8—?	旬刊		环球社	上海

（续表）

杂志名称	发行时间	杂志形式	主编	发行者	出版地
小说时报	1909.10—1917.11	月刊	陈景韩、包天笑	有正书局	上海
小说月报	1910.7—1931.12	月刊	恽铁樵、王西神	商务印书馆	上海
小说画报	1910—?	月刊			
中华小说界	1914.7—1916.6	月刊	沈瓶庵	中华书局	上海
小说丛报	1914.5—1919.8	月刊	徐枕亚	国华书局	上海
礼拜六	1914.6—1916.4（1921.3复刊—1923.4）	周刊	王钝根	中华图书馆	上海
小说旬报	1914.9—?	旬刊	羽白等	国华书局	上海
十日新	1914.12—1915.1	旬刊		上海改良新小说社	上海
眉语	1914.11—1916.3	月刊	高剑华	上海新学社	上海
小说海	1915.1—1917.2	月刊	黄山民	中国图书公司和记	上海

（续表）

杂志名称	发行时间	杂志形式	主编	发行者	出版地
小说新报	1915. 3—1923. 9	月刊	李定夷	国华书局	上海
摩尼	1915. 5—?	旬刊	陈血晋、陆蛰民等	民友社	上海
小说大观	1915. 8—1921. 5	季刊	包天笑	文明书局	上海
秋星	1915. 9—?	月刊	徐知希等	右文社	上海
小说画报	1917. 1—1920. 8	月刊	包天笑	文明书局	上海
小说革命军	1917. 2—?	双月刊	胡怀琛	自己发行	上海
说粹	1917. 6—?	不明	骆无涯	上海棋盘街会文堂	上海
小说粹	1917. 6—?	月刊	建设编辑部	汇文堂	上海
小说俱乐部	1918. 1—?	半月刊	苦海余生	中华编译社	上海
小说季刊	1918. 8—1919. 7	季刊	徐枕亚	清华书局	上海

《瀛寰琐记》和《海上奇书》两个文学杂志首开期刊刊登小说的先例①，而文学期刊刊录小说成为一时风气，则是以《新小说》杂志的创刊为标志。从1892年韩子云创办《海上奇书》至1919年五四运动前夕，我国诞生了约60余种已经查知的小说期刊，其中单以“小说”命名的就达40余种。② 而当下为数不少的文艺期刊③也喜刊小说，并以此作为其一种基本的生存策略。根据刘永文的考察，1872～1911年，106种期刊登载小说共计1065种，47种日报开辟小说专栏，共发表小说1456种。④ 从期刊的宗旨趋向来作总体上的考察，它们大致以1909年《小说时报》的创刊分为前后两期，前期刊物主要是以启蒙开智为主，社会批评性相对突出，而后期刊物则趋向于回归人本，着意于平民生活和日常琐事，强化了对市民消闲趣味的追求。《申报》1872年创刊时销量只有600份，而到1919年时则飙升至30000

---

① 《新小说》杂志创刊之前登载小说的情况是：除了《申报》刊载的《谈瀛小录》、《一睡七十年》、《乃苏国奇闻》和《瀛寰琐记》发表《昕夕闲谈》外，另有1840年《广东报》发表罗伯特·汤姆译的《意拾喻言》（即《伊索寓言》），1896年上海《时务报》发表张坤德译的《歇洛克呵尔晤斯笔记》，1897年《白话演义报》连载元和观我斋主人的《通商原委演义》，1898年《昌言报》发表曾广诠译的《长生术》。

② 刘永文：《晚清小说的广告宣传》，《上海师范大学学报》（哲社版）2003年第2期，第113～118页。

③ 1872～1919年，共有72种文学期刊创刊，若仔细考察，文学期刊的全面强盛直至1902年才出现，1902年之前有5种文学期刊创刊，其中有3种是《瀛寰琐记》的改版，之后则有67种文艺期刊创刊。从出版地点来看，1872～1919在上海出版的达62种。见鲁深：《晚清以来文学期刊目录简编》，张静庐：《中国现代出版史料丁编》（下），中华书局1959年版，第510～515页。

④ 刘永文：《晚清报刊小说研究》，上海师范大学2004年博士论文，第8页。

份，① 就从侧面揭示了晚清民初文学消费的繁荣。若以阿英《晚清戏曲小说目》之《晚清小说目》统计，可得下表数据②：

年代	创作之部（报载）	创作之部（单行本）	翻译之部（报载）	翻译之部（单行本）
1873			1	
1882				1
1884				1
1885		1	1	
1892	1			
1894				1
1897		1		
1898		1		
1899		1		6
1900		4		1
1901				10
1902	5	2	3	12
1903	17	9	11	47
1904	12	7	5	46

① 方汉奇：《中国近代报刊史》，山西人民出版社 1981 年版，第 43 页。

② 同一小说文本的不同册数或分期连载者，或同一小说文本的报载本与单行本，均以其最先刊登时间为准，南野浣白子的《二勇少年》被阿英误收入创作之部，本统计表将其归入翻译之部。

（续表）

年代	创作之部（报载）	创作之部（单行本）	翻译之部（报载）	翻译之部（单行本）
1905	6	10	7	48
1906	9	35	13	92
1907	27	36	16	128
1908	6	52	7	90
1909	19	81	12	63
1910	2	37	8	38
1911	11	36	14	10
1912				1
1913				1
未明年代的	32	45	9	22
总计	147	358	107	618

依据上表归纳，则报载小说为254种，单行本小说为976种，①作为晚清小说书目研究开创之作的《晚清小说目》，其《凡例》标示为："以单行本为主，旁及杂志所刊，共得千余种。"② 阿英注重于单行本小说的收集，是沿袭书目传统做法的自然反映，而其敏感于报刊的重要载体作用，则为一种天才般的识见，由于资

① 阿英1954年《晚清戏曲小说目》收晚清创作小说462种，翻译小说608种，共计1070种，1957年该书目的增补本收晚清创作小说478种，翻译小说629种，共计1107种。因为有些晚清小说文本既有报载本，又有单行本，所以上表的统计数据略大于该书目的收录总数。

② 阿英：《晚清戏曲小说目》，古典文学出版社1957年版，第2页。

料散佚之故，其对报载小说的统计并不全面，自是一种研究时代和条件限制的投影。晚清民初小说通常是先在报刊上刊登，然后出单行本的，像《晚清小说目》中的改良小说社、小说进步社、新世界小说社、维新小说社、新小说社，以及商务印书馆刊发的部分书籍，都是这种出版机制的产物。从晚清民初的刊登形态来分析，报载本的数目应该远大于单行本的数目，当为研究晚清民初小说的一个基本认识。① 报纸杂志的存在，掀开了大众传播的

---

① 若以李伯元的长篇小说为例，《海天鸿雪记》始刊于 1899 年的《游戏报》，1904 年世界繁华报馆出单行本；《官场现形记》始刊于 1903 年 4 月的《世界繁华报》，1905 年粤东书局出单行本；《文明小史》始刊于《绣像小说》第 1 期（1903 年 5 月），1906 年商务印书馆出单行本；《活地狱》始刊于《绣像小说》第 1 期（1903 年 5 月），1956 年 11 月上海文艺出版社出单行本；《中国现在记》始刊于 1904 年 6 月的《时报》，未完。而吴趼人的小说刊登形态大致是：《海上名妓四大金刚奇书》1898 年夏上海书局始出单行本；《二十年目睹之怪现状》始刊《新小说》第 8 号（1903 年 10 月），1906 年上海广智书局出单行本；《痛史》始刊《新小说》第 8 号（1903 年 10 月），1911 年上海广智书局出单行本；《九命奇冤》始刊《新小说》第 12 号（1904 年 12 月），1906 年上海广智书局出单行本；《瞎编奇闻》始刊于《绣像小说》第 41 期（1904 年 12 月），1908 年商务印书馆出单行本；《新石头记》始刊于 1905 年 8 月的《南方报》，1908 年上海改良小说社出单行本；《糊涂世界》始刊于 1906 年的《世界繁华报》，同年世界繁华报馆出单行本；《恨海》1906 年上海广智书局出单行本；《两晋演义》始刊于《月月小说》第 1 号（1906 年 9 月），1910 年上海群学社出单行本；《上海游骖录》始刊于《月月小说》第 6 号（1907 年 2 月），1908 年上海群学社出单行本；《剖心记》始刊于《竞立社小说月报》第 2 期（1907 年 10 月），后录入《我佛山人札记小说》中；《劫余灰》始刊于《月月小说》第 10 号（1907 年 10 月），1909 年上海广智书局出单行本；《发财秘诀》始刊于《月月小说》第 11 号（1907 年 11 月），1908 年上海群学社出单行本；《云南野乘》始刊于《月月小说》第 11 号（1907 年 11 月），仅刊出三回；《最近社会龌龊史》始刊于 1909 年的《中外日报》，1910 年上海广智书局出单行本；《情变》始刊于 1910 年 5 月的《舆论时事报》，仅刊出（转下页）

新页，而晚清民初的小说期刊和以小说为主的部分文艺杂志，给中国小说观念提供了崭新的生存机制，也以其新特的时代风貌，推动了中国小说观念的近代化进程。

二、研究难点

中国小说观念近代化，是指传统小说观念转变为近代小说观念的动态过程，它包含诸如小说范畴、功能、方式等复杂内容的新变，浸染着鲜明的时代表征，其突出表现为小说传统的削弱和批判理性的逐步确立。梳理中国小说观念的近代化进程，是一个痛苦与喜悦兼有的思维征程，近代化是一种变动不居的时空概念，为了尽可能真实而科学地展现中国小说观念近代化的全貌，我们截取 1872 年至 1919 年这一段时间作为探讨的界面。本来，任何划分都是一种主观认定的行为，它自然会遮蔽某些文学现象，很难做到意旨恰切、尽如人意，但是侧重小说文本所透露出的审美取向和所依存的载体来划分，在还没有更理想的划分方法的前提下，这应该是大致可行的。因此，我们论述的时间基本限定于 1872 ~ 1919 年，而论述对象的选择又以其是否迥异于传统观念的小说文本为准，对那些写作于这段时间，但小说观念基本上

（接上页）八回；《白话西厢记》吴氏生前未刊，1921 年上海国家图书馆出单行本；笔记小说《中国侦探案》1906 年上海广智书局出单行本；《胡宝玉》1906 年上海乐群书局出单行本；短篇小说《庆祝立宪》、《预备立宪》、《大改革》、《义盗记》、《黑籍冤魂》、《立宪万岁》、《快升官》、《平步青云》、《查功课》、《人镜学社鬼哭传》、《无理取闹之西游记》、《光绪万年》分别始刊于《月月小说》的第 1、2、3、3、4、5、5、5、8、10、12、13 号，后合为《趼人丛谭》，1909 年由上海群学社出单行本。据不完全统计，吴趼人的小说，首先以单行本形态出现的，只有《海上名妓四大金刚奇书》、《恨海》、《中国侦探案》、《胡宝玉》、《白话西厢记》几种。

仍为传统的，不列入考察范围，而对某些贴近却又游离于这一时段有明显新意的小说文本，亦酌情列入本书的论述范围。

对于研究对象的具体处理，全景观照或广角镜般地把握论题的研究现状，是书写的一个必要条件和一种切实可行的策略。据笔者的视野所及，以“近代化”为题的专著，主要有孔令仁《中国近代化与洋务运动》（山东大学出版社，1992）、［美］康念德《李鸿章与中国军事工业近代化》（四川大学出版社，1992）、孙文《建国方略：近代化中国大策划》（中州古籍出版社，1998）、葛洪泽《近代化理想的探索》（山东教育出版社，1999）、沈渭滨《困厄中的近代化》（上海远东出版社，2001）、李长莉《晚清上海社会的变迁：生活与伦理的近代化》（天津人民出版社，2002）和傅才武《近代化进程中的汉口娱乐业》（湖北教育出版社，2005），这些著作多就史学层面立论，很少涉及文学领域。而在“文学观念”框架内的论著，主要有白烨《文学观念的新变》（辽宁大学出版社，1987）、周介人《文学：观念的变革》（人民文学出版社，1987）、章亚昕《近代文学观念的流变》（漓江出版社，1991）、袁进《中国文学观念的近代变革》（上海社会科学院出版社，1996）、魏崇新等《观念的演进：20世纪中国文学史观》（西苑出版社，2000）和彭亚非《中国正统文学观念》（社会科学文献出版社，2007），此类专著各自截取时段，较好地探讨中国文学观念的变迁。笔者检索中国期刊网发现，从1980年至2008年关于“小说观念”的论文有6262条，跟“近代化”相关的论文亦达11733条，爬梳这些论文，可见研究视角和广度日见开阔，研究方法逐显新意。在这为数众多的论文中挖掘新意，既是本书的关键，又是本书的难点。由于本论题的两个关键词“观念”和“近代化”相对开放的文学特性，学界又缺乏比较统一的理论说明，一些先期的研究成果出于著者的理论预设，彼此出入很大。在打破中重塑自己的理论模式，这对于笨拙的笔者而言，无疑是一个巨大的挑战。可是，对二者的理论界定，又是我们写作必须直接面对的现实。

阐述中国小说观念的近代化进程，必须具有一种宏观的动态研究视野，同时也要适时对中国小说观念某一特定因素作近距离的观察。中国小说观念有其自身的特殊性，它相对社会变化的滞后性和对比于小说文本创作的先发性，① 使得中国小说观念的动态演绎必须恪守观念的本体，所以选择和掌握一个合适的尺度也是关系到我们研究能否成功的一个重要的影响因素。他山之石，源头活水，本书将借鉴前贤时彦的研究方法试图各个击破撰写中的障碍，开辟新的阐释渠道，建构比较完美的理论体系。

三、研究方法

本书所涉及的研究对象主要是晚清民初小说，但中国小说观念的变迁并不完全定格于晚清民初，小说观念的每一因素都有其相对自足的发展空间，对其嬗变规律的摸索与总结必须遵从对象的文学个性。而小说观念各因素又是相互联系和制约的，它们的合力才会有效地推动近代化进程，因此必须在“观念”转型的旗帜下，分成几个相互联结的点，用“近代化”这条红线贯穿勾连，辐射延展、点面结合，努力发掘中国小说观念的深度和广度，才可以获得中国小说观念转型的整体认知。遵照思维逻辑，以文献资料为基础，于存疑和释疑中找突破口，在写作中积累和

① 本书并不排除中国小说观念有相对社会变化的先发性和对比于小说文本创作的滞后性的一面，如《金瓶梅》的为世俗写心、《花月痕》的文人不遇心结等，这里多就文学主流思潮而论。

摸索规律，从而使这分散串联思维法给古代文学的相关研究提供一种参照视野。

文化语境和思维机制的嬗替，往往引发小说观念的共生变迁。小说观念内涵与外延的演变，固有其规律。探究中国小说观念的近代化进程，笔者主要采用以下四种方法：

（1）宏观与微观相结合：分析中国小说观念的各个因素、对观念范畴的界说、描绘单个小说家的心态，是一种微观研究。小说观念各因素的联系、转型时代文人的整体心态以及梳理近代化进程的轨迹，则是一种宏观研究。

（2）文学与史学相结合：转型期的中国小说观念，存有一个连续性和贯通性的内容，它为各个历史时代所共有，这属于文学研究的层面。但小说观念的嬗变离不开具体的社会时代，观念发生、发展的背景和文人的生存境遇、心态基本上属于史学研究的领域。只有做到文史结合，才能更全面地反映中国小说观念近代化的面貌。

（3）比较研究法：文体代变、通行既久，一代有一代之文学，小说观念各因素前后嬗变的轨迹，借助于比较研究法可以得到一个更为清晰的轮廓。比较，是辨明事物异同的一条重要途径。本书涉及的比较有时间维度的比较，如古今对比；空间维度的对比，如中外对比；其他如文体对比、文人心态对比等。

（4）数理统计法：统计学原理，为确保归纳和分析研究对象的真实性，提供了一个很好的参照。小说观念各因素出现的频率、某一批评方式在当下的出现情况，都可通过对该对象的量化加以研究。我们多以图表的方式来展现中国小说观念各因素的运行情况，力图真实地再现历史和文本现象，这种方法几乎贯穿于本书的始终。

资料是立论与写作的基础和根源，我们对前贤时彦的研究成果多有借重。阿英《晚清文学丛钞·文学研究卷》、《晚清戏曲小说目》，魏绍昌《吴趼人研究资料》、《李伯元研究资料》、《中国近代文学大系·史料索引集》，张静庐《中国近代出版史料》、《中国出版史料补编》，陈平原、夏晓虹《二十世纪中国小说理论资料》（第一卷）等等，都是笔者常读常新的资料书。阿英《晚清小说史》、黄霖《近代文学批评史》、陈大康《中国近代小说编年》、陈平原《中国现代小说的起点——清末民初小说研究》、袁进《中国小说的近代变革》，还有很多不能一一列举的有关近代文学的研究著作，它们无不直接或间接地给我以启迪和引导，所有这些，也是我的研究得以顺利实行的一个重要前提，在此谨致谢忱。

综 论

第一章 小说的名实关系和存在类型

事物在不断发展中认识和完善自我，作为文学体裁的小说，裹挟着丰厚的时代生活底蕴，在循名求实的文学进路中厘定和更新自我的观念范畴。文学发展的内在规律和当下时代的存在现实综合作用，赋予小说鲜明的时代特征。小说概念的名实错位不单是一种对社会积习的无奈追寻，也是文人复杂心态的曲折反映，社会舆论和文人心理形成同谋，小说文体在剔除杂体文类色彩的进路中逐渐认识到小说的本位特性，从而最终归依于文学性小说层面，中国小说观念亦由此呈现出历时性和共时性交相辉映的文学表征。

第一节 小说概念及其名实关系

一、多元起源的名实探讨①

小说的多元起源涉及小说与子书、史乘、神话领域的

① 谭帆认为小说有四种基本内涵，即：一、由先秦两汉所奠定的有关“小说”的认识；二、“小说”是指有别于正史的野史、传说；三、“小说”是一种由民间发展起来的“说话”艺术；四、“小说”是指虚构的有关人物故事的特殊文体。见谭帆：《“小说学”论纲》，《中国社会科学》2001 年第 4 期，第 146 ~ 156 页。现代意义上的“小说”主要是谭文所论的第四种内涵，本书所论述的小说概念也对此多有参照。

关系①，这些相近文类的嫁接和影响，赋予小说海纳百川的文体襟抱，神话传说、史传文学、诸子寓言这三处泉眼喷出的水流汇成了斑斓壮观的中国小说史长河。② 也正因为这种博而不精的文体风貌，造成了后世界定小说剌剌不休的驳议场景。小说的发生学意义，应从《庄子·外物》和《荀子·正名》篇起步，其“小道”和“小家珍说”的定义界说，折射出先民对小说功用的漠视态度：“案其实际，乃谓琐屑之言，非道术所在，与后来所谓小说者固不同。”③ 这种依附于诸子观的概念认定，不具备文体范畴的因子，这一包罗万象的杂体色彩，却肇始了小说概念的名实错位进程。首先从文体上界定小说的当属桓谭，其云：“若其小说家，合丛残小语，近取譬论，以作短书，治身理家，有可观之辞。”④ 其论虽未脱“小语”的形式特征，却初步规设了“譬论”作词的小说行文手段，略具近代色彩的小说观念特征。从目录学上厘定小说的则是学人常常称引的《汉书·艺文志》：“小说家者流，盖出于稗官，街谈巷语，道听途说者之所造也。孔子曰：‘虽小道，必有可观者焉，致远恐泥。是以君子弗为也。’然亦弗灭也。闾里小知者之所及，亦使缀而不忘。如或一言可采，此亦刍荛狂夫之议也。”⑤ 究其实，此种体例早在刘向父子编著的

① 参看杨义的论述：“考察战国思潮和文化形态，小说的多祖现象，小说和其他文体的接触点存在于三个方面：（一）小说与子书；（二）小说与神话；（三）小说与史书。”见杨义：《中国古典小说史论》，中国社会科学出版社 1995 年版，第 9 页。

② 林辰：《古代小说概论》，春风文艺出版社 2006 年版，第 16 页。

③ 鲁迅：《中国小说史略》，齐鲁书社 1997 年版，第 15 页。

④ ［汉］桓谭：《新论》，见黄霖、韩同文：《中国历代小说论著选》（上），江西人民出版社 2000 年版，第 1 页。

⑤ ［汉］班固撰、［唐］颜师古注：《汉书·艺文志》，商务印书馆 1955 年版，第 39 页。

《七略》中已见端绪。刘向父子在归类群书时，于儒、道等九家之外更立“小说”一门，许其浅俗粗野的文类表征。班固克绍刘氏衣钵，虽涉及小说起源的民间色彩，但大体仍未出诸子学的途辙。自《汉志》以降，历代史志的作者，墨守旧言，自甘沿袭孔子言论的经典化陈说。直至清代，纪昀仍视小说为无关大政的琐屑之言，就是一个有力的注脚。小说畛域的模糊认定，造就小说攀附其他文类的存在现实①。

小说的名实错位，打造了小说兼容并包的杂纂文类特征。历代小说家为了获就一纸士人认可的工具性说明，不惜攀援正史来提升自我的文类地位。史传著述给予小说的，不只是一种追求实录的方法论意义，也提供了丰富的题材资源。小说领域的佐史、补史心态就是史乘经典影响的观念投射，它亦在一定程度上折射出小说文体及其理论的稚嫩和落后。小说的慕史观念助长了其文类的生存能力，而其潜存的小道卑体骨质则阻扼了小说文体意识的独立化进程。正因如此，历代小说理论家极力为小说正名呐喊，又往往不免陷入慕史观念的泥淖。柳宗元《读韩愈所著毛颖

---

① 晚清民初的戏曲、弹词和小说一起统称为“说部”，“小说”大致相当于今天的叙事类文学，晚清民初的小说批评家的小说观念中有时含有传奇、戏曲、弹词的因子，像周桂笙《小说丛话》言：“二十年来所读中国小说，合笔记、演义、传奇、弹词，一切计之，亦不过二百余种。”见陈平原、夏晓虹：《二十世纪中国小说理论资料》（第一卷），北京大学出版社 1997 年版，第 101 页；黄伯耀《曲本小说与白话小说之宜于普通社会》中的“曲本小说”主要指戏曲；而李伯元编《庚子国变弹词》，也许弹词为“小说”体裁；管达如《说小说》和吕思勉《小说丛话》均将传奇与弹词列为韵文体小说；晚清民初小说期刊刊载了大量的传奇、弹词、戏文，也是新小说家对小说外延复杂认识的具体反映，但亦有别具慧眼者，如夏曾佑《小说原理》云：“曲本、弹词一类，亦摄入小说之中，其实与小说之渊源甚异议。”见陈平原、夏晓虹：《二十世纪中国小说理论资料》（第一卷），北京大学出版社 1997 年版，第 77 页。

传后题》提出小说“有益于世”① 的命题，已显露出为小说体认身份的努力倾向，其经后世小说批评家的不懈鼓荡，小说观念及其社会功能不断进入文人的研究视野。李贽、冯梦龙强调小说与传统诗文并论，胡应麟重新更定文类秩序，清晰地划定小说与经史的界域，他们初步给小说设计了脱离诗文、史乘构架的叙事取向。明清小说的“奇书”系统和“才子书”系统，就成为其当下文体革新的具体实践。其命名释义的文学实践，就不只是对抒情框架的突破，更是小说文体蓬勃生机的突出体现，它折射出文人对小说文体的玩赏和推许已具备了某种文学自觉的味道，以致金圣叹等少数精英以“才子”和“文心”来构建小说的批评体系，从而洞开了一扇探讨小说规律的门户。他推许《水浒》并驾《庄子》、《离骚》、《史记》、“杜诗”、《西厢》而为“六才子书”，冲击着小说为小道的传统观念构架，进一步推动了小说名实的统一进程。

如果说班固等人对小说的诸子学界定，还拘牵于儒家学说的框架，那么晋人干宝《搜神记序》则凸显了小说的怡情色彩，其所论定和阐发的小说“游心寓目”功能，则突破了“小道可观”的思想藩篱。它理直气壮地向娱乐本性归依，这本身就是文体成熟的一个清晰的界标。郎瑛言：“小说起宋仁宗，盖时太平盛久，国家闲暇，日欲进一奇怪之事以娱之，故小说得胜头回之后即云话说赵宋某年……若夫近时苏刻几十家小说者，乃文章家之一体，诗话、传记之流也，又非如此之小说。”② 对小说“尚奇”以求娱乐的功能认定，其本身就透露出清醒的文体挖掘意识，小

① ［唐］柳宗元：《柳宗元全集》，上海古籍出版社 1997 年版，第 179 页。

② ［明］郎瑛：《七修类稿》，上海书店出版社 2001 年版，第 229 页。

说于诗话、传记外别立一家，更是落实在小说名实的甄别实践上。宋元是小说观念发展的一个重要阶段，这不单表现在说话艺术和话本小说的繁荣，亦表露为世人对小说范畴的清醒挖掘。吴自牧《梦粱录》卷二十《小说讲经史》云："说话者，谓之舌辩。虽有四家数，各有门庭。且小说名'银字儿'，如烟粉、灵怪、传奇、公案朴刀杆棒发发踪参之事"，"盖小说者，能讲一朝一代故事，顷刻间捏合，与起令随令相似，各占一事也。"① 不但标举了"说话"各异的"家数"，也折射出当下社会对小说"虚构"（即"捏合"）能事的普遍认识。孟元老的《东京梦华录》、灌园耐得翁的《都城纪胜》和周密的《武林旧事》，都清晰记录了当时的说话艺术盛况。宋元话本的繁荣，刺激了小说概念趋向近代演变的名实结合进程。

从内容和形式两见其小的"丛残小语"到蔚为大观的长篇演义，小说的义界日趋缩小；从庄子的诸子观到刘知几的史学观，以及归结为文学意义上的小说，小说亦书写着由哲学历经史学趋向文学的嬗变途辙。先秦两汉的小说，基本上是略带贬义色彩的宽泛文类概念；唐代小说，风采斐然，然未脱经史陈述的框架；宋人笔记中的小说，又浸染着俚俗的野史风格；至明清蔚为风潮的通俗小说，小说观念已具备实现名实统一的基本条件。虽然，文言和通俗小说观念的并行发展现状，又往往使得小说文体呈现出复杂的文学表征。这正如清人刘廷玑《历朝小说》所论："小说至今日滥觞极矣，几于《六经》史函相埒，但鄙秽不堪寓目者居多。盖小说之名虽同，而古今之别则相去天渊。"② 屡经岁月的

① ［宋］吴自牧：《梦粱录·小说讲经史》，见［宋］孟元老等：《东京梦华录》（外四种），上海古典文学出版社1956年版，第312、313页。

② ［清］刘廷玑：《在园杂志》，中华书局2005年版，第82～83页。

淘洗，慎终追远的国人在循名稽实的文学进路中，逐步实现了小说概念的本体认知。

二、传统思维下的揄扬贬抑

事物在对比借鉴中认识自我，小说的文体活性突出表现在其借用他种文类的手法，如史乘的实录、诸子的思辨，从而形成饱具自我特色的批评风貌。相对于诗文正宗的抒情传统而言，“小道可观”的小说功能定位，多与其复杂的文类生存境域相关联。刘知几秉承史学家的地位和眼光，将与“正史参行”的“偏记小录”“自成一家”①，在“雅言”和“实录”的基础上构建小说的批评体系。出入封建制度下的文人，炼就一副尊史贱稗的批评眼光。小道卑体的文类地位，处处禁锢着文人的价值认定，文人以从事末技而自惭形秽。王利器辑录《元明清三代禁毁小说戏曲史料》中的“社会舆论”条，就记录了社会积习抵触小说的种种现实：施耐庵、罗贯中子孙三世皆哑，李昌祺不配陪祀乡贤祠，蒲松龄屡试不第，金圣叹遭阴谴，郎坤援引小说陈奏被革职……原因就在于他们跟为士大夫所不齿的小说发生过关联。社会和文人对小说的鄙视取向，常常造成小说作者不敢署真名的现状，这又以通俗小说领域表现尤著。社会舆论的制约，又在一定程度上加剧了中国小说观念的名实游离状态。

唐人“有意为小说”，因为其初步认识到小说的虚构特征而备受近代学人的褒奖。“至唐人乃作意好奇，假小说以寄笔端”②，唐人对藻绘和臆想的注重，符合今人的小说界定标准。

① ［唐］刘知几著、［清］浦起龙释：《史通通释·杂述》（上），上海古籍出版社 1978 年版，第 273 页。

② ［明］胡应麟：《少室山房笔丛》，上海书店出版社 2001 年版，第 371 页。

“小说，唐人以前纪述多虚而藻绘可观，宋人以后论次多实而彩艳殊乏。”①“才子”和“俚儒”的创作主体差异，造就小说艺术共时性的“文采”和“尚质”的分野。南宋人曾慥推许小说能“资治体、助名教、供谈笑、广见闻”，从社会效应的层面阐发小说的“小道可观，圣人之训”。②明清两代，通俗小说勃兴，纪虚观念已成为一种比较普遍的小说范畴。清人罗浮居士的小说界定颇有见地：“小说者何，别乎大言言之也。一言乎小，则凡天经地义，治国化民，与夫汉儒之羽翼经传，宋儒之正心诚意，概勿讲焉。一言乎说，则凡迁、固之瑰玮博丽，子云、相如之异曲同工，与夫艳富、辨裁、清婉之殊科，宗经、原道、辨骚之异制，概勿道焉。其事为家人父子日用饮食往来酬酢之细故，是以谓之小；其辞为一方一隅男女琐碎之闲谈，是以谓之说。然则，最浅易、最明白者，乃小说正宗也。”③就“浅易”和“明白”的维度来阐发小说的文体特征，洗净了小说的经史影响因子，以饱满的文学激情书写了自我的文体宣言。小说有别经史传统之外，另立浅易通俗的文类特性，原本就是追求小说概念的名实吻合，进而打造了近代意义上的文学性的小说观念。

“六经国史而外，凡著述皆小说也”④，冯梦龙这一略具夸张意味的界定，透露出小说芜杂不一的存在现实。繁荣的明代通俗

① ［明］胡应麟：《少室山房笔丛》，上海书店出版社 2001 年版，第 283 页。

② ［宋］曾慥：《类说》之《序》，文学古籍刊行社 1955 年版，第 29 页。

③ ［清］罗浮居士：《蜃楼志序》，见黄霖、韩同文：《中国历代小说论著选》（上），江西人民出版社 2000 年版，第 532 页。

④ ［明］冯梦龙：《醒世恒言·叙》，古本小说集成本，上海古籍出版社 1991 年版，第 1 页。

小说各以独领风骚的文学实绩，确立了历史、侠义、神魔、世情小说的创作典范。《红楼梦》及其续书的产生，更是形成一个众星拱月的文学景观。小说领域的追踪步武现象，表露出清醒的文体探讨意识。李贽《童心说》明示："降而为六朝，变而为近体；又变而为传奇，变而为院本，为杂剧，为《西厢记》，为《水浒传》，为今之举子业，大贤言圣人之道，皆古今至文，不可得而时势先后论也。"① 李氏隐然树立通俗小说为一代之文学的观念，肯定了小说的文体生机和规范意义。"小说者流，或骚人墨客游戏笔端，或奇士洽人蒐罗宇外，纪述见闻无所回忌，覃研理道务极幽深。"② 小说有别于史乘的文体意识得到重视。虽然，《四库全书总目提要》迹小说为杂事、异闻和琐语三派，其先后的排列顺序就是寄寓当下社会对小说的价值判断，但是，明人王圻《续文献通考》、高儒《百川书志》③ 和清人钱曾《也是园书目》对通俗小说的推重，亦揭示小说概念蓬勃发展的存在现实。郑振铎于1922年分析传统书目时断论："最奇怪的是子部中的小说家，真正的小说如《水浒》、《西游记》等倒没有列进去，他里边所列的却反是那些惟中国特有的'丛谈'、'杂记'、'杂识'之类的笔记。"④ 郑氏隐然是以现代的小说观念来衡量传统的小说观念，

① ［明］李贽：《童心说》，见《焚书·续焚书》，中华书局1975年版，第99页。

② ［明］胡应麟：《少室山房笔丛》，上海书店出版社2001年版，第283页。

③ 《百川书志》卷之六《史志三》"野史"条下列有《三国志通俗演义二百四卷》和《忠义水浒传一百卷》，《古今书刻》的都察院刻本亦有《水浒传》的记载，见［明］高儒、［明］周弘祖：《百川书志·古今书刻》，古典文学出版社1957年版，第82、325页。

④ 郑振铎：《整理中国文学的提议》，见《郑振铎文集》（第七卷），人民文学出版社1988年版，第4～5页。

才造成认识维度的名实背离。小说概念的名实关系，在官私书志上几近对立的表现，也正折射出正统意识和文人心态的矛盾和冲突。小说概念在迂回曲折中向近代突进，正凸显了小说文体的生机和活力。

晚清民初，西方文学观念烛照中国小说的革新之路。以梁启超为代表的小说批评家极力抬升小说的社会地位，启动和促发了小说由边缘趋向中心的嬗变。“小说为文学之最上乘”① 的功利话语，正基于绘制小说的独立文化体系，引发了众声喧哗的群体关怀潮流。晚清民初的小说繁荣，不单是小说数量的飙升，也表现在小说批评家建构新型小说观念的文学实践上。小说分类趋于繁复、小说规律探讨也日见深入，折射出批评家趋向小说观念本体的回归。号称经史大家的俞樾颂扬“如此平话小说，方算得天地间另是一种笔墨”②，就隐含着小说观念革新的征兆。1897 年，严复、夏曾佑曾论：“夫说部之兴，其入人之深，行世之远，几几出于经史上，而天下之人心风俗，遂不免为说部之所持。”③ 驱使社会主流对小说进行文学意义上的认定，已揭橥小说脱离经史束缚的大纛。1903 年，楚卿则推许小说支配人道的群治效应：“小说者，社会之 X 光线也。”④ 黄人则不满于古小说概念散漫芜杂的陈论，认为“小说者，文学之倾

① 梁启超：《论小说与群治之关系》，《梁启超全集》（第二册），北京出版社 1999 年版，第 884 页。

② ［清］俞樾：《重编〈七侠五义〉序》，见［清］石玉昆：《七侠五义》，上海古籍出版社 2000 年版，第 1 页。

③ 严复、夏曾佑：《〈国闻报〉附印说部缘起》，见陈平原、夏晓虹：《二十世纪中国小说理论资料》（第一卷），北京大学出版社 1997 年版，第 27 页。

④ 狄葆贤：《论文学上小说之位置》，见陈平原、夏晓虹：《二十世纪中国小说理论资料》（第一卷），北京大学出版社 1997 年版，第 80 页。

于美的方面之一种也”，小说的名实范畴得到进一步的澄清。① 徐念慈更是从形象性和理想化等五个方面阐释小说之“美”的丰厚内涵。小说的本体意义获得体认，杂纂色彩的削弱，意味着小说文体意识的强化。中国小说观念的名实统一和文体认定，也只有在近代才真正得以实现。彬彬称盛的晚清民初小说局面，诱发滞缓的小说观念本体苏醒，从而最终形成争辉诗文的文学景观。

三、文体视野中的学者眼光

小说古今含义的差别，造成学者研究视阈的分野。章学诚称小说凡三变，即汉魏之事杂鬼神、唐之传奇和宋元之演义。尤其是演义：“谱为词曲，遂使瞽史弦诵，优伶登场，无分雅俗男女，莫不声色耳目。盖自稗官见于《汉志》，历三变而尽失古人之源流矣。”② 正是横亘于胸的小说古义，才造成章氏是古非今的话语抉择。章学诚的观点在晚清的章太炎那里进一步延续：

> 又小说者，列在九流十家，不可妄作。上者宋钘著书，上说下教，其意犹与黄、老相似，晚世已失其守。其次曲道人物、风俗、学术、方技，史官所不能志，诸子所不能录者，比于拾遗，故可尚也。（宋人笔记尚多如此，犹有江左遗意。）其下或及神怪，时有目睹，不乃得之风听，而不刻意构画其事。其辞坦迤，淡乎若无味，恬然若无事者，《搜神记》、《幽明录》之伦，亦以可贵。唐人始造意为巫蛊媟嫔之言，（苻秦王嘉作《拾遗记》，已造其端，嘉本道士，不足

① 黄人：《〈小说林〉发刊词》，见阿英：《晚清文学丛钞·小说戏曲研究卷》，中华书局1960年版，第160页。

② ［清］章学诚著、叶瑛校注：《文史通义校注·诗话》，中华书局1985年版，第561页。

> 论，唐时士人乃多为之。）晚世宗之，亦自以小说名，固非其实。夫蒲松龄、林纾之书，得以小说署者，亦犹《大全》、《讲义》诸书，传于六艺儒者也。①

章太炎认可小说并列诸子的文化地位，初步改变了传统的小说观，又唯小说古义是尚，贬低唐人小说和蒲松龄、林纾之书的贡献，显出其所遵循的小说规律保守的一面。谈凤梁认为小说有三重含义："无害有益的帮凶"、"无所不包的杂拼"和"不足称道的雕虫小技"② 对小说的定位多拘囿于古义层面，未能充分理清小说观念的时代变迁。夏志清言："假如我们采用小说的现代定义，认为中国小说是不同于史诗、历史叙事和传奇的一种叙事模式，那么我们可以说，中国小说仅在一部 18 世纪的作品中才找到这种形式的真正身份，而这部书恰巧就是这种叙事形式的杰作。"③ 夏氏以西方小说观念来裁剪中国古典小说，认可《红楼梦》叙事形式的开创和典范意义，凸显了小说的近代色彩。但是，这种观念的规约，相对忽略了中国小说观念芜杂不一的现状，若就此延伸，"唐人有意为小说"的经典论述，也就成为一类颇可商榷的文学命题。

诗文向为正宗的主流话语，造成中国叙事理论的滞后性。李时人认为："中国古代正统的'小说观'从本质上说是非文学、非艺术的，或者说，本来就不是从文学，不是从叙事艺术的角度来肯定小说的。因此，这一'小说观'所谓的'小说'指的原本就不是作为叙事艺术的小说，虽然其也认同某些叙事

① 章太炎：《与人论文书》，见《章太炎全集》（四），上海人民出版社 1985 年版，第 169 页。

② 谈凤梁：《古小说论稿》，浙江古籍出版社 1989 年版，第 3 ~ 6 页。

③ ［美］夏志清：《中国古典小说史论》，江西人民出版社 2001 年版，第 13 页。

作品。"[①] 抒情理论的片面发展，影响到甚至压缩了叙事艺术的生存空间。因此，李先生进而断论："以中国古代的小说观念来解决什么是小说的理论问题和以此来界定哪些是小说作品，肯定是不得要领的。我们唯一的办法，就是以近世对小说文体的普遍认识为基础来看问题。"[②] 虽然，"一代有一代之文学"的观点具有一定的理论偏颇，但侧重文学维度的演变观仍留有相当的理论生命和发展空间。小说作为一种相对自足的想象世界，自有其独立的文体识别和价值判断标准，全盘以西方现代小说观念为坐标来丈量中国小说，总掩盖不了其理论的比附色彩。

抉取视角的差异，直接关合着学者的观念世界。胡怀琛早就指出："那么，拿西洋的小说做标准，替中国的小说下一个定义罢，也极困难。他们所认为是小说的，不能恰和我们所认为是小说的一样。倘若拿西洋的小说定义做标准：有的地方，不能包括中国的一切小说，是他的范围太狭了；有的地方，又超出中国所有的小说以外，他的范围又似乎太宽了。"[③] 宁宗一侧重小说的艺术维度，列小说为"小说家的小说"、"思想家的小说"和"诗人的小说"[④] 三类，进而通过分析小说类型来探讨文体的应变性，较好地廓清了小说概念头上的迷雾。"古代小说同现代小说一样决不是一种绝对的文体，它在各方面各范畴始终都处在一个变动的过程。在这个过程中，如果我们固守一种观念，固守一些衡量

① 李时人：《全唐五代小说》（第一册）之《前言》，陕西人民出版社1998年版，第7页。

② 李时人：《全唐五代小说》（第一册）之《前言》，陕西人民出版社1998年版，第9页。

③ 胡怀琛：《中国小说研究》，中国书籍出版社2006年版，第2页。

④ 宁宗一：《中国小说学通论》，安徽教育出版社1995年版，第12页。

标准，那么就容易在思维上造成错位。"① 文如流水，常变常新，小说文本在不断的累积中加厚它的文学特性。浦江清言："'小说'是个古老的名称，差不多有二千年的历史，它在中国文学里本身也有蜕变和演化，而不尽符合于西洋的或现代的意义，所以小说史的作者对此不无惶惑，一边要采用新的定义来甄别材料，建设一个新的看法，一边又不能不顾到中国原来的意义和范围。"② 文学的会通和融合，需求和召唤学者的宽广学术视野，如果对中国小说观念采取断章取义或者主观臆测的做法，免不了会郢书燕说、不得要领，所以小说研究领域中的"惶惑"仍是一个长期持续并且相当普遍的现实问题。"在文言文学里，小说指零碎的杂记的或杂志的小书"③，而在白话文学里，"狭义的小说单指单篇故事或社会人情小说"，"广义的小说包括一切说话体的虚构的人物故事书，以及含有人物故事的说唱的本子"④。针对小说系统的存在现实，分而治之的策略，既揪住了小说界说的核心内容，又凸显了小说概念的文化生态。

陈洪形象地用瓶和酒的关系借喻小说的名和实，"兑酒"的过程则隐喻着小说概念的演变。小说理论与实践的间隔，呼唤学者关注小说观念的复杂义界。"研究对象的确定以'小说'今义为准，这是整个工作的基本点，但同时也要注意到古义的演变过程及其理论含义。"⑤ 小说观念驳杂不纯的现状，是社会

① 宁宗一：《中国小说学通论》，安徽教育出版社 1995 年版，第 12 页。

② 浦江清：《浦江清文录》，人民文学出版社 1958 年版，第 180 页。

③ 浦江清：《浦江清文录》，人民文学出版社 1958 年版，第 192 ~ 193 页。

④ 浦江清：《浦江清文录》，人民文学出版社 1958 年版，第 193 页。

⑤ 陈洪：《中国小说理论史》（修订本），天津教育出版社 2005 年版，第 1 ~ 2 页。

历史和文人心态共构的产物。小说概念是小说观念的集中表现，李剑国以叙事原则、虚实原则、形象原则和体制原则来界定小说，在其看来，这四种划分原则是一个统一的整体，不能据守一端，不及其余。① 对小说古今义的界说和认同，就是文学研究中会通精神的显现。对小说观念历史生态的清晰体认，更是学术研究客观精神的弘扬。黄霖综合小说研究的当下现状指出："将先秦的神话、传说、寓言等'丛残小语'，到汉魏六朝的志人琐记、志怪灵异，再到唐代传奇、宋元话本，乃至明清时代人物众多、故事复杂的长篇小说，都称之为小说。这种既考虑到小说应有人物和故事的具体特点，又照顾到中国古代小说发展的前后因缘的看法，我们认为是可取的。与此不同的是，假如象古人那样过宽地将诸如《容斋随笔》、《梦溪笔谈》之类的'丛谈'，《鼠璞》、《鸡肋篇》之类的'编订'和《颜氏家训》、《劝善录》之类的'箴规'，都归入'小说家'内，或者象现在某些学者那样过严地以有完整故事的唐代传奇开始，甚至以个人独立创作的《金瓶梅》开始才承认其为'小说'等观点，都是我们所不敢苟同的。"② 参以小说研究现状，此论可谓求是之说。

小说之名，在岁月的冲刷和淘洗中，成就文体观念的丰厚和深化。小说之实，表露出社会和文体选择的威力，亦自有其文化承续链条和文化魅力。小说书目记录着一个时代的小说观念，也是一定时空内学者眼光的集中体现。兹以出版时间之先后，列举几种今人所编小说书目的选录标准：

① 李剑国、陈洪：《中国小说通史 · 先唐卷》，高等教育出版社 2007 年版，第 17 ~ 21 页。

② 黄霖等：《中国小说研究史》，浙江古籍出版社 2002 年版，第 1 页。

书名	著(编)者	时间	选录标准	说明
《中国通俗小说书目》	孙楷第	成书于1932年，1933年初版	本书所收，以语体旧小说为主。说解之书与小说有关，亦一并收入。	偏在古义
《古小说简目》	程毅中	1981年4月	本编收录古代小说，以文学性较强的志怪、传奇为主，但适当地尊重历史传统，参照史书艺文志小说类著录的源流，兼收杂事、琐记之类的作品。	以小说今义为主，适当考虑古义
《中国文言小说书目》	袁行霈、侯忠义	1981年11月	凡古代以文言撰写之小说，见于各正史艺文志、经籍志，各官修目录、重要私人撰修目录，及主要地方艺文志者，不论存佚，尽量收罗。	以小说古义为标准
《中国通俗小说总目提要》	江苏社会科学院明清小说研究中心	1990年	本书所收，以唐代至清末的通俗白话小说为主，不收传奇体笔记体文言小说。若干为从来之通俗小说书目著录之章回体文言小说（如《蟫史》之类）酌情收录。	偏在今义
《中国文言小说总目提要》	宁稼雨	1996年	在尊重古人小说概念的前提下，以历代公私书目小说家类著录的作品为基本依据，用今人的小说概念对其进行遴选厘定，将完全不是小说的作品剔除出去，将历代书目小说家中没有著录然而又确实可与当时的小说相同，或能接近今人小说概念的作品选入进来。	以今义为主，古今结合

（续表）

书名	著(编)者	时间	选录标准	说明
《古代小说总目·白话卷》	石昌渝	2004年	用文言写成的通俗小说，如《痴婆子传》、《女才子传》等等，不在本卷著录之列，均归入本书之"文言卷"。口头文学作品，如《醉翁谈录》著录之"说话"名目，本书不照单收纳，其中一些作品如有证据证明转化为书面作品，或被《宝文堂书目》及其他书目著录为话本者，则收录之。弹词、鼓词一类以韵文为主的叙事作品，如《三祥报》、《童畹争春》等等，一般不予著录，但以散文为主、韵文为辅的作品，如《大唐秦王词话》则酌收。	以今义为主，参以古义
《古代小说总目·文言卷》	石昌渝	2004年	本书采取宁宽勿缺的方针，除了著录文学门类的小说作品之外，还将古代主要公私书目著录的"小说家类"作品也一概收录，对于其中非叙事性的作品则在提要正文中加以说明。	宁宽勿缺，古今兼重

概而言之，学者的选录标准大致体现了古今兼重原则，随着时光的推移，这种倾向更为明显。尊重古人，抑或以今视古，这不单

是一种选录的态度，也是文体视野中的方法论，① 小说概念的文学性和杂纂性，孰轻孰重，也就成为一个极难索解的纽结。若据中国文学史辑录的小说情况分析，20 世纪 10 年代有文学史 7 部，其中包含小说的有 3 部，20、30、40 年代的中国文学史分别是 13、37、8 部，包含小说的则分别是 7、36、6 部。② 新中国成立前的文学史，多是呈现一种文类杂纂的书写特征，传统观念指导下的文学史写作，导致诸多现代意义上的非文学成分的窜入，却漠视甚至鄙夷小说文学性之一面，这种态度就是当时社会政治文化的具象反映，从当时的文化语境切入，方能接近于历史的真实。中和小说的古今文化生态，才允符小说观念嬗变的存在事实，相对而言，忽略或者割裂古人小说观念的做法，自然会缩短我们的研究视线。注重

---

① 宁稼雨在分析小说概念古今义时，就指出两种极端取舍法的利弊："概括来看，这些意见大致可分两种。一是完全遵从古人，即把古人心目中的小说概念作为衡量文言小说的唯一标准。而古人表达自己小说概念的主要途径便是图书分类。于是有的文言小说书目干脆将历代公私书目中小说家类著录的作品全部拿来，加以排列。这种方法的优点是尊重了古代人小说观念的客观事实，缺点是这样一来，一大批没有被书目小说家类著录的文言小说作品便理所当然地被排除在文言小说的大门之外。同时也有一大批包罗万象、与今人的小说概念有着天壤之别的笔记杂书却占据了文言小说的场地。这不能不说是一个很大的遗憾。第二种意见是完全以今视古，即完全按照今人的小说概念去衡量古代的文言小说作品。而今人小说概念的核心便是情节叙述和人物塑造。于是很多学者在自己的论著中便把有没有文学性，即有没有情节和人物作为是不是文言小说的标准。甚至有人把有没有想象和虚构作为衡量文言小说的基本条件。这样做固然可以使文言小说的文学特征更加纯洁和鲜明，然而却没有照顾到中国文言小说自身发展的客观事实。"见宁稼雨：《中国文言小说总目提要》之《前言》，齐鲁书社 1996 年版，第 1 ~ 2 页。

② 参看［韩］李腾渊：《关于 20 世纪前半期中国文学史编写体例的演变——以考察雅俗兼容和古今结合问题为中心》，见复旦大学中国语言文学研究所主编：《古代文论研究的回顾与前瞻：复旦大学 2000 年国际学术会议论文集》，复旦大学出版社 2002 年版，第 188 ~ 195 页。

和理清小说观念的古今之别，不只是为当下的小说研究提供良好的参照，也关系到小说研究中的宏观视阈的开拓和审美尺度的运用。

小说概念作为历时性和共时性的有效统一，表现了小说固有的文体魅力。传奇志怪，上承秦汉而下启明清，在自足的文学框架内保持了其相对旺盛的文学发展势头。把捉小说的共时性特征，亦可理清纪昀对蒲松龄《聊斋志异》的驳难，各自渊源和自我家数的差异，势必波及小说观念的审美选择。小说概念的名实错位不应成为我们研究的障碍，我们也大可不必斤斤于小说名实纠缠的漩涡。这适如谭帆所论："人们常常视小说观念仅为'小说'这一名称所指称的内涵。这种过于狭隘的认识，使得人们对于小说观念的追溯，往往局限于'小说'这一名词所涉及的内涵和外延的演化，因而人们所揭示的所谓小说观念的演化史常常表现为'小说'这一名称的发展历史。"① 对待中国小说观念的演变，我们不应是有意回避，而应当是放宽视野，重视小说本位及其周边环境，正视小说概念的芜杂现实。杨义对待小说概念的态度，我们不妨借鉴："事实很清楚，我国小说文体概念的出现，已有两千年的历史，它的命名，和耶稣一样古老，它不需要采用西方千百年后才出现的小说观念来规范自己的想象力和表现形式。勿须怀疑，我们需要西方现代小说观念作为研究的参照系，这是绝对必需的，但是参照系不能代替本体认定，这也同样不容怀疑，不然就可能造成研究偏离本体，影响它的科学品格。"② 我们的态度是，置小说概念于文学的层面，参照现在学界（如现在高校实行的各种《文学原理》、《文学概论》之类）普遍接受的

① 谭帆：《"小说学"论纲》，《中国社会科学》2001 年第 4 期，第 146 ~ 156 页。

② 杨义：《中国古典小说史论》，中国社会科学出版社 1995 年版，第 1 ~ 2 页。

小说概念，立足于小说概念的今义，同时也照顾到小说概念的古今之别，进而构建中国当代小说学，沿着小说研究的主体方向不断前进。

第二节　晚清民初小说的存在类型

文体代变、通行既久，一代自有一代之文学风貌。文章流别之说，起于曹魏，曹丕的《典论·论文》，文分四科；晋人挚虞的《文章流别集》，文成九类。体大精深的《文心雕龙》又增至二十一种，为诗文分类建立了一个相对圆合的理论体系。诗文是尚，陈陈相因，削夺了小说文体独立的存在价值。小说之名，起于战国，汉唐以降，其理论建构不绝如缕。但是对其文类的探讨，多是流于形式，没有根本性的突破。时至晚清民初，载体的变更影响到其分类原则的重新厘定，从总体上说，小说分类日趋繁杂，其类型理论逐见成就。孜孜探求和辛勤耕耘的新小说家，在社会反映论的旗帜下抓住了小说的题材特征。

一、小说类型说的传衍

小说类型是一种文学意义上的二级分类①，小说类型常常受制于善恶美丑等二元对立的社会学模式，形成高雅小说和通俗小说的分野，它反映了历代文人认定小说类型的社会判断惯例。班固《汉书·艺文志》分天下学术为九流十家，小说更在九流之外。丛残小语，文不足贵，小说被剥夺了进驻高雅文学殿堂的

① 陈平原将文学的第一级分类（如诗歌、戏剧、小说等）称为“体裁”，而将其第二级分类（如历史小说、侦探小说、科幻小说）称为“类型”，见陈平原：《千古文人侠客梦》，新世界出版社2002年版，第195页。

权利。文言小说分类肇始于盛唐刘知几的《史通·杂述》，其在“偏记小说”下列十种：偏记、小录、逸事、琐言、郡书、家史、别传、杂记、地理书、都邑簿。强调实录，重视雅言，其史家的打量眼光，未能洞及小说的文体实质。明人胡应麟《少室山房笔丛·九流绪论》别有会心，更定九流，划分六类：志怪、传奇、杂录、丛谈、辩订、箴规。其宏观识见，在心学横流、学术浮躁的明季，尤为可贵。清初王应昌《重校说郛序》基于胡论，稍有取舍，列小说为见闻、议论、考核和箴规四种。至博综群言的《四库全书总目提要》，其“杂事、异闻、琐语”之属，一仍小说旧解，却漠视通俗小说业已繁荣的存在现状。通俗小说的分类首见于宋人耐得翁《都城纪胜》的《瓦舍众伎》条，烟粉、灵怪和传奇的类型标识，开启了通俗小说分类渊源的主流向，而后的小说理论阐释，基本上是沿袭此再加以引申，吴自牧《梦粱录》增加公案、朴刀、杆棒三种，成为六类。罗烨《醉翁谈录》又添加妖术、神仙二类，一分为八。这些分类大都体粗文杂，缺乏统一的标准。途径自殊的明清私家书目，往往给予通俗小说以一席之地。明人高儒的《百川书志》就别张一军，列《三国演义》和《水浒传》入史部“野史”类，提升了通俗小说的文类地位。① 清代钱曾《也是园书目》于经、史、子、集外另列“戏曲小说”一卷，顺应当下通

① 《百川书志》卷之五·史志二“传记”条下列有许尧佐《柳氏传一卷》、李公佐《谢小娥传一卷》和蒋防《霍小玉传一卷》等文言小说；卷之六·史志三“小史”条下列有瞿佑《剪灯新话四卷、附录一卷》和李昌祺《剪灯余话四卷》等笔记小说；卷之八·子志二“小说”条下列有小说 117 部，其中唐人崔令钦《教坊记》和宋人沈括《梦溪笔谈》、叶梦得《石林燕语》、杨万里《挥尘录》、陈师道《后山谈丛》，则很大程度上不是叙事性质的小说。见［明］高儒、［明］周弘祖：《百川书志·古今书刻》，古典文学出版社 1957 年版。

俗小说蓬勃发展的现实。明代“四大奇书”① 之说一出，《三国演义》、《水浒传》、《西游记》和《金瓶梅》以其非凡的艺术成就，标领一代风骚。其续书的踵武追步，形成一个个群山拱岱的文学场景。这就从实践上树立了历史演义、英雄传奇、神魔小说和人情小说的四大分野，从而形成了通俗小说的类型典范。

不管类型划分者的主观意识如何，小说类型总是具体社会生活的投影。胡应麟基于小说类型的错综复杂，亮出其取舍的标准：“一书之中二事并载，一事之内两端具存，姑举其重而已。”② 至于到某一特定时代，其具体类型却不见得只“举其重而已”，小说类型是一个复杂的家族，每一类型本身并无优劣之别，且浸染着鲜明的时代变迁的印痕，鲁迅《中国小说史略》对明清小说的类型探究，如讲史小说、神魔小说、人情小说与狭邪小说，拟宋市人小说与侠义小说，讽刺小说与谴责小说，或从题材、或就人物、或言风格，标准的多元，不免会形成某些交叉和重叠，这就使得其类型界定，仍有进一步探讨的可能，所有这些，就是很难做到“举其重而已”之具体而微的表现。③ 晚清以

---

① 李渔《三国志演义序》云：“尝闻吴郡冯子犹赏称宇内四大奇书，曰《三国》、《水浒》、《西游》及《金瓶梅》四种。余亦喜其赏称为近是。”见［清］李渔：《李渔全集》（第十卷），浙江古籍出版社 1991 年版，第 1 页。

② ［明］胡应麟：《少室山房笔丛》，上海书店出版社 2001 年版，第 283 页。

③ 如果秉《春秋》来责备贤哲，古代小说史研究的开山之作《中国小说史略》，对小说类型的探求并不十分严格，尤其是该作明清小说部分的论述。鲁迅曾借该书的《后记》点明之：“其第十六篇以下，草稿则久置案头，时有更定，然识力俭隘，观览又不周洽，不特于明清小说阙略尚多，即近时作者如魏子安、韩子云辈之名，亦缘他事相牵，未遑博访……亦复依据寡薄，时虑讹谬。”拓荒之作的理论或文献缺陷也不断地被学者们发现，前辈学者如胡适、郑振铎、阿英、孙楷第、赵景深就从不同视角论及。阿英《作为小说学者的鲁迅先生》指出其四点不足：仅以政治原因来说（转下页）

降，西学东来。中西文化的碰撞和交流，加快了传统小说观念的

（接上页）明晚清小说产生的背景、缺乏对作者以及思想部分的考察、当时许多重要的书无从得其概略、著者时代的判断和卷帙方面的误记，见阿英《小说四谈》，上海古籍出版社 1985 年版，第 189 ~ 190 页。但是，阿英在运用唯物史论修正《中国小说史略》关于“谴责小说”类型的观点之时，自己又无法跳出题材分类的框架，致使《晚清小说史》成为晚清小说的一部资料叙录。孙丽华认为阿英的《晚清小说史》：“该书在结构体例上尽管很像鲁迅所开创的小说类型研究，给人以条理分明、类别清楚之感，但实际上这只不过是一种‘形似’，显然无法与鲁迅的分类工作相比。因为阿英完全是从内容与题材的角度出发进行分类工作，并不照顾到小说的表现形式与发展演变轨迹，所以充其量也只能算是一种简单的题材分类，而不能说是为小说史研究提供了准确可行的类型界定。”见董乃斌等：《中国文学史学史》（第三卷），河北人民出版社 2003 年版，第 201 页。孙楷第的看法是：鲁迅的小说分类“品题殆无不当。唯此乃文学史之分类，若以图书学分类言之，则仍有不必尽从者。《史略》‘讲史’二字，用宋人说话名目。考宋人说话，小说有‘灵怪’，实即‘神魔’；有‘烟粉’，实即人情及狭邪小说。有‘公案’，实即‘侠义’。故余此书小说分类，其子目虽依《小说史略》，而大目则沿宋人之旧。此非以旧称为雅，实固意义本无差别，称谓即不妨照旧耳”。见孙楷第：《中国通俗小说书目》，人民文学出版社 1982 年版，第 1 页。据韩伟表的研究，黄霖《儒林外史选粹·序言》（上海教育出版社 1986 年版）、陈平原《论鲁迅的小说类型研究》（《鲁迅研究月刊》1991 年第 9 期）、范伯群《特缘时势要求，以合时人嗜好——以评议鲁迅、胡适有关“谴责小说”论点为中心》（《苏州科技学院学报》2005 年第 1 期）、王学钧的一组文章，像《〈老残游记〉非谴责小说论》（《南京理工大学学报》2004 年第 4 期）、《李伯元与“谴责小说”的兴起》（《江苏社会科学》2002 年第 5 期）、《鲁迅、胡适对李伯元人格与创作的误解》（《南京大学学报》2003 年第 6 期）、《〈官场现形记〉与晚清“新政”及鲁迅的误解》（《南京师大学报》2004 年第 2 期），均从不同角度谈及《中国小说史略》类型设计的误区。见韩伟表：《中国近代小说研究史论》，齐鲁书社 2006 年版，第 188 ~ 190 页。王学钧《〈官场现形记〉与晚清“新政”及鲁迅的误解》表露了其独到的见解：鲁迅“显然是将自己推测想象的社会心理套用于对特定历史时空中具体文学现象的发生论解释，且多半是据《官场现形记》推测想象而成。然而，由于他对《官场现形记》的创作时间判断失误，故而全盘失误。应当说，这是小说史研究中一个关涉方法论的教训”，见该刊第 121 页。欧阳健就“志怪”、“传奇”、“话本”、“拟话本”、“讲史”、“神魔”、“世情”、“讽刺”和“谴责”这几组类名对《史略》进行详细的检讨，见欧阳健：《中国小说史略批判》第三章《体例篇》之第一节《分类辨》，山西人民出版社 2008 年版，第 93 ~ 127 页。

近代化进程。梁启超1898年在《清议报》上特辟“政治小说”一栏，并于当年的《译印政治小说序》分小说为英雄、男女和鬼神三类，仍在沿袭传统的小说类型。稍后的侠人在《小说丛话》中亦列英雄、儿女和鬼神三派，克绍宋元旧说。觚庵《觚庵漫笔》分小说为两大派：记叙派和描写派，则照顾到小说故事与性情的差异。对此，1912年管达如的《说小说》曾有申论：“英雄、儿女、鬼神，为中国小说三大原素，凡作小说者，其思想大抵不外乎此。且一篇之中，三者错见，不能判别其性质者；又有其宗旨虽注重于一端，而亦不能偏废其他之二种者，此由社会心理使然。”① 从社会心理剖析和肯定小说的三个总类型，注意到了其跨类特征，但总体上未出小说的“文类——社会”模式的笼罩。

爬梳小说分类的传衍特征，约有三个方面：其一是小说分类大都基于文体形式，对小说内容的梳理和分析，没有多少实质性的突破；再就是文言小说分类粗疏，概念广泛，同其他文类特别是跟史家著作界限比较模糊，其杂文学特征较通俗小说更为明显；最后是文言小说的类型划定，时代变迁，其界定规范前后相差甚远，通俗小说分类较为稳定，概念演变，固有定式。若从中国小说的演变史上考察，晚清民初的小说分类，则突破了单一的形式判断原则，趋于文类形质的综合考虑，已具有某种文体自觉的意味，这是一种历史性的进步。

二、晚清民初小说类型的存在生态

小说与报刊联姻，是晚清民初小说存在生态，日本汉学家樽本照雄在分析这一现象时就着意于晚清的出版形式：“众所周知，

① 管达如：《说小说》，见陈平原、夏晓虹：《二十世纪中国小说理论资料》（第一卷），北京大学出版社1997年版，第401页。

清代末年发表的小说多首先发表在杂志上，其中有一部分后来被集中起来出单行本。从杂志初出到单行本，这是一种以前没有见过的全新的出版形式。”① 晚清民初的报刊与小说，它们是一个硬币的两面，相辅相成。据陈大康的考查，晚清民初的小说类型标识，始于1897年9月上海《求是报》（第二册）刊载三乘槎客（陈季同）翻译法国贾雨的《卓舒及马格利小说》，其“泰西稗编”的标识就是一种类型认定。② 而小说类型探究能成为一时风潮，却绕不过梁启超等人的倡导。梁启超对政治小说的鼓吹，在让国人惊羡新名词的同时，推动了报刊小说的类型体认。其1902年创办的《新小说》杂志，承前启后，催发效仿者的分类旨趣。为便于分析，兹以晚清五种小说杂志为例，进行分析：

杂志名称	杂志形式	出版地	发行时间	期数	小说总数	分类数
新小说	月刊	（横滨）上海	1902.11—1906.1	24	22	12
绣像小说	半月刊	上海	1903.5—1906.4	72	39	7
新新小说	月刊	上海	1904.9—1907.5	10	10	7
月月小说	月刊	上海	1906.11—1909.1	24	110	32
小说林	月刊	上海	1907.2—1908.10	12	6	12

① ［日］樽本照雄：《新编增补清末民初小说目录》，齐鲁书社2002年版，第2页。

② 陈大康：《关于“晚清”小说的标示》，《明清小说研究》2004年第2期，第125～133页。

或从题材着眼，或就篇幅入手，其类型探求，虽是步履艰难，亦为可贵。晚清小说期刊刊登的小说总数与分类数存在某种必然的联系，一般说来，报刊小说的读者定位影响其分类原则，政治国务宣传之刊，其内容博杂，分类数目亦多，如《月月小说》；为都市细民写心的小说杂志，像《绣像小说》等，分类简约而且稳定。徐念慈等人更从理论上加以类型界定，晚清民初的报刊小说分类，也就成为一种时尚。本来，分类别组是传统目录学的重要手段，异域小说类型的输入引发和加强了国人普遍重视小说类型的力度和广度①，这种众声喧哗的艺术场景，对诗文向为正统的文学观念不啻是一种暴风骤雨式的冲击，它颠覆了流衍千年的文学传统，引发国人的群体关怀。

小说文类地位的提升，呼求重构和厘定小说的自身观念，这固是小说类型探求的重要前提，问题的另一个侧面亦不容忽视，晚清民初的小说类型探究就是小说地位提高的突出表现。请看

---

① 陈平原认为，鲁迅《中国小说史略》借用“神魔小说”、“人情小说”等类型来勾勒中国古代小说演变的面影，固然是其接纳清儒家法之故，而其更重要的理论启迪，则源于晚清民初新小说家对西方小说类型概念的引进。“到了鲁迅著小说史，方才根据中国小说发展的实际，认真设计各种小说类型。鲁迅为中国小说类型的研究创立了基本体例；论述类型崛起时多从文学传统与文化思潮两方面来考察；正视小说类型演进中各种‘变形’；在小说类型的灵活掌握及深入辨析中突出论者的史识与才气。”见王瑶主编：《中国文学研究现代化进程》，北京大学出版社 1996 年版，第 101 页。孙丽华也指出：鲁迅的小说分类，“既考虑到题材特征，也考虑到文体特征，如六朝志怪、唐人传奇、宋元话本和讲史，以及明清章回小说的再进一步区分为神魔、人情、讽刺、狭邪小说等类型，不难看出，其中既融合了对小说题材和体裁两方面的考虑，而且还涵容了小说发展的时间阶段性，已经不是静态的分类，而是包容了发展演进的动态过程，是非常成功的分类范型”。见董乃斌等：《中国文学史学史》（第三卷），河北人民出版社 2003 年版，第 193 页。

《新小说》杂志的类型界定：

小说类型	界定	备注
历史小说	专以历史上事实为材料，而用演义体叙述之。	题材、体裁
政治小说	欲借以吐露其所怀抱之政治思想也。其立论皆以中国为主，事实全由于幻想。	题材
哲理科学小说	专借小说以发明哲学及格致学，其取材皆出于译本。	题材
军事小说	专以养成国民尚武精神为主，其取材皆出于译本。	题材、宗旨
冒险小说	如《鲁敏逊漂流记》之流，以激励国民远游冒险精神为主。	体裁、宗旨
探侦小说	其奇情怪想，往往出人意表。	题材
写情小说	人类有公性情二：一曰英雄，二曰男女。情之为物，固天地间一要素矣。本报窃附《国风》之义，不废《关雎》之乱，但意必慰藉，言必雅驯。	题材
语怪小说	妖怪学为哲理之一科，好学深思之士，喜研究焉。西人谈空说有之书，汗牛充栋，几等中国，取其尤新奇可诧者译之，亦研究魂学之一助也。	题材
札记体小说	如《聊斋》、《阅微草堂》之类，随意杂录。	体裁
传奇体小说	欲继索士比亚、福禄特尔之风，为中国剧坛起革命军，其结构词藻决不在《新罗马传奇》下也。	体裁（戏剧）

若就《新小说》和《小说林》杂志的著、译情况而论，《新小说》中著作9篇，主要涉及历史小说、政治小说、社会小说和写情小说几个领域，其中政治小说又是梁启超的着意方向，13篇译作主要被侦探和冒险二类所瓜分。《小说林》的20篇著作中，短篇就有14篇之多，其他分见于社会和家庭二门，16篇译作也被侦探、短篇和科学等类型分割。早期的报刊小说分类主要依题材而定，政治、科学和侦探类的比例，明显大于其他门类，且是译作多于创作，这就折射出起步阶段的小说报刊旨趣：热情引进和竭力效仿异域体裁，对新颖体裁尤为注意。晚出的小说报刊，在保持侦探和科学二类的强劲引进势头外，创作数亦逐渐迈过译作量，分类的名目亦为减少，折射出国人对小说类型的深度挖掘，特别是对异域体裁的接受和吸纳，补充"缺类"输入的小说类型，根源在于"读者和作家的求新猎奇心理。最容易被人们忽略的是，这种类型倾斜的潜在因素：类型等级观念。政治形势在变，审美趣味在变，于是小说类型的热点也在转移"①。

晚清民初的报刊小说是一个色彩缤纷的文学世界，《孽海花》刊载于《小说林》时标为"社会小说、历史小说"；李涵秋的译作《奇童案》被《小说林》归属为"短篇、侦探小说"；1905年创刊的《北直农话报》出于其面向农务的宗旨，就有《阿藏格》为"农学小说"的界定。创刊于1907年8月的《中外小说林》列《昏庸镜》为"短篇小说、叙事小说"，《孽因孽果》为"砭俗小说"，《沈醉生》为"趣致小说"，其分类已顾及小说的社会功能和审美趣味。而后的晚清民初杂志，像《神州女报》（1907年创刊）、《小说时报》（1909年创刊）、《小说月报》（1910年创刊）、《小说海》（1915年创刊）、《小说大观》（1915年创刊）、

① 陈平原：《千古文人侠客梦》，新世界出版社2002年版，第224页。

《小说俱乐部》（1918 年创刊）、《小说季报》（1918 年创刊）多依篇幅而定，对其中的个别小说篇目再言分类，基本沿袭长篇和短篇的类型规范。小说类型的认定思潮中，亦有少数报刊不随人步趋，像《民报》（1905 年创刊）所刊载的《狮子吼》和《海国英雄记》等小说就未见分类的标签。

繁复的小说分类，洪波裹挟珠贝泥沙奔流，报刊的传播机制，促使小说杂志不断开辟或变换新的栏目设置，来对等读者的阅读取向，因此，晚清民初的小说类型探求，直接面向读者，这显然有别于昔日忽视小说消费的存在现实，更足以张扬小说的主流文学特质。1908 年徐念慈《余之小说观》就针对这良莠不齐的现实进行冷峻的谛察：

> 小说之形式大别之有三。其一综合各种，而以第几集第几种名之者；其一以小说之内容，而以侦探、历史、科学、言情等等名之者；其一漫画花卉人物于书画，而于本书事迹，有合有不合者。余谓第一法，本我国刊刻丛书旧例，强绝不相侔者，汇而置之一秩，已属无谓。况旧刻之丛书，搜辑遗简，合成一集，其大小长短，装潢文饰，无一不相同；其出版焉，亦无有今日出此，明日出彼者。今则反是，则第一法之不可通也。若第二法，则侦探、言情等，种种标目，似无不妥，然小说之所以耐人寻索，而助人兴味者，端在其事之变幻，其情之离奇，其人之复杂。大都一书中，有生者，有死者，有男子，有妇人，有种种色目人；其事有常者，有变者。举一端以概之，恒有失之疏略者。余于是见有以言情、侦探、冒险，名其一小说者矣，有以历史、科学、军事、地理，名其一小说者矣；及观其内容，窃恐此数者，尚不足以概之也。是则第二法之更不可通也。至第三法，以花卉人物，饰其书面，是因小说者，本重于美的一方面，用

> 精细之画图，鲜明之刷色，增读书者之兴趣，是为东西各国所公认，无待赘论。然余谓其用意未尝不佳，惟不可无良工以继其后。今者图画之学尚未精造，印刷不尽改良，往往所绘者不堪入目。即绘事工矣，而设色之劣，红绿黑白，滥用杂施，遂使印出之品，不及儿童所玩之花纸，不能鼓兴趣，适以增厌恶也。是则第三法本可通，而不可不力求改良者也。余谓不能尚文，何如务实？书名为某，则亦某之而已，又何事效颦刻鹄为哉？①

从晚清民初的小说创作与批评实践来衡量，单一的小说类型，多是新小说家一厢情愿式的理论预设，实际操作中的文类交叉和跨类现象，所在多是，余氏把握和强调了某一小说文本的主导部分，并对报刊小说“举一端”、“失之疏略”的误区进行宏观的救治和梳理，推动了小说分类的文学实践。正是新小说家对文体的清醒挖掘，晚清民初的小说类型探究才不至于显得汗漫无所归依。淡化以尊临贱式的史家打量，重新体认小说社会功能和文学效应，凸显小说的审美价值，新小说才以主流文学的姿态昂首阔步进驻文学殿堂。

三、审美领域的拓展与回归

中国小说观念的近代化进程，在题材观念上表现为旧质题材的细分和重估、异域类型的消融和吸纳，中国传统题材在新旧文化的交替中焕发出耀眼的光芒。接近古代人情小说的晚清民初小说篇目，在早期的小说报刊中就有奇情、侠情、苦情、言情、哀情、怪情、痴情等门类，而后的鸳鸯蝴蝶派小说更是煽“情”成

---

① 徐念慈：《余之小说观》，见陈平原、夏晓虹：《二十世纪中国小说理论资料》（第一卷），北京大学出版社 1997 年版，第 333 ~ 334 页。

风，言“情”的标签泛滥成灾。这种对世俗人情的捕捉，虽未能一一达到其所标榜的那样，畛域清晰和意蕴鲜明，但其就同一题材的厘定和评判，在求新猎奇的文学实践中，的的透露出新小说家驾驭文体的功力和展现了其趋向社会学分类的审美意向。1908年徐念慈《余之小说观》考查小说的发行情况后断言：“记侦探者最佳，约十之七八；记艳情者次之，约十之五六；记社会态度，记滑稽事实者又次之，约十之三四；而写军事、冒险、科学、立志诸书为最下，十仅得一二也。”① 题材的新颖性得到社会的普遍认同，这是文体意识回归的具体表现。黄人《中国文学史》之“明人章回小说”一章，将明代通俗小说梳理为历史、家庭、军事、神怪、宫廷、社会、时事七类，其类型探求已涉及小说题材之外的风格特征，皈依文本的趋势进一步加强。文学从高居的庙堂跌落民间，立足于世俗平凡人生的关注与考察，书写了一篇篇迥异于将相唱和、英雄颂歌艺术风范的别样文字，这本身就成了民初和“五四”新小说的逻辑起点。

报刊小说的发行旨趣，客观上划定了小说的阅读队伍，其分类标目的实践本身，就是为了满足不同读者的审美趣味。这样作者（包括评点者）、读者和小说报人的多方交流，备经岁月的淘洗，便构成一定的舆论中心。文学改良、新民救国，小说与社会的关系达到空前的强化，整个小说界呈现出海纳百川的开放气象。异域小说样式，特别是政治小说、科学小说、侦探小说的东来，给沉闷日久的小说领域输入一股新鲜的血液。启迪新知，开拓视阈，“文以载道”的经典文学观念被追加上崭新的社会指向。其社会功能的普遍认同，从根本上改变了小说的卑微身份。《新

① 徐念慈：《余之小说观》，见陈平原、夏晓虹：《二十世纪中国小说理论资料》（第一卷），北京大学出版社 1997 年版，第 335 页。

小说》杂志设置“哲理科学小说”为“专借小说以发明哲学及格致学”，“军事小说”则是“专以养成国民尚武精神为主”，“冒险小说”就“以激励国民远游冒险精神为主”①，文学创作是否对准其标榜，那是新小说家理论和实践的时代反差，而这种言语本身却道出了异域小说题材对我国小说的规设和影响。梁启超对政治小说的鼓吹，着眼于改良群治；周桂笙对侦探小说的提携，落脚在艺术趣味和叙事模式的转变。以“新民”为中心的文学救国思潮，政治小说和科学小说充当了舆论宣传的先导，国人对侦探小说的接受和期盼，就带有某些文学自觉意味，侦探小说的引进有增无减，其数量之多就表明了问题的关键所在：

> 小说之种类，曰：写情也，科学也，冒险也，游记也，其种类不一。其内容之果能合乎吾国之社会与否，不能一概而论定之；其能改良吾国社会与否，尤不能一概而论定之。而诸种类之外，别有一种曰侦探小说。吾每读之而每致疑焉，以其不能动吾之感情也。乃近日所译侦探案，不知凡几，充塞坊间，而犹有不足以应购求者之虑。彼其何必购求侦探案？则吾不知也。访诸一般读侦探案者，则曰：“侦探手段之敏捷也，思想之神奇也，科学之精进也，吾国之昏官、瞶官、糊涂官所梦想不到者也，吾读之，聊以快吾心。”或又曰：“吾国无侦探之学，无侦探之役，译此者正以输入文明，而吾国官吏徒意气用事，刑讯是尚，语以侦探，彼且瞠目结舌，不解云何，彼辈既不解读此，岂吾辈亦彼辈若耶？”呜呼！公等之崇拜外人，至矣尽矣，蔑以加矣。虽然，

① 新小说报社：《中国唯一之文学报〈新小说〉》，见陈平原、夏晓虹：《二十世纪中国小说理论资料》（第一卷），北京大学出版社 1997 年版，第62 页。

以此种之小说，而曰欲籍以改良吾之社会，吾未见其可也。①

小说类型不一，内容自有大小等差，新小说家在小说期刊所开辟的栏目下，依照小说分类的冠名展开多向的创作，倒是晚清民初小说领域的一种比较普遍的客观事实。② 吴趼人借诸传统文化来把捉异域小说类型，新小说家这种清醒的文本守护和文化反省立场，更能张扬小说的社会功效，以致获就一个更为全面的认知和理解。侦探小说与我国传统的侠义公案小说，在晚清民初进一步合流，像刘鹗的《老残游记》，就将传统的侠义热肠灌注于“棋局已残、吾人将老”③ 的精神游历，假借破案过程的叙述来部分表现自我的补天情结，这就创造一个相对自足的文学世界。西方小说体裁开启了一扇异域文明的窗口，其渗透和转化过程，就给当下和“五四”以后的小说提供了更多的平民话语权力。

如果说晚清小说家对政治小说和侦探小说等类型的引进，带有输入文明的本能自觉的话，那么，民初小说家就言情小说的细分缕析，则显示出回归传统的审美趋向，特别是其尊重读者的娱乐需求，更是皈依小说本体的轨辙。1912 年管达如《说小说》列专章探讨“小说之分类”，从文学上即语体上，分为文言体、白话体、韵文体三类；从体制上即叙事章法角度，分为笔记、章回二体；从性质上即叙事题材角度，分为武力的、写情的、神怪的、社会的、历史的、科学的、侦探的、冒险的、军事的九类。

---

① 吴趼人：《〈中国侦探案〉弁言》，见《吴趼人全集》（第七卷），北方文艺出版社 1998 年版，第 72 页。

② 刘勇强认为晚清民初的小说分类，其实践意义有三端，“首先，它反映了当时的小说创作开始了与古代小说区隔的文学观念”，“其次，反映了小说创作全方位展开的态势”，“再次，也反映了小说创作适应社会需求的创作特点”。见刘勇强：《中国古代小说史叙论》，北京大学出版社 2007 年版，第 525 ~ 526 页。

③ 刘鹗：《老残游记》，浙江古籍出版社 1997 年版，第 2 页。

他如白话体为小说正宗、章回体占小说界主要位置的说法，其对文学正格的判断，又凸显了小说的近世文学特征。1914 年，吕思勉《小说丛话》顾及小说分类的多样性，进一步发展了管氏的观点，其从语体、从所叙事实之繁简、从叙述者角度、从所载事迹之虚实、从审美情感的悲喜、从有无主义等种种角度，进行了理论上的抽象分类。至于其具体的类型探究，则又于英雄、儿女、鬼神三类之下，依据材料的不同，厘定为九种二级细目，并阐明它们之间的隶属关系。他们的类型探究，综合了小说的题材、宗旨和风格等内涵，“较有条理地将小说，特别是对白话小说作了一次明确的分类，这毕竟是宋元以来小说理论方面较有意义的一次小结”①。民初小说家对各门类下的细目探讨，折射出民初以来小说本体意识的强化趋向。

中国小说观念的近代转变，突破了传统章回小说的叙事模式，促进了短篇小说的重新崛起。从“三言二拍”到《聊斋志异》，明清短篇小说以其自由灵活的文体特征，满足不同读者的审美需求。但其教化至上的道德评价，又不断扼杀它的生存和发展，以致乾隆后期短篇小说一度绝迹。吴趼人主编的《月月小说》率先开辟“短篇小说”专栏，1906 年的创刊号就推出《十年一梦》和《庆祝立宪》，这一译一著的两个短篇，就从文体上明显推动了短篇小说的回归之路。尽管以前的小说杂志，如《新小说》上署名平等阁的《新聊斋·唐生》和破迷的“反聊斋”，就有追步《聊斋志异》短章连缀的笔法痕迹。《绣像小说》发表的坂下亀太郎的《理科游戏》和《新新小说》发表的嗟予的《新党现形记》，或是翻译未竟，或是作者中途易辙，

① 黄霖：《中国文学批评通史·近代卷》，上海古籍出版社 1996 年版，第 643 页。

这造成晚清民初众多事实意义上的短篇小说。《月月小说》对短篇小说直接标目，张扬了小说报人的艺术自由。吴趼人和陶祐曾等人的率先垂范，又引领和推动了短篇小说的创作强劲。后起的小说报刊常常给予其一定的版面，或译或作，形成热闹非凡的短篇小说创作与阅读潮流。1913 年《小说月报》社就明白亮出欢迎短篇小说的征文启事，这样，小说报刊的征文导向又刺激了短篇小说的发展。作为一种文体，短篇小说获得了独立的存在价值，重新崛起于晚清民初文坛并得到长足进步，接续了由古代通向现代的文学传统。

小 结

从不登大雅之堂的稗官野说到蔚为风潮的小说大观，小说一体，随同时代文化的演进而呈现出丰富多样的文学表征。“以古观古，在每一个历史时期，‘小说’的内涵都可以说是明确的；以今观古，立足于现代小说观念，逆察其得名经过，则所见不免浑沌。”① 会通融合、回归文本，只有审慎地对待中国小说发展的现实境域，才能更好地凸显中国小说观念的本位性。小说作为一种文化现象，自有其自足的文化生态。单纯地以西方近代小说的虚构能事和故事性来裁剪和要求中国小说，势必会削足适履，中国的正统史志书目和诸多小说门类也会因此而丧失生存空间。刘若愚的观点很有借鉴意义：“对中国文学的任何严肃的批评，必须将中国批评家对其本国文学的看法加以考虑，而且，不能将纯粹起源于西方文学的批评标准完全应用于

① 陈洪：《中国小说理论史》（修订本），天津教育出版社 2005 年版，第 5 页。

中国文学，这应该是显然自明的道理。"① 在外国学者看来是显然自明的事实，却折腾了数代的中国小说批评家，这正反映了我国小说概念界域的多向复杂。

梁启超就"写实派"和"理想派"的区分，俞明震对"记叙派"与"描写派"的阐释，以及晚清民初小说报人众说纷纭的文体探讨，折射出小说文类建构的自觉。种种关于晚清民初小说文类的重估实践，打破了昔日忽视小说系统的研究现实，这不单是某一具体话语套数的解放，更直接关合晚清民初小说的繁荣。新小说家的类型探求，是晚清民初小说创作和批评在不同时期和阶段的具体反映，由于这种类型探求伴随着新小说家直接的小说创作与批评实践，并且是一种以试图指导小说创作趋向的面目而出现的，近距离的观察与探讨，使得这种类型探求不免带有相当的随意性，但新小说理论家企图运用西方的纯文学观念来建构小说理论殿堂，突破了自班固以来的杂文学观念，无疑是一个可喜的创获。不可否认，小说类型是一种理论预设的具体反映，单一和纯粹的类型往往不足以概括某一特定小说文本的特征，而其所隐含的新小说家的某些价值认定，又在小说期刊的栏目设置得以表现，像《新小说》杂志之于历史小说、政治小说和社会小说，《新新小说》杂志之于侠客谈，《月月小说》杂志之于历史小说，《小说林》杂志之于社会小说，这些小说类型的位置安排，就是一类具体而有力的表征。

新小说家未能很好地理清小说和其他文体的界限，特别是小说和戏曲的畛域，小说报刊中札记小说、传奇小说的归属，就是他们文体规范游离的明显表现，但同源异流的小说和戏曲的身价

① ［美］刘若愚：《中国文学理论》，江苏教育出版社 2006 年版，第 6 页。

提升，本来就具有进步的社会意义。周桂笙的翻译之作，常将西方的社会新闻误为小说，缺乏一定的文体鉴别能力，这些误区都是前进中的小插曲。不必讳言，新小说家往往视小说类型为一种共名或集合，对其包孕的文体性质缺少深层挖掘。1903 年鲁迅《〈月界旅行〉辨言》界定“科学小说”为“经以科学，纬以人情。离合悲欢，谈故涉险，均综错其中。间杂讥弹，亦复谭言微中”①，道题材、说风格，寥寥数语，界说精辟。只是这一分类尝试只在管达如和吕思勉那里得以传承，惜未达成一种普遍的共识。晚清民初小说的题材选择，一改往昔叙写将相或才子佳人的俗套，表现为对下层社会的关注，尤其是对人性的尊重和推崇，平民文学在晚清民初不只是一个响亮的话语符号，而落实在为民写心的文学实践中。这种基于文体的群体关怀，加速了中国小说观念由传统向现代的嬗变。

---

① 鲁迅：《〈月界旅行〉辨言》，见《鲁迅全集》（第十卷），人民文学出版社 1982 年版，第 151 ~ 152 页。

第二章 中国小说观念的革新意识

变法维新、开创新局，鸦片战争作为一个重大的历史事件，开启了中国社会的近代化进程，苦难的中国从此肩负着封建和殖民的双重枷锁，步履蹒跚地融入世界文化圈，传统文化也走出“大一统”的封闭格局而被动地进入“万国时代”。西方文化思潮的输入，冲击着封闭的传统文化体系，促使其运用新的价值尺度来重新衡量和建构近代文化谱系。中西文化的碰撞和传统文学的自身转化赋予晚清民初小说开放的文学特质，刺激并促发小说理论的批评理性精神。自 19 世纪 70 年代起，新小说家为小说正名的强力呐喊，冲决了传统的思想藩篱，开创了小说观念变革的新向度。本章试图从创作主客体的变化、小说观念的群体关怀和开放维度三方面，来展示中国小说观念的革新意识。

第一节 晚清民初小说队伍的新变

“文变染乎世情，兴废系乎时序”①，时代剧变引起的社会震荡，改写了东方文明既定的皇权话语。国家的衰朽和民族命运的

① 陆侃如、牟世金:《文心雕龙译注》，齐鲁书社 1982 年版，第 331 页。

迷茫，激荡着爱国知识分子炽热而敏感的神经。穿梭于封建“道统”和“政统”之间的传统士人（知识分子），因为存在经验的失效和理论预设的改变，加速了自我的社会边缘化进程。紧张和焦虑、抵制和效仿，知识分子阶层凸显近代转型的普泛心路，晚清民初小说亦由此焕发出动荡时代特有的新气象。

一、天朝心态和公共空间

知识阶层的兴起是中国历史上的一件大事，以道自任的知识分子只有把守自我的人格尊严才能抗礼王侯。“中国知识分子刚刚出现在历史舞台上的时候，孔子便已努力给它贯注一种理想主义的精神，要求它的每一个分子——士——都能超越他自己个体和群体的利害得失，而发展对整个社会的深厚关怀。”① 对“道统”的坚守和维护成为知识分子标识自我身份的重要手段。“以政统言，王侯是主体；以道统言，则师儒是主体”②，“政统”和“道统”是彼此关联而又分立的两个文化系统，“道统”则是古代士大夫抵制皇权重要的思想资源，但在专制日亟的明清时代，封建帝王话语往往笼罩和淹没了“道统”，知识分子面临着普遍的“失语”③ 之忧，虽然有清的历代帝王不断地彰扬理学，借此唤起知识分子的认同和回归。清廷也钳制聚会结社、禁毁小说戏

① 余英时：《士与中国文化》，上海人民出版社1987年版，第35页。

② 余英时：《士与中国文化》，上海人民出版社1987年版，第102页。

③ “失语”一论，1995年由黄浩、曹顺庆提出，意指中国现当代文化喜借西方话语套数，从而丧失了自身和本土的文论言说方式，见黄浩：《文学失语症》（载《文学评论》1990年第2期）、曹顺庆：《重建中国文论话语》（载《中外文化与文论》第一辑）、曹顺庆：《文论失语症与文化病态》（载《文艺争鸣》1996年第2期）和曹顺庆、李思屈：《再论重建中国文论话语》（载《文学评论》1997年第4期）等文。本书借用该词，主要指知识分子政治话语权力的被剥夺和被挤压。

曲，给知识分子强加官方的话语套数，迫使知识分子臣服于“政统”的淫威。但有清的知识分子仍能依靠对儒家经典的重新诠释，保持一定程度的群体话语权力，为百姓的疾苦而奔走呐喊，凸显本阶层的价值向标和思想诉求。

悠久灿烂的中华文明，给妄自尊大的天朝心态提供了滋生的土壤。“天圆地方”的地理观念造成其对外交往中的傲慢和偏见，也阻隔了士大夫思维的开拓向度。鸦片战争的隆隆炮声震醒了天朝大国的守堤人，弱肉强食的适用法则代替了道德优劣的文明观，期待行为模式的突变，解构了知识分子的话语权力。甲午海战和庚子事变更加深了这“千年变局”的悲剧底蕴，一部分先进的知识分子重新检视周围的世界，拷问自我的灵魂。知识分子赖以抒发心志的儒家学说，在社会危机面前变得苍白与乏力，手足无措的知识阶层出于拯世救国的社会功利，纷纷侧重“求用”的角度来输入异域文化。从林则徐《四洲志》历魏源《海国图志》到徐继畲《瀛环志略》，一部部人文地理书籍的面世，记载和寄托着当下知识分子的焦虑和警醒。这种正视异域文明的打量立场，隐含着知识分子观察视角的转换，亦包孕着国人对多元文明区域和世界文明图像的认同，晚清民初文人喜就中西小说故事文本之中挖掘其相合之处，就是当下世界文化情结的具体反映。晚清民初知识分子一个普泛的心理基因，也就是说他们学习和效仿异域文明的最终目的，仍归根为缩小中西文明的裂缝，从而赶超西方。明治维新后的日本为国人提供了一个足可借鉴的范本，日本新文化源源不断地输入。特别是梁启超等少数精英对政治小说的属意，“小说为文学之最上乘”一句最富功利的话语，竟获得社会的普遍认同，它诱发国人重新排定文类秩序的文学革命。虽然，知识分子的边缘化境遇，常常使得这种效仿方式染带浮躁和功利取向的表征，但小说的新时代早已跃出地平线。

接纳和创作、认同与反省，种种关于异域文化沸沸扬扬的辩论，为晚清民初文化营造了一个颇具“公共领域”意味的文明想象图景，这种想象的构架主要是基于当下报刊和出版的发达：1843 年，英国传教士麦都思在上海创立第一家近代印刷所——墨海书馆；1851 年，马礼逊在马六甲创办的第一份中文期刊——《察世俗每月统记传》，拉开了近代出版领域的革新序幕。而后中国知识分子纷纷参与效仿，其追求的雅俗共赏的办刊意旨，又拓展了国人认识世界的视阈。对近代社会影响深远的两大政治派别——维新派和革命党，都充分认识到报刊的传播利器效应，他们借报刊发表政见，营造一个个独立于皇权以外的公共空间。适如葛兆光所论：“当皇权以普遍适用而且不容置疑的意识形态，建构了一种普遍的、绝对的、象征性的真理话语之后，它以‘公’的名义迫使所有人接受。并且以同一性淹没了所有的士大夫，于是，丧失了真理诠释权力和社会指导的士人，便在公共领域里失去了自己的立场，只能在‘私’的方面表达自己个人的思考。”① 思想和知识话语分裂，广大知识分子在“公”的领域找不到言语空间，涉诸“私”的层次，其思想和主张却不能广为周知，知识分子只能在国家与平民之间寻求另一话语空间，晚清民初日益兴盛的学会和杂志应时而出，成了他们畅所欲言的场所。②

太平天国运动爆发之后，清廷出于急需军费的现实考虑，扩展了生员的学额，商人和有商人背景的市民，不断被吸纳到知识阶层。晚清民初士商杂居的社会现实，以及“商战”的蓬勃开展，提升了商人的身份自觉。知识阶层增添的经济因素，逐渐剥

① 葛兆光：《中国思想史》（第二卷），复旦大学出版社 2000 年版，第 522 页。

② 葛兆光：《中国思想史》（第二卷），复旦大学出版社 2000 年版，第 523 页。

落了他们置于传统社会中的优势地位，驱使部分知识分子向商人角色认同，进而掘松封建王朝统治的根基。“清末仅商会（含总会和分会）就多达900多个，到1909年，各地共建成教育会723个，农学会到1911年至少有总会19处，分会276处。这样一来，仅这三项，已有2000多个。”① 数目众多的学会存在事实，尽管彼此宗旨有别，而共同的语境却是救亡图存。这些学会往往利用报纸杂志来鼓吹和号召，从而形成一定的公共舆论。兹移录二则有关公共空间的小说文字：

(1) 少停高谈阔论起来，只听那老者大发议论道：“上海张园一带，栽着许多树木，夏天在边上走，不见天日，可以算它东京帝国城。大马路商务最盛，可以算他英国伦敦。四马路是著名繁华之地，可以算他法国巴黎。黄浦江可以算他泰晤士江，苏州河可以算他尼罗河。”几个年轻的一齐拍手道妙。一个年轻的说道：“上海商务，是算最繁盛的了。天下四大码头，英国伦敦，法国巴黎，美国纽约，中国上海，这是确凿不移的。”

(2) 却说上海那些维新党，看看外国一日强似一日，中国一日弱于一日，不由他不脑气掣动，血脉偾张，拼着下些预备工夫，要在天演物竞的界上立个基础，又为着中国政府事事压制，动不动便说他们是乱党，是莠民，请教列位，这些在新空气里涵养过来的人，如何肯受这般恶气？有的著书立说，指斥政府，唾骂官场，又靠着上海租界外人保护之权，无论什么人，奈何他们不得，因此他们的胆量渐渐的大了，气焰渐渐的高了，又在一个花园里设了一个演说坛，每

① 马永强：《文学传播与现代中国文学》，安徽大学出版社2003年版，第122~123页。

逢礼拜，总要到那演说坛里去演说。①

面积大小不等的公园、戏场、书场、茶园、酒楼等消闲场所，成为当下社会不同阶层人物消费的公共区域。“可以说，上海这种由洋人所带动的文化提供了某种公共空间，使得中国人——无论是洋场小开、学院教授，还是学生、作家，甚至小市民，都能够逐渐把这个公共空间据为己有。……中国人对于西方文化基本上是立足于租界的公共空间所作的想象。”② 彰善瘅恶、谩骂官场，晚清民初的知识分子风流自喜，也就营造了一个精神游弋的自由空间。公共空间的延伸和公共话语的丰富，激发知识分子参与社会实践的群体效应，更强化了知识阶层脱离皇权话语的离心趋势。

公共空间的扩展，为小说的文类地位改善赢得了历史契机。“那时综合性、专门性杂志，也有出版，但总不及小说杂志畅销。”③ 发表政见、商榷国是，小说杂志成为公共舆论的最佳载体。小说由边缘趋向中心的文学进路中，烙上知识分子接受心理的时代印痕。金圣叹对小说“文”和“事”分而论之的策略，透露出某种探求小说规律的审美自觉，但这种推戴小说的叛逆情结，只限于少数几个颇具“游走之魂”的异端知识分子。时至晚清民初，小说的社会功用逐渐走入传统文人的视野，俞万春的《荡寇志》痛感皇权的失落，强化小说与政治的联系。至梁启超鼓吹的“小说界革命”，摘发伏奸、显其弊恶，通过对小说社会

① 欧阳钜源：《负曝闲谈》，中国文联出版公司 1996 年版，第 33～34、71 页。

② 李欧梵：《未完成的现代性》，北京大学出版社 2005 年版，第 133 页。

③ 包天笑：《钏影楼回忆录》（中），龙文出版社股份有限公司（台北）1990 年版，第 427 页。

功用的借重，宣泄对世风日下的现实担忧。《新小说》杂志的“群治”取向，又强烈地影响到后起的小说杂志，这样，小说杂志主编、作者和读者的三维交流，形成一个个不臣服于皇权的舆论中心，进而向社会辐射延伸。士大夫对小说的态度由蔑视到参与创作，这是一个社会观念的移位和革新，凸显历史和时代选择的巨大威力。

二、科举废止和主观选择

社会发展和文明运行常常遵循一定的规范，出入封建科举制度下的知识分子，埋首经案，视科举为登龙的不二途径，封建帝王的收罗策略和生员登龙前后的否泰反差，又强化着它的诱惑。历史上虽不乏遗世高蹈的身隐之士（有别于心隐和朝隐），但他们内心仍割舍不掉对皇权的依赖。科举形式上的平等，掩不住其严格甚至残酷的淘汰原则，真正实现“学而优则仕”社会垂直流动的，仍不在多数。千年的文化积淀，凝固成知识分子的理想和寄托。咀嚼儒家陈典旧说，力保紧跟皇权的步伐，科举制度为“政统”填培了广厚的社会基础，形成士和官的融合，也在一定程度上达成了“政统”和“道统”的和谐。1905 年，清廷废除科举，建立新式学堂。这种改变必然性规约的历史趋向，使广大知识分子滋生一种无可依傍的茫然和焦虑。垂直上升之路既阻，社会信仰的多元化模式又使得“道统”的经典地位趋向沦丧，旧式士大夫亦因为丧失社会给养而日趋消亡。伴随科举废除后心理巨创而来的，是知识分子的人格独立。

废止科举考试这一诏令，绝非简单意义上的一纸文书，给广大读书人带来的震撼实不亚于一次地震。既定的仕途幻成昔日黄花，固有的人生途辙突然转向，这种打击和创伤面又以苏、浙、粤三省为剧，它们相对富庶又能得风气之先，特别是上海，浓缩了当下社会的“众生相”。科考无望，又久未能适应新学制，文人别无他能，或撰文以图生活，煮字疗饥；或戏作以自欢娱，孤芳自赏。创作小说成为失路士人生活的依托，昔日的科考巨子，今朝的通俗大家，曾朴、欧阳钜源等人就是；开放的口岸和租界亦寄居一批洋场才子，如韩子云之流；更有一班职业小说家，像吴趼人、李伯元等，身兼小说家与报人这一崭新的双重社会角色。鄙夷和批判以参加科举来博取功名之举，自隋唐以降，代不乏人，但这种行为只限于个别叛逆文人的层面，这种唾弃科举的行为至晚清，已成为一股时代潜流，最终汩汩滔滔汇成江河之势。如果说曾朴故意弄污科考试卷和李伯元拒绝荐举的叛逆行为还只限于少数精英层面①，那么这种制度性行为的终结则彻底解构了知识分子依附关系的存在基础。

思想的深层含义被时代现实过滤，只剩下几个保留历史记忆的皇权代码。既然儒家经典不能应对时代的需要，那么它的话语权力就理所当然地受到置疑和挑战。晚清民初一度盛行的佛学和诸子学研究，就是当下知识分子社会失衡和思想混乱的具体反映。这就如同许纪霖的描述：“一方面是取得了一定的职业自由和经济独立，另一方面却享受不到独立于政治的实际保障；一方面是精神和心灵的自由解放，另一方面却承受外界环境的残酷压抑，这种种极不和谐的命运遭际，在近代知识分子的内心深处挑

① 曾虚白《曾孟朴年谱》载：1892 年考进士，“墨污卷是先生自己故意做的，推想当时情景，先生怀着一肚子的悲哀情绪，给老太爷强迫登轮，事实上哪有心情再做什么试艺，所以就玩这一套把戏。”见魏绍昌：《孽海花资料》，上海古籍出版社 1982 年版，第 156 页。吴趼人《李伯元传》载：“光绪辛丑（1901 年——笔者）朝廷开特科，征经济之士，湘乡曾慕涛侍郎以君荐，君谢曰：使余而欲仕，不及今日矣。辞不赴。”见魏绍昌：《李伯元研究资料》，上海古籍出版社 1980 年版，第 10 页。

起了紧张的心理冲突。由此，产生了一种欲摆脱屈辱的依附似乎又摆脱不得，渴望人格独立似乎又有所恐惧的矛盾心境。"① 知识分子只能抽身换位，寻觅新的空间来体现自我的人生价值。虽然教育体制的改革和当下的留学生制度在一定程度上填补了皇权话语解构后的真空，但是社会失衡的加剧又给知识分子的适应和选择增添几许悲凉的况味。钟骏文一语道破文人转型时的阵痛："十年前之世界为八股世界，近则忽变为小说世界，盖昔之肆力于八股者，今则斗心角智，无不以小说家自命。"② 诗文逞才的传统模式，被小说戏曲的风教功能所取代，知识分子从"非我"中突破进展，重新设置自我的价值定位：

> （《月月小说》）总编辑的，是冷泉伏民；总撰述的，还是我佛山人；总译述的，是知新室主人。又添聘了冷血、天笑、天僇三位赫赫有名的大文豪，把内容改的改良，照的照旧，居然又轰轰烈烈的燃起来了，教看报的如何不喜？小子如何不喜？还有一样可喜之事处，这种报虽是几个读书明理人办的，却不是为着自己赚铜钱，实在是帮着列位开风气。③

文人因为小说期刊而扬名，小说期刊也成为他们实现价值的重要方式。正因为他们对当下现实的深刻检讨和理性反思，造就李伯元、林纾、张春帆、陆士谔为代表的职业小说家的诞生。

---

① 许纪霖：《智者的尊严——知识分子与近代文化》，学林出版社1991年版，第12页。

② 钟骏文：《〈小说闲评〉叙》，见陈平原、夏晓虹：《二十世纪中国小说理论资料》（第一卷），北京大学出版社1997年版，第200页。

③ 陶祐曾：《论看〈月月小说〉的益处》，见陈平原、夏晓虹：《二十世纪中国小说理论资料》（第一卷），北京大学出版社1997年版，第341页。

他们游离于皇权话语之外，思想的自由更彰显晚清民初知识分子的批判理性，他们的职业实践为其他知识分子提供了一个很好的参照范本。

甲午海战的失利，国事杌陧激发知识分子的理性反思。“戊戌六君子”喋血午门的残酷现实，更召唤知识分子进一步自剖和检讨“中体西用”论的可行性，对异域文明的认识也就有了由“器”到“道”的层面拔升。林纾以“桐城后学”古文大家的身份厕身小说领域，其清醒的比较眼光引发国人对异域文明的正确认识。“林译小说”在晚清民初风靡一时，特别是他有意将西方小说同《史记》与韩愈古文相提并论，在传播新知之际，抬高了小说的文类地位，这就为知识分子从事小说事业树立了一个良好的典范。“林译小说”的走热，强化了林纾对自我小说家身份的认同，而其与商务印书馆的协定又使得他的选择切实可行。“他（指林纾——笔者按）所以这样多产，是与商务的鼓励分不开的。那时的稿酬，一般是每千字二三元，唯有林纾的译作却例外地以千字十元给酬。来者不拒，从不挑剔。当时的十元，可购上白粳一百六十斤，代价可算是很高的了。”① “当时报纸，除小说以外，别无稿酬。”② 小说的稿酬制度，诱发更多的知识分子进军小说领域。知识分子由单一的科考渠道突然置身于多元职业的选择关口，救国新民的政治话语鼓荡，促使他们纷纷投身于小说领域和出版界，而经济地位的改善，又张扬了知识分子的独立人格。

张玉法考察异域文化传入的途径，认为它除了商务与教务的

① 郑逸梅：《书报话旧》，中华书局，2005 年版，第 35 ~ 36 页。

② 包天笑：《钏影楼回忆录》（中），龙文出版社股份有限公司（台北），1990 年版，第 417 页。

影响之外，主要还有三个管道：外国教会在华的学校、外人在华所办的报刊、外人在华所组织的文化团体。[1] 单就学校而论，西方各种教会学校培养了为数众多的新知识分子，“到1918年，教会学校比1900年以前增加约四倍，共约一万三千所，其中大学有十四所。中小学所占的比例是，中学约占百分之十五，小学约占百分之八十五”[2]，传教士通常利用清政府的赔款来办学，所授知识也以宗教学为主，因此，我们不必过分高估教会学校在中西文化交流中的地位与作用，但在忽视自然科学的有清一代，它客观上传播了某些新知，加重了新知识分子对当政者的不满情绪。知识分子强烈的身份认同意识，催生他们的离心倾向，在文学上鲜明地表露为批判精神的强化。吴趼人《恨海》、符霖《禽海石》都展现了情感与礼教的撕扯，体现对人性的直面和正视。也正因如此，从戊戌变法到洪宪改制的种种政治闹剧，林纾都能够保持清醒的头脑，以观察家的身份冷静地打量，其更是通过《剑腥录》等创作的客观叙事，将草菅人命的丑恶社会现实刻勒成一个知识分子的历史记忆。新小说家取材不讳时人实事，更是体现小说家的独立而冷静的批评意识。像《文明小史》、《大马扁》中的康有为、梁启超，《官场现形记》中的刚毅，《老残游记》中的毓贤，对时人时事的评议就成了小说家社会诉求的现实载体。而《孽海花》涉及的时人之复杂，更是广为周知。曾朴手拟的时人名单就有62个之多，而据刘文昭索隐，竟达278人。[3] 这种清醒

① 张玉法：《晚清的历史动向及其与小说发展的关系》，见林明德：《晚清小说研究》，联经出版事业公司（台北）1988年版，第5页。

② 顾长声：《传教士与近代中国》，上海人民出版社2004年版，第309页。

③ 刘文昭：《〈孽海花〉人物索隐表》，见魏绍昌：《孽海花资料》，上海古籍出版社1982年版，第323～353页。

的小说家意识，扩大了他们疗救社会沉疴的弹性空间。国门洞开，以赫胥黎“天演论”和卢梭“民约论”为代表的西方思潮，以及由此影响的自由、平等、主权在民等文明观念，与中国固有的民本思想相印证，丰富了新小说家的思想资源，表露于小说领域，就是理想小说、立志小说和社会小说等门类的产生和发展，它们更进一步加强小说救国的话语威力。

开通风气和追求小说的“有益”和“有味”，成为当下新小说家弘扬群体意识的一个重要向标。边缘化的生存境遇，造就知识分子的叛逆心理。新小说家不遗余力地揭发官场黑幕，甚至不惜牺牲小说的艺术，趋向记者和侦探家的身份认同，就是其最好的注脚。普泛的忧患意识煎熬知识分子的灵魂，拯世救国的时代使命又使他们很难静下心来写作。只求作品能流行一时，不求小说传世流芳，晚清小说家往往片面地强调小说的救世神话功效，急于抖露自我的政治主张，连缀话柄，淡化了自我的生命体验。新小说家保持旧道德的清醒立场，人物形象二元对立的善恶判断亦由此而来，人物形象本身以致被图解和异化成一个个政治的代码，削弱了小说表现现实生活的深度和刻画人物性格的复杂性。市场和社会需要牵制了他们的审美选择，理论预设又使得晚清民初小说呈现出鲜明的时代印痕。

三、社会需要和心理调适

异域小说的翻译，其本身就带有输入文明的意味。教会办报、办学以及国人的效仿，引发近代传播手段的质变，近代传媒所裹挟的西方文化，加速了知识分子对传统文化的反思和重建。新小说的当下文学主流话语地位，吸引广大知识分子参与小说队伍。办学规模和小说杂志的繁荣，势必为小说的接受和消费准备了广泛的读者。1907 年老棣的《文风之变迁与小说将来之位置》准确地描绘出这一变化："自文明东渡，而吾国人亦知小说之重要，不可以等闲观也，乃易其浸淫'四书''五经'者，变而为购阅新小说，斯殆风气之变迁使然欤?"① 晚清民初文化的多元取向，加深了知识分子与衰朽国势的同构共振。异域思潮的本土化改造，在小说领域表现为政治小说、侦探小说、科学小说、冒险小说、虚无党小说等小说门类的兴起。小说的销量在当时是衡量晚清民初小说家社会价值的一个重要尺码，阅读群体的市场效应迫使新小说家切合雅俗流变作出选择，侦探小说和写情小说的走红就是新小说家侧向市民娱乐意识认同的最好说明。

近代都市的发展，为小说的繁荣提供了一片广阔的蓝天，也延续着小说读者的新变。沿海城市的开埠和办厂，吸引住部分落魄文人的目光，他们纷纷栖居于都市中的租界，成为所谓的"条约口岸知识分子"。租界作为"国中之国"的治外法权，更适合张扬它们的批判锋芒。作为近代都市变迁缩影的上海，其惊人的发展速度对等了知识分子的社会选择，晚清民初的几种主要小说杂志落户于此，就是一个颇具说服力的例证，上海特殊的地理位置，也使其成为晚清民初西书出版和传播文明的大本营：

> 上海作为近代中国的出版中心，首先表现在西书的翻译与出版方面。1900 年以前，中国有 9 家比较重要的翻译出版西书的机构，即墨海书馆、江南制造局翻译馆、广学会、京师同文馆、格致汇编社、广州博济医馆、益智书会、商务印

① 黄小配：《文风之变迁与小说将来之位置》，见陈平原、夏晓虹：《二十世纪中国小说理论资料》（第一卷），北京大学出版社 1997 年版，第 227 页。

> 书馆和译书公会，上海占了七个。所出各种西书 567 种，其中有 434 种由上海出版，占 77%。1900 年以后至 1911 年以前，西学主要通过日本转口输入，中国境内共有 74 家翻译、出版西书的机构，其中 58 家设在上海，商务印书馆、广智书局、文明书局、会文学社为其著者，西学书籍有三分以上在上海出版。①

为数众多的书局和报社设置于上海租界，制造了晚清民初小说的特殊生态，这不仅体现在小说的背景选择上，也表露于小说题材的提炼之中。② 转型中的旧式士大夫，就有相当一部分被沦为城市平民。虽然当下的小说书价并非所有人能承受，但是稍有文化或略识文字的市民，就是小说的潜在读者。小说读者群的增加，基本上是指向士大夫内部的。平装书的出现，解放了小说传播的尴尬局面，更多的小说进入市民的阅读视野。徐念慈的《丁未年小说界发行书目调查表》，就隐含着小说报人面对市场的务实态度，读者不再拘囿于儒家教义框架内叙事或阅读，皇权话语的解纽，一个多元化的话语时代就宣告来临。

报刊受众的增多，意味着公共空间的拓展。“据 1903～1905 年初南京、武汉、杭州等地 11 座城镇的调查，当时这些地方共订购报刊 62 种，20227 份，除《南洋官报》由各级官府分摊外，

---

① 熊月之、周武：《上海：一座现代化都市的编年史》，上海书店出版社 2007 年版，第 137 页。

② 晚清民初小说从书名上考察，直接关合上海的至少有：韩子云的《海上花列传》，孙玉声的《海上繁华梦》，醉余《海上风流梦》，叶少吾的《上海维新党》，《上海奸骗党》，无名氏的《海国春秋》，吴趼人的《海上名妓四大金刚奇书》，《上海游骖录》和《海天鸿雪记》，王游山人的《海上风流现形记》，无名氏的《最新上海繁华梦》，姚民哀的《上海社会罪恶史》，惜花主人的《上海新繁华梦》，讷夫的《上海之秘密》，云间颠公的《上海之骗术世界》，陆士谔的《新上海》和《最近上海秘密史》。

其余11000余份都是民间私人订阅的。”① 晚清民初报刊刊登小说，是当下的社会时尚，民间购买力的增强，亦表明了小说读者队伍的壮大。注重游戏人生的都市小报，更允符了大众的审美需求。作者——读者双向交流的扩大，为知识分子驰骋才华提供了广阔的舞台。在危如累卵的国势下，小说杂志不再扮演政府应声虫的角色，这种思想距离的存在，为知识分子获就批评家和观察家身份提供了契机。“君子立身处世，不以文章眩俗，不以笔墨惑人。凡一文一字，发于心而著于书，必求有益于风化，有利于人民，有功于世道人心。”② 浊流汹涌、大浪淘沙，知识分子对传统的检讨和审察，也就是他们拯世心肠的宣泄和升华。

爬梳奠基和开创晚清民初小说批评新气象的人物，自然应该考虑到标领一代风骚的王国维。王国维服膺叔本华、康德哲学，富有创见地将西方悲剧理论引入小说批评领域，进而断论《红楼梦》为一部“彻头彻尾的悲剧”，为后来者树立一个新的典范，同时也打破了评点和索隐的批评轨辙。虽然王国维始终以清朝遗老自居，但其批评实践的本身，清晰地表明他已经开创了一个新时代。就是在传统的小说评点领域，也表露出革命的新气象。企图绘制中国新小说范本的梁启超，在《新中国未来记》的评点中借题发挥：“此篇论题，虽仅在革命论、非革命论两大端，但所征引者皆属政治上、生计上、历史上最新最确之学理。若潜心理会得透，又岂徒有政论而已。”③ 弃质取毛，申诉自我的政见。燕

① 马永强：《文学传播与现代中国文学》，安徽大学出版社2003年版，第162页。

② 程公达：《论艳情小说》，见陈平原、夏晓虹：《二十世纪中国小说理论资料》（第一卷），北京大学出版社1997年版，第480页。

③ 梁启超：《〈新中国未来记〉绪言》，见《梁启超全集》（第十册），北京出版社1999年版，第5609页。

南尚生借对《水浒传》的“命名释义”，嫁接为君主立宪张本的主观意图。徐念慈的“觉我赘言”和“觉我余言”，亦包孕着文人群体的救世热肠。他们不再恪守小说评点的既定规范，落脚于对当下社会人生的关注，这就突破了金圣叹以来的评点传统。“小说丛话”、“小说小话”等随笔栏目，以及晚清民初报刊中的文艺副刊，一道构筑起一个各抒己见的小说批评世界。这样，知识分子对小说的关注，就不单是少数精英的理论呼吁，更落实在轰轰烈烈的小说创作和文学批评实践上。

文化传统是小说观念新变的生长点之一，延续了1300年科举的废止，打破了知识分子赖以支撑信仰的工具性循环。心灵的煎熬和变异，表露为浓郁的社会沉思和人生悲叹。异域文明的输入，解构了“道统”话语的桎梏，历史的风云际会造就社会选择的多彩斑斓，中国小说观念的近代化进程扭结着现实选择的力量。“无论是以‘新小说’为启蒙手段，还是抚慰都市夹缝中挣扎、无助的魂灵，从慷慨救国到谴责批判、忧伤哀情，文学的单元里充斥着多元主题。”① 力挽衰颓、讽喻弹射，晚清民初小说的功利化、实用化写作状态，强化小说面向公众的时代追求。边缘化的生存境遇，造就了晚清民初小说的繁荣，也改变了知识分子社会诉求的既定轨迹，晚清民初小说以其鲜明的时代表征，书写着一代知识分子痛苦灵魂的蜕变过程和图谋富强的普泛心路。

第二节　革新意识的群体关怀维度

小说的提倡者是时代的异数，是传统文学的孤臣孽子。缘由

① 马永强：《文学传播与现代中国文学》，安徽大学出版社2003年版，第253页。

突破鄙视小说文类的传统文学观念，离经叛道的先驱者不惜身家性命，竭力提升小说的文学和社会地位。李贽、金圣叹鼓荡在前，努力扩大小说生存空间；严复、梁启超响应在后，全面叩问和发掘传统小说的存在形式，借“小说界革命”挥舞着新民匡世之旗，并赋予其政教工具的色彩。更有一班职业小说家的孜孜耕耘，晚清民初小说从而呈现出一种疑义共析的群体参与局面，宣告小说新时代的全面来临。

一、改良群治的理论呼吁

文学传统是一种批评指向，它不但指向过去，还指向现在与将来。诗文向为正宗的文学传统观念，始终牢笼小说尴尬的文学地位，而小说文类地位的提高，则谱写了小说创作与批评的新篇章。从班固到纪昀，小说已经从“道听途说”的丛残琐语发展为洋洋大观的鸿篇巨制。创作的丰富和成熟，却未引发小说理论的同步创获，时至中日甲午战争前夕，小说的亚文化地位仍不见有多大的松动，这势必引起有识之士的拷问和追索。晚清民初窳败黑暗的社会现实，即使期间不乏求新声于异邦、师夷长技以制夷的呐喊，颓败的国势亦如同落山的夕阳，振作无望。特别是中日甲午的那次海战，泱泱大国败于蕞尔小邦之手，清政府苦心打造的海军几乎全军覆灭。战争的后果地震般影响晚清民初文人的社会选择，慨然自救的声音不绝于耳。卓尔绝伦的严复、夏曾佑、梁启超等人纷纷撰文，开启民智，唤醒国人。其中又以学人常称引的1902年梁启超的《论小说与群治之关系》影响至巨：

> 欲新一国之民，不可不先新一国之小说。故欲新道德，必新小说；欲新宗教，必新小说；欲新政治，必新小说；欲新风俗，必新小说；欲新学艺，必新小说；乃至欲新人心、欲新人格，必新小说。何以故？小说有不可思议之力支配人

道故。[1]

梁氏振臂一呼，应者云集。传统文人对小说的态度，由习焉不察的冷漠鄙视转为堂而皇之的普遍关怀，一个众卉竞妍的小说新时代已经来临。

阿英的《晚清戏曲小说目》："以单行本为主，旁及杂志所刊，共得千余种。其时限始于光绪初年，以迄于宣统辛亥革命成功。"[2] 收创作小说 478 种，翻译小说 629 种，合计 1107 种。而据日本汉学家樽本照雄《新编增补清末民初小说目录》的统计，近代小说则高达 19156 种，其中翻译小说约 5346 种，创作小说约 13810 种。[3] 究其内容而言，小说艺术并无多少实质性的改变，但小说数目的突破性进展，却在在印证了梁氏"小说为文学之最上乘"的政治鼓吹效果。梁启超基于其政治改良的实用目的，凸显了小说支配人道的教化功能。虽然，其理论构架之偏颇自不待言，在在提升了小说作为近代崇高艺术的地位，这种舆论造势效果的获得，却以他对中国传统小说口诛笔伐为代价："吾中国人状元宰相之思想何自来乎？小说也。吾中国人佳人才子之思想何自来乎？小说也。吾中国人江湖盗贼之思想何自来乎？小说也。吾中国人妖巫狐鬼之思想何自来乎？小说也。"[4] 甚而至于将传统小说视为"中国群治腐败之总根源"[5]。惊语骇世，以自标新。

熔铸精神、鼓荡民气，梁启超自我告白："惟于今春为《新

① 梁启超：《论小说与群治之关系》，见《梁启超全集》（第二册），北京出版社 1999 年版，第 884 页。

② 阿英：《晚清戏曲小说目》，古典文学出版社 1957 年版，第 2 页。

③ ［日］樽本照雄：《新编增补清末民初小说目录》，齐鲁书社 2002 年版，第 2 页。

④⑤ 梁启超：《论小说与群治之关系》，见《梁启超全集》（第二册），北京出版社 1999 年版，第 885 页。

民丛报》，冬间复创刊《新小说》，述其所学所怀抱者，以质于当世达人志士，冀以为中国国民遒铎之一助。”① 梁启超等小说先驱者以异域小说为蓝本，视小说为启迪民众的警钟木铎，片面地将小说推向文学的极致。他们对《红楼梦》和《水浒传》“诲淫诲盗”的指责，就是出自建构新型群治谱系的美好愿望。其相当精英式的价值判断，正是源出小说“开启民智”这一话语背景，他们对小说政治性指向的解读和无限推崇，提高了作家和小说批评家观察各式灵魂的自觉性，绾合了政治改良和小说批评的双重功效。王一川在分析晚清民初小说的文坛霸主地位之原因时断论：“首先，从文学文类来看，‘诗歌’受到古典格律的局限，难以改变其文人或精英色彩；而小说，尤其是白话小说，却具有语言和故事等通俗性，相对诗歌来说更容易面向普通民众，从而有可能代替诗歌承担文化启蒙使命。其次，从西方典范来看，不是诗歌而是‘政治小说’极大地展现了文学的启蒙魅力。第三，从传播媒介看，现代报纸杂志和书籍使得成批复制和快速传播通俗小说成为可能。第四，从读者受众来看，随着鸦片战争以来现代都市上海的崛起，以上海为典范的都市化进程加快，市民读者对现代报纸、杂志和书籍的阅读需求迅速上升，而小说由于其通俗性，恰恰能投合并满足市民读者的阅读需求。因此，由于以上多重因素的合力作用，‘小说’得以取代‘诗’而成为‘文学之最上乘’。”② 不可否认，时代风云际会和先驱者的理论呼吁促使小说逐步走进文学主流行列。

文学是时代的反映，文学由庙堂向民间下移的实践中，新小

① 梁启超：《三十自述》，见《梁启超全集》（第二册），北京出版社1999年版，第959页。

② 王一川：《“全球性”境遇中的中国文学》，《文学评论》，2001年第6期，第22~27页。

说理所当然地负载起思想启蒙和文学救国的重任。然而出于先验的社会期待，新小说倡导者创办小说杂志的最大兴趣，“非在于‘文学’，而在于‘政治’”，办小说期刊主要受两方面的影响，一是梁氏认为中国群治腐败，其总根源在于小说；二是运用小说不可思议之力量，施之于新民。[①] 对于梁氏的激进态度，晚清民初亦不乏异声别响，黄人和徐念慈就是当时极有见地的两位。黄人1907年在《〈小说林〉发刊词》中言：“则以昔之视小说也太轻，而今之视小说又太重也。”[②] 语意所向，直斥梁氏不问源流的乱加推崇或贬抑。徐念慈1908年的《余之小说观》则申说：“余为平心论之，则小说不足生社会，而唯有社会始成小说也。”[③] 对武断捧抬政治小说的时弊加以救治，原本是澄清文学领域里的模糊认识，亦不致使政治小说徒沦为一具政治摆设或一张徒具形式的宣言书。黄人、徐念慈、吴趼人和李伯元等人，或从理论上阐释，或落脚于具体实践，标注生活阅历，谛察社会现实，在一定程度上伸张和捍卫了我国传统小说固有的文学精神。

新小说理论家沸沸扬扬的攻讦辩论，就其形式而言，其本身就带有群体关怀的特色。或借小说以事宣传，或假说部来传新知，对小说功能的夸大或廓清，就在在体现了新小说家的理论自觉。吴趼人对梁启超的政治鼓吹就感同身受：“吾感夫饮冰子《小说与群治之关系》之说出，提倡改良小说，不数年而吾国之新著新译之小说，几于汗万牛、充万栋，犹复日出不已而未有穷

① 赖光临：《中国近代报人与报业》（上），台湾商务印书馆1980年版，第194页。

② 黄人：《〈小说林〉发刊词》，见阿英：《晚清文学丛钞·小说戏曲研究卷》，中华书局1960年版，第159页。

③ 徐念慈：《余之小说观》，见陈平原、夏晓虹：《二十世纪中国小说理论资料》（第一卷），北京大学出版社1997年版，第332页。

期也。”① 新小说的蓬勃发展势头，打破了才子佳人、公案狭邪等传统小说的统治地位，掀起一股扬播风雷、关注现实的小说创作浪潮。王钟麒则由思想推及小说题材的选择：“宜确定宗旨，宜划一程度，宜厘定体裁，宜选择事实之于国事有关者，而译之著之；凡一切淫冶佻巧之言黜弗庸，一切支离怪诞之言黜弗庸，一切徒耗目力、无关宏旨之言黜弗庸。”② 昌明社会、鼓舞风云，晚清民初小说体现出了强烈的担当意识和淑世情结。康来新一语中鹄：“梁启超的一篇小说专题论文却引起巨大的回应，这现象说明了彼时人心渴求小说新形象的再建立，热烈的响应使小说的研讨走向了群体关怀的康庄大道。”③ 新小说家的不懈提倡和努力实践，关注社会和人生的深度和广度都有较大层次的拓展，小说研讨的群体化趋势便成为一股不可遏制的时代潮流。

二、阅读群的下移与拓宽

欧风荡漾、洋气氤氲，近代中国经济的变迁冲刷着国人的思维积习，国人对资本主义工商业的态度，也逐渐由抵制排斥转变为参与提倡。五口通商以后，近代化的都市崛起，它改变了我国人口的迁移方向和分布状态。1910 年前后人口密度分级考察显示，人口密度在 70 户/平方公里以上的府、直隶州共 10 个，其中江苏位居第一，占 5 个，浙江第二，为 3 个，单是松江府一地就高达 109 户/平方公里。人口密度在 50 户/平方公里以上的府、直

① 吴趼人：《〈月月小说〉序》，见《吴趼人全集》（第八卷），北方文艺出版社 1998 年版，第 198 页。

② 王钟麒：《论小说与改良社会之关系》，见陈平原、夏晓虹：《二十世纪中国小说理论资料》（第一卷），北京大学出版社 1997 年版，第 285 页。

③ 康来新：《晚清小说理论研究》，大安出版社（台北）1986 年版，第 207 ~ 208 页。

隶州共22个，江苏仍位居榜首，为7个，浙江、四川次之，各为4个。① 东南沿海的江浙两省在清末民初渐次成为国人实现梦想的天堂。人口流动的趋势在上海这一“中间地带”② 表现更为彰著，据1850年创刊的《北华捷报》之上海开埠50年（1843年11月17日至1893年11月17日）庆典专号中统计，“开埠之初，人口15万，到1890年代达到35万，增加的20万人多与贸易有关”③。开埠通商制造了上海等都市的繁荣，华洋混处，五方杂俎，都市生产和消费速度的加快，改变了国人传统的生活模式，也形成了近代都市人群的分流形态：

> 原来那时候上海地方，几乎做了维新党的巢穴，有本钱有本事的办报，没本钱有本事的译书，没本钱没本事的全靠带这维新党的幌子，到处煽骗，弄着几文的，便高车驷马，阔得发昏。弄不了几文的，便筚路蓝缕，穷得淌屎。他们自己跟自己起了一个名目，叫做“运动员”。有人说过，一个上海、一个北京，是两座大炉，无论什么人进去了，都得化成一堆。④

备经都市熔炉的煅烧，市民阶层的独立意识得以张扬，各种价值观念都能找到相应的观众，言利重利的思想意识也就获得了国人

---

① 姜涛：《中国近代人口史》，浙江人民出版社1993年版，第165页。

② 王敏借用美国学者季家珍的用语，说上海是“华洋之间的‘中间地带’，朝廷与地方之间的‘中间地带’，也是传统与现代之间的‘中间地带’”。见熊月之、周武：《上海：一座现代化都市的编年史》，上海书店出版社2007年版，第201页。其实，上海又何尝不是新旧知识分子和知识分子新旧心态的“中间地带”，不少文人像王韬、吴趼人就是在上海感应异域文明的巨大威力，思想发生了急剧转变。

③ 熊月之、周武：《上海：一座现代化都市的编年史》，上海书店出版社2007年版，第73页。

④ 欧阳钜源：《负曝闲谈》，中国文联出版公司1996年版，第64页。

的认可。市民阶层的延伸和扩大，为晚清民初小说提供了众多的读者。

治有清思想史的学人，多以甲午战争作为新旧文化交界的关口，而中国小说观念的转变至少已经在19世纪70年代初就已经萌动。甲午战争以前，士人仍多滞于传统思想的框架；甲午海战以后，激进的思想不只表现为量的增加，也有质的突破。晚清的三次社会大运动，自上而下的戊戌变法和立宪运动，以及明显具有离心倾向的辛亥革命，都是知识分子参与其中并起推动作用的社会运动。检讨这三次社会变革，领导阶层的社会构成已随着社会变迁而发生了巨大的改变，有无功名可以作为划分他们身份的界标。戊戌变法的领导层是清一色的士绅，立宪运动的柄政者亦多为有功名之士，而辛亥革命的领导权则移至新学制培养出来的留学生群体，这种领导阶层的社会身份变化折射出考试制度对士人参与社会政治的影响。小说地位的拔升与阅读群的下移，在晚清民初找到了“对话”的契点。小说杂志既是他们展露才华的舞台，又是他们获取信息的重要途径，传统文人投身于小说阅读，又在一定程度上加剧了小说的“雅化”进程，这正如陈平原所言：“选择政治小说并非只是部分政治家利用小说形式作宣传的权宜之计，也是作家介入政治斗争的自觉要求，在一定时期内还符合高度政治化的读者的口味。”① 众志所趋，新小说家们多舍正面学理的劝惩申述，转求通俗文学的讽喻教化，新小说的群治趋向切合了这种时代变化。

任何历史都是某种当代史，志士之气、普世情怀、鲜活的人物形象，晚清民初社会的风云变幻都一一包孕在小说家笔下。阅

① 陈平原：《中国小说叙事模式的转变》，北京大学出版社2003年版，第180页。

读行为的本身，架构了读者与作者（包括评点者）的心灵桥梁。道光以降，西学东来。基于对国事阽危的担忧，途经曾国藩等中兴人物的鼓荡，晚清民初社会弥漫着一种浓烈的商战气氛。工商业地位遽然升级，又兼以通商口岸的递增和内移，我国的都市呈现一种异常扭曲的发展强劲。昔日熟读经书的饱学之士，短时间内无法应对这种解构般的社会转型，或是故步自封，或是自甘堕落，更有效的是自觉奋起以求新变。在时代的夹缝中，新一代知识分子亦应运而生。在1911年前后，新知识分子估计有50万人，"其中不乏小说的作者，部分则成为小说的读者，这是小说发展的必要条件"①。他们多为城市居民，时间相对宽松而又醉心时事，这种市民阶层的重组，使得传统的书场说唱转为案头阅读，通俗小说的接受方式发生质的变化，晚清民初小说的群体关怀趋势获得强健的传播基础。中国小说观念的近代化进程，是以小说的文类地位改善赢得突破，晚清民初小说的群体关怀趋向，刺激了广大知识分子进军小说批评领域。

梁启超鼓吹"小说界革命"之后，小说创作数目剧增，在这迅猛增长的背后，隐含着小说阅读市场的拓展。只是这种市场的开拓并非附着于市民人数的增加，而落脚在原来市民内部的延伸，尤其是对传统士大夫这个潜在市场的挖掘，"清末的市民阶层，有几种特色：其一，识字率较农村为高，一般出版品的读者群较大。其二，识见较广阔，对国家和社会较为关心。其三，有相当多的人有闲暇，需要以阅读消磨时间。这几种特色，都是小说市场的有利条件。"② 经由梁氏等人的小说鼓吹，传统士大夫对

① 张玉法：《晚清的历史动向及其与小说发展的关系》，见林明德：《晚清小说研究》，联经出版事业公司（台北）1988年版，第16页。

② 张玉法：《晚清的历史动向及其与小说发展的关系》，见林明德：《晚清小说研究》，联经出版事业公司（台北）1988年版，第20页。

小说的态度亦逐渐由鄙夷转为玩习和创作，这是一个质的突破。从做小说编辑走过来的郑逸梅，其回忆应该具有相当的说服力：“《季报》（指徐枕亚之《小说季报》——笔者）每期容纳三十万言，用上等瑞典纸印，成本较大，定价每册一元二角，这时的杂志，如《礼拜六》，每册只售一角，其他亦在四角以下，那《小说大观》，每册一元，购买力已成问题，销数不多。《季报》定价，更超出一元，那就使一般读者，望书兴叹了。”① 价位适中的文学期刊和各种小说，也在各家出版社的竞争中逐渐走近市民大众。1908 年《小说林》社的《丁未年小说界发行书目调查表》

① 郑逸梅：《艺林拾趣》，浙江文艺出版社 1990 年版，第 249 页。清代中叶以前，书价基本维持较高的水平，据潘建国查证，明万历年间刊行的《新镌陈眉公先生评点春秋列国志传》，“每部纹银壹两”，万历末年刊的《新刻钟伯敬先生批评封神演义》（百回本），“每部定价纹银贰两”，若按当时的物价，一套《封神演义》相当于 50 只鸡，40 只狗，10 匹布，154 斤红枣，书价确实不菲。见潘建国：《中国古代小说书目研究》，上海古籍出版社 2005 年版，第 128 页。据笔者查找，孙楷第《日本东京所见小说书目》载，明刊本《批评全像武王伐纣封神演义》之封面亦题“每部定价纹银贰两”，见该书，人民文学出版社 1958 年版，第 91 页。而至清末民初，黄小配的《宦海潮》版权页上载有“每部二大册，定价五角半，趸售者另议”字样，见柳存仁：《伦敦所见中国小说书目提要》，书目文献出版社 1982 年版，第 165 页。刊于 1904 年 8 月《世界繁华报》上的《特别告白》云：“出售《庚子国变弹词》全书四十四回，价一元二。”见《李伯元全集》（第 5 册），江苏古籍出版社 1997 年版，第 151 页。石昌渝主编《中国古代小说总目·白话卷》记载，《老残游记》“《日日新闻》社曾刊行单行本，线装二册二十回，活版印刷。扉页题‘老残游记’，左下角有‘药雨’二字圆形印章，封二署‘印刷所天津日日新闻社’、‘发行所天津孟晋书社’、‘每本定价大洋三角半’。”山西教育出版社 2004 年版，第 196 页。林纾当时的稿酬就是每千字 6 元。“文学期刊的定价从 5 个铜元到 1.20 元不等，试以民初主要刊物《小说月报》、《中华小说界》为例，定价都为0.20元”，见陈伯海、袁进：《上海近代文学史》，上海人民出版社 1993 年版，第 77 页。可见时下书籍（包括小说）的消费正逐步下移。

收录1907年发行的创作小说近120种，翻译小说约400种，涉及商务印书馆发行所、小说林社发行所、新世界小说社发行所、广智书局、作新社、点石斋、中外日报馆、鸿文书局、申江小说社、有正书局、时报馆、开明书店、一新书局、时中书局、文振学社，并展示了当下的小说书价。① 其对前三家阐述尤详，兹以商务印书馆发行所的书籍定价列表如下：

书名	原著者	著、译者	定价(分)
《十字军英雄记》	［英］司各德	林纾	九〇
《拊掌录》	［美］华盛顿欧文	林纾	三〇
《金风铁雨录》		林纾	一〇〇
《侠隐录》	［法］大仲马	君朔	一五〇
《孤星泪》	［法］嚣俄		七〇
《漫郎捏实戈》	［法］约雷华斯德		三〇
《旅行述异》	［美］华盛顿欧文	林纾	七五
《滑稽外史》	［英］却而司迭更司	林纾、魏易	二〇〇
《大食故宫余载》		林纾	六五
《神枢鬼藏录》	［英］阿瑟毛利森	林纾	二五
《空谷佳人》	［英］博兰克巴勒		一五

① 徐念慈：《丁未年小说界发行书目调查表》，见《小说林》影印本（第3册），上海书店出版社1980年版，第2~10页。张静庐云："一本书的代价，虽只二三毛，然在学徒时代，这几毛钱的积储，确实不是一件容易的事。"见张静庐：《在出版界二十年》，江苏教育出版社2005年版，第26页；二十回《海天鸿雪记》于1899年7月22日《游戏报》刊载的广告："书用洋纸印成，装订精雅，务极美观，每本暂收回工本大钱二十五文。"见《李伯元全集》（第5册），江苏古籍出版社1997年版，第149页。据二者考察，小说书籍的定价应该不会是太贵的。

（续表）

书名	原著者	著、译者	定价(分)
《秘密地窖》	［英］华司		二〇
《双孝子喋血酬恩记》		林纾	五五
《世界一周》	［日］渡边		二〇
《真偶然》	［英］伯尔		三〇
《毒药罇》	［法］嘉波留		三〇
《希腊神话》	巴德文		二〇
《指中秘录》	［英］麦区兰		七〇
《圆室案》	［英］葛雷		二〇
《宝石城》	［英］白髭拜		三〇
《双冠玺》	［英］特渴不厄拔伫	林黻桢、何心川	二五
《画灵》	［英］晓么伟		二〇
《航海少年》	［日］樱井彦一郎		二〇
《多那文包探案》	［英］狄克多那文		三〇
《一万九千磅》	［英］般福德伦纳		二五
《红星佚史》	［英］罗达哈葛德、安度兰俱	周逴	五〇
《金丝发》	［英］格离痕		二〇
《朽木舟》	［日］樱井彦一郎		二五
《爱国二童子传》	［法］沛那	林纾、李世中	七五
《冢中人》	［英］密罗		一五
《盗窟奇缘》	［英］蒲斯培		四〇
《鸳盟离合记》	［日］黑岩泪香	汤尔和	六〇
《复国轶闻》	［英］波士俾		二〇

（续表）

书名	原著者	著、译者	定价(分)
《狡兔窟》	尼楷忒		一五
《玫瑰花下》	［英］聂格卡脱		一五
《罗仙小传》	［英］霍旨因		一五
《三名刺》	［英］葛威廉		二〇
《银纽碑》	［俄］莱门忒甫	吴梼	一〇
《薄命花》	［日］柳川春叶	吴梼	一〇
《黑衣教士》	［俄］溪崖霍夫	吴梼	一五
《五里雾》	［日］上村左川	吴梼	一五
《三疑案》			一〇
《狡狯童子》			一五
《中山狼》	［美］文龙女史		二〇
《中国侦探案》		吕侠	三〇
《扫迷帚》		壮者	二五

书价是考察小说传播一个重要的传播符号，“小说的流传不仅取决于其文学性，也受到商品流通一般法则的制约。自明至清，随着书价的逐渐降低，小说拥有的读者面越来越广，读者层次不断扩大，由少数显贵的特权而真正成为大众的娱乐”①。

从传统的线装书到清末民初的洋装书，不但装帧漂亮美观，而且大大降低了书籍的印刷成本，作为大型印刷和出版机构的商务印书馆，“在开初几年，它是以印刷业为主要业务，一直到光绪二十八年（指1902年——笔者）才正式出书。从这年起至民

① 宋莉华：《明清时期的小说传播》附录《明清时期说部书价述略》，中国社会科学出版社2004年版，第374～375页。

国十九年止，出版的图书（杂志在内）共计八千零三十九种，一万八千七百零八册”①，它引领了出版界面向读者阅读的下移潮流。包天笑的《译小说的开始》清晰地描绘出自我的思想转变：“我于是把考书院博取膏火的观念，改为投稿译书的观念了。”②而就年龄层次而论，对新文明的感应和顺变却非青年人莫属，“购书者千余人，略一寓目者当十倍之。顾年在四五十以上而于思于思者，则能购者仅得二人：之二人者，皆扬州籍也。外是则乐于寓目者并亦不多。可知文明之运命，端在青年，而文化之将开，确可预卜也。”③ 书商的市场调查，指明了阅读群嬗变的大致方向。通俗小说一经进入市民（包括某些传统士大夫）的阅读视野，就在客观上刺激和促进了小说市场的纵深发展。广大知识分子进军小说领域，必然会导致小说的生产和消费发生新变。市民心态和士大夫意识接轨融合，新小说公开地反映社会生活和市民心态，创造了人生选择和价值实现的崭新空间，使得新小说更好更快地面向公众，从而最终实现中国小说的近代转型。

三、报刊机制和白话文运动的推动

晚清小说的繁荣与当时的新闻事业的发展息息相关，这已是不争的事实。执晚清民初小说杂志之牛耳者，亦非梁启超莫属。据阿英的《晚清戏曲小说目》的统计，以新体裁写成的戏曲小说中，90%在1902年以后，即梁启超于当年在日本横滨创办中国第

① 李泽彰：《三十五年来中国之出版业》，见张静庐：《中国现代出版史料丁编》（上），中华书局1959年版，第390页。

② 包天笑：《钏影楼回忆录》，龙文出版社有限公司（台北）1990年版，第207页。

③ 夏颂莱：《金陵卖书记》，见张静庐：《中国现代出版史料甲编》，中华书局1954年版，第400页。

一家小说杂志《新小说》之后。梁氏进而在其上刊登自作自评的《新中国未来记》，作为其政治小说理论的延伸。只是梁氏兴趣不在小说，对小说的艺术他是无暇顾及的，然其筚路蓝缕，功不可没。梁氏导夫先路，标领一代风骚，其文学与新闻实践亦引领着后起小说报刊的创办旨趣。创刊于1903年的《绣像小说》，在《本馆编印〈绣像小说〉缘起》中就明确声明："以醒齐民之耳目，或对人群之积弊而下砭，或为国家之危险而立鉴，揆其立意，无一非裨国利民。"① 细玩其宗旨，亦是"改良群治"的同调；创刊于1904年的《新新小说》，侠民代言的《〈新新小说〉叙例》希望达到"有裨人群"② 的办刊目的；吴趼人感于梁氏《论小说与群治之关系》观念之新颖，进而提倡小说，其《〈月月小说〉序》"于群治之关系之外，复索得其特别之能力"③，推戴小说的群治取向；1907年创刊的《中外小说林》则开宗明义地说明自己"唤醒国魂、开通民智"，"启迪国民之义务"④ 的办刊意图。梁启超大放光彩，后起者克绍其裘，小说杂志的勃兴，为晚清民初小说的群体关怀提供了强有力的物质条件。

上下贯通、照映今古，晚清民初的小说报刊是一种非常重要的文化传播利器，当时的大型书局也创办小说杂志，像商务印书馆之于《绣像小说》、《小说月报》杂志，中华书局之于《中华

---

① 商务印书馆主人：《本馆编印〈绣像小说〉缘起》，见陈平原、夏晓虹：《二十世纪中国小说理论资料》（第一卷），北京大学出版社1997年版，第68～69页。

② 侠民：《〈新新小说〉叙例》，见陈平原、夏晓虹：《二十世纪中国小说理论资料》（第一卷），北京大学出版社1997年版，第141页。

③ 吴趼人：《〈月月小说〉序》，见《吴趼人全集》（第八卷），北方文艺出版社1998年版，第199页。

④ 佚名：《〈中外小说林〉之趣旨》，见陈平原、夏晓虹：《二十世纪中国小说理论资料》（第一卷），北京大学出版社1997年版，第224页。

小说界》杂志，它们创办的目的主要不是出于赚钱和赢利，更重要的是借此来表明自家的开明态度，期望在小说群体趋向上占据某些优势，而这种出版实践的背后隐寓着它们的某种平民立场。①"文学期刊杂志是中国文学史上的一个新事物，它的出现使得中国文化的个体意识逐渐向群体化、集约化靠拢，对中国的近现代文化文学结构的构成影响极大"②。晚清民初短短数十年的小说数量几乎是中国历代现存小说之和，便说明了小说期刊的传播之功。围绕某一小说报刊的生产和发行，势必催生一定范围的言论圈。这些交流渠道的拓展，又集结成一种社会舆论来影响和干预时政，从而成为他们价值体现的"公共空间"，这适如李孝悌所论："在这个知识由上向下传播的过程中，精英分子的理念简化乃至曲解，民间文化的信仰、传说也被新的创造者所采撷，这种上下交融的结果，显然有利于知识的传布。更重要的则是启蒙者对媒介形式和场合的重视，从白话、宣讲、讲报、演说、戏曲到阅报社、半日学堂和茶馆，我们看到上下层文化的交涉如何达到一个空前频密的地步。"③

新小说家秉承天地良心，为百姓疾苦奔走呼号。晚清民初报刊和西方传教士的几次征文，条陈事实，力举鸦片、时文和缠足的祸害，又凸显了小说的教化作用，掀起国人对社会公害的普遍

---

① 商务印书馆和中华书局都以教科书为主要营业，中华书局的创始人陆费逵言："全国所用之教科书，商务供给什六，中华供给什三，近年（1932年前后——笔者注）世界书局的教科书亦占一部分。"见陆费逵：《六十年来中国之出版业与印刷业》，载张静庐：《中国出版史料补编》，中华书局1957年版，第277~278页。

② 范伯群：《中国近现代通俗文学史》（下），江苏教育出版社2000年版，第513页。

③ 李孝悌：《清末的下层社会启蒙运动：1901~1911》之《再版序》，河北教育出版社2001年版，第4页。

关注。小说报人喜就时势发表自己的看法，晚清民初报纸中的“副刊”，以及时下《新小说》杂志上的“小说丛话”和《小说林》的“小说小话”之类的随笔栏目，允符了这一需要。其形式自由、各抒己见、文责自负，往往经由一个问题的讨论或对小说内容的解读，引发一系列相关论题的研讨，形成一种共时性的群体关怀倾向。“申江报馆列如云，主笔名流各不群，烧烛夜深还检点，一年论说与新闻”①，这样，“它所提到的国家大事，和一些文章，每个人都在同一天看到，你就感觉到似乎每一个都有一个共同的想象，这种共同的想象为这个新的民族国家提供了一种知识上的基础”②。早期的文学期刊以石印为主，到19世纪末，铅印技术逐渐取代石印和木印，价廉物美的铅印书籍大量倾销，为小说的生产和发行提供强有力的物质保障，小说的发展强劲又刺激更多的文人厕身于小说创作，进一步拓宽小说的表现领域。

文学是语言的艺术。经典文言的主流地位铸造了我国富丽堂皇的文学宝库，它以强劲的语势姿态引领其他语言发展。晚清民初肇兴的“白话文运动”，开始动摇这座大厦的根基，促使其局部改变前进的方向。1873年《昕夕闲谈》的翻译用的就是白话文，“小说翻译用白话写作，这大约是第一部，它开了近代翻译小说白话化的先河，而翻译小说的白话又对近代小说创作的白话化起到了重要的影响”③。晚清民初的社会境况和文学实践，需求一种既能用于书写又适合大众交际的语言，它应是指向普通民众

① 李伯元：《辞年诗》（其三），见《李伯元全集》（第5册），江苏古籍出版社1997年版，第3页。

② 李欧梵：《未完成的现代性》，北京大学出版社2005年版，第35页。

③ 范伯群：《中国近现代通俗文学史》（下），江苏教育出版社2000年版，第524页。

而不是少数精英的表现手段。在新小说家看来，民间对关羽的崇敬之所以甚于岳飞，还在于《三国演义》小说文本的宣传之力：

我道："这些都是他们各家的私家祖师；还有那公用的，无论什么店铺，都是供着关神。其实关壮缪并未到过广东，不知广东人何以这般恭维他。……"继之道："这是小说之功。那一部《三国演义》，无论那一种人，都喜欢看的。这部小说却又做得好，却又极推尊他，好像这一部大书都是为他而作的，所以就哄动了天下的人。"我道："《三国》这部书，不错，是好的；若说是为关壮缪而作，却没有凭据。"继之道："虽然没有凭据，然而一部书之中，多少人物，除了皇帝之外，没有一个不是提名道姓的，只有叙到他的事，必称之为'公'，这还不是代一个人作墓碑家传的体裁么。其实讲究敬他忠义，我看岳武穆比他完全得多，先没有他那种骄矜之气。然而后人的敬武穆不及敬他的多，就因为那一部《岳传》做得不好之故。大约天下愚人居多；愚人不能看深奥的书，见了一部小说，就是金科玉律，说起话来便是有书为证，不象我们看小说是当一件消遣的事。小说能把他们哄动了，他们敬信了，不因不由的，便连上等人也跟着他敬信了，就闹的请加封号，什么王咧，帝咧，闹这种把戏，其实那古人的魂灵，已经不知散到那里去了。想穿了真是笑得死人！"①

相对俚俗的小说语言符合了普通民众的阅读需求，由文本引发的集体观念便催发了某种社会意识的形成，这样，小说文本的不同宣传策略，自然会影响到群众的接受和消费效果。

① 吴趼人：《二十年目睹之怪现状》（第六十一回），见《吴趼人全集》（第二卷），北方文艺出版社1998年版，第504～505页。

西方书籍的传入和西人创办的华语报纸，为中国的语言革新带来一股新鲜的血液，亦给国人树立了某种足可法式的模本。黄遵宪揭橥“诗界革命”，不拘牵古人，自铸新辞，导启了中国近代的语言变革。1897 年，汪康年等人在上海创设“蒙学公会”，发行《蒙学报》，进行童蒙教育，同年裘廷梁的《论白话为维新之本》提倡言文合一，全面发展了黄遵宪的观点。梁启超标领的“新民体”、“政治小说”，竭力鼓吹俗语文学的社会功用：“文学之进化有一大关键，即由古语之文学，变为俗语之文学是也。”① 只是文言的影响不至于说散就散，其余绪仍存。林译小说，几乎是清一色的桐城古调，晚清民初也一度出现白话进行创作、文言阐述理论的共存现象，可是文言一统天下的垄断局面不复存在，语言的白话化已成为一股不可阻挡的时代潮流。某些新小说家对《红楼梦》和《儒林外史》等小说经典的心仪和效仿，以致运用白话文写作就成为一定范围中的“无意识”自觉。迫于瓜分的呼声，导启自八股改革，汪康年等人的平民教育思考，促进了广大人民的觉醒和转变。随着阅读视野的扩大，国人提倡“白话”的呼吁亦日臻强烈，“庚子事变”后的数年之内，全国涌现了一大批白话文报纸，即那次运动的回应。开启民智、救亡图存，小说报人和白话文运动先驱者一道，纷纷落实于“改良群治”的社会实践，汇成一条绾合救国与语言革新的时代潮流。白话文学逐渐获得晚清民初的主流话语权力，新小说亦赢得了一种民族文学意义上的审美张力。

才思警拔的金圣叹，标举才子文心，构建小说评点学的理论框架，为小说的正名而奔走呐喊。其推戴《水浒》并驾《史记》、《离骚》等而为天下“才子书”，虽孳孳矻矻、殚精竭虑，他的努

---

① 梁启超等：《小说丛话》，见陈平原、夏晓虹：《二十世纪中国小说理论资料》（第一卷），北京大学出版社 1997 年版，第 82 页。

力也仅仅得到极少数士大夫的首肯，无力扭转我国“文以载道”的正统文学观念，也无法给小说的社会地位带来根本性的突破。晚清民初小说的群体关怀趋向，体现了新小说家群治建构的文化想象，它虽然只限于小说与社会、小说与政治等几个主要层面，又因其对小说的社会功能的片面强调和某些功利图解，常常使得小说批评陷入实用主义的泥淖。但其纵横捭阖的理论勇气、雄视千代的社会效应，无疑弥补和成就了金圣叹以来的评点大家终年未竟的事业。从这一层面而言，新小说家居功至伟。新小说家普遍漠视小说审美艺术，自有其当下的时代和社会原因。而黄人和徐念慈对小说艺术的维护，王国维淡化政治的默默耕耘，这更揭示晚清民初小说理论自足发展的另一趋势。检讨新小说家关注时代、唤起民众的创作实践，则突破了小说劝惩和教化的功能定势。其革故鼎新的探索成就，在在不愧为小说新时代全面来临的信号。

第三节 革新意识的开放维度

亡国灭种的社会危机致使传统文化遭遇严峻的挑战，社会批判理性缘于现实的失败而趋于强化，社会制度各个层面的反省，要求重塑国人的精神世界。晚清民初小说逐渐走出狭小的上流社会消费文化圈，表露出明显的为公众服务的价值取向，它们叩响了世界文学的大门，在中西文化交流中展现中国小说观念的开放意识。中国小说观念的近代化进程，裹挟起浓厚的平民文学因子，它是传统文化的局部调整和革命，也确实代表了小说整合传统文化、趋向现代嬗变的方向。

一、变通融合和文类提升

守本开新、求同存异，中国小说观念开放意识在 19 世纪 70

年代已见端绪，而其巨形呐喊则从甲午海战后响起，落后于“睁眼看世界”的社会思潮近半个世纪。循规蹈矩、严守夷夏大防，是历行经年的社会心理积淀。传统文人受制于自诩自傲的天朝心态，往往用一种以高临贱式的目光来打量异域文化。英人的枪炮在突破国人苦心经营的“堤防”之际，也同时摧毁了他们自为中心、黯昧无知的天朝心态。1860 年，英法侵略者攻陷北京，用武力迫使清朝当局承认天朝与外邦的平等关系，这无疑是对“大一统”观念的致命打击。国家和社会的生存现状拷打着国人的灵魂和良知，睁眼看世界的士大夫群中，魏源算是清醒的一个。其《海国图志》有意将“中外一家”来置换“天下一家”，进而倡言“师夷长技以制夷”，这就立足于时代的制高点上，表露出为“夷狄”正名的宽容和大度，解构了国人封闭守旧、盲目自大的陈腐观念。①

基于对国难时艰的共识，晚清民初的小说批评紧密地扭合着中原板荡的社会现实。维新运动的破产，新兴的知识分子在由庙堂趋向书肆的思想进路中，批判意识使得小说戏曲获就社会的普遍关注和赞誉。梁启超等人揭橥“小说新民”的启蒙大旗，以政治小说开启了中国小说观念近代化的启蒙之维。其所张扬的小说的工具色彩，虽然在一定程度上斫伤了小说文本的艺术魅力，但其所掇拾和厘定的参照物，的确给国人提供了一种迥异于传统文化的价值向度。他对政治小说的鼓吹，特别是对日本近代小说的属意，契合了救国新民的时代潮流。“文以载道”的理论经典，

① 胡翠娥抽样统计了 1901～1906 年晚清报刊中“天下”和“世界”的意义和出现频率，认为“世界”一词的使用逐渐多于“天下”的使用，“天下”指称中国的情况越来越少，此一意义上的“天下”逐渐被“我国”、“中国”等词汇所取代，这表明晚清的知识视野已经从中国投向了世界。见胡翠娥：《文学翻译与文化参与——晚清小说翻译的文化研究》，上海外语教育出版社 2007 年版，第 35～36 页。

被改写并赋予鲜明的时代特征。新小说批评家对小说“不可思议之力”的话语推崇，其本身就是在破坏文学领域的既定秩序，并展示末代王朝特有的文化想象。这适如王德威所论：“如果晚清小说的确有启蒙，那也不是梁启超时代的知识分子及其‘五四’从人希望我们相信的启蒙。晚清小说的现代性既不表现于严复心目中的载道理论，也不表现于梁启超的末世想象；它其实是由严及梁所贬抑的‘颓废’气质中迂回而生的。”①“颓废”则意味着对中国传统文化的再估和重组，是将正常物象加以异化的批判精神的具体表现。传统价值原则和社会承当的分离，造成晚清民初社会普泛的价值迷失。棋局将残的社会在场、猥琐苟且的蛇鼠之辈，晚清小说多是曝光和斥逐着种种是非颠倒社会闹剧。窳败的社会现实不能给士大夫以足够的价值回归的机会，他们反而在进化论和民约论的感召下，一定层面上解构着本阶级的思想意识。晚清民初文人（特别是戊戌以后）的知识谱系已明显地跟传统原则背离，一个很清晰的区别在小说上表露为晚清以前的经典小说对儒家传统的非难始终保持一份善良而美好的愿望，而“辞气浮露、笔无藏锋”的谴责小说则将封建官吏视为社会腐败的罪恶根源。批评领域的拓展促成批判理性的高涨，他们有意识地突破社会固有的判断法则，贬黜这个奇诡而丑陋的现实世界。

小说文类地位的飙升，引发一系列的文学效应。士人对小说的态度由习焉不察的傲慢和偏见转为对其极力的鼓吹和捧抬，虽然这种趋势早在《荡寇志》的传播上就得到局部的体现，但那只是滞限于上层社会的文学实践。以群治为指归的梁启超则竭力借径小说的社会功用来提升它的文类地位，而这种鼓吹效果却是以削弱传统小

① ［美］王德威：《被压抑的现代性：晚清小说新论》，北京大学出版社 2005 年版，第 32 页。

说的话语权力为代价。新小说批评家人为地跟传统小说划清界限，却无力构建一套崭新话语体系。西方传教士对晚清小说理论产生过巨大影响，这早就是学界不争的事实。梁启超革故鼎新的文学实绩，明显留有传教士傅兰雅的印痕。西方传教士出自其某种传教的殖民心态，向中国传播的是早就落伍的西方中世纪的小说观念，新小说批评家未能仔细审视，就匆匆披挂上阵。小说观念的偏颇与滞后跟当下澎湃发展的救国思潮扭合，形成一种奇怪而又被视为当然的社会逻辑，它始终牢笼着晚清民初小说批评家的价值判断和审美选择。要么顺应政治小说的创作洪流，漠视小说的艺术探求；要么固守传统小说的经典模式，淡化小说的功利效应。这种近乎二律背反式的取舍几乎贯穿于整个晚清民初社会。

如果梁启超从实用工具维度凸显了中国小说观念近代化的启蒙之维，那么王国维等人的默默耕耘，借径西方哲学观念来重新解读传统经典，则开启了中国小说观念近代化的审美之维。在一片救国浪潮声中，王国维的审美追求虽然显得有几分单薄，但其在在突破了晚清小说着意于社会功利的胶着和机械。他克绍焦循"一代有一代所胜"的文学演变观，进而融合西方的进化论思想，揭橥"一代有一代之文学"的文学史观。从文学进化的源流上探讨其发展和演变，突破"伸正诎变"文统观的藩篱，实现了传统文学史观的蜕变。这对于固守诗文为正宗的当下复古潮流，无疑是一个致命的打击。王国维本着对西方哲学和美学理论的会通和感悟，打造传统经典的时代色彩。1904 年其在《教育杂志》上推出的《红楼梦评论》，就树立了近代乃至现代小说的批评典范。他以西方的悲剧观念来瓦解团圆主义，超越甚至解构了《红楼梦》乃至整个小说研究中评点和索隐的传统格局。从直觉感悟式的批点转变为思辨综合式的专论，这是我国小说批评长河的一条基本进路，批评格局的转型，势必影响到批评观念的更新和话语权利的提升。清人张潮《虞初新志》言：

书从匡郑以来，渐多笺释。盖由流连欣赏，随手腕以加评，抑且阐发揄扬，并胸怀而迸露。兹集触目赏心，漫附数言于篇末；挥毫拍案，忽加赘语于幅余。或评其事而慷慨激昂，或赏其文而咨嗟唱叹。敢谓发明，聊抒兴趣；既自怡悦，愿共讨论。①

从“自怡悦”到“共讨论”的变迁演绎，小说的文体性质日趋成熟。以评点与序跋为主要形态的中国传统小说批评，在中国小说观念的近代化进程中，逐渐妨碍了小说理论建构的自觉性。王国维孜孜矻矻地摸索，突破了小说评点这种共时性的小说批评积习，为晚清民初小说批评提供了可供操作的规范。王国维侧重对小说艺术价值的全面审视，用一种理性的批判精神接续中国小说的艺术传统，从而促成小说批评的近代嬗变。

二、中西比较和平民意识

中国小说观念的近代化进程，在文学接受形态上表露为士大夫意识和市民心态的融合和变通。这种演变的趋势，一方面体现为士大夫以较为宽容的心态去打量本阶层向为不齿的小说，接受进而开始创作小说，另一方面大量的市井风情习俗纷纷进军小说领域，出现专为下等社会写照的艺术追求。晚清民初翻译小说家很大部分带有输入文明的初衷，其本身就是对腐败官场和委琐生活的反叛和悖逆，他们以具体厚实的异域文化现场感，赢得广大读者的普遍欢迎。梁启超黄钟大吕般的呐喊，造成应者云集的社会反响，这就具体反映了批判理性的强化和价值观念的转变。曼殊言：“欲觇一国之风俗，及国民之程度，与夫社会风潮之所趋，

① ［清］张潮：《虞初新志》，文学古籍刊行社 1954 年版，第 2 页。

莫确乎小说。盖小说，乃民族最精确、最公平之调查录也。”① 极力推戴小说的文类地位，其本身就隐寓小说文体独立的革新意识，砸破了传统小说家自卑和尴尬的社会意识。这种基于文体地位的重估，不单是小说观念滞后现状的突破，也促进了小说叙事传统模式的革命。周作人的译作《玉虫缘》、包天笑的译作《六号室》，更有晚清盛极一时的大部头“林译小说”，就打破了长短不拘、渐行渐远的章回小说体制。而以吴趼人《九命奇冤》为代表的晚清小说，则成功地将倒装模式有效地化用，实现中西小说观念的嫁接和异域观念的本土化改造。

林纾在近代文学史上的典范意义，就在于他开辟了用比较文学眼光来审视西方小说的先河。1899 年其译作《巴黎茶花女遗事》刊行，迅速刮起一股“林译小说”热，这就逐步改写和刷新了国人对域外小说的认识。林纾对异域小说的认识不单是停留在观念的袭用上，还能渗透和运用于具体的小说创作实践。为了凸显异域小说的艺术成就，他竭力从异域小说和史乘传统关系上打开缺口：“西人文体，何乃甚类我史迁也！”② 并以《斐洲烟水愁城录》与《史记·大宛传》比较，探究二者艺术章法的差异。小说是社会现实的综合反映，晚清民初小说呈现出以揭露时弊来裨救维新的文学指归：“如有能举社会中积弊著为小说，用告当事，或庶几也。”③ 林纾在《伊索寓言·序》和《〈红礁画桨录〉译余剩稿》中亦有类似的意旨阐发，这些均体现了他“小说新种”的社会追求。

---

① 梁启超等：《小说丛话》，见陈平原、夏晓虹：《二十世纪中国小说理论资料》（第一卷），北京大学出版社 1997 年版，第 96 页。

② 林纾：《〈斐洲烟水愁城录〉序》，见陈平原、夏晓虹：《二十世纪中国小说理论资料》（第一卷），北京大学出版社 1997 年版，第 158 页。

③ 林纾：《〈贼史〉序》，见陈平原、夏晓虹：《二十世纪中国小说理论资料》（第一卷），北京大学出版社 1997 年版，第 354 页。

平民意识是中国小说观念近代化的一个突出表现，小说由为帝王将相的颂唱嬗变为替下等人的写照，审美指向逐步下移，而新小说乐意于刻画“市井卑污龌龊之事”，就获得了平民文学的一种艺术向度。这种以异域小说为参照的理论探讨和总结，体现了林纾等人可贵的比较意识。在中西小说比较研究思潮中，侠人的“中优西劣”论和周桂笙的“西优中劣”论，都由于其立足点的偏颇，未能客观地把捉中西小说的艺术价值。以林纾为代表的小说批评家突破了天朝心态的狭隘偏见，真诚地赞美西方小说的艺术魅力，这就从反面递送了小说文体革新的信息。晚清往往是著、译并提，小说创作与小说翻译的分工并不十分明确，新小说家窜改或代写小说翻译借体的原始文本的现象在当时不在少数。① 郭延礼推崇翻译小说之功：“翻译文学的出现，在文学观念上，至少有两个主要的变化：一是动摇了中国士人在文学方面的自我优越感，感悟到西方文学也有不少像《红楼梦》一样的杰作；二是翻译小说的大量存在，对扭转中国士人轻视小说的观念产生了积极影响。”②晚清民初小说批评家的主动比较意识，在瓦解诗文正宗的文学进路中，推动了小说写实观念的盛行，开拓了小说批评家的艺术视野，熏染和滋润了后起的像鲁迅和茅盾等一些小说批评大家。

蔡奋的《小说之势力》集中批判了传统的小说观念：“至吾邦之小说，则大反是。其立意则在消闲，故含政治之思想者稀如

---

① 林纾翻译小说之时，存在诸多改写原作的现象，这亦不妨碍其博得“小说界泰斗”之名。侗生《小说丛话》和徐念慈《余之小说观》的评价可谓代表，如侗生《小说丛话》：“近代小说家，无过林琴南、李伯元、吴趼人三君。……一手成三种文字，皆臻极点，谓之小说界泰斗，谁曰不宜?”见陈平原、夏晓虹：《二十世纪中国小说理论资料》（第一卷），北京大学出版社 1997 年版，第 388 页。

② 郭延礼：《中国近代翻译文学概论》，湖北教育出版社 1998 年版，第 495 ~ 496 页。

麟角，甚至遍卷淫词罗列，视之刺目者。盖著者多系市井无赖辈，固无足怪焉耳。小说界之腐坏，至今日而极矣。”① 晚清民初小说能在正宗诗文之外，负载起救世新民的重任，它颠覆了小说被视为“闲书”的传统观念。温柔敦厚的诗教传统思想，契合着国人平易中庸的“中和”美学观，晚清民初小说文类地位的飙升，引发和促进了小说与政治的同谋共构，其实质就冲击了中庸的传统说教观。参照、反省和创新，异域文化给国人开具了重塑精神世界的命题，比较观念的萌发更是加深了新小说的平民化色彩。

三、观念转型和审美拓展

开放心态下的新小说家，对异域文学题材的把握是如鱼饮水、冷暖自知。梁启超掀起的“三界革命”和“戏剧改良”，带给国人的不只是陌生而好奇的现实境域，同时也因为崭新的名词输入，丰富了文人的创作实践。新小说家有意识地将异域意象充实于小说创作领域，人物形象系统也因小说审美视阈的扩大，而被追加上新的时代因子。异域风土人情、各色人物亦出现于晚清民初小说之中，读者徜徉于一个陌生的艺术世界，并由此返观人物的内心世界。异域小说所迸发出来的自由、平等的民主思想和竞争进化观念，引发国人进一步质问当下制度和生存环境，这又刺激了中国小说观念的近代化进程为小说的当下创作提供丰富的精神营养。晚清民初的小说喜欢刊载图画，意在给读者一个直观的印象，客观上调节了读者的阅读趣味。像《新小说》杂志刊载的55幅人物风景画中，有托尔斯泰、雨果等外国文学巨匠，有当时的外国演艺界明星，其第一份人物画即为托尔斯泰像，中国

---

① 蔡奋：《小说之势力》，见陈平原、夏晓虹：《二十世纪中国小说理论资料》（第一卷），北京大学出版社1997年版，第48～49页。

人物画却仅一张清太后那拉氏像，风景画取材中国的仅录“北京故宫北海全景”一幅，取材外国的则占绝大多数，这显露了《新小说》杂志人的开放意识。①

晚清民初小说有一个共通现象：不讳时人时事入小说，它们甚至将社会显达纳入意象表现系统，体现出鲜明的社会批判精神，《孽海花》和《文明小史》就是显例。刘鹗的《老残游记》撷取晚清社会的一段横截面，以冷静的笔触谛察窳败社会的众生相，展示着“棋局将残”的清醒忧患意识。《老残游记》楔子中“危船一梦”的意象指寓，明显就是当下先进士人师法异域、实业救国的时代呼声。虽然这种结局在钳制日亟的封建社会末世未能赢得广泛的思想共鸣，但其朴素的救国自觉意识，无疑是推动了晚清民初的实业强国之路。曾朴的《孽海花》揪住衰世的种种积弊，泼墨于官场和士林的怪现状，揭橥崇扬西学的大旗，对儒家的道统论提出深刻的质问。晚清民初一度流行的科学小说和教育小说，像《扫迷帚》、《瞎编奇闻》和《月界旅行》等，或是立足于对封建迷信的检讨和斥逐；或是借助想象的翅膀，延伸着国人“坚船利炮”的兴国梦。这种对科学和人性的普遍关注，从根本上斫伤传统小说漠视人性的积习，拉近了小说和现实生活的审美距离，更加真实地反映社会人生。

钱钟书指出：“新风气的代兴也常有一个相反相成的表现。它一方面强调自己是崭新的东西，和不相容的原有传统立异；而另一方面更要表示自己大有来头，非同小可，向古代也找一个传

---

① 点石斋石印的《海上奇书》，开创了小说期刊登载插图的先例，但晚清民初的小说期刊更多地沿袭《新小说》体例，改绣像为照片。如：《月月小说》侧重于异域名人照片，新小说家李伯元、吴趼人、周桂笙等人的照片自然也是其推出的重点；《小说林》刊登的 48 幅图系像中，异域的人物风景占了 21 幅，特别是其在所刊登的中外小说家照片背后添加“小传”，亦是一个创举，涉及施葛德、克劳福、范纳、狄根、俞樾等人。

统作为渊源所自。”① 诚然，新小说家既要跟《红楼梦》等传统小说划清界限，表露自我清晰的革命者色彩，却又不时表白传统的道德家立场，表露向劝诫观念认同的趋向；同样，晚清民初小说批评既展现迥异于金圣叹等传统评点大家的批评路径，又往往在批评实践中借鉴传统小说的批评章法，无法彻底割舍对传统的依恋。新风气的代兴存在一个国人接受和消化的主体选择过程，他们明显突破了传统小说批评家“草蛇灰线”式的时空序列，显露出一种可贵的文体探讨精神。特别是管达如等小说批评家所倡言“小说为文学之一种”的文学主张，堂而皇之地将小说划归文学的阵营，其本身就是对古代小说类型说传统的批判发展。中西文化交流促进了近代新名词的输入，使外人员、留学生和传教士的文化实践，加速了新名词的本土消化过程，小说翻译家输入文明的自觉立场，促进了新旧文化的融合：

> 中国文学，素称极盛，降及挽近，日即隆替，好古之士，惄焉忧之，乃亟亟焉谋所以保存国粹之道，唯恐失坠。蒙窃惑焉：方今人类日益进化，全球各国，交通利便，大抵竞争愈烈，则智慧愈出，而国亦日强，彰彰不可掩也。吾国开化虽早，而闭塞已久；当今之世，苟非取人之长，何足补我之短。然而环球诸国，文字不同，语言互异，欲利用其长，非广译其书不为功。顾先识之士，不新之是图，而惟旧之是保，抑独何也！夫旧者有尽，而新者无穷，与其保守，毋宁进取；而况新之与旧，相反而适相成，苟能以新思想新学术源源输入，俾跻吾国于强盛之域，则旧学亦必因之昌大，卒收互相发明之效。②

① 钱钟书：《中国诗与中国画》，见《七缀集》（修订本），上海古籍出版社 1985 年版，第 2 页。

② 周桂笙：《译书交通公会序》，见张静庐：《中国出版史料补编》，中华书局 1957 年版，第 57 页。

新词、新意象的输入，扩大了晚清民初小说的表现领域，新思维、新方法的采用，则开拓了国人的认知空间。这样，通过一些崭新文学术语的移植，便丰富了小说艺术的理论空间，也赋予审美意象鲜明的世界文学特征。

批判精神的弘扬，必须打破国人昔日惯于自认主角的思维积习，以平和的心态来对待外来文化。梁启超极力推许政治小说的社会轰动效果："往往每一书出，而全国议论为之一变，彼美、英、德、法、奥、意、日本各国政界之日进，则政治小说，为功最高焉。"① 新小说提倡者的认识虽有时代的偏颇，却拓展了国人的研究视野。侦探小说的中国本土化历程，就切实反映了中国小说观念的近代转型，侦探小说以其喜闻乐见的艺术趣味征服了广大的中国读者，并与中国"固已有之"的公案小说合流，从而形成一种颇具近世风貌的小说形态。理性批评的滋长，它要求以一种新的观念来检视和反省小说传统。晚清民初小说家自觉负载小说醒世的时代责任，规范尘世的立身处世法则，从而呈现出普泛的谴责意味。这正如有的学者所论："'谴责'包含了价值评判，它最终会培养出怀疑传统的理性精神，所以，它孕育了未来。"②晚清民初小说高竖人性关怀的大旗，隐寓着凸显人性向度的叙事张力。其叙事的草率与结构的粗糙，无疑是其时报刊小说快捷应对社会使命的抖露，但是不管怎样，它对传统的评判，是一种彰显人性的设计蓝图，它催生了民初和"五四"的人文关怀思潮。

---

① 梁启超：《译印政治小说序》，见《梁启超全集》（第一册），北京出版社 1999 年版，第 172 页。

② 章亚昕：《近代文学观念的流变》，漓江出版社 1991 年版，第 45 页。

小 结

启蒙与自我反省的有机融合，加速了国人由被动反应到主动接受的主体选择转变。梁启超等人的批判意识浸染浓厚的政治功利，对中国小说经典传统是一种破坏性的革命，但是“对传统采取全面颠覆的态度，一脚把它踢开，那实在是一种反理性主义。文化传统是人类几千年间积累起来的精神成果。传统就是过去，然而不是纯粹属于过去的东西，它是通向未来、构成未来的过去。它包括许多旧的东西，然而生根于民族文化深层的东西，即使是旧的东西，也是最具持久力的东西”①。国人对异域文化的选择，亦有一个从“器”到“道”的转变过程，林纾最初从事翻译小说实践，本是一种无意识的文化行为，而后起萌发的主体自觉则引发晚清民初中西小说的比较思潮。周氏兄弟翻译的《域外小说集》，就不单滞留于小说量的扩充上，而自觉表露为对中国小说观念的深度挖掘。小说杂志所开辟的“小说丛话”、“说小说”等小说批评专栏，明显展示了国人开放心态下的批判意识，其中有关中西小说优劣论的攻讦，又真实地反映了国人接受和拒斥并存的矛盾心态。有的学者以宏观的视角将中国文学的历史划分为三个阶段，即本土的中国文学、亚洲的中国文学和世界的中国文学。② 中国文学（包括中国小说）要真正成为世界性的文学，还得深深植根于中西文化的交流实践。只有在中西文化的深度交流之中，通过中国文学的自我反省与批判强化，才会完成“怀疑

① 钱中文：《文学理论：走向交往对话的时代》，北京大学出版社1999年版，第357页。

② 陈伯海：《中国文学史之宏观》，中国社会科学出版社1995年版，第128页。

——学习”的观念转化，从而真正地走向世界。

荡涤皇权话语的束缚，铸就晚清民初知识分子的独立人格，中西文明的对比，为广大知识分子提供了返观自身的时代命题，挑战和反省、磨合和应变，知识分子在近代社会的复杂张力中寻求自身的定位，历史的淘洗和现实的过滤，新小说家愤世嫉俗的“失重”心理在读者认同意识的抚慰下，获得暂时的平衡。话语权力的内敛和压缩，倾注于小说领域，就成了一种张扬自我、批评社会的审美选择。小说著作权的自我体认是中国小说观念革新意识的重要表现，作者署真名在文言小说系统中较为常见，而在通俗小说的发展长河中，小说视为小道的尴尬文学地位，常常造就作者身份的扑朔迷离。① 笔者据孙楷第《中国通俗小说书目》的《著者姓名及别号索引》统计，该索引共列316位作者，题署姓名者仅102位，占总数的32%，其中多为清代作者。② 而江苏省社会科学院明清

---

① 莫辨其真的作者身份，自然制造了一系列的小说研究障碍。石昌渝正是鉴于古代小说的存世情况，不得不将《中国古代小说总目》的条目编排原则设定为首字的音序：“古代小说，尤其是通俗小说，作者真实姓名不详的不在少数，这些佚名者的生卒年就难以确定，要按年月日来准确排定这些佚名者的次序，在今天还不太可能；如果版本上都有序跋题记的纪年或书坊镌刻时间标识，那问题又好办得多，可惜许多小说的现存版本都无这些时间标识。”见石昌渝：《中国古代小说总目·白话卷》之《前言》，山西教育出版社2004年版，第8页。

② 参看孙楷第：《中国通俗小说书目》，人民文学出版社1982年版，第317~361页。古代小说的著作权多以“编、辑、编次”的方式呈现，像《今古奇观》题“抱瓮老人编”，《醉醒石》题“东鲁古狂生编辑”，《觉世名言》题“觉世稗官编次”等。周钧韬、王长友主编的《中国通俗小说家评传》披露，1100多部作品中，其作者身份明晰的只有48位，见该书之《凡例》，中州古籍出版社1993年版。在中国白话小说史第一个署真名的作者为清人石成金，其作品《传家宝》用简而俗的语言进行道德宣传。参看［美］韩南：《中国白话小说史》，浙江古籍出版社1989年版，第210页。

小说研究中心编的《中国通俗小说总目提要》之《中国通俗小说总目作者姓名及别号索引》显示，署名者也只有131位，略占作者总数607位的21%，且多为晚清作者。① 晚清民初小说的作者署名虽也染带一定游戏笔墨因子，但其笔名的设置方式又会让人很容易地窥探到真相，更有一些小说作者就毫不隐讳地直标真名，这种署名机制的变动就意味着国人对小说文类价值的认定。

抛弃狂妄的文化天下观，谋求小说与社会、小说和报刊的共构，从而沉淀为坚固的世界文学观念认同。批判传统是一把双刃剑，它既可以开放的心态来接纳异学，开辟新的学术理路，也可能成为抵挡新知、拒斥中国小说观念近代化的思维屏障。葛兆光言："一旦要在已经天经地义的传统原则之外，另寻普遍适用的'通例'，对于思想史来说，就是一个意义极为深远的根本性转变，对于一直浸淫在传统中的士人来说也是极其艰难的选择，因为在传统之外寻求，显然需要来自异文明的资源。"② 涌动兼容并包的博大，新小说家的开放意识，在群体关怀的旗帜下，推动了中国小说走向世界的进程，它既是批判精神得以弘扬的依托，也是中国小说观念世界化的坚实基础。社会危机诱发批判理性的强化，以鸦片战争为标志的时局危机呼唤国人应对挑战，开放意识的指引更促进国人从单纯的技术指标下解脱出来，运用新的价值尺码来构建新的观念体系。

① 江苏省社会科学院明清小说研究中心编：《中国通俗小说总目提要》，中国文联出版公司1990年版，第1383～1415页。

② 葛兆光：《中国思想史》（第二卷），复旦大学出版社2000年版，第560页。

第三章 中国小说观念近代化的归结

纷繁复杂的社会生活，投射到小说观念场中，形成五色斑斓的中国小说观念风貌。晚清以降直面现实的冷峻态度，掀起一种趋向未来的理性思潮。批判锋芒的强化，加重了小说透视人物心理和再现世态风情的刻画力度。近代诗文主流地位的丧失和小说文化的张扬，求真和向美的小说观念扭结，形成中国小说观念近代化进程归结的人本性和科学性特色。近代小说维度的纯文学观建构，展示了新小说家追求小说文体独立的文学批评进路，并体现出小说观念自身的矛盾和新小说家文体探究的曲折。中国小说观念的近代化进程，在祛杂存纯的文学追求中书写一代学人观念建构的曲折演进轨迹。

第一节 科学性和人本性的凸显

从传统向现代的转变，是中国小说观念近代化进程的基本指归，也展示了中国小说观念变革的主要特性。“严复是介绍西洋近世思想的第一人，林纾是介绍西洋近世文学的第一人”①，近世

① 胡适：《五十年来中国之文学》，见姜义华：《胡适学术文集·新文学运动》，中华书局1993年版，第106页。

思想和文学的介绍，改变了国人的传统思维习惯，形成近世文学的显著特质：切近、详悉、皆事实而非空想①，也设置了中国小说观念近代化的方向。即兴感悟的文学欣赏方式被科学论证的批评模式所替代，小说观念固有的“人”本属性得以张扬，科学品格和人本趋向的凸显，展示了中国小说观念近代化进程的双重趋向。

一、近代化归结的科学品格

小说作为启蔽之钥、针盲之砭的功能认定，是小说文类地位提高的一个基本前提。中国小说观念近代化的科学品格，是感应于西方的科学思潮而形成的，有清一代，由博古的考证而引起的求真和善疑的研究理性，铸造了当下的科学精神，“清儒所遵之途径，实为科学发达之先驱，其未能一蹴即几者，时代使然耳”②。这种科学品格的获就，在有的学者看来，主要有两方面的原因：“首先，批评文本中显露出自然科学的思想；其次，批评文本中体现出科学的思维方法。”③ 其实，文学文本中所显露的自然科学因子，至少早在《山海经》等神话传说和《西游记》等小说文本的批评中就已经存在，只是晚清民初的中西文化交流的速度和广度都有时代的进展，作为社会生活具体反映的小说文本，势必有某些更为突出的具体表现。

对小说文本批评中所渗透的自然科学因子，时彦大多注意到严复、夏曾佑《〈国闻报〉附印说部缘起》中关于“公性情”的

① 吕思勉：《小说丛话》，见陈平原、夏晓虹：《二十世纪中国小说理论资料》（第一卷），北京大学出版社 1997 年版，第 438～439 页。

② 梁启超：《清代学术概论》，见《梁启超全集》（第五册），北京出版社 1999 年版，第 3107 页。

③ 庄桂成：《中国文学批评现代转型发生论》，中国社会科学出版社 2007 年版，第 165～169 页。本节对其观点多有借鉴，特此致谢。

阐述："观乎电气为万物之根源，而电气可见之性情，则同类相拒，异类相吸，为其公例。相拒之理，其英雄之根耶！相吸之理，其男女之根耶！此理幽深，无从定论。"① 若作进一步的考察，相近的论述方式亦跳跃于黄伯耀的笔下，其云："呜呼！何悲欢感召如是之神速哉！无他，事迹追原，绘情绘色，我之情电，已被他激发矣。"② 小说的启智之效，用某些自然科学术语来描述和表达，简捷而科学。"是非小说家之别具吸电力也，盖道与时为变通，风俗即随时而进化"③，更直接点明小说与风俗的关系。新小说家引进自然科学术语，并非他们的随意之举，上升到观念形态，则是其对小说观念科学品格的种种探索和尝试的批评实践。

新小说家正是通过冷峻的谛察和感悟，广泛而忠实地反映他们自己的时代。如前所论，晚清民初的小说分类实践就是新小说家追求科学性的具体表现，像"事悟于脑、理见于心"的哲理小说，"政由于习、理由于性"的社会小说，"幻之又幻、奇之又奇"的侦探小说，"刀光耀夜、剑气射星"的侠情小说，"东方诙谐、笑骂百方"的滑稽小说④。应该承认，一度盛行的科学小说并不直接对应于小说观念的科学品格，虽然，该门类中多次出现的汽船和飞艇等意象，并非只是向壁虚构、水中月之类的泡影，

① 严复、夏曾佑：《〈国闻报〉附印说部缘起》，见陈平原、夏晓虹：《二十世纪中国小说理论资料》（第一卷），北京大学出版社 1997 年版，第 24 页。

② 黄伯耀：《学校教育当以小说为钥智之利导》，见陈平原、夏晓虹：《二十世纪中国小说理论资料》（第一卷），北京大学出版社 1997 年版，第 231 页。

③ 黄伯耀：《小说与风俗之关系》，见陈平原、夏晓虹：《二十世纪中国小说理论资料》（第一卷），北京大学出版社 1997 年版，第 324 页。

④ 陆绍明：《〈月月小说〉发刊词》，见陈平原、夏晓虹：《二十世纪中国小说理论资料》（第一卷），北京大学出版社 1997 年版，第 199 页。

在相当程度上折射了当下社会自上而下桃花源式船坚炮利的兴国新民梦。想象疆域的扩大和延伸，寄托着晚清民初世人对未来社会设计方案的探讨，小说被追加上厘定当下社会和憧憬未来的文化特质，并经常用一种新旧杂陈的方式表露出来。至少其对社会现实的种种探讨，就或多或少地折射这一质素。而管达如《说小说》和吕思勉《小说丛话》，分门别类、或综或分，高屋建瓴地阐述小说的基本规律，也就成为中国小说观念近代化科学品格的突出表现。新小说家以一种丑陋的写实姿态来鸟瞰和揭露社会众生相，拉近了小说关注各色人性的镜头距离，进而开始小说由故事性（情节打磨）向思想性（社会批判）的文学跋涉，传递出中国小说观念近代化进程的种种信息。

“夫小说之性质，贵于凌虚；科学之性质，贵于征实。二者似不相容。然近来科学进步，一日千里，其事虽庸，其理则奇。事奇斯文奇。苟有深通科学兼长文学之士，覃精著述，未始不足于小说界中，别开一生面矣。”① 在新小说家的理论视野里，文学而兼科学的，自是他们追求的观念高度。1873 年的蒋子让《〈昕夕闲谈〉小叙》提倡小说的美感教育，提出去小说“导淫”、“诲盗”、“纵奸”、“好乱”四弊的主张，就展现了其构思小说观念科学框架的初步设想。小说批评原本是一种文学的再创造和一种自我情感的披露，并非是简单的立此存照式的记录，文学批评的实践亦是批评家消化吸收和参与创作的过程。在克绍和吸取前人成果的基础上，1879 年前后，文龙就借厘定评点《金瓶梅》人物的标准，来彰显小说批评的理论性，文龙的这种批评理念也就是当下小说观念之科学品格得以弘扬的具象反映，兹举二端：

---

① 管达如：《说小说》，见陈平原、夏晓虹：《二十世纪中国小说理论资料》（第一卷），北京大学出版社 1997 年版，第 401 页。

(1) 独怪乎看书之人，所谓旁观者清，不能咀嚼世情之滋味，但贪图片刻之欢娱，其愚且顽，不几与西门庆相等哉！苟能离身题外，设想局中，旁人之是非，即可证我身之得失，目前之言动，即可定日后之吉凶。① (第十一回回评)

(2) 言者本无心，听者错会意，此害犹浅，谓我自有定见也。至若爱其人，其人无一非；恶其人，其人无一是，此其害甚大，因其有成见也。加之爱欲其生，恶欲其死，又复爱不知其恶，恶不知其美，家庭之间，尊长如此，卑幼无容身之地矣。官场之内，上宪如此，属下无出头之时矣，作者道其所道，原未尝向我道也。阅者但就时论事，就事论人，不存喜怒于心，自有情理定其案，然后可以落笔。② (第三十二回回评)

人物形象塑造是传统小说家苦心孤诣艺术构思的具体表现，抉取小说人物的评价标准也就成为考察中国小说观念科学品格的一个必要的向度。黄人《小说小话》则进一步明确："小说之描写人物，当如镜中取影，妍媸好丑，令观者自知，最忌搀入作者论断。或如戏剧中一脚色出场，横加一场定场白，预言某某若何之善，某某若何之劣，而其人之实事，未必尽肖其言；即先后绝不矛盾，已觉叠床架屋，毫无余味。故小说虽小道，亦不容着一我之见。"③ 人物是小说的必要因素，这种"无我"的取舍观展示了中国小说观念之批评标准的客观态度。

---

① 朱一玄：《〈金瓶梅〉资料汇编》，南开大学出版社 2002 年版，第 587 页。

② 朱一玄：《〈金瓶梅〉资料汇编》，南开大学出版社 2002 年版，第 604 页。

③ 黄人：《小说小话》，见阿英：《晚清文学丛钞 · 小说戏曲研究卷》，中华书局 1960 年版，第 351 ~ 352 页。

佚名的《论科学之发达可以辟旧小说之荒谬思想》推崇科学扫荡旧思想的革命效果，其中就包孕着批评主体思维方式革新这一理论前提。对新小说家思维影响较著的西方近代理论中，进化论①对中国小说观念的影响不可忽视。进化论是一种“主题先行”的理论思维，它对中国传统的“原始反终”的循环论起到某种颠覆作用，也在一定程度上砸破了国人的重视历史经验的思维惯性。《新新小说》第一号上《刀余生传》的“杀人谱”耸人听闻：“鸦片烟鬼杀！小脚妇杀！年过五十者杀！残疾者杀！抱传染病者杀！身体肥大者杀！侏儒者杀！躯干斜曲者杀！骨柴瘦无力者杀！面雪白无血色者杀！目斜视或近视者杀！口常不合者杀（其人心思必收敛）！齿色不洁净者杀！手爪常多垢者杀！手底无坚肉脚底无厚皮者杀（此数皆为懒惰之证）！气足者杀，目定者杀，口急或音不清者杀！眉蹙者杀！多痰嚏者杀！走路成方步者（多自大）杀！与人言摇头者杀（多迂执）！无事时常摇其体或两腿者杀（脑筋已读八股读坏）！与人言未交语先嬉笑者杀（贡媚已惯）！右膝合前屈者杀（请安已惯故）！两膝盖有坚肉者杀（屈膝已惯故）！齿常露外者杀（多言多笑故）！力不能自举其身者杀（小儿不在此例）！”相对照，进入其保存之列的则是：“年少不当杀！体气强不当杀！胆壮不当杀！性质坚韧不当杀！”② 物竞天

① 进化论输入中国，国人常把它跟1898年严复翻译的赫胥黎的《天演论》相联系，严复也因此常被误解为将进化论引进中国的第一人，而据邝柏林《康有为的哲学思想》的考释，进化论在19世纪中叶已传入我国。昌切据此认为，康有为是第一个将进化论楔入自己社会理论体系的人，他拓展了传统的循环论，因此，引进和运用进化论的首功应该归于康有为名下，而严复宣传进化论的影响和效果，又是康有为望尘莫及的，见昌切：《清末民初的思想主脉》，东方出版社1999年版，第73～75页。

② 陈景韩：《侠客谈·刀余生传》，见《新新小说》影印本（第一册），上海书店1980年版，第22、23页。

择、杀劣存优，这完全是一副社会进化论的口吻，体现出新小说家强烈的社会警醒力。另如梁启超《新中国未来记》对2050年中国的社会设想，陆士谔《新中国》对上海徐家汇的未来展望，李伯元《文明小史》“要出太阳”的设喻，陈天华《狮子吼》、碧荷馆主人《黄金世界》对社会弱肉强食原则的阐释，都形象地刻勒了新小说家接受进化论的思想印痕。

不论梁启超所认为的“文学之进化有一大关键，即由古语之文学，变为俗语之文学是也”① 的说法是否符合我国实际，单就王钟麒《中国历代小说史论》和罗普《红泪影序》对中国小说史的梳理而论，他们立足于本土文学传统的基础上，从文学演变的角度来探讨小说的性质，就无法抹煞进化论思想的指导作用。梁启超以此作为“三界革命”的理论基础，加强了它的实践影响。陆绍明《〈月月小说〉发刊词》将往古小说分为五个时代：口耳小说之时代、竹简小说之时代、布帛小说之时代、誊写小说之时代、梨枣小说之时代，并断论当下为小说改良社会、开通民智之时代，就是一种比较客观的演变史观。另如黄小配《文风之变迁与小说将来之位置》、计伯《论二十世纪系小说发达的时代》、陶祐曾《论小说之势力及其影响》和周作人《日本近三十年小说之发达》等论文亦浸透着浓郁的进化论色彩。若作综合的考察，小说观念的几个范畴，像后文所要论及的境界、雅俗、情理和虚实，以及小说观念的几种功能的内在演绎，无不展现新小说家心仪科学的思维灵光。

小说观念科学品格的形成，是实事求是科学态度的树立的必然产物。“学成文武艺、货与帝王家”，传统士人的价值取向限制

① 梁启超等：《小说丛话》，见陈平原、夏晓虹：《二十世纪中国小说理论资料》（第一卷），北京大学出版社1997年版，第82页。

了他们自我个性的发挥，而缘于晚清民初文化语境的变更，士人因为经济上的独立而敢于放言畅论，自我意识的觉醒迎来一个科学理性的时代——尽管它还带有种种不成熟的痕迹。俞樾用严谨的实证法研讨中国传统小说，钱静方《小说丛考》和蒋瑞藻《小说考证》又将这种求实研究法跃上一个新的台阶。抽象思辨代替了具体点化，晚清民初小说观念之批评方式的各种变体，或是表明批评方式的不合时宜，或是展现批评方式的自我更新，小说评点和序跋的叙述色彩、小说发刊词和小说广告的说明因子，都谱写着新小说家求真的足迹。尊重事实、讲究科学，科学思潮的传播为小说批评提供了思想武器，这在小说专论的思维框架中表现尤著，新小说家旁征博引、不厌其烦地论证，虽不乏主观臆造的成分，但其追求论证的严密性倒是比较清晰的事实。

二、近代化归结的人本色彩

梁启超论“清代思潮”：“简单言之，则对于宋明理学之一大反动，而以‘复古’为其职志者也。其动机及其内容，皆与欧洲之‘文艺复兴’绝相类。”① 梁氏的比附，为问题的展开找准了论述的基点。究其实，从当下的思潮变迁中找出一条人本思潮的线索，不失为一种解决问题的有效方法。“不以学问为目的而以为手段”② 的时代，整个社会弥漫着浓厚的功利气味，新小说家在一定程度上忽视了对人本意识的锤炼，这种趋向已经被时彦指出：

从小说题材看，清末的重大政治事件和思想解放运动，

① 梁启超：《清代学术概论》，见《梁启超全集》（第五册），1999 年版，第 3069 页。

② 梁启超：《清代学术概论》，见《梁启超全集》（第五册），1999 年版，第 3105 页。

> 无不反映到小说中，如庚子事变、反美华工禁约运动、妇女解放问题、工商业战争与反买办阶级、立宪运动、反迷信运动等等，几乎都有专门的小说来叙述。但是这些重大事件在人们内心中揭起怎样的波澜，导致人的内心发生什么样的变化，这些小说几乎都疏忽了。文学本应是表现人生，尤其是表现人的内心世界的，而反映重大事件和思想解放运动本应是报刊新闻报道的责任，现在却混淆起来，小说向新闻报道认同，反映重大事件，而小说本身表现人生，表现人的内心世界的使命反倒失落了。①

任何判断都属于一种主观认定，它在肯定事物一方特征的同时，往往会割裂了其另一面的某些本真。小说反映社会重大事件和表现人物的内心世界，亦不过是小说审美趋向的两种传统，它们之间并不矛盾。小说表现人生，应该是我国文学的传统气脉，从未间断过，只是代有轻重程度之别。平心而论，新小说家的新闻记者意识，是特定时代的产物，康有为云："或托乐府或稗官，或述前圣或后觉。拟出一治更一乱，普问人心果何乐？庶俾四万万国民，茶余睡醒用戏谑。以君妙笔为写生，海潮大声起木铎。乞放霞光照大千，十日为期速画诺。"② 追求小说的时效性，也就诱使新小说家不自觉地向新闻报道靠拢，但是，就某些新小说着意于新闻报道而断论整个小说领域失落了人本色彩，却是不

① 陈伯海、袁进：《上海近代文学史》，上海人民出版社 1993 年版，第 227～228 页。

② 康有为：《闻菽园居士欲为政变说部诗以速之》，见阿英：《晚清文学丛钞·小说戏曲研究卷》，中华书局 1960 年版，第 569 页。小说向新闻记者认同，在晚清民初小说中表现比较普遍，像以黄白大战为主要事件，并以黄种人胜利告终的《新纪元》卒章就云："看小说的要知此后结果如何，且待暇时再行编辑。"见碧荷馆主人：《中国近代孤本小说精品大系·新纪元》，内蒙古人民出版社 1998 年版，第 602 页。

得要领的。

我国传统文化，蕴含着丰富的人文内容，人文主义，固是我国学术文化的出发点之一。人生如寄，小说批评家的心灵田园物化为文学批评实践，无奈的喟叹和愤慨具象成“无声”的批评话语，展示着他们的天地良心。唐代传奇、宋元话本对生命意识的关注，就透露出人本主义的光芒，明清小说评点的知识谱系，在颠覆小说“卑体”地位的过程中，也让作者、评点者和读者假借“读法”和“回评”等欣赏方式，展开历史和人文的多向深层对话，体现出了人文关怀的特质。个人感情的喷薄与气质的涵茹，至少在《金瓶梅》和“三言二拍”那里，表露为对世态人情捕捉的萌动，发掘和解剖人性的丑恶，来弘扬自我人文精神。人的自然性特征得以凸显，个体生存意识的盈虚消长进入小说的表现领域，在审美观念上，逐渐形成个体价值与群体利益的二水分流之势，显示其近代演变的征兆。

对小说文本作多向的回溯与拷问，或可发掘晚清民初小说所包孕的强烈的人本意识。假如说韩子云《海上花列传》第 27 回管家匡二由想生恨、由恨生妒的那段心理剖析，《太仙漫稿·和尚桥记》在“孝”的名义下为母亲的情人搭桥的种种越礼之举，还带有某种劝诫的意味的话，那么，苏曼殊《断鸿零雁记》、《绛纱记》和《碎簪记》等作品人物苦闷和忧郁心理的演绎，则为一种人性煎熬的自然流露。兹举《断鸿零雁记》一端，以概其余：

晨曦甫动，余同法忍披募化之衣，郎当行阡陌间，此时余心经时百转，诚无以对雪梅也。既至雪梅故宅，余伫立，回念当日卖花经此，犹如昨晨耳，谁料云鬟花颜，今竟化烟而去！吾憾绵绵，宁有极耶？嗟乎！雪梅亦必怜我于永永无穷。余羁縻世网，亦恹恹欲尽矣。惟思余自西行以来，慈母在家盼余归期，直泥牛入海，何有消息？余诚冲幼，竟何敢将阿姨、阿母残年期望，付诸沧渤，思之，余罪又宁可逭耶？①

作者以独特的人生感受，注重挖掘具体情景下的人物内心世界，着意于人物自然情欲的刻画，精心打造一个在入世和出世中徘徊却找不到出路的痛苦者的形象，意在引发人们的情感共鸣，这就真实再现了处于新旧文化选择当口的一代文人，苦闷和忧郁的普泛心路。若以《老残游记》做一个案分析，则会发现《老残游记》的第6回老残由饥寒之鸟雀念及曹州百姓的刻画，第12回老残面对雪月交辉景致想及国势颓败的心理表白，第13回翠环的伤心盘算，第17回翠环渴望跳出火坑又担心希望落空的矛盾心态，以及小说文本的某些内心独白，都从不同侧面显示了新小说家注重人物心理的审美趋向。② 只是新小说家不中不西的思维方式，对人性人情的关注并不彻底，有时并不能忠于自己的生命体验。《玉梨魂》中的何梦霞和白梨影敢于跟封建礼教叫板，却又自觉遵守礼教的某些戒律，以通信做诗，来吐露相思，精神恋爱迫使他们无法消解情欲，力求摆脱困惑却寻觅不到合适的抖露方式。白梨影以死斩断情缘、何梦霞命送辛亥革命的武昌城下、小姑崔筠倩自怨自艾而亡，有情人难成眷属，他们只能目睹"人生有价值东西的毁灭"，小说文本中正折射出社会转型期人本意

① 苏曼殊：《断鸿零雁记》（第二十七章），见《苏曼殊文集》（上），花城出版社1991年版，第149页。

② 以社会重大事件投射于人物心理，曾朴的《孽海花》、连梦青的《邻女语》、李伯元的《中国现在记》等均有表现。另如李伯元的《海天鸿雪记》、吴趼人的《九命奇冤》的心理刻画也达到较高的水平，吴趼人的《恨海》，精心绘制了女主人公张棣华的细腻心理，促使社会现实与心理写实结合，以致迈克尔·艾格《〈恨海〉的人物塑造》将其称之为"中国心理小说的开端"，见［捷克］米列娜编：《从传统到现代——世纪转折时期的中国小说》，北京大学出版社1991年版，第184页。

识进展的艰难。

晚清民初小说批判理性的强化，人本趋向也就成为小说观念的突出表现。如果说小说的描写对象从超人到凡人是一种进步，那么，从为凡人代言到专为下等人写照，更是一种审美理念的超越和升华。晚清民初小说虽未能完全切断传统的英雄主义链条，但它对人格理想的务实追求，展现了其特有的平民姿态。从小说新民的启蒙定位到言情小说的遣兴娱情之用，无不折射着新小说家对人本意识的扬弃过程。新小说家的笔触洞及社会生活的方方面面，官僚政客、洋奴买办、家丁差役、商人士子、侠客侦探、游医人贩、淑女荡妇……都跳跃于新小说家的笔下，社会道德与自然欲求的冲突、个人奋争与社会积习的矛盾，亦得到充分的反映。晚清民初小说对妇女问题的探讨，是中国小说观念近代化进程之人本趋向的一个重要表现，相对于以往刻画女性颇为用力的小说文本如《杨家将》和《红楼梦》，晚清民初小说抒发了男女平权的政治诉求。《东欧女豪杰》、《新舞台》和《珊瑚美人》中的女性，心系国是、心胸开阔，为晚清民初小说提供了部分参考的模本。《孽海花》中的傅彩云、《碧血幕》中的秋瑾，则跨越了封建规范的空间，走向独立人格的道路，以及颐琐《黄绣球》、思绮斋《女子权》等新小说中关注女性本体、提倡女学的种种女权叙事，开辟了人性表现的一方想象天地，特别是张扬女性的主体叙事位置，这在中国小说史上不啻为一种时代的跃进。兹以《孽海花》第21回中傅彩云的人性“独立宣言”为例：

谁知彩云倒毫不怕惧，只管仰着脸剔牙儿，笑微微的道：“话可不差。我的破绽老爷今天都知道了，我是没有话说的了。可是我倒要问声老爷，我到底算老爷的正妻呢，还是姨娘？”雯青道：“正妻便怎么样？”彩云忙接口道：“我是正妻，今天出了你的丑，坏了你的门风，叫你从此做不成

> 人、说不响话，那也没有别的，就请你赐一把刀，赏一条绳，杀呀，勒呀，但凭老爷处置，我死不皱眉。”雯青道：“姨娘呢？”彩云摇着头道：“那可又是一说。你们看着姨娘本不过是个玩意儿，好的时候抱在怀里、放在膝上，宝呀贝呀的捧；一不好，赶出的，发配的，送人的，道儿多着呢！就讲我，算你待我好点儿，我的性情，你该知道了；我的出身，你该明白了。当初讨我时候，就没有指望我什么三从四德、七贞九烈，这会儿做出点儿不如你意的事情，也没什么稀罕。你要顾着后半世快乐，留个贴心伏伺的人，离不了我，那翻江倒海，只好凭我去干！要不然，看我伺候你几年的情分，放我一条生路，我不过坏了自己罢了，没干碍你金大人什么事。这么说，我就不必死，也犯不着死。若说要我改邪归正，啊呀！江山可改，本性难移。老实说，只怕你也没有叫我死心塌地地守着你的本事嘎！”说罢了，只是嘻嘻的笑。①

话语之泼辣，行为之无畏，真可谓句句刺心、字字见血！这比《金瓶梅》里的潘金莲，更有自我人性和人格的宣示，显示出时代进步的色彩。新小说家也将人文关注的视线移向社会下层，平云（周作人）《孤儿记》、程善之《隔壁戏》真实再现了社会下层人物的悲惨命运，展示新小说家的同情之心。新小说家饱蘸忧愤之情，抒写动荡社会的众生相，这种取材境域的拓展，透露出其鲜明而突出的人文关怀趋向。

周桂笙比较中西小说的特点时指出：“外国小说中，无论一极下流之人，而举动一切，身分自在，总不失其国民之资格。中国小说，欲著一人之恶，则酣畅淋漓，不留余地，一种卑鄙龌龊

① 曾朴：《孽海花》，浙江古籍出版社1997年版，第144页。

之状态，虽鼠窃狗盗所不肯为者，而学士大夫，转安之若素。”①深谙西学之理的周氏，其断语抓住了“谴责小说”（主要是政治小说）漠视人情人性的弊端，然将此移至论述整个晚清民初小说，则有失公正。对此，鲁迅对《海上花列传》的人物评价恰好成一反论：“又有《海上花列传》的出现，虽然也写妓女，但不像《青楼梦》那样的理想，却以为妓女有好，有坏，较近于写实了。”② 新小说家对人性的关注，自有其时代特色，徐念慈言：“小说者，白描社会之状态者也。其最足动人处，莫如描写性情。”③ 新小说家抒写性情，并非个别现象，林纾译《茶花女遗事》掷笔三哭、刘鹗作《老残游记》的“哭泣说”，就是新小说家性情之叹的突出个例。像林纾由人及己，情感流泻时不无关合自我境遇的感喟和共鸣：“余既译《茶花女遗事》掷笔哭者三数，以为天下女子性情，坚于士夫，而士夫中必若龙逄、比干之挚忠极义，百死不可挠折，方足与马克竞。”④ 言语之中，展示了新小说家对人本意识的世俗化考察视角。

若论中国小说观念近代化进程的批评典范，梁启超和王国维应该是绕不开的两座大山，他们各以彼此独特的观念营造方式来展示小说观念的人本趋向。梁启超着意于小说感染力的探究，特别是其关于小说“熏”、“浸”、“刺”、“提”四种力的论述，刷

① 梁启超等：《小说丛话》，见陈平原、夏晓虹：《二十世纪中国小说理论资料》（第一卷），北京大学出版社1997年版，第102页。

② 鲁迅：《中国小说史略》之附录《中国小说的历史变迁》，齐鲁书社1997年版，第382页。

③ 徐念慈：《第一百十三案》第七章之“觉我赘语”，见《小说林》第7期，《小说林》影印本（第三册），上海书店1980年版，第142～143页。

④ 林纾：《〈露漱格兰小传〉序》，见阿英：《晚清文学丛钞·小说戏曲研究卷》，中华书局1960年版，第198页。

新了国人的批评视野。王国维在中国文学批评史上的开创意义，就在于其能于一片政治改良的喧哗声中，揭橥《红楼梦》悲剧意旨的大旗，这如同一泓清新的泉水，虽未经大浪淘沙，却别有滋味。其论《红楼梦》人物的解脱之道，不无时代新见："前者之解脱如惜春、紫鹃；后者之解脱如宝玉。前者之解脱，超自然的也，神明的也；后者之解脱，自然的也，人类的也。前者之解脱，宗教的也；后者美术的也。前者平和的也；后者悲感的也，壮美的也，故文学的也，诗歌的也，小说的也。此《红楼梦》之主人公非惜春、紫鹃，而为宝玉者也。"① 他服膺尼采和叔本华的人生哲学，从人性的维度来把捉传统作品，拉开了系统地运用西方理论来研究中国传统文学的文学批评序幕。中国小说观念近代化进程正是受制于西方理性思维的激发，绘制了当下人生的存在现实和价值愿望，使得晚清民初小说关于"人"的问题的探究走向更加广袤的艺术天地。

历史期待小说观念的更新，中国小说观念近代化进程的"凤凰"展开它强劲的双翼，促使其人本和科学的品格在如磐的夜气中升腾和突进。新小说家的启蒙意识，促使其将潜在读者设置为普通民众，但大故迭生、中原板荡的局势，造成国人民族文学意识的勃兴，使得小说的创作与批评自觉向政治靠拢；早期小说批评的随声附和现象，则造成了小说艺术的水土流失。而人本和科学品格作为小说观念的近世文学特征的突出表现，从未停止过，它们一直是新小说追求的观念向度。1913 年《小说月报》刊登恽铁樵的《工人小史》，这是一部以工人为叙述对象的短篇小说，它的出现，标志了新小说家审美视角的下移和人文情愫的上升。

① 《红楼梦评论》，见《王国维遗书》（第五册）之《静安文集》，上海古籍书店 1983 年版，第 48 页。

晚清民初小说的人文品格不再是对儒家传统狭隘人生的臣服，而走向广阔的社会生活。报刊与平民意识糅合、小说跟科学方法联姻，中国小说观念的近代化进程的人文和科学品格也就在“五四”新时代文学洪流中进一步发展和壮大。“五四”小说家更是认为“小说是人生的一部或一片断的图书”①，明白宣告他们的人本取向：“从前的文学观念与我们现在的文学观念很是不同。他们以为文学的唯一作用只是‘载道’。但我们认定文学广大无垠，是批评人生、解释人生的。”② 扫地赤立、皈依人本，新小说批评家部分改变了小说观念的传统模式，担荷着意平凡人生的人道精神，从而构筑现代意义的批评机制。

第二节　纯文学性小说观的建构

晚清民初小说弥漫着批判意识，滋生了新小说家反观社会和审视自我的文学趋向。文以载道的传统观念作为一种思维惯性，负载了历代知识精英的社会期待，却相对掩盖了文体独立的文学进程。神州陆沉、是非颠倒，动荡不安的近代社会，刺激了实用观念的勃兴。新小说家接续传统的实用理念，稍加应对性的改造，就变更为改造时弊的有效武器。炽热而旺盛的政治参与意识、拯衰救弊的补天情结，在推崇小说文体附加值的“救世神话”运动中，不自觉地形成一个文化怪圈。中国小说若需获得主流文学地位，就必须从经史的依附下解脱出来，形成自我新特的文学生态。

① 瞿世英：《小说的研究》，见严家炎：《二十世纪中国小说理论资料》（第二卷），北京大学出版社 1997 年版，第 243 页。

② 瞿世英：《小说的研究》，见严家炎：《二十世纪中国小说理论资料》（第二卷），北京大学出版社 1997 年版，第 241 页。

一、实用取向的限制与突破

文学观念的历史积习，伴随着社会形态的变迁，积攒起厚重的思维惯性，或隐或显地影响文人的审美选择。历史选择的宏大指向和小说文体的尴尬处境，制造了中国小说观念的杂文学色彩，小说依附其他文类的存在事实，就是其应对文体传统与现代处境的一种有效策略。古代文笔不分、文史混杂的文学生态，影响着历代小说批评家的观念建构步伐。德行、言语、政事和文学构成孔门四科，其中“文学”一科，主要指一种注重政治教化的文章之学，归属为杂文学观的范畴。发轫于魏晋南北朝的文笔之辩，标识了文学同学术的分离历程，从而导引文学观杂、纯之分的驳议趋向。诗文的主流话语姿态，压缩着小说观念的生长空间。小说为正史之根的观念认定，是小说传统的一种普遍趋向。直至近人章太炎《文学总略》，还在沿袭传统文学观：“文学者，以有文字著于竹帛，故谓之文；论其法式，谓之文学。凡文理、文字、文辞皆称文。言其采色发扬谓之彣，以作乐有阕，施之笔札谓之章。”① 1902年清廷颁布的《钦定京师大学堂章程》，依照日本大学的体制，设置政治、文学、格致、农业、工艺、商务、医术七科，又在“文学”一科下细分成经学、史学、理学、诸子学、掌故学、词章学、外国语言文字学七目，这种官方意识的文学导向，未脱杂文学观的笼盖，民间文化层面上的小说观念亦未显露质的变化，通俗小说和戏曲被排斥于文学殿堂之外的事实，就根本无从谈起小说观念的独立建构。

时代文化精神的化育和陶铸，社会境遇的起落沉浮，使得大多数新小说家听命于时代的呼唤，借助小说文本的宣传来实现和

① 章太炎：《国故论衡》，上海古籍出版社2003年版，第49页。

发扬自我的社会理念和文人情趣，这些都浸染着浓郁的实用色彩。文人谋求小说文体的独立进程，就显得颇有几分艰辛和复杂。梁启超标领“小说界革命”时，竟无人出来公开反对，至少是当下社会实用趋向一个具体而微的表征：“‘小说界革命’的理论成就，在中国文学思想发展史上具有特殊的意义。它不仅对小说这一重要的文学样式得出了全新的理论认识，而且是古代中国的杂文学观念向现代中国的纯文学观念迅速演进的显著标志。”①由于时代的原因，“小说界革命”的倡导者固然无法做到对杂文学观念的除魅，特别是异域小说所裹挟的西方各种社会思潮渐入国土，鼓舞和吸引着知识精英投身于时代洪流，他们在小说艺术的营造上往往显得激情有余而才识不足，导致新小说家备受实用观念的纠缠，难以找准观念的突破口。这种普遍的存在事实，势必以消解小说文体的艺术价值为代价，表明了纯小说观建构的艰难。

纯文学性小说观是一种非工具论小说观，是对小说沦为宣传之媒功利取向的反动与革新。1905 年王国维《论哲学家与美学家之天职》清晰地亮出“纯文学”这一概念：“甚至戏曲小说之纯文学亦往往以惩劝为旨，其有纯粹美术上之目的者，世非惟不知贵，且加贬焉。于哲学则如彼，于美术则如此，岂独世人不具眼之罪哉，抑亦哲学家美术家自忘其神圣之位置与独立之价值，而葸然听命于众故也。”② 旁借康德、叔本华的哲学思维，侧重于小说文体的独立维度来探究纯小说观，显露其理论先觉的孤独姿态。实际上，早在启蒙维新先驱者康有为那里，就发出对小说被

① 黄保真等：《中国文学理论史》（五），北京出版社 1987 年版，第 86 页。

② 《论哲学家与美术家之天职》，见《王国维遗书》（第五册）之《静安文集》，上海古籍书店 1983 年版，第 102 页。

简单对等于政治传声筒的反驳之声，他希望“庶俾四万万国民，茶余睡醒用戏谑”，表露出寓教于乐的观念追求。1908 年，周作人尖锐批判儒家的载道论文学观：“夫文章者，国民精神之所寄也。精神而盛，文章固即以发皇，精神而衰，文章亦足以补救。故文章虽非实用，而有远功者也。第吾国数千年来一统于儒，思想拘囚，文章委顿，趣势所兆，邻于衰亡，而实利所归，一人而已。”① 对载道论的反叛，在一定程度上意味着要凸显文学的本体地位。

万物皆有所本，我们不必否认小说文本的创作和消费，存在一定的现实功利。文人主体意识的灌注，不同程度地影响到小说批评的审美趋向。小说维度的杂文学观提升了小说的文类地位，而小说文体的最终独立，又必须以纯文学观为归依。文学作为现实生活的真实再现，新小说家鼓荡的改良神话破坏了既存的文类秩序，揭橥文类重组的时代命题。王国维针对功利主义小说观盛行的现状，提出艺术自律论：“《桃花扇》之解脱，他律的也；而《红楼梦》之解脱，自律的也。且《桃花扇》之作者，但借侯、李之事，以写故国之戚，而非以描写人生为事。故《桃花扇》，政治的也，国民的也，历史的也；《红楼梦》，哲学的也，宇宙的也，文学的也。”② 在王国维的理论视野里，《红楼梦》基本脱离了传统叙事的道德阐释层面，从作者的生命体验切入纯文学领域，旗帜鲜明地推重非功利纯文学观，猛烈抨击了实用至上的功利实用观，开辟了中国小说观念转变的新路向。

① 周作人：《论文章之意义暨其使命因及中国近时论文之失》，见邬国平、黄霖：《中国文论选·近代卷》（下），江苏文艺出版社 1996 年版，第 714 页。

② 《〈红楼梦〉评论》，见《王国维遗书》（第五册）之《静安文集》，上海古籍书店 1983 年版，第 49 ~ 50 页。

开通风气、灌输知识，用小说文本来阐释政治期待，展现了新小说家相当普遍的社会想象，这种观念切近小说启蒙的现实需要，具有相当广阔的生存空间。迟至1916年，陈光辉还认为："小说有异乎文学，盖亦通俗教育之一种，断非精微又奥妙之文学所可并论也。"① 仍在小说实用论的圈子里回旋。新小说家追求切实方便的应用属性，理性内容压倒了感性的审美把握，新小说的利俗目的，又往往使具体的小说创作滑向杂文学体系。本来，传承久远的功利小说观，自有存在的合理性，实用原则的规约，注重了现实世界的剖析，却相对钳制小说文本固有的虚构能事，遮掩了纯文学观的正常发展。而王国维、周氏兄弟的纯文学观建构，在凸显小说本位价值的背后，相对抹杀了杂文学观的某些合理因子，不免又陷入了对小说观念认识的另一陷阱。中国小说观念的近代化进程，从而呈现矛盾的出现和解决重复交叉发展的姿态。

二、小说本质认识的纯文学色彩

远离功利、涵养神思，时间流转，呈现出观念新机的萌动。中国小说观念的近代化进程，包孕着晚清民初学人对小说本质的认识不断深化和纯化的过程。晚清民初林林总总的小说本质认识，刻勒了一代文人追求小说文本独立的真实轨迹。从小道卑体的观念积习冲破而出的，首先是1873年蒋子让《〈昕夕闲谈〉小叙》的发表，其开始破除载道、慕史的传统观念积习，认识到小说相对自足的文体特征。梁启超等人推崇小说的"两种德"和

① 陈光辉、树钰：《关于小说文体的通信》，见陈平原、夏晓虹：《二十世纪中国小说理论资料》（第一卷），北京大学出版社1997年版，第563页。

“四种力”，就是其侧重社会心理层面而作出的精辟论述。尽管小说的改良功效得到大多数传统文人的认可或默许，对小说本质的认识却潜在制造了不同程度的偏差。鲁迅《摩罗诗力说》言：“由纯文学上言之，则以一切美术之本质，皆在使观听之人，为之兴感愉悦，文章为美术之一，质当亦然。”① 诗歌如此，小说亦不例外。对小说移情功能的阐释，唤起世人体察小说的自足性特征，这颇具洞察力的审美经验表达，创辟了中国小说观念嬗变的新途径。

小说文本独立地位的获就，是纯文学性小说观建构的主要标志。作茧自缚，小说沦为政治的奴婢，文本独立则沦为空中楼阁；超越功利，人性复归就成为可能，文学本位意识才会彰显。黄人潜心研讨小说的历史沿革和当下现状，做出“小说者，文学之倾于美的方面之一种也”② 的断语，就打造了小说本质的唯美色彩，张扬了晚清民初小说观念的个人话语。徐念慈《小说林缘起》将小说之“美”的特征归纳为合于理性之自然、有个性、具有审美快感、形象性、理想化五种，其中又以审美快感和形象性的论述更能凸显小说的本质，这就划清了小说同史学和经学的界限，表现了纯小说观念的时代高度。管达如《说小说》厘定小说的特征为：“小说者，文学的，而非科学的，历史的也，诚不能责之以叙述实事。”③ 进而立足于文学层面判定小说是通俗的而非文言的、事实的而非空言的、理想的而非事实的、抽象的而非具

---

① 鲁迅：《摩罗诗力说》，见《鲁迅全集》（第一卷），人民文学出版社 1981 年版，第 71 页。

② 黄人：《〈小说林〉发刊词》，见阿英：《晚清文学丛钞·小说戏曲研究卷》，中华书局 1960 年版，第 160 页。

③ 管达如：《说小说》，见陈平原、夏晓虹：《二十世纪中国小说理论资料》（第一卷），北京大学出版社 1997 年版，第 410 页。

体的、复杂的而非简单的，从五个方面揭示小说独树一帜的文学特征，较为清晰地把握小说的纯文学定位。只是这些“不合时宜”的理论设想，短时间内还无法改变其边缘话语状态，而这正是现代纯文学性小说观继承和发展的必要铺垫。

小说维度的纯文学观因为其审美超越性，形成区别于通俗小说的显著特征。对小说本质的审美认定，就是纯文学观终极关怀的突出表现之一。理性内容和感性形式的二元对立，使小说告别卑体的文类地位，冲破旧形式来高扬理性精神，从而走向诗性崇高，这就形成了狭义的纯文学观。异域小说输入中国，包含着一个本土选择的过程，大体而言，国人翻译纯文学小说名著显少，而通俗小说则涉猎甚多，显出小说本质认识的时代特征。吕思勉《小说丛话》评定晚清小说，不乏独到的见解：“近今有一等人，于文学及智识之本质，全未明晓，而专好开通风气、输入智识等空论。于是论小说，则必主张科学小说、家庭小说而排斥神怪小说、写情小说等；言戏剧，则必崇尚新剧，而排斥旧时之歌剧。而一考之所著之小说，所编之戏剧，则支离灭裂，干燥无味，毫无文学上之价值，非唯不美，恶又甚焉。”① 对小说本质的客观把握，是纯文学性小说观念建构的基础，它实现了文学对社会人的终极关怀。

西学东来，异域哲学思维为当下小说本质的认识提供崭新的解读机制。王国维私淑康德、叔本华哲学，用西方悲剧精神来剖析中国传统小说，他高标独树、独辟新路，用一副审美的眼光来阐释小说经典《红楼梦》，打破了传统“红学”评点和索隐一统天下的局面。传统文人乐为经书作注的潜在立场，滋生了文学求

① 吕思勉：《小说丛话》，见陈平原、夏晓虹：《二十世纪中国小说理论资料》（第一卷），北京大学出版社 1997 年版，第 450 页。

信求真的创作取向，虚构观是消解传统批评积习的重要动力，也是中国小说观念创造本质的显著表现。大多数新小说家已经清醒地认识到小说文本的最终独立，必须突破史学和经学话语的阴影，他们的“文学之眼”不单反映于政治小说、理想小说、冒险小说等纪虚类的创作与消费之中，在历史小说、社会小说、家庭小说等写实类的小说类型上亦占相当的比例。在一定时空内，新小说的实践效果超越了其理论意义，小说虚实观的时代演进冲破了史学的信实原则。依照美的原则来熔裁自然，则超越了现实生活的自然呈现，包孕着创作主体丰富而浓郁的生活感知和审美领悟，这种基于小说本质的认识，势必在祛杂存纯的文学趋向中提升小说的审美境界。

三、评价标准的本体立场

立足本土的文史脉络来审视小说，是传统小说阅读的一种主要方法。梁启超等人指责传统小说诲淫诲盗，强调小说的教化功用，人为地掺和政治见解，模糊了中国小说观念的社会性与艺术性的界域。纯文学观不仅是中国小说观念近代化进程的归结，也是小说文本评价的一个重要标准。1906 年王国维《文学小言》就以此为度认为：“《三国演义》无纯文学之资格，然其叙关壮缪之释曹操，则非大文学家不办。”① 在他看来，《三国演义》叙述的是一段天下分合的历史，没有洞及文学的人生关注层面，自然不能归结到纯文学阵营。近代纯文学性小说观的形成，即以小说观念挥手告别史学、政治和伦理等话语畛域，呈现自我的独立姿态而出现的，它浸染着相当浓郁的人文情结。周作人较早地对此进

① 《文学小言》，见《王国维遗书》（第五册）之《静安文集续编》，上海古籍书店 1983 年版，第 31 页。

行系统的区分，清点文学跟学术和哲学的关系，标举了卓尔不群的划分标准："文章中有不可缺者三状，具神思、能感兴、有美致也。"① 这种颇有远见的划分原则，抒写着国人感应西方近代文学观念从而本土转化的新篇章，只是由于理论超前，曲高和寡，鲜能引起时人的共鸣。

将小说文本艺术与社会功能等量齐观，势必阉割部分文本的艺术生命，王国维和周氏兄弟的审美眼光由外向内转，推崇纯文本的趋向，确立了纯文学观的自足性原则。在新小说家的理论视野中，"纯文学的小说，与不纯文学的小说，其优劣之原，果何判乎？曰：一诉之于情的方面，而一诉之于知的方面也。"② 情、知的分离，成为判定文学观念纯、杂的重要标准。由此引申，小说的悦情、趣味、益处等范畴，也常常成为区分小说观念纯、杂的判断原则，像吕思勉《小说丛话》厘定科学小说："此为近年之新产物，借小说以输进科学智识，亦杂文学也，较之纯文学，趣味减少；然较之读科学书，则趣味浓深多矣。"③ 这就从纯文学观的审美超越性角度实现其文体追求。"小说有有主义与无主义之殊。有主义之小说，或欲借此以牖启人之道德，或欲借此以输入智识，除美的方面外，又有特殊之目的者也，故亦可谓之杂文学的小说。无主义之小说，专以表现著者之美的意象为宗旨，为美的制作物，而除此以外，别无目的者也，故亦可谓之纯文学的

---

① 周作人：《论文章之意义暨其使命因及中国近时论文之失》，见邬国平、黄霖：《中国文论选·近代卷》（下），江苏文艺出版社 1996 年版，第 699 页。

② 吕思勉：《小说丛话》，见陈平原、夏晓虹：《二十世纪中国小说理论资料》（第一卷），北京大学出版社 1997 年版，第 451 页。

③ 吕思勉：《小说丛话》，见陈平原、夏晓虹：《二十世纪中国小说理论资料》（第一卷），北京大学出版社 1997 年版，第 454 ~ 455 页。

小说。”① 有无主义的差别，也就形成了诸如《荡寇志》和《水浒传》分属杂、纯文学的衡量尺度。晚清小说与政治的强力嫁接，在一定程度上扼杀了小说文化的人本意识，而少数新小说批评家的纯小说观念宣传，则重新唤起和引发中国小说观念关注人本色彩的趋向。

纯小说观的建立，是对小说文本自身艺术的巨大飞跃。周作人《中国新文学的源流》认为言志派和载道派文学共同构成了中国文学发展的脉络。言志和载道的区分，演绎着个人情趣和社会期待的时代变迁。实际上，单纯的言志或载道都不足以彰显小说的文类价值。如果从小说本体进行考察与自审，纯文学性小说只是整个文学山顶上的极小一部分，“影响中国社会的力量最大的，不是孔子和老子，不是纯粹文学，而是道教（不是老庄的道家）和通俗文学”②。大致而论，通俗小说主要根植于市民文化土壤，更多地关注现实生活情趣和世人的感官刺激，它明显有异于纯小说的审美品格。适如宁宗一所论：“如果纯文学的作家型的小说要求真正阅读（思考）在整个阅读过程结束之后，那么市民小说则要求在阅读过程之中。”③ 通俗小说注重阅读的当下效应，而纯文学性小说则努力铸造审美愉悦的长远效果。纯文学性小说是一种诗性小说，它以高雅的文学典范引领其他小说门类的发展。诚然，纯文学性小说并不排除一定的娱乐需求和现实取向，但其更侧重于对社会人生的深层发掘，从而揭示普遍性的社会生存意蕴。

---

① 吕思勉：《小说丛话》，见陈平原、夏晓虹：《二十世纪中国小说理论资料》（第一卷），北京大学出版社 1997 年版，第 449 页。

② 周作人：《儿童文学小论、中国新文学的源流》，河北教育出版社 2002 年版，第 8 页。

③ 宁宗一：《中国小说学通论》，安徽教育出版社 1995 年版，第 7 页。

小说观念评价标准的本体立场，也突出表现在晚清以来的文学史的编撰上。早期文学史家遴选和过滤，小说戏曲通常被拒之于文学门庭之外，这浓缩了一代学人的小说界定的群体指向。1904 年林传甲的《中国文学史》历述中国文字的流变，涉及音韵、训诂、修辞等领域，诸子、史学、经学均被划归文学范畴，而对后世影响深远的小说戏曲却没有进入他的理论视野。黄人的同时同名著作，运用真、善、美的批评标准来历述文学现象，显出其文学观念的时代前瞻性，他不但对诗、词、曲三种文体给以足够的尊重，而且单列“明人章回小说”一章，这些都体现了他选录标准的近世特征。但是，时代的影响也不容忽视，一些应用文体，如诏告、书表、碑帖、制艺也被其收罗到文学的旗帜之下，折射他所受杂文学观的影响。1915 年曾毅《中国文学史》编排凡例仍“以诗文为主，经学史学词曲小说为从，并述与文学有密切关系之文典文评之类”①。1928 年陈子展《中国近代文学之变迁》这部近代文学研究的开山之作第七章“从政务文学到政论文学”和第八章“翻译文学”，前者主要论述梁启超、谭嗣同等人为变法维新鼓吹的宣传文字，后者除了论述林纾的近世小说外，亦有不少篇幅围绕着严复的近世思想而展开，基本上仍操持杂文学的选录标准。晚清民初文学的递嬗代变，总体趋向是以纯文学为指归的，“现代意义上的文学史学科的成立，正是‘纯文学’取代‘杂文学’为前提的”②。1934 年刘经庵的《中国纯文学史纲》已经将纯文学的论述范围设置为诗、词、曲、小说四种文体，引领了以后文学评价的基本规范，却又遮蔽了颇具“文学

① 曾毅：《中国文学史》，泰东图书局（上海）1915 年版，第 2 页。

② 董乃斌等：《中国文学史学史》（第一卷），河北人民出版社 2003 年版，第 35 页。

性"的散文等文类的地位，这些都反映了纯文学观建构的曲折和艰难。以纯文学性小说观衡量古代小说，小说的选录范围势必趋于狭小，而这种判断原则又跟小说的晚清民初生态形成悖论，这就时时考验着晚清民初学人的理论建设能力。

小 结

鉴往知来、迈越前贤，中国小说观念的近代化进程的归结虽不能完全割断传统的脐带，但其饱满的变革热情，使小说创作与批评逐步摆脱厚重的政治话语的遮蔽，趋向关注人情人性的维度，中国小说观念的人文品格也因为异域小说思维的推动，获得强劲的发展势头。摆脱经史传统的价值认定，晚清民初小说观加快了美育自觉的前行步伐，并在突破即兴散漫观念批评的实践中，铸冶着一种民族文学更新的时代强力，构成了晚清民初小说批评领域一道绚丽的风景线。参照异域、本土转化的小说批评观，经由王国维、周氏兄弟、胡适等人的理论宣传和不懈实践，逐步改变着其边缘化的生态，形成燎原之势，上升文学主流形式、科学品格和人文追求最终成为中国小说观念近代化进程的归结。在动荡的社会背景下，它毕竟还不能获得完全自由的发展空间，但其标示了小说观念演变的后世典范，在整个文学的星空图中，中国小说观念的人文和科学品格至今仍闪烁着赏心悦目的批评光彩。

检讨反省、比较借鉴，小说观念隐隐有绳绳相传的线索，近代纯文学性小说观是在传统和现代小说观念的分化和重组中生成的，包含着异质文化的变通和融合过程。"五四"新文化检讨和剪裁了异域文化，却无法在纯文学性小说观的建设上取得大面积的收获，正如钱理群所言："中国大多数现代作家（不仅仅是革命作家）都不是‘为艺术而艺术’的纯文学家，不少作家都同时兼有革命家、思想家和作家，或者学者和作家，或者革命家、学者、作家三者合一的品格，他们的政治活动、学术活动、文学活动往往纠结为一体，哲学、政治学、伦理学、历史学……对于文学的渗透是一个普遍的现象。”① 小说家身份的多向指涉，致使小说的认识价值往往超越于审美价值，纯文学性小说观的追求不止一次受到阻扼，从而呈现出曲折演进的姿态。

一切文学史都是观念史，中国小说观念感应着时代社会变迁的具体信息。如果说从杂文学观到纯文学观是一大进步，那么由纯文学观过渡到大文学观，则是一种观念的当代凯歌。杨义标举的大文学观，重绘中国文学地图，尽力展示中国文学（包括中国小说）的原生态，突破了学科的壁垒，有效整合文史哲的各种资源，在泛文化的背景下来解读文学，就是其审美视角的时代跃进。文学批评是艺术自律和他律的完美结合，近代纯文学性小说观在政治话语高歌猛进之时，浇塑成卓尔不群的超拔之美。中国小说观念的近代化进程，既重视了小说文本与外在世界的交流，又关注到中国小说观念人本维度的经营，近代纯文学观的建构，至今仍回荡着一代学人的审美追求的时代强音。

① 钱理群等：《中国现代文学三十年》，上海文艺出版社 1987 年版，第 13 页。

分 论

第四章 晚清民初小说的批评范畴

“范畴”一词，在《现代汉语词典》中的义项有二，一指人的思维对客观事物的普遍本质的概括和反映；另一义是指类型或范围。① 范畴是一个动态的自然和人文系统，是思想和思维的映对和统一。② 小说观念之批评范畴，是标明小说文体的特征的一种观念群③，它们显示了小说批评家对小说本位和创作规律的基本认识。“在文学范畴的历史长河中，小说批评范畴只能依附于诗文范畴发生发展的主流，成为一个次要的分支，尽管就小说创作和理论批评所取得的成果而言，有并不逊色于诗文的实绩。”④

---

① 《现代汉语词典》，商务印书馆 1995 年版，第 304 页。

② 王振复：《中国美学范畴史》（第一卷），山西教育出版社 2006 年版，第 3 页。

③ “观念群”作为一个哲学范畴，最初由李君如提出，李作的观点是“无数个观念总是有秩序地按逻辑次序排列起来，成为一个观念的整体”，这就是观念群，见李君如：《观念更新论》，辽宁教育出版社 1988 年版，第 11 页。小说观念各范畴也是一个相互联系的整体，这种彼此联系的整体，实际上也是一种观念群。

④ 汪涌豪：《范畴论》，复旦大学出版社 1999 年版，第 410 页。汪涌豪在该书中列举小说体式的范畴有：奇、奇正、奇巧、幻、信、脉络、典型、形象、化工、画工、写真、境界、境象、情趣、传神、真假、虚实、伸缩、曲直、情理、宾主、深浅、冷热、雅俗、避犯等共 80 个，详见该书第 413 页。

晚清民初小说的批评范畴是中国小说观念的一个基本组成部分，它是时代的投影，在整个中国小说史上，一以贯之的批评范畴并不多见，若以时代而论，晚清民初小说的批评范畴彼此相互联系，互相影响，它们的存在形态影响到中国小说观念近代化进程的发展方向。

第一节 境界

文学代际递嬗，小说批评的审美范畴，裹挟着丰厚的时代生活底蕴，吸纳着文人群体的心态投影，文学发展的内在规律和当下的存在现实综合作用，赋予文学批评范畴鲜明的时代印痕。作为一种审美范畴的“境界”，是物理时空和心理时空的统一，它架构了作者与读者之间的心灵桥梁，在岁月的淘洗中加厚和丰实自我的文学内涵。人文品格的确立、精神向度的开启、读者欣赏的三维，出入作品、读者与自我心理之间，读者的情感机制与小说文本系统相互交织，积攒起“境界说”独特而鲜明的批评范式和文学风貌，小说批评之“境界”，亦就浸染感物写意的审美属性。

一、小说境界论述的传衍

敷陈现实、编织理想，文学观念是一种普泛的心理积淀，它牢牢地盘踞于国人的审美意识中，文学批评范畴亦在循名求实的文学进路中把捉自我的观念特质。“境界”一词，《诗·大雅·江汉》“于疆于理，至于南海”句，汉人郑玄云“正其境界，修其分理”，是指地域的范围。① 战国列御寇《列子》卷第三《周穆

① 参见黄霖：《中国文学批评通史·近代卷》，上海古籍出版社 1996 年版，第 836 页。

王篇》“不知境界之所接，名古莽之国”①，其中“境界”义近于“土地的界限”；唐代释慧能《六祖坛经·忏悔品》云“自心归依净，一切尘劳爱欲境界，自性皆不染著，名众中尊”②，其“境界”则引申为“事物所达到的程度”。境界在明清小说中，其义旨大体未出“界限”和“程度”的笼盖。“境界”在《三国演义》中19出，《水浒传》中出现3次，《西游记》中凡7见，《红楼梦》和《聊斋志异》中各1见。爬梳明清小说文本的“境界”含义，一般情况下以其本义的运用较为频繁，只是在神魔小说《西游记》中较多地涉及其引申义。但这只是一种词义的分野，仍不具备任何文学批评范畴的色彩。

文学观念染带历史和现实的双重影响，作为观念范畴的“境界”，最初还只限于宗教和哲学领域，罕见于文学批评世界。它原是佛学术语，即眼、耳、鼻、舌、身等五根所接之对境：色境、声境、香境、味境及触境之一部分。③正式揭橥文学批评意义的“境界”，则为托名王昌龄作的《诗格》，其“物境”、“情境”和“意境”的诗境三分法，虽不带有独立的范畴术语性质，却也积聚了历代文人的关注视线。而后严羽《沧浪诗话》标举“思与境谐”的“兴趣说”，经王士禛“神韵说”扩展，吕天成和祁彪佳又以“境界”论曲，不断对“境界”范畴作出阐释和补充。至会通中西的国学大师王国维，睥睨诸家，推许“境界”的情景关系和自然特征，建构“境界”论词的崭新理论范式：“然沧浪所谓兴趣，阮亭所谓神韵，犹不过道其面目，不若鄙人拈出‘境界’二字为探其

① 杨伯峻：《列子集释》，中华书局1979年版，第104页。

② ［唐］慧能：《六祖坛经》，江苏古籍出版社2002年版，第80页。

③ 梁启超：《说无我》，《梁启超全集》（第七册），北京出版社1999年版，第3752页。

本也。”① 探本溯源，造就王国维雄视千代的学术识见，后代学人基于王国维突出的学术成就，不断就词论中的“境界”进行引申和阐发，进而形成“境界”与词论的片面对应关系，这就客观上削弱和妨碍了对其他文体领域的“境界说”的研讨。

承续传统，进而变通与趋避，“境界”揭示了文学的概念范畴与风格特征。较早在小说批评领域推崇“境界”的应是明人胡应麟，其研索旧文，更定九流，发清切之思：“《拾遗记》称王嘉子年，萧绮传录，盖即绮撰而托之王嘉。中记无一事实者，皇娥等歌浮艳浅薄，然词人往往用之，以境界相近故。”② 究其实，萧绮拾掇残阕，辑而叙录，就在于二者批评旨趣的相近。正是彼此对虚化境象的推许，才会引发文人的效仿和借鉴。真正运用“境界”论文并在小说批评领域赢得突破的当推金圣叹，其标举文心，深心巨眼，标领一代风骚。他提倡细读和再造想象，让读者去体悟文本的言外之意，其对《水浒传》和《西厢记》的评点就灌注了这一理念。“心之所至，手亦至焉，文章之圣境也。心之所不至，手亦至焉者，文章之神境也。心之所不至，手亦不至焉者，文章之化境也。夫文章至于心手皆不至，则是其纸上无字、无句、无局、无思者也。”③ “三境说”凸显了金圣叹注重小说文本层次的艺术分析能力，从“意尽于言”到“言外有意”的境界跃升，表露了金氏对含蓄境界和想象手法的推重，蕴涵着其张扬创作主体的文学取向，也推戴了通俗小说的文本价值，适如其对

① 《人间词话》，见《王国维遗书》（第十五册），上海古籍书店 1983 年版，第 2 页。

② ［明］胡应麟：《少室山房笔丛》，上海书店出版社 2001 年版，第 318 页。

③ ［明］施耐庵著、［清］金圣叹评：《水浒传》，齐鲁书社 1991 年版，第 6 页。

宋江形象的分析："骤读之，极似写宋江好；细读之，始知正是写宋江罪。文章之妙，都在无字句处，安望世人读而知之！"① 于字里行间咀嚼作者的言外之意，彰显了读者的审美再造想象。正是其孜孜不倦地追索和探求小说文本中的系列"空白"，才造就作者、读者和作品三维共同营构的玄妙文学胜境。金氏褒奖这一无声胜有声的"化境"，该理念亦在其评点《西厢记》的实践中得以发扬："圣叹举赵州'无'字说《西厢记》，此真是《西厢记》之真才实学，不是禅语，不是有无之'无'字。须知赵州和尚'无'字，先不是禅语，先不是有无之'无'字，真是赵州和尚之真才实学。"② 金圣叹将这种"心之所不至"的"化境"称之为"无"，借此颂扬《西厢记》的"真才实学"，强化了读者感同身受的体悟和回味。小说戏曲的艺术感染力，正是缘于设置文本悬念和意义空白，才变得更富有创造生机和艺术活力。

文学是现实生活的真实反映，构思若能跳脱活泼，下笔行文就会富如走川。《卧闲草堂儒林外史》第三十三回回评云："人不亲历此等境界，不知此中之苦，亦不知此中之趣想。作者学太史公，读书遍历天下名山大川，然后具此种胸襟，能写出此种境况也。"③ 一花一世界，评点者注重小说境界的创造，进而亮出其形成的两个基本条件：博览群书和开阔胸襟。创作主体只有洞察和体贴生活现实，才能激发和驰骋自我丰富的联想，移情换性，从而达到境与人合的和谐境界，"境界"也就附着了审美心理的激

① ［明］施耐庵著，［清］金圣叹评：《水浒传》，齐鲁书社 1991 年版，第 1111 页。

② ［清］金圣叹：《金圣叹文集》，巴蜀书社 1997 年版，第 347～348 页。

③ ［清］吴敬梓：《儒林外史》（会校会评本），上海古籍出版社 1984 年版，第 461 页。

发媒介和小说艺术追求的目标之特征。冯镇峦《读聊斋杂说》言："是书当以读程、朱《语录》之法读之。《语录》理精，《聊斋》情当。凡事境奇怪，实情致周匝，合乎人意中所欲出，与先正不背在情理中也。"① 冯氏针对纪昀等人对《聊斋志异》的非议和否定，另张一军，推许蒲松龄借谈狐说鬼、抒发孤愤的神奇事境，进而用理学《语录》来比况，归结于"合乎情致"的判断。这就突破了纪昀等人斤斤于志怪小说体例的纠缠，蕴涵着其对社会人生的精心思考，展现了欣赏主体批评智慧与燃烧着永久的生命火焰。

二、境界的移情作用

积土成山、风雨兴焉，境界移情说的提出，是晚清小说批评家的一个理论创见。1873 年蒋子让《〈昕夕闲谈〉小叙》云："予则谓小说者，当以怡神悦魄为主，使人之碌碌此世者，咸弃其焦思繁虑，而暂迁其心于恬适之境者也。又令人之闻义侠之风，则激其慷慨之气；闻忧愁之事，则动其凄宛之情；闻恶则深恶，闻善则深善。"② 立足于人本思维的基点，以境界的移情功用来凸显小说的教育作用，这就有效整合了小说创作与消费的各种资源，从移情维度切入小说规律，避免了单一抽象的道德说教，从而为后世的小说批评和创作提供了一种有益的借鉴。

王国维在前人的肩上铸造"境界说"的批评范式，其实他对"境界"的关注已在 1904 年《〈红楼梦〉评论》中露了先机："然所谓亲见亲闻者，亦可自旁观者之口言之，未必躬为剧中之

① ［清］冯镇峦：《读聊斋杂说》，见蒲松龄：《聊斋志异》（三会本）（上），上海古籍出版社 1986 年版，第 18 页。

② 蒋子让：《〈昕夕闲谈〉小叙》，见陈平原、夏晓虹：《二十世纪中国小说理论资料》（第一卷），北京大学出版社 1997 年版，第 570 页。

人物。如谓书中种种境界，种种人物，非局中人不能道，则是《水浒传》之作者，必为大盗，《三国演义》之作者，必为兵家，此又大不然之说也。”①“境界”成为人物性格发展和演变的必要条件，王氏采取直接叙事和间接叙事分而治之的策略，张扬了小说虚构生事的文学特征。小说的人物和境界设置，不必拘囿于题材的某一具体特性，创作主体亦可脱离刻意蹈步生活事实的观念积习，这就瓦解了《红楼梦》批评中历行经年的评点和索隐格局，加强了小说各元素的共存共生关系。王国维所论之“境界”，有时也表述为“境遇”，成为伴合和依附创作主体意识而行的审美范畴。他在《古雅之在美学上之位置》中言：“戏曲小说之主人翁及其境遇，对文章之方面言之，则为材质；然对吾人之感情言之，则此等材质又为唤起美情之最适之形式。”② 境界并驾人物而成为审美的最佳形式，就凸显了境界“景情合一”的审美原质功效。新小说家对包括环境在内的小说形式因素的精心打造，更足以弘扬小说文本的美学底蕴。

对形式内蕴的注重和挖掘，丰富了“境界说”的意义构架。王国维对“境界”“自然天成”含义的推崇，又诱使其在戏曲领域延伸其“境界”的批评理念。他品评元剧的本色和佳处，直接以“境界”（意境）为尺度：“然元剧最佳之处，不在其思想结构，而在文章。其文章之妙，亦一言以蔽之，曰：有意境而已矣。”③ 一代之文学的元曲，正因为其锤炼“境界”而垂范后世。

---

① 《〈红楼梦〉评论》，《王国维遗书》（第五册）之《静安文集》，上海古籍书店 1983 年版，第 59 页。

② 《古雅之在美学上之位置》，见《王国维遗书》（第五册）之《静安文集续编》，上海古籍书店 1983 年版，第 23 ~ 24 页。

③ 王国维：《宋元戏曲考》，见《王国维遗书》（第十五册），上海古籍书店 1983 年版，第 74 页。

同样的意蕴，亦见于王氏对元南戏的评价："元南戏之佳处，亦一言以蔽之，曰自然而已矣。申言之，则亦不过一言，曰有意境而已矣。"① 则在境界"情景交融"的意义层面上添加"自然天成"的审美韵味，从"境界"到"意境"，一字之差，却反映了从以西化中至归依传统之文学观念的演变理路。

戏剧与小说，同源而异流，晚清民初的小说和戏曲更是属于同一叙事文学层面，一方文类地位的提高，就会获得另一方的对称性张扬。王国维将"境界"移入词曲学批评领域，夯实和拓展"境界说"的理论根基和空间，体现出他集大成的恢弘学术视野，其实，这种批评理念的迁移早在小说批评先驱者梁启超等人那里已开端绪。1901 年孙宝瑄就言："《石头记》，儿女史也；《水浒》，英雄史也；《西游记》，妖怪史也；《聊斋》，狐鬼史也。四史皆于小说中各开一境界。"② 鲜明标出"境界"的审美追求向度。梁启超推许小说不可思议的群治效力，其在 1902 年的《论小说与群治之关系》中就称许小说陶冶性情的功能："凡人之性，常非能以现境界而满足者也。而此蠢蠢躯壳，其所能触能受之境界，又顽狭短局而至有限也。"③ 体悟现实、感发心志，小说要赢得读者的普遍认同，必须在生活感知的基础上促使读者趋向精神愉悦层面突进。他对小说感染力的挖掘，亦涉及作品与读者的共鸣效应："小说者，常导人游于他境界，而变换其常触常受之空气者也。"④思接千里、心游万仞，移人导性的艺术熏陶也因为创

① 王国维：《宋元戏曲考》，见《王国维遗书》（第十五册），上海古籍书店 1983 年版，第 90 页。

② 孙宝瑄：《忘山庐日记》，上海古籍出版社 1983 年版，第 442 ~ 443 页。

③④ 梁启超：《论小说与群治之关系》，见《梁启超全集》（第二册），北京出版社 1999 年版，第 884 页。

作主体意识的张扬而常变常新。“现境界”是人的躯壳所能触能受之境界，它存有一定的时空规约；“他境界”则是“身外之身，世界外之世界”，是间接所触所受和想象所及的境界。“现境界”和“他境界”的划分，折射其浓郁的佛学识蕴色彩，亦包孕着小说批评中虚和实、真和幻等范畴的清晰构架，从“现境界”到“他境界”的转变，就意味着审美主体由物质向精神层面跃进。梁氏进一步探讨小说的审美特质与人性欲求的关系，描绘出小说引人入胜的移情魔力：“人之读一小说也，不知不觉之间，而眼识为之迷漾，而脑筋为之摇飏，而神经为之营注；今日变一二焉，明日变一二焉；刹那刹那，相断相续，久之而此小说之境界，遂入其灵台而据之，成为一特别之原质之种子。”① “入其灵台而据之”，审美主体完成由感物到神会的认识嬗变。小说旺盛的生命力，也因为其造景移情而变得颇为现实，“境界”的虚实相映的感染力，构成小说形象美感的重要原质。

中西文化交流的加强和深入，为晚清民初小说批评家深入研讨小说文体规律提供了历史契机。梁启超对异域小说的了解，也往往是耳食多于眼见，其所鼓吹“小说界革命”复杂的文化背景，促使他属意小说改良人治的社会功效。也制造了梁启超标领小说改良的社会轰动效果，特别是他对小说“熏”、“浸”、“刺”、“提”四种感染力的阐述，引发和鼓荡当下小说批评感染效应的群体关注。蜕庵言：“小说之妙，在取寻常社会上习见习闻、人人能解之事理，淋漓摹写之，而挑逗默化之，故必读者入其境界愈深，然后其受感刺也愈剧。”② 角色体认、共致崇高，他

① 梁启超：《论小说与群治之关系》，见《梁启超全集》（第二册），北京出版社 1999 年版，第 884 页。

② 梁启超等：《小说丛话》，见陈平原、夏晓虹：《二十世纪中国小说理论资料》（第一卷），北京大学出版社 1997 年版，第 83 页。

推许了读者深入体察“境界”的必要性，这在沿袭金圣叹的“设身处地说”和张竹坡的“入世最深，方能为众脚色摹神”说法的基础上，进而打造小说摹写平凡人生的近代色彩。曼殊和浴血生更是就梁启超的说法作进一步的发扬：“小说能导人游于他境界，固也；然我以为能导人游于他境界者，必著者之先自游于他境界者也。”① 显然，他们强调审美主体自感感人的梯度效应，飞天潜海，迈古游今，依他们看来，“他境界”就染带虚化空灵的艺术况味。作者对“境界”的刻意玩赏和打磨，更能铸造中国小说经久不息的移情动性的艺术魅力。

借他人轮廓，具象自我的心志，文学长河，潮起潮落，小说门类自先秦至晚清民初仍能保持旺盛的文体活力，大多基于其陶冶性情的文学魅力。狄平子《论文学上小说之位置》论述了小说杂取他种文体之长而自成其高的文学表征，他认为时有三界，即过去、现在和未来，“故有第一等悟性乃乐未来，有第一等记性乃乐过去。若夫寻常人，则皆住现在、受现在、感现在、识现在、想现在、行现在、乐现在者也。故以过去、未来导人，不如以现在导人。”② 鲜明地表白他对现实的关注和推重，这与传统文人的慕史复古倾向大异其趣。推崇小说的现实感染效应，凸显了新小说家拯世新民的道德立场。他也从情理维度切入小说的支配人道之力：“夫人之恒情，常不以现历有限境界自满足，而欲游于他界，此公例也。欲游他界，其自动者有二：曰想，曰梦。其他动者有四：曰听讲，曰观剧，曰看画，

① 梁启超等：《小说丛话》，见陈平原、夏晓虹：《二十世纪中国小说理论资料》（第一卷），北京大学出版社 1997 年版，第 86 页。

② 狄葆贤：《论文学上小说之位置》，见陈平原、夏晓虹：《二十世纪中国小说理论资料》（第一卷），北京大学出版社 1997 年版，第 79 页。

曰读书。"① 小说充分调动和融聚审美主客体的观察和联想能力，进而有效推动小说欣赏主动者和受动者的双重共谋，就能弘扬小说改良社会和以境感人的艺术效果，由有限至于无限，创作主体和欣赏群体也就获得精神人格的升华。

三、境界的转化效应

异域文学的输入，烛照中国传统小说的革新之路。文学长河所凸显和压抑的审美意象，同晚清民初的当下意识交相感应，造就小说的文学主流话语权力。正因如此，"境界"的锤炼程度也就成为衡量小说艺术水平高低的一个重要向标。开创中西小说比较研究先河的林纾，就多次运用"境界"作为评价尺度。1905 年的《斐洲烟水愁城录·序》云："愁城者，书中所有者也，较之桃源及别殿之洞天，盖别开一境界矣。"② 桃源别殿的神奇境象，寄寓文人追求心灵自由的人文理想。小说批评家托体自尊的依仗，就是出于其对小说文本"造境"的务意追求，"境界"也成为小说艺术的审美取向。侠人亦认同"境界"的尺度意味："中国叙此等事，往往凿空不近人情，且亦无此层出不穷境界，真瞠乎其后矣。"③ 他直接从"境界"的意义层面阐释侦探小说的奇特魅力，也正是这种变幻无穷的造境艺术、引人入胜的情节悬念，成就了侦探小说门类在晚清民初文学领域轰动的接受效应。

---

① 狄葆贤.《论文学上小说之位置》，见陈平原、夏晓虹.《二十世纪中国小说理论资料》(第一卷)，北京大学出版社 1997 年版，第 81 页。

② 林纾：《〈斐洲烟水愁城录〉序》，见陈平原、夏晓虹：《二十世纪中国小说理论资料》(第一卷)，北京大学出版社 1997 年版，第 158 页。

③ 梁启超等：《小说丛话》，见陈平原、夏晓虹：《二十世纪中国小说理论资料》(第一卷)，北京大学出版社 1997 年版，第 93 页。

“境界”是感性和理性的统一，闪现着作者创新精神的光辉。夏曾佑《小说原理》在凸显小说形象直观特征的同时，亦强化了心身凑合境界的转化效应：“人使终日常为一事，则无论如何可乐之事，亦生厌苦，故必求刻刻转换之境以娱之。”① 读者的情感趋向随同小说“境界”的转化而起伏荡漾，“故不得不求不切于身之刻刻转换之境以娱之，打牌、观剧、谈天、游山皆是矣。然此四者，必身与境适相凑合，始能有之，若外境不副，则事中止焉。于是乎小说遂为独一无二可娱之具。”②他在狄平子的论述基础上，强调“境界”的转换和心境变化的和谐统一，这更能允符读者的审美需求，小说也因此在现实环境的激化中张扬其娱情养性的文学特质。管达如分现实社会为“事实界”和“理想界”二境，进而推许小说“理想的而非事实的”文学属性，小说易擅胜场的文学魅力则是基于“记载理想界之事实者。理想界之事实，无奇不有，斯小说亦无奇不有”③。吕思勉《小说丛话》假借小说规律的探讨阐发自我的社会诉求，在小说形象的典型性上更有新的发现。他断论小说具备这种近世文学特质的原因，就在于其能缘于现实而又能高于现实。“抑将于现社会之外，别求一更上之境邪？此不待言而可知也。夫人类既不能以现社会为满足，而将别求一更上之境，则其所作为，必有超出乎现社会之外而为活动者，此社会变动不居之所由也。”④ 小说不安于现实社会陈规“小”和“深”

①② 夏曾佑：《小说原理》，见陈平原、夏晓虹：《二十世纪中国小说理论资料》（第一卷），北京大学出版社 1997 年版，第 75 页。

③ 管达如：《说小说》，见陈平原、夏晓虹：《二十世纪中国小说理论资料》（第一卷），北京大学出版社 1997 年版，第 406 页。

④ 吕思勉：《小说丛话》，见陈平原、夏晓虹：《二十世纪中国小说理论资料》（第一卷），北京大学出版社 1997 年版，第 440 页。

的文学风貌，正缘于其材料的取舍以“小而易明”的旨趣为归依，这种“更上之境”的存在，造就小说丰富斑斓的文学表征。

文学是时代的镜子，通俗小说的讽喻弹射，往往获得借镜自照和教化新民的社会效应。“同一事也，在此遇之则为苦，而在彼遇之则为乐矣。足见苦乐非实境。所谓苦乐者，实人心所自造也。然则所谓种种苦痛者，吾人身受之，不能视为四周环境之罪，而当自归咎其心矣。”① 接受主体的心理差异，造就彼此情感取向的分野。中国小说观念的近代化进程，从某种角度上说，就是一种人性的发现和确立的过程。人性人本的探究始终是小说研究的学术坐标之一，由此观照人生，接受主体亦切合情感转变而动：“人生环境，可分为二：一为有情的，彼亦有知识情感如吾者也；一为无情的，我有知而彼无知，我有情而彼无情，如草木土石、风云雨露是也。”② 小说的现实境界，体现出创作主体因为情理因素的差别而形态各异的感染效果。应物斯感、感物吟志，真情和妙境是小说的艺术生命，它正因为主体情感的灌注而变得枝繁花发和绚丽多彩。

“境界”一词，出入诗歌、词曲和小说批评领域之间，凸显了不同文体包容的文学胸襟，中国传统文论在晚清民初时代思潮的激荡下走向成熟。我们不能否认王国维《人间词话》“境界说”的理论创造力，佛雏认为：“有意识地拿‘境界’或‘意境’（作为诗的具有独创性与典型性的审美意象）当做诗的一根枢轴，就境界的主客体及其对待关系，境界的辩证结构及

① 吕思勉：《小说丛话》，见陈平原、夏晓虹：《二十世纪中国小说理论资料》（第一卷），北京大学出版社 1997 年版，第 458 ~ 459 页。

② 吕思勉：《小说丛话》，见陈平原、夏晓虹：《二十世纪中国小说理论资料》（第一卷），北京大学出版社 1997 年版，第 461 页。

其内在的矛盾运动，境界美的分类与各自特点，以至境界作为艺术鉴赏的标准，等等，作出比较严密的分析，构成一个相当完整的诗论体系：这在王国维以前，是不曾有过的；有之，则自王氏始。"① 单就境界与诗论（词论）的对应关系而言，王氏之说洵为不易之论。现在有不少学者也注意到王国维的"境界说"和叔本华哲学理念的对应关系②，但这种理念的对应亦不能割舍传统文论的影响。若从"境界"的发生学而论，他就在吸取传统文论和当下小说批评的营养，融通中西而成。就王国维个人而言，他吸收西方哲学理论也有一个逐步接受和消化的过程，《人间词话》和《宋元戏曲考》对异域哲学术语的运用就远比《红楼梦评论》娴熟。范畴背后蕴藏着丰富的历史文化内涵，西律中说和华夏中心论都不能全面反映"境界"范畴的真实内涵，我们也不必固守"境界说"与词论的单一对应，画地为牢，只有还原到其当下的生活时代，从"境界说"的历时性和共时性双重组合中来观照和诠释，实现传统文论的近现代转变。至少在晚清民初，"境界"就已经是一个普泛的文学范畴，几乎是小说批评界的集体无意识。正如黄霖所论："我们不能否认王国维受到叔本华思想影响之深，但应该看到他的认识也是在不断发展变化的。他的关于造境与写境的思想，主要是接受了其他新观念乃至是梁启超的影响。"③ 审美境界邈远厚实

---

① 佛雏：《王国维诗学研究》，北京大学出版社 1987 年版，第 157 页。

② 王攸欣认为："王国维的'境界'可以定义为'叔本华理念在文学作品中的真切对应物'。"见王攸欣：《选择·接受与疏离：王国维接受叔本华、朱光潜接受克罗齐美学比较研究》，生活·读书·新知三联书店 1999 年版，第 92 页。

③ 黄霖：《中国文学批评通史·近代卷》，上海古籍出版社 1996 年版，第 842 页。

的深刻性，来源于文学传统和个人造诣的同谋共构。新小说批评家孜孜不倦于“境界说”的探究，进而归纳和打造审美境界的移情说，不能不说是中国小说观念近代化进程的一大创获。

第二节 雅俗

王纲解纽、社会转型，中西文化语境的共生激荡孕育着中国小说的观念新质，小说家的不懈呐喊折射出文人的困惑处境和心态焦虑。雅俗观念构成小说批评范畴对称性的两极，在历史与文化的选择中一路走来。它作为一种审美属性，最初只表示音乐声调的性质，“雅乐”和“郑声”的分野，就体现出缘“礼”而动的远古审美风范。岁月的淘洗和文人意识的灌注，赋予“雅俗”观念浓郁的文化特质，附加于观念范畴上的书面语与口语的分离趋向，形成了相对自足的雅俗两大文化阵营。雅文学往往借助文学的教育与认识功能，紧跟时代前进的步伐，以高远的姿态引领其他文类的发展，俗文学则侧重于人类自身的娱乐需求，以猎奇求新的方式满足世俗社会的需要。彼此各异的文化干预模式，直接影响到它们的社会诉求。传统的雅俗之辩因为异域文化的刺激和小说观念的自我更新，在晚清民初呈现一定的融合趋向，雅俗共赏作为一种观念融合的追求目标，也逐渐进入文人的研究视野，虽然这一理想境界的探究还不具备彻底解决的条件，但其含义特征和实现的机制进入新小说家的讨论范围，标志着中国小说观念的近代化进程已初步突破传统的雅俗观念的框架。

一、启蒙语境下的以雅携俗①

动关政务、科诨成文，雅俗观念不只是文学风格的区别，也是文本接受效果的差异。文学欣赏中阳春白雪和下里巴人分野的客观存在，正说明文学接受与消费判然自明的雅俗畛域。《诗经》和“楚辞”正是经过历代文人的积攒和参与，不断销蚀自身的俗文学特性，完成其经典化的历程。俗文学在进驻高雅殿堂的进路中，逐渐剥落了自身的俗文化因子，并以一种话语权威的姿态约束和影响其他文类的成长。街谈巷语、道听途说，小说自诞生之日起，就被定格于俗文学的层次。鲁迅《中国小说的历史的变迁》言：“至于小说，我以为倒是起于休息的。人在劳动时，既用歌吟以自娱，借它忘却劳苦了，则到休息时，亦必要寻一种事情以消遣闲暇。这种事情，就是彼此谈论故事，而谈论故事，正就是小说的起源。”② 小说肇始于先民休息时的“谈论故事”，就基本设置了小说的俗文化属性。彬彬称盛的明清通俗小说具备了一定的冲击雅文学的力量，市民经济的发展和小说评点家的鼓吹也为此创造了相对有利的条件，而传统积习的制约积重难返，封建统治的思想根基依旧，为小说正名的呼唤也只沦为少数精英的实践，未能引起士大夫的普遍共鸣。小说竭力向史乘和经学靠拢和攀援的事实，正表明这一文体的尴尬处境和观念困惑，中国小

---

① 范伯群言：“如果将镜头对准19世纪与20世纪之交的跨世纪时刻，谁能知道，那时曾有一段以雅携俗的融洽阶段。”见范伯群：《中国现代文学之雅俗互动》，《江苏大学学报》（社科版），2004年第2期，第1～7页。其实，究中国文学史而论，“以雅携俗”并非19世纪与20世纪之交的特殊现象，历代的俗文学都在一定程度上存有对雅文学的依附现象，只是不同时代有其形态各异的表现。

② 鲁迅：《中国小说史略》，齐鲁书社1997年版，第350页。

说观念的巨大解放也只有在砸破传统框架的前提下，才会赢得突破，于破坏中重塑，在中西汇流中形成中国小说观念质的飞跃，而这一历史契机正缘由异域文化的刺激，只有在话语权力的更换中才获就实现文体独立的基本条件。

晚清民初小说先驱者在启蒙旗帜上书写救国新民的时代话语之时，不忘对小说题材与语言的雅化选择。新小说家立足于时代潮流的风口浪尖，斥逐传统小说为诲淫诲盗、毒害社会的总根源，进而打造中国小说观念的近代革命色彩。他们过分膨胀了小说的社会效用，推崇小说万能的启蒙神话色彩。相对于昔日文人鼓噪劝诫的道德说教，新小说家大刀阔斧地铲除禁锢小说发展的种种藩篱，他们不只停留在理论阐释或空谈主张上，更落实于标领风范的创作实践。小说进驻文坛主流地位的进路中，借鉴和吸取了诗文等传统文学话语的某些因子，擅长议论、富于抒情与说理，新小说的文章化趋向较好地实现了文人心态和社会意识的共构，文人的道德责任和人格修养也在现实秩序的规约中获得了一个相对自由的驰骋纵横的舞台。新小说家深知："读优美小说，如登天堂一通，琼楼玉宇，固羽化而登仙；读龌龊小说，如入地狱一通，马面牛头，眼界何曾不廓？人能读优美小说，而不能读龌龊小说，如能居天堂，而不能居地狱也。"① 雅俗作为一种先验的理论假设，始终制约着新小说家的理论和实践模式。升降浮沉、潮涨潮落，启蒙的社会诉求要求小说语言趋俗，士大夫本位意识又天然抵拒市民意识，新小说家在为市井细民代言和恪守文人立场的二难选择中冲突，这就形成新小说家的一个叙事困惑，一方面，新小说家指责传统小说的叙事缺陷，却无法真正建立起

① 佚名：《读新小说法》，见陈平原、夏晓虹：《二十世纪中国小说理论资料》（第一卷），北京大学出版社 1997 年版，第 300 页。

一个堪可效法的叙事典范模式，另一方面，他们极力要对等肩负的启蒙重任，促使其关注和考虑平民的欣赏情趣，却往往难以割舍对文人传统的依恋，甚至不愿真正地走近平民大众，他们往往对社会时弊缺少修饰，甚至采取无休止抖露的手段，正是他们漠视艺术经营、无法建构新小说叙事典范的绝好表征。

中国小说观念的近代化进程逐步削弱了传统小说的话语制约，小说传播模式的时代转换为文人心态的张扬获得充足的条件。小说由书场演说转变为案头阅读的进路，其本身就包含着一个文字雅化和审美情趣文人化的趋向，文化学者眼中的精英文化和通俗文化分别亦由此而来。“中国之小说，亦分两派：一以应学士大夫之用；一以应妇女与粗人之用。体裁各异，而原理则同。”① 学士大夫之用与妇女粗人之用，在新小说家的研究视野里，不只是两种社会需求的差别，更是两类审美趣味的对峙。新小说要赢得社会的普遍接受，就必须在这两类审美层次之间游走，相对于近代风云突变的局势而论，后者更显重要。张行《小说闲话》主张：“大抵小说之笔，一宜简，二宜雅，三宜显。不简则拖泥带水令人恶，不雅则鄙俗令人厌，不显则沉晦令人闷。”② 追求小说的“宜简”和“宜显”也只有在“宜雅”目标的调和下才能形成和实现，这样，新小说家在“雅化”的旗帜下践履着文学志趣。以林纾、王国维为代表的新小说家对古雅之美的坚守，以及民初一度盛行的骈文小说浪潮，更是可以把捉新小说家于利俗文字的书写表象下，跳动的士大夫情趣和思想的脉搏。即如林纾，他以一位古文大家的身份厕身小说翻译事业，为

① 夏曾佑：《小说原理》，见陈平原、夏晓虹：《二十世纪中国小说理论资料》（第一卷），北京大学出版社 1997 年版，第 78 页。

② 张行：《小说闲话》，见黄霖、韩同文：《中国历代小说论著选》（下），江西人民出版社 2000 年版，第 333 页。

求文本的典雅，甚至不惜改动原作，但他对异域平凡人生的关注，又是其世俗精神的折光，进而在“专为下等人写照”的审美取向中完成了其以雅携俗的文学追求。新小说家片面推崇小说的救世效用，附带出他们对小说感染力的探究，只是它在喧闹的启蒙呼唤声中，略显黯然和乏力。晚清民初小说的雅化趋向适合当下时代的选择和需要，夏晓虹就说得好：“这总是小说进步的征兆。确乎存在文人获取了通俗文学创作的形式，却失去了其原有的自然特质这一方面，可文人也以其精致的艺术技巧作了适当弥补。”① 新小说家正是在中国小说观念的得失进退之间部分实现了改良社会的历史使命。

二、世俗文化中的由雅回俗

拨动变革现状的激情，还原小说的存在境遇，文学传统思维框架中，小说具有天生的俗化倾向，市井和平民文化维系着俗文学的存在和发展。明代“四大奇书”大多经历一个由集体积累到文人加工的演变过程，其集体积累的过程包含着浓郁的俗文学特征。金圣叹、张竹坡等小说批评家，借诸评点小说来推戴小说的价值地位，并立足于人性的高度推动了通俗小说观念的独立化进程，虽然这一异代嗣响在晚清才得以实现，亦可见其观念的超前和可贵。晚清民初文化观念的转型和政治体制的更新，以及沿海都市的迅猛发展，为市井生活题材进驻小说的表现领域提供了历史条件。社会的近代化和知识分子的边缘化扩大了市民的存在空间，部分士大夫也由于生存境遇的巨大改变，加速了文人心态与市民意识合流进程。

① 夏晓虹：《觉世与传世：梁启超的文学道路》，上海人民出版社1991年版，第76页。

近代报刊基于生存策略的考虑，不断增加包括小说在内的文艺作品版面，就是揪住了市民的消费需求。晚清民初的小报，像《游戏报》、《花天日报》、《花世界报》、《闲情报》、《娱言报》和《采风报》都主办过推选“花榜状元”的活动，这并非全是迎合市民的庸俗需求，其中就包孕着应对旧式文人雅致的策略，只是报刊主编提倡风雅的真实意图，被市民群体的花间探幽欲望所掩盖，最终滑入了恶俗一流，不可否认，里面自然也夹杂着某些文人声色自戕、以消世虑的社会诉求。① 晚清民初小说的稿酬刺激，壮大了小说的创作队伍，特别是一批职业小说家的存在，他们易稿务生的现实选择更加重了市场和市民文化的制约威力。1907 年《小说林》杂志社的“募集小说”广告云：“本社募集各种著译家庭、社会、教育、科学、理想、侦探、军事小说，篇幅不论长短，词句不论文言、白话，格式不论章回、笔记、传奇。不当选者，可原本寄还；入选者，分别等差，润笔从丰致送：甲等每千字五圆；乙等每千字三圆；丙等每千字二圆。”② 据郑逸梅回忆，那时的稿酬一般是每千字二三元，那时的十元可购上白粳一百六十斤。③ 小说的“有利可图”给文人提供了抚慰心灵和价值实现的另一空间，但问题的另一面也浮出水面，小说销量和读者趣味的无形指挥，致使相当一部分新小说家放弃了苦心经营的传统创作模式，粗制滥造、无暇修改，甚至不惜以窥探私情的媚俗手段来迎合公众，这就严重影响到小说文本

① 小报的“花选”活动直接影响到市民文化的雅俗趋向，其由雅回俗的定位转变，也波及小说的创作与接受。参看李楠：《晚清民国时期上海小报》，人民文学出版社 2006 年版，第 162 ~ 165 页。

② 小说林社：《募集小说》，见陈平原、夏晓虹：《二十世纪中国小说理论资料》（第一卷），北京大学出版社 1997 年版，第 257 页。

③ 郑逸梅：《书报话旧》，中华书局 2005 年版，第 35 页。

的艺术魅力。① 媚俗的物质诱惑和醒世的精神追求，这种几近矛盾的困惑几乎伴随着晚清民初一代小说家的审美抉择。

对于粗识“之无”的市民读者而言，他们阅读小说的主要目的不在接受劝诫和训导，倒是在娱情遣性上，并借此获得某种心灵慰藉和情感替代。夏颂莱《金陵卖书记》即具有市场调查报告的性质：“小说书亦不销者，于小说体裁多不合也。不失诸直，即失诸略；不失诸高，即失诸粗，笔墨不足副其宗旨，读者不能得小说之乐趣也。即有极力为典雅之文者，要于词章之学，相去尚远，涂泽满纸，只觉可厌，不足动人也。”② 进入市民消费市场的书籍，诸如政治小说和科学小说之类的“雅正之学”并不叫好，原因就在于高雅小说的定位背逆了市民群体的消费需求。“议论多事实少”的小说创作策略忽略了市民的消费情趣，以致连新小说家自己也意识到要适时搀入某些诙谐情节，来不断提醒读者注意，以图弥补公众的阅读需求。

沈瓶庵《〈中华小说界〉发刊词》指责小说家未明小说体裁，以致丧失小说之效用，倒是恪尽小说的娱乐功用，才会“顿辟异境”：“然而言情、侦探，花样日新；科学、哲理，骨董罗列。一编假我，半日偷闲；无非瓜架豆棚，供野老闲谈之料，茶余酒

① 新小说家在“有利可图”的指引下，一定时空内放弃了传统的小说的创作模式。陈衍《续闽川文士传》尝戏称林纾的书室为“造币厂”，就见其一斑。张元济对“林译小说”的质量问题有清晰的记录，如：“1917 年 6 月 12 日，竹庄昨日来信，言琴南近来小说译稿多草率，又多错误，且来稿太多，余复言稿多只可收受，惟草率错误应令其改良”；“1917 年 8 月 14 日，林琴南译稿《学生风月鉴》，不妥，拟不印。《风流孽冤》，拟请改名。《玫瑰花》字多不识，由余校注，寄与复看。”见张元济：《张元济日记》，商务印书馆 1981 年版，第 233、265 页。

② 夏颂莱：《金陵卖书记》，见张静庐：《中国现代出版史料甲编》，中华书局 1954 年版，第 389 页。

后，备个人消遣之资。聊寄闲情，无关宏旨。”① 话虽说得绝对些，却也道出和指明了救治小说功利化图解的一条途径。晚清民初侠义和公案小说的合流与自救趋势加强，也是一个明显的例证，虽然这种趋势至少在嘉道之际就已出现②，《七侠五义》、《小五义》、《彭公案》、《刘公案》、《李公案》、《七剑十三侠》，以及《施公案》、《彭公案》续集的刊行出版，它们绘声状物，颇具演说之风，在观念上仍保留相当浓郁的传统色彩。郎才女貌的才子佳人式叙事被置换成侠男烈女、英雄儿女的姻缘模式，江湖侠盗亦由反叛朝廷走向皈依皇权、为国效力的道路，尊王灭寇模式的设定就带有市井细民希冀侠盗扶弱锄强、拯救社会的时代寄托和翘盼。平民百姓的社会期待也使得侠义小说走进普通人们的消费视野，这正如鲁迅所论：“是侠义小说之在清，正接宋人话本正脉，固平民文学之历七百余年而再兴者也。”③ 侠与情的演绎，折射着晚清民初世风日下的社会场景，体现了平民百姓的社会担当意识。晚清民初的部分狭邪小说也在消解传统言情模式的

---

① 沈瓶庵：《〈中华小说界〉发刊词》，见陈平原、夏晓虹：《二十世纪中国小说理论资料》（第一卷），北京大学出版社1997年版，第436页。

② 侠义小说与公案小说本是中国小说史上两种平行的小说类型，最早从流派上界定的为1922年胡适的《五十年来中国之文学》，其所称的“北方的评话小说”，即为“侠义小说和公案小说”；鲁迅《中国小说史略》则辟专篇研讨“清之侠义小说及公案”；吴小如最早提出“侠义公案小说”之名（《读〈三侠五义〉札记》，载《文艺学习》，1957年第4期，该文后收入其论著《古典小说漫稿》中）。雷勇认为：“清中叶以后，一些作家有意识地将两类题材合为一体，从而形成侠义公案小说。”见李剑国、陈洪：《中国小说通史·清代卷》，高等教育出版社2007年版，第1351页。刘勇强说得更明确，成书于嘉庆初《施公案》的问世，“是中国公案小说与侠义小说合流的标志”。见刘勇强：《中国古代小说史叙论》，北京大学出版社2007年版，第506页。

③ 鲁迅：《中国小说史略》，齐鲁书社1997年版，第225页。

同时，将男女的情爱空间由家庭迁延到广阔的社会，展示近代都市社会的恩怨喜怒。晚清民初的侦探与公案小说合流①，也激发了小说审美趋向的由雅回俗，在侦探小说的园囿中添加公案的成分，更是揪住了消费市场跳动的脉搏。拜金主义的制约，无情地撕扯着伪善虚情的社会面纱，并书写一段相对真实的社会现实，因之这些小说门类的题材趋向闪烁着市民精神的光华。

广民智、振民德，晚清民初平民文学意识的觉醒在一定程度上加速了小说的通俗走向。晚清“三界革命”与戏剧改良运动的兴起和开展，也使新小说家的笔触趋向洞察平民百姓的疾苦和哀怨，包括缠脚、包办婚姻、迷信在内的封建陋习，以及灾荒兵乱与华工血泪题材均纷纷进入新小说家的表现视野，人物形象系统中的平民属性也日见加重。《本馆附印说部缘起》和《论小说与群治之关系》作为“小说界革命”的舆论先导，侧重以浅切之语来引领理论宣传风范，走近了平民大众的审美领域。狄平子《论文学上小说之位置》从繁简、古今、蓄泄、雅俗、实虚五种“对待”性质层面来分析小说的向俗、虚实相生等特征，率先在小说范畴上认识小说的文本价值。剥去铅华、提倡俗语，在晚清民初小说先驱者的构想里，言文统一是文体进步的关键，至少应该做到文俗并用，白话成为维新之本，就在于白话便于开启民智与思想启蒙。较好的效果为高尚缙《〈万国演义〉序》的设想：小说“必有浅显易解之词，使童稚可通，新奇易悦之事，使乡曲能记；先启其轨，然后偕之大道”②。用俗语俗曲的阐发达到重振纲常的雅正之道。相当一部分新小说家认为“以文言、俗语二体比较

① 侦探与公案小说的合流始于1913年冷佛的《春阿氏》，见武润婷：《中国近代小说演变史》，山东人民出版社2000年版，第86页。

② 高尚缙：《〈万国演义〉序》，见陈平原、夏晓虹：《二十世纪中国小说理论资料》（第一卷），北京大学出版社1997年版，第104页。

之，又无宁以俗语为正格”①。其实，与其说新小说家推重俗语的正格地位，倒不如说他们以此为幌子，更喜欢采用变格，一种介入文、俗之间的“报章体”。新小说家感觉到浅近易解的报章体符合市民消遣的需要，“凡文义稍高之人，授以纯全白话之书，转不如文话之易阅”②，新小说家对小说语言正格（俗语）往往把握不准，民初的小说报人兼批评家宇澄感叹：“吾侪执笔为文，非深之难，而浅之难；非雅之难，而俗之难。……蕲能以深入显出之笔墨，竟小说之作用，如是而已。”③ 照实说来，这并非中国小说观念近代化进程中的孤立现象。从明清版刻到近代报章，这一小说传播机制的突变，不只是技术手段的更新，更是一种文学观念的进步，小说的产出与消费因为迅捷时效的变化，直接关合着当下小说观念的雅俗抉择。“‘报章体’盛行，文言文纷纷出现‘俗化’倾向；另一方面，原来是最‘俗’的‘俗文学’的小说，却出现‘雅化’的倾向，至少是在小说领域中，‘雅化’压倒了‘俗化’。”④ 小说“变格”的盛行，为新小说家填充政治思想落潮后所遗留的空间，找准了一种合适而有效的方式。

三、雅俗共赏的设计框架

小说文本在不同作者与读者之间的游走与传播，呈现出因人而异的雅俗抉择。光绪时人树棠《金台全传序》言：“夫闻书一

① 吕思勉：《小说丛话》，见陈平原、夏晓虹：《二十世纪中国小说理论资料》（第一卷），北京大学出版社 1997 年版，第 442 页。

② 姚鹏图：《论白话小说》，见陈平原、夏晓虹：《二十世纪中国小说理论资料》（第一卷），北京大学出版社 1997 年版，第 151 页。

③ 宇澄：《〈小说海〉发刊词》，见陈平原、夏晓虹：《二十世纪中国小说理论资料》（第一卷），北京大学出版社 1997 年版，第 510 页。

④ 袁进：《近代文学的突围》，上海人民出版社 2001 年版，第 143 页。

道，虽为悦目娱情之物，然有等词意宏深、论忠道义，亦足以感发人之善心。若乃鄙俚淫词，幽期密约，闺娃稚子阅之，必致效由。无怪乎牧令之焚禁也。"① 小说批评家的吐属，仍不忘附带论忠道义的淑世情怀。1872 年《申报》创刊时就告白："至于稗官小说，代有传书，若张华志《博物》，干宝记《搜神》，《齐谐》为志怪之书，《虞初》为文章之选，凡兹诸类，均可流观。维其事或荒诞无稽，其文皆典赡有则，是仅能助儒者之清谈，未能为雅俗所共赏。求其纪述当今时事，文则质而不俚，事则简而能详，上而学士大夫，下及农工商贾，皆能通晓者，则莫如新闻纸之善矣。"② 只是《申报》馆的执笔者，多为科考败北的失意之士，典雅用语的行文习惯使得"雅俗共赏"的办刊追求还只是一种乌托邦式的构想。新小说家既明知"吾国今日之小说，当以改良社会为宗旨，而改良社会，则其首要在启迪愚蒙，若高等人，则彼固别有可求智识之方，而无俟于小说矣。今之撰译小说者，似为上等人说法者多，为下等人说法者少"③，又意识到"白话小说犯的一个字的病就是'俗'"，要做小说的蓝本，应该是"俗不伤雅"。④ 可见于雅俗文学语言的矛盾对立中杀出一条生路相当之难。

高雅文学与通俗文学的差异，对晚清民初的小说家来说，并非一道不可逾越的鸿沟，他们不只是意识到这个问题，也在努力

① ［清］树棠：《金台全传序》，见丁锡根：《中国历代小说序跋集》，人民文学出版社 1996 年版，第 1349 页。

② 《本馆告白》，1872 年 4 月 13 日，《申报》影印本（第一册），上海书店 1983 年版，第 1 页。

③ 管达如：《说小说》，见陈平原、夏晓虹：《二十世纪中国小说理论资料》（第一卷），北京大学出版社 1997 年版，第 412 页。

④ 佚名：《〈母夜叉〉闲评八则》，见陈平原、夏晓虹：《二十世纪中国小说理论资料》（第一卷），北京大学出版社 1997 年版，第 174 页。

拉近和缩小二者差距。即如写情小说巨匠的吴趼人一方面推崇“情”包孕万物的效用，另一方面又竭力提倡旧道德，坚守小说家的社会教员的立场。“小说虽号开智觉民之利器，终为茶余酒后之助谈，偶尔诙谐，又奚足怪?”① 调和雅俗，营构二者的和谐不失为一种较为理想的结局，1917 年《〈小说画报〉短引例言》企图达到的目的就是：“小说以白话为正宗，本杂志全用白话体，取其雅俗共赏，凡闺秀、学生、商界、工人无不咸宜。”② 试图在小说的发行策略上瞄准全社会的胃口。恽铁樵《编辑余谈》的设想具有一定的代表性：“苟能博社会欢迎，又能于社会有益，斯不妨自我作古。”③ 晚清民初小说家追求的“有益”和“有味”，就是小说雅俗范畴探讨的变相说明，鱼和熊掌，难以兼得，无论是晚清的小说启蒙思潮，还是民初泛滥的写情主义，都不能很好地实现二者的和谐统一。

碎金乱玉，不掩文体追求的光华，中国小说观念的雅俗之辩凸显时代和文化选择的威力。早期的中文报刊，如《申报》，以及早期的小说杂志，如《新小说》，都将雅俗共赏作为办刊的宗旨之一，至少要在语言运用上达到雅俗共赏。雅俗观念不是一个静止的范畴，它在文学主客体的对立流变中发展，对小说启蒙最为用力的梁启超，即使同在“东学”背景的映照下，对中国传统小说的看法也因为时代的变迁产生舛误，早期的“为政治而学问”与后期的“为人生而学问”，就透露出提倡者的几近对立的

① 陆士谔：《〈新上海〉自序》，见陈平原、夏晓虹：《二十世纪中国小说理论资料》（第一卷），北京大学出版社 1997 年版，第 384 页。

② 芮和师等：《鸳鸯蝴蝶派研究资料》（上），福建人民出版社 1984 年版，第 13 页。

③ 恽铁樵：《编辑余谈》，见陈平原、夏晓虹：《二十世纪中国小说理论资料》（第一卷），北京大学出版社 1997 年版，第 501 页。

见识，审美主体因为觉世和传世的需要，而对小说雅俗作出了不同的思考和抉择。① 诸如此类的新小说家自身的抵牾，恰巧从另一个侧面说明了雅俗共赏的艰难。

解弢《小说话》道出当下社会的文学心理："文章令雅俗共赏，诚非易事。若《红楼》可为能尽其长，上至硕儒，不敢加以鄙词，下至负贩，亦不嫌其过高。至《儒林外史》，则俗人不能读矣，故流传绝少。"② 小说文本与读者阅读都影响到小说观念的雅俗共赏。思想高尚和情节曲折的统一是新小说家追求的目标之一，为求占领思想高度，新小说家多在道德说教上泼墨；而对情节设置的属意，主要还是落脚于小说消费的市场选择，小说艺术的锤炼倒在其次。侠人推许《红楼梦》可谓政治小说、伦理小说、社会小说、哲学小说、道德小说，新小说家对《水浒传》也有类此的看法，这并非表明新小说家分类观念的模糊，见仁见智，本无可厚非，其中所隐含的新小说家调和雅俗的努力，确实是值得称颂的。异域文化的激荡，稀释了传统话语的制约力量，新小说家对小说社会功能的无限夸大，政治性的误读和过度阐释，在一定程度上混淆甚至颠倒了小说与社会的关系。

开放的文化语境，中国小说观念的雅俗范畴便添加了异域文化的色彩。新小说家输入西方文明的同时，也在一定程度上为传统文化填充了人性关怀的质素。相对于功利小说论者而言，王国维、周氏兄弟等人的孤独耕耘，更接近于近代小说观念的内核，他们清除中国小说观念附加值的努力，就正面涉及雅俗共赏的认

① 夏晓虹：《梁启超的文学史研究》，见王瑶主编：《中国文学研究现代化进程》，北京大学出版社 1996 年版，第 5 ~ 7 页。

② 解弢：《小说话》，见黄霖、韩同文：《中国历代小说论著选》（下），江西人民出版社 2000 年版，第 476 页。

识瓶颈。王国维指责《三国演义》无纯文学之资格，就源于其所持的标准："吾人谓戏曲小说家为专门之诗人，非谓其以文学为职业也。以文学为职业，铺餟的文学也。职业的文学家，以文学为生活；专门之文学家，为文学而生活。"① 1908 年周作人论："文章者，必非学术者也。盖文章非为专业而设，其所言在表扬真美，以普及凡众之人心，而非仅为一方说法。故历史一物，不称文章。"② 他们立足于小说观念的审美属性探讨，找准了谋求中国小说观念雅俗共赏的基本方向，只是他们孑立独行的理论姿态，鲜能形成社会的普遍共识。王国维对中国小说现状的担忧与质问也就不无道理，"试问我国之大文学家，有足以代表全国民之精神，如希腊之鄂谟尔、英之狭斯丕尔、德之格代者乎？吾人不能答也。……我国人对文学之趣味如此，则于何处得其精神之慰藉乎?"③ 在王国维的文学研究视野里，文绣的文学，不是真正的文学，具有全民资格的小说家，只有抛弃小说观念的赘疣，才能在小说观念的雅俗共赏上赢得突破。晚清民初小说的商品化趋向，导致中国小说观念由政治说教回转为悦情向俗，新小说家的雅俗共赏在当下时代还带有明显的乌托邦色彩，但"雅俗之辩"作为一个命题，被提出来并引起小说批评界的关注，其本身就开启了"五四"一代小说家的审美取向。

借杯在手，随意调侃，传声摹神，别开生面，晚清民初文人

---

① 《文学小言》，见《王国维遗书》（第五册）之《静安文集续编》，上海古籍书店 1983 年版，第 31 页。

② 周作人：《论文章之意义及其使命因及中国近时论文之失》，见邬国平、黄霖：《中国文论选·近代卷》（下），江苏文艺出版社 1996 年版，第 698 页。

③ 《教育杂感四则》，见《王国维遗书》（第五册）之《静安文集》，上海古籍书店 1983 年版，第 107 页。

的咏读和阐发，使一向不为主流文化看重的小说，受到边缘化的知识分子的研讨和重视，小说文本多元自足的文学性质亦备受文人的点化和发扬，进一步凸显其主流文学的色彩。晚清民初小说实现了古代小说进驻雅文学领域的梦想。政治小说提倡者对情节的有意漠视，改变了小说的俚俗色彩，小说的世俗内容一度重重地掩盖于小说的文章化趋向之中。进入民国以后，政治宣传的声音明显减弱，小说观念的俗化色彩又得以凸显，晚清民初小说的雅俗观念也就在以雅携俗和由雅回俗的途径中来回奔突，形成错综复杂的雅俗观念渗透局面。特立独行的章太炎提出雅俗分流说："余尝谓宋代小说最知名者，莫如《容斋随笔》。时俗小说最知名者，莫如《红楼梦》。二者不可得兼，能兼之者，其惟《越缦堂日记》乎？"① 章氏恪守故训，反古求雅，这也反映了雅俗共赏的艰难。"雅和俗本身不是价值的分野，而是对象的分野。只要社会依然区别为文化素质高低悬殊的人群，雅俗之分便会永远存在下去，尽管可以作一些协调，努力求得'雅俗共赏'，却决不能泯灭二者的界限。"② 传统文化在近代的蜕变，雅俗范畴的界限在不断缩小，雅俗观念的整合和流变的幅度加大，平民文学思潮的兴起，小说的案头显胜和文人阐释方式的时代变迁，新小说家雅俗共赏的设计和实践，虽未能得到突破性的进展，但这种观念思辨的存在事实折射出一代小说家的文学实绩，它进一步完善了新小说家对批评范畴的探索和对小说规律的总结。

---

① 章太炎：《菿汉闲话》，见《章太炎全集》（五），上海人民出版社1985年版，第110页。

② 陈伯海：《宋明文学的雅俗分流及其文化意义》，《社会科学》1995年第2期，第68～76页。

第三节 情理

文学凝聚着民族生活的文化符码，小说作为一种思想和文化的物质载体，它是社会环境和文人心态的集中反映。情感渲染和心灵拷问的结合，赋予小说叙事模式复杂的形态风貌。晚清民初小说家直面当下社会的恶风浊浪，集中地进行鞭打和呵斥，在重重的否定话语中绽露动荡时代的社会积弊。传统的家国之思和儿女之情的对立流变，突破了“中和之美”的观念格局，呈现出以情显理、根情扬礼的审美趋向。伴随着人文情愫和生命向度的开启，受动于启蒙思潮的感召，晚清民初小说表露近代理性精神的脉动。

一、以理驭情：观念建构的基础

小说包含着丰厚的文化内蕴，情、理这对文化情结浸染着浓郁的时代文化特质，属意求新求变的晚清民初小说，其转型的文化表征连接着传统与现代的文学观念，单一的传统或现代的观念都不能真实地勾勒它的本真面貌。若从文学范畴的生成语境上探讨晚清民初小说的情理把握方式，需要时空维度的回溯和延伸。较早进入小说家观念视野的“情”应见于唐人沈既济《任氏传》，其“著文章之美、传要妙之情”① 的创作追求，表露文人托志怪以写意的审美理念。作意好奇的唐人风致，因为注重于情事的铸造而标领一时风尚，它引领了后世小说创作的言情趋向。“子不语怪力乱神”，“理”既是一种实用价值的向标，也是包括“善”

① ［唐］沈既济：《任氏传》，见李时人：《全唐五代小说》（第一册），陕西人民出版社 1998 年版，第 541 页。

在内的一种伦理观念形式。它最初往往是以“道”的面目出现的，晋人干宝《搜神记序》表白他的编撰目的是“发明神道之不诬”①，在“道”的框架内博采异同、搜奇猎怪。明人袁于令《西游记题辞》言：“文不幻不文，幻不极不幻。是知天下极幻之事，乃极真之事；极幻之理，乃极真之理。”② 其中之“理”，关合着文章的表现手法。“理”作为一个文学范畴通常伴随“情”来运用的，就如袁于令《隋史遗文序》亦言：“顾个中有慷慨足惊里耳，而不必谐于情；奇幻足快俗人，而不必根于理。”③ 他着意小说文本的艺术感染力，不愿固守单一的情或理的藩篱，展示了情理范畴的对立统一。明中叶以来，反理学思潮勃兴，主情说随之植根于小说领域，明清的小说批评家，像冯梦龙、金圣叹、张竹坡，或以情理裁剪人物形象，或以情理构思故事情节，大体未出以理驭情的把握范围。“于一个心中，讨出一个人的情理，则一个人的传得矣。”④ 张竹坡认可情理生文的把握方式，体现了小说观念的近代色彩。李渔断论：“凡说人情物理者，千古相传；凡涉荒唐怪异者，当日即朽。《五经》、《四书》、《左》、《国》、《史》、《汉》，以及唐宋诸大家，何一不说人情？何一不关物理？及今家传户颂，有怪其平易而废之者乎？《齐谐》，志怪之书也，当日仅其名，后世未见其实。此非平易可久、怪诞不传之明验欤？”⑤ 这样，情理范畴犹如一块砺石，可以验证书籍的流传效

① ［晋］干宝：《搜神记》，中华书局1979年版，第2页。

② ［明］袁于令：《西游记题辞》，见吴承恩著、李贽评：《西游记》，齐鲁书社1991年版，第1页。

③ ［明］袁于令：《隋史遗文》，人民文学出版社2006年版，第2页。

④ ［清］张道深：《批评第一奇书金瓶梅读法》，见兰陵笑笑生著、张道深评：《金瓶梅》，齐鲁书社1991年版，第38页。

⑤ ［清］李渔：《闲情偶寄》，三秦出版社1998年版，第270页。

果。曹雪芹指责才子佳人小说“为文造情”的陈套：“非理即文，大不近情理，自相矛盾。”① 摄迹追踪，小说艺术品位的高格，只能是“按自己的事体情理，反倒新鲜别致”②，不必拘囿于事物本身，这就体现出小说的虚构能事和典型化的艺术追求。小说家的情理把握方式，抒写着文人关注社会、洞察人生的审美趋向。

历史迈进 19 世纪后半叶的门槛，文化精神的调整与重组，提供传统文学自我观照和反省的时代契机。儿女情多、风云气少，“小说界革命”的提倡者屡屡指责传统小说，亦源于其过浓的春花秋月色彩消磨了青年子弟的活泼灵气。在理学和礼教观念一路高歌之时，人情恪守传统礼法和理学教条的约束，就成了当时社会生活的普遍存在。主文谲谏、婉言多讽，小说在近代一跃而为文化格局的主流话语，言情理念在较长时间内，受启蒙思潮的制约而被大面积地压低。晚清民初第一篇具有某种专论色彩的论文《本馆附印说部缘起》，从“公性情”的维度探讨小说的艺术感染力，他们仍不失时机地表白“本原之地、宗旨所存，则在乎使民开化”③，自觉地回归“理”的框架。晚清小说家标举“言情小说”为“世态写真、人心活剧”④，主动设置“情”的革俗功能。当下时代风云的鼓荡，无论是对中国未来的乌托邦设计，还是针砭时弊的官场写实，新小说家的兴趣往往寄托于救国新民的宏大指向上。尚武、兴学、女权等时代新见不断出现于小

①② ［清］曹雪芹、高鹗：《红楼梦》（第一回），上海古籍出版社 2004 年版，第 2 页。

③ 严复、夏曾佑：《〈国闻报〉附印说部缘起》，见陈平原、夏晓虹：《二十世纪中国小说理论资料》（第一卷），北京大学出版社 1997 年版，第 27 页。

④ 小说林社：《谨告小说林社最近之趣意》，见陈平原、夏晓虹：《二十世纪中国小说理论资料》（第一卷），北京大学出版社 1997 年版，第 173 页。

说的具体创作中，小说在“理”的取向刻意追求跟上潮流，人物形象也因为负载太浓的政治观念色彩，削弱了它的审美属性。梁启超偏爱《桃花扇》，就在于其能宣泄家国之情，刘鹗也借走方郎中的旅行寄寓孤愤，表白其有心“补残”的艺术动机：“吾人生今之时，有身世之感情，有家国之感情，有社会之感情，有种教之感情。其感情愈深者，其哭泣愈痛：此鸿都百炼生所以有《老残游记》之作也。”① 为家国而哭，“情之为物，固天地间一要素矣”②，新小说家平空给英雄、儿女等题材添上观念附加值，从而在公性情的范围内赢得世人的共鸣。“拾取当时战局，纬以美人壮士”③，男女之情也就成了新小说家政治吐属的窗口，像符霖《禽海石》中的纽芬与如华，曾朴《孽海花》中的金雯青与傅彩云，他们的情海风波就是某种社会环境的规约和投影，展示社会选择的巨大力量。

晚清民初小说家既承认“小说之足以动人者，无若男女之情”④，又动辄告诫自己“作小说者，下笔时常存道德思想，则不至于入淫秽一流”⑤，具有清醒的明理（道德）立场。云江女史《宦海钟》叙述增朗之在龙家的情事：“这龙家六条玉臂抱着这一个情郎，一天一天的自然有许多的风流佳语，但是这回书已

① 刘鹗：《老残游记》，浙江古籍出版社 1997 年版，第 1 ~ 2 页。

② 新小说报社：《中国唯一之文学报〈新小说〉》，见陈平原、夏晓虹：《二十世纪中国小说理论资料》（第一卷），北京大学出版社 1997 年版，第 62 页。

③ 林纾：《〈劫外昙花〉序》，见陈平原、夏晓虹：《二十世纪中国小说理论资料》（第一卷），北京大学出版社 1997 年版，第 512 页。

④ 林纾：《〈不如归〉序》，见［日］德富健次郎著、林纾译：《不如归》，商务印书馆 1981 年版，第 1 页。

⑤ 铁：《铁瓮烬余》，见陈平原、夏晓虹：《二十世纪中国小说理论资料》（第一卷），北京大学出版社 1997 年版，第 356 页。

经觉得描摹太尽，容易引动阅者春心，做书的再没有工夫细细的替他编这一篇秽史了。”① 言之不详或避而不谈，种种行文的取舍策略均出自新小说家自觉的明理立场。提倡旧道德甚为用力的吴趼人亦借评点《恨海》表明：“一部书中，伯和浪荡，娟娟卖淫，岂无可写之处？观其只用虚写，不着一字而文自明，作者非不能实写之，不欲以此等猥屑污其笔墨也。其视专模写狎亵之小说，相去为何如也？”② 以理制情的先验思维，在一定程度上遏制着新小说家的情感取向，这适如阿英所论：“两性私生活描写的小说，在此时期不为社会所重，甚至出版商人，也不肯印行。”③ 对情欲的处理保持较为谨慎和敏感的态度。文人心态与社会思潮的不协调，也表现在小说家对情爱题材的抉择实践中，即如“日为叫旦之鸡，冀吾同胞警醒”④ 的林纾一方面意识到小说若无美人素材的衬托则索然寡味，一方面割舍不掉心底的道德立场，对自己译作的浓郁言情趋向不断流露忏悔之情，先验的意图规范了尘世众生的立身处世，新小说家的内心冲突可见一斑。道德至上的审美取向使得小说创作一度出现漠视人性的发展倾向，像《女狱花》这样的提倡女权之作更是自觉地向道德靠拢。小说成为商品以后，文人的创作又被迫听命于市场的呼唤，读者群尤其是市民的娱乐需要，又诱使新小说家尽力满足他们的脾胃，新小说家在书写一篇花团锦簇的文字之时，也相应构思了一段凄风苦雨的社会

---

① 云江女史：《中国近代孤本小说精品大系·宦海钟》，内蒙古人民出版社 1998 年版，第 261 页。

② 吴趼人：《恨海》，见《吴趼人全集》（第五集），北方文艺出版社 1998 年版，第 78 页。

③ 阿英：《晚清小说史》，人民文学出版社 1980 年版，第 5 页。

④ 林纾：《〈不如归〉序》，见［日］德富健次郎著、林纾译：《不如归》，商务印书馆 1981 年版，第 2 页。

写真。时尚消费与文人心理形成共构，小说创作和接受呈现出错综复杂的文学表征。

二、情理结合：观念评价的标准

世情幻梦、烟雨满纸，从传统礼教网络笼罩下游离出来的写情观念，体现出一种鲜活盎然的灵趣，一种关注人生的存在。揭橥“写情小说”大旗的吴趼人，在《恨海》中尽情铺泻自我的情理取向：“我素常立过一个议论，说人之有情，系与生俱来，未解人事之前，便有了情。大抵婴儿一啼一哭都是情，并不是那俗人说的‘情窦初开’那个情字。要知俗人说的情，单知道儿女私情是情，我说那与生俱来的情，是说先天种在心里，将来长大，没有一处用不着这个情字，但看如何施展罢了。对于君国施展起来便是忠，对于父母施展起来便是孝，对于子女施展起来便是慈，对于朋友施展起来便是义。可见忠孝大节，无不是从情字生出来的。”① 藏理于情，情便成了万物之本，这比冯梦龙的“情教”之说，更具人性体察的深度。“情”的内涵既深且广，并经时代社会的积攒，丰富了它的理论素养。吴趼人《情变》的楔子亦云：“大抵情到极处，反成了不情，于是乎有变；倘无变，反不成为情。”② 中国小说观念的近代化进程，实际就包含着情理范畴的组合和更新过程，传统社会固有的事理，往往也只是优孟衣冠，缺乏精光四射的思想光华难以深入人心，“情”的张扬也就意味着对人性人情的注重。标举为“苦情小说”的《劫余灰》破题就显情：“大约这个‘情’字，是没有一处可少的，也没有一

① 吴趼人：《恨海》，见《吴趼人全集》（第五卷），北方文艺出版社1998年版，第3页。

② 吴趼人：《情变》，见《吴趼人全集》（第五卷），北方文艺出版社1998年版，第203页。

时可离的。上自碧落之下，下自黄泉之上，无非一个大傀儡场，这牵动傀儡场的总线索，便是一个‘情’字。大而至于古圣人民胞物与、己饥己溺之心，小至于一事一物之嗜好，无非在一个‘情’字范围之内。非独人有情，物亦有情，如犬马报主之类，自不能不说是情。甚至鸟鸣春，虫鸣秋，亦莫不是情感而然。非独动物有情，就是植物也有情。”① 作品的立体情欲写真，附丽于巨大的人性张力场而变得合乎想象，其中虽不乏人物形象灵魂挣扎的痛苦，但其直面生活的激情抒发，无疑是一种阐释生命存在的最好方式。

孕育于晚明中叶的主情观念，其所包含的批判理性一路走来，激于现实社会的腐朽颟顸而强化，在晚清民初一下找准喷火口，得到酣畅淋漓的释放。新小说家不无苦衷地倒出：“小说之叙家庭不难，而叙尚德育之家庭则甚难。叙尚德育之家庭，而又兼写艳情则更难。写艳情而不妨于德育，反能有裨益于德育，则难之又难。”② 他们竭力调和“德”与“情”的关系，并视二者的融合为创作的佳境。对“情”的注重，也破译了小说欣赏的壶奥：“若不从情字看去，便无趣味，况无论为真为假，其事皆由一‘情’字发生，故阅者又当以情为经，以事为纬。”③ 正因如此，黄伯耀《小说之支配于世界上纯以情理之真趣为观感》就认定情理统一为小说创作和消费的不二法门：“情者感人最深者也，理者晓人最切者也”，“然则古之所谓著作家，舍情、理二字外，

---

① 吴趼人：《劫余灰》（第一回），见《吴趼人全集》（第五卷），北方文艺出版社 1998 年版，第 81 ~ 82 页。

② 荫庵：《〈闺中剑〉评语》，见陈平原、夏晓虹：《二十世纪中国小说理论资料》（第一卷），北京大学出版社 1997 年版，第 217 页。

③ 王梦阮：《〈红楼梦〉索隐提要》，见陈平原、夏晓虹：《二十世纪中国小说理论资料》（第一卷），北京大学出版社 1997 年版，第 488 页。

固无文章也。即小说之支配于世界上，何莫不然哉!”[①] 这些夸大其词的话语，昭示了以情理真趣为评价标准的实用价值。新小说批评家既清楚地意识到“中国人之作小说也，有一大病焉，曰不合情理”[②]，“书中所叙述之事，出于意造可也，而必不能不衷于情理”[③]，又往往在文学实践中体现相当浓厚的自然主义倾向。“文人——妓女”是我国小说创作的一种传统母题，狭邪小说的渊源可以溯自唐传奇[④]，而后的宋元话本和明清章回小说均有该种题材的具体反映，鲁迅《中国小说的历史的变迁》概括妓家小说的三变：“先是溢美，中是近真，临末又溢恶，并且故意夸张，谩骂起来。”[⑤] 也从一个侧面说明言情思潮泛滥的后果。新小说家的恶性煽情，甚至不惜屈就洋场、租界的庸俗趣味，就往往忽视了对市民情趣的必要提炼。对情场男女的刻画，甚至不惜施展窥探的能事，以揭发隐私来射利的存在事实，也只是表明晚清特别

① 黄伯耀：《小说之支配于世界上纯以情理之真趣为观感》，见陈平原、夏晓虹：《二十世纪中国小说理论资料》（第一卷），北京大学出版社1997年版，第242页。

② 管达如：《说小说》，见陈平原、夏晓虹：《二十世纪中国小说理论资料》（第一卷），北京大学出版社1997年版，第401页。

③ 管达如：《说小说》，见陈平原、夏晓虹：《二十世纪中国小说理论资料》（第一卷），北京大学出版社1997年版，第410页。

④ 马积高：《清代学术思想的变迁与文学》，湖南人民出版社2002年版，第372页。唐传奇《游仙窟》记录了初唐文人放荡的狎妓生活，刘勇强认为：“就狭邪题材而言，这是第一次进入小说领域，是具有开拓意义的，而描写的直露大胆，也前无古人。”见刘勇强：《中国古代小说史叙论》，北京大学出版社2007年版，第115页。

⑤ 俞达《青楼梦》里的三十六个妓女，人人风流儒雅；韩子云《海上花列传》里的妓女有好有坏；而至张春帆《九尾龟》，所写妓女全是坏人，狎客亦成无赖。见鲁迅：《中国小说史略》（附录），齐鲁书社1997年版，第382页。

是民初小说家对情理的关系没有认真把握和仔细对待。

奔涌的情爱潮流对裂变社会的传统道德观形成全方位的冲击，新生的情理观念在叙述话语中潜滋暗长，新小说家对社会时弊不加评骘的抖露和无休止的曝光，期间也不乏某些批判者的冷静思考，那就是借诸对社会现象的全面反映来体现他们对人性人情的关注和正视。民初小说家一方面鼓吹自由结婚，高标为矫正传统婚姻积弊的钥匙，一方面又大力宣扬："自由婚之真谛，须根乎道德，依乎规则，乐而不淫，发乎情而止乎义。"① 在情、理之间走钢丝，其本能需求却相对忽视了。晚清的情理之辩，主要是以凸显"情"的功能而获得国人的认同。写情、艳情、苦情、哀情、侠情、痴情……以致发展为民初以"情"标目、拉杂成篇的煽情时尚，"情"的含摄功用符合了文人主体选择的某种需要。激情与破坏同在、推崇跟担忧并存，假定的现实与实际的操作形成戏剧化的冲突，小说既要尊重人性本能的完整，却又无法遏止四处泛滥的情欲叙事，就连当年"小说界革命"的闯将——梁启超亦痛心疾首于民初小说的庸俗趋向，不得不借助果报观念来告诫："公等若犹是好作为妖言以迎合社会，直接坑陷全国青年子弟使堕无间地狱，而间接戕贼吾国性使万劫不复，则天地无私，其必将有以报公等：不报诸其身，必报诸其子孙；不报诸今世，必报诸来世。"② 新小说家喧嚣的情理之说，也只能在广义的情理统一层面上才抓住了事理的本质。俞明震就言："今世言情小说多矣，而诠解'情'字，多未得当。余读南海吴趼人先生所著《恨海》一卷，篇首言情一段，

① 吴双热：《〈孽冤镜〉自序》，见陈平原、夏晓虹：《二十世纪中国小说理论资料》（第一卷），北京大学出版社 1997 年版，第 491 页。

② 梁启超：《告小说家》，见《梁启超全集》（第五册），北京出版社 1999 年版，第 2747～2748 页。

实获我心。”① 这就正面递送了情理的广泛的社会认同基础。异域文学的参照为传统小说的更新提供了活性资源，晚清萌发的“专为下等人写照”的审美趋向，更开拓了情理统一的另一天地。蜕庵设计小说之妙“在取寻常社会上习见习闻、人人能解之事理，淋漓摹写之，而挑逗默化之，故必读者入其境界愈深，然后其受感刺也愈剧”②。平凡的事理，凸显小说关注人性的情感效应，也正是这种切近世俗生活的审美趋向，开启了“五四”新文学的人文潮流。

三、以礼代理：观念的悲剧趋向

陶铸思想、昌明学术，“礼”作为我国的世代相沿的文化传统，时代历史的变迁不断加厚它的理论内蕴。宋儒以来的天理世界，以虚灵空幻为特征：“存天理，灭人欲”，激于俗学的泥腐，由宋至清，反道学成为一股时代潜流，从未间断。木老蠹生，水久腐起，针对王学末流的空疏倾向，学术界存在着一种“以礼代理”的思想潜流。从顾炎武历经汪中、曾国藩再到林纾，他们由“内圣”趋向“外王”，都注重对礼经的考释和维护，倡言以“礼”代“理”，以“礼”救世，有清的中兴名臣曾国藩云：“我朝学者，以顾亭林为宗，《国史·儒林传》褒然冠首，吾读其书，言及礼俗教化，则毅然有守先待后，舍我其谁之志，何其壮也？厥后张蒿庵作《中庸论》及江慎修、戴东原辈尤以礼为先务。而秦尚书蕙田遂纂《五礼通考》举天下、古今、幽明、万事，而一经以礼，可谓体大思精矣。”③ 曾氏倡导“礼学经世”，奉“礼”

① 魏绍昌：《吴趼人研究资料》，上海古籍出版社1980年版，第132页。

② 梁启超等：《小说丛话》，见陈平原、夏晓虹：《二十世纪中国小说理论资料》（第一卷），北京大学出版社1997年版，第83页。

③［清］曾国藩：《曾文正公文集卷三》，见《足本曾文正公全集》（第二集），上海东方文学社1935年版，第59页。

为国家和社会的伦理教化之本。不同的价值取向折射出时代和社会的变迁。林纾《〈剑底鸳鸯〉序》认为："然中外异俗，不以乱始，尚可以礼终。不必踵其事，但存其文可也。"① 依托礼义回归旧道德，"礼"治思想的袍笏登台，实为儒学实践精神复兴的产物。吴趼人提倡旧道德，其《痛史》就体现出回归"发乎情，止乎礼义"的旧式忠贞的努力；包天笑《补过》也具体反映了其对"始乱终弃"传统命题的种种"礼"学反思。"礼"的牵制和鼓荡，新小说家甚至可以自由地改动译文，《毒蛇圈》第九回回评云："后半回妙儿思念瑞福一段文字，为原著所无。窃以为上文写瑞福处处牵念女儿，如此之殷且挚，此处若不略写妙儿之思念父亲，则以'慈'、'孝'两字相衡，未免似有缺点。……特商于译者，插入此段。虽然，原著虽缺此点，而在妙儿当夜，吾知其断不缺此思想也。"② 自觉回归"礼"的规约范围，这就表明在以礼代理思潮的滋润下，新小说家仍难以割舍对雍穆伦常的依恋和向往。

红粉飘零、青衫落拓，短语碎词而迸发思想珠玑，新小说家恪守的情爱心理与社会原则背离，势必导致某些新小说家对人生幻灭意识的探讨。吟梅主人《兰花梦》第六十回"老道士隐语破情关"叙说花史松宝珠的归期，无论宝珠与道士怎样驳议，"无情、有情、情有尽、情无尽"都只能归结为一种"弱草轻尘真是幻，镜花水月色皆空"③ 的空幻，礼治思想的集体震慑滋生残忍意识，新小说家转求以"空"、"无"等佛家观念作为了却尘世的救赎手段，从浮

① 林纾：《〈剑底鸳鸯〉序》，见陈平原、夏晓虹：《二十世纪中国小说理论资料》（第一卷），北京大学出版社 1997 年版，第 292 页。

② 趼廛主人：《〈毒蛇圈〉评语》，见陈平原、夏晓虹：《二十世纪中国小说理论资料》（第一卷），北京大学出版社 1997 年版，第 112 页。

③ 吟梅主人：《中国近代孤本小说精品大系·兰花梦》，内蒙古人民出版社 1998 年版，第 472 页。

生一梦的悲凉中体察到情的虚幻和空无，这就无意中营造了一种萧瑟的文化情境。这种万事归空的结局显然有悖于我国文学传统的大团圆思维，大团圆模式铸就中华民族乐观向上的性格特质，而千篇一律的人为设计却弱化了国人对社会现实的认识深度。觉情世界的开拓，特别是《巴黎茶花女遗事》等译作的问世，西方悲剧观念渐入国土，中西文学交流之中，中学优势犹在，国人仍能获得一定的心理平衡和抚慰，但思想范型已显露出转变的征兆。王国维《红楼梦评论》不无创见："吾国人之精神，世间的也，乐天的也，故代表其精神之戏曲小说，无往而不著此乐天之色彩：始于悲者终于欢，始于离者终于合，始于困者终于亨；非是而欲餍阅者之心，难矣！"①

---

① 《红楼梦评论》，见《王国维遗书》（第五册）之《静安文集》，上海古籍书店 1983 年版，第 49 页。王国维接受叔本华的理念，认为人生解脱是文学的终极目标，进而认为《红楼梦》是一部彻头彻尾的悲剧，它的价值在于"大背于吾国人之精神"，这些论断招致前贤时彦的驳议。如：钱钟书言："盖自叔本华哲学言之，《红楼梦》未能穷理窟而抉道根；而自《红楼梦》小说言之，叔本华空扫万象，敛归一律，尝滴水知大海味，而不屑观海之澜。夫《红楼梦》，佳著也，叔本华哲学，玄谛也；利导则两美可以相得，强合则两贤必至相阨。此非仅《红楼梦》与叔本华哲学为然也。"见钱钟书：《谈艺录》（补订本），中华书局 1984 年版，第 351 页。曹顺庆认为王国维用西方悲剧观来衡量中国文学，得出《红楼梦》迥异于中国文化的结论，是犯了一个绝大的逻辑错误，其中一个重要因素在于"以西方悲剧理论硬套中国文学，而没有恰当地顾及中国文学的独特的异质性"。见曹顺庆：《中国文学理论的世纪转折与建构》，载章培恒等：《中国文学古今演变研究论集二编》，2005 年版，第 218 页。而刘烜《用现代科学方法研究中国文学的奠基人王国维》则云："在中国文学研究的范围内，他第一个用悲剧这个概念，剖析中国长篇小说《红楼梦》。这种新的文学概念的提出，影响了对整个中国文学的研究。"见王瑶主编：《中国文学研究现代化进程》，北京大学出版社 1996 年版，第 58 页。如果秉承求全责备之意，王国维的悲剧学说自有理论初创时期痕迹，以西律中，根据昭然，然就其引领国人思维和认识的新路向，特别是从情理维度切入时代的文学精神而论，其学说仍不失为一种时代的界标。

其后，王国维1905年发表的《论性》、《释理》和1906年撰写的《原命》等哲学专文进一步深化他的情理把握态度。苏曼殊《断鸿零雁记》中的三郎与雪梅、静子，《绛纱记》中的余与五姑，《碎簪记》中的庄湜与莲佩、灵芳，《非梦记》中的海琴与薇香、凤娴，另如李定夷《賈玉怨》中的刘绮斋与史碧霞、史碧箫，运用一男二女的模式，一唱三叹，满纸哀音，揭露封建礼教的残酷与无情，这类作品更是借这一连串的男女爱情悲剧，展示错综复杂的情理矛盾。这就相对消解了明清才子佳人小说二男一女的模式的影响，因为该传统模式很难涉及妇女解放问题，而一男二女的模式设置，将道德约束下的小说人物与创作主体的困惑和迷茫抖露出来，展现泪花情殇的悲凉之雾，“袈裟点点疑樱瓣，半是脂痕半泪痕”① 的哀怨悲情也就成了一种审美观照的范本。这样，将情理的嬗变方式试图放置于“礼”的框架内来把握，成了晚清民初小说创作的普遍趋向，男女的“绝情”、英雄的“忘情”，以及形形色色的情杀、殉情，一连串的生命毁灭来宣示礼（理）的规约，悲情四溅的叙述事实使得悲剧观念逐渐走近了平民大众。

悲剧往往体现为一种人文的自省与检讨，一种对国家与个人存在境遇的沉重拷问，并由此造成灵魂的震撼和精神的崇高。以礼代理思潮之于晚清民初，也落实在“改良礼教”的实践上。新小说家很少像曹雪芹那样始终站在人性的维度，来展示情爱的悲剧心理、道德执著的迷惘，文人的精神炼狱也就赢得了国人的广泛同情。美人香草、柔肝断肠，借男女之情曲喻家国之思，文人的襟抱中包含着相当的现实底蕴，礼的制约和道德辐射也就使当

---

① 苏曼殊：《本事诗》，见《苏曼殊文集》（上），花城出版社1991年版，第20页。

下（特别是晚清）微不多见的情场叙事上演一幕幕人性悲剧，围绕两部《迦因小传》的争议，就是当下人性检讨的具体折射。钟骏文《读〈迦因小传〉两译本书后》判定迦因分属“情界中之天仙”、“情界中之蟊贼”①，不只在于所执译本的差别，更取决于译者和读者的欣赏习惯，这就从侧面反映了“礼”的改良效应。王国维的理论先觉姿态鲜能引发世人的共鸣，只是在王钟麒和吕思勉那里才得到接力和发扬，王钟麒《中国三大家小说论赞》评价《红楼梦》：“海宁王生，常言此书为悲剧之悲剧。于欧西而有作者，则有如仲马父子、谢来、雨苟诸人，皆以美为悲剧，声闻当世；至于头绪之繁，篇幅之富，文章之美，恐尚未有追此书者。”② 在悲剧意识的认同中体现出浓郁的民族自豪感，这对历行千年的“中和之美”观念是一个有力的冲击，显露了中国小说观念近代化进程多色复杂的审美特质。而后鲁迅、胡适等人后先相继，猛烈抨击大团圆的结构模式，至“五四”进一步更新观念，标领喧闹的人性探究潮流。

洗刷历史的尘埃，涓涓细流汇成江河之势，开拓出一道新的观念河床。本能的情感欲求在一定程度上消解了传统道德的制约，“在中国文学中，道德的严肃和艺术的严肃并不截分为二事。这一个优点不是‘文以载道’说所能包括，也不是对于‘文以载道’说的厌恶所能抹煞的”③。“文以载道”说经过历代文人的夯

① 钟骏文：《读〈迦因小传〉两译本书后》，见陈平原、夏晓虹：《二十世纪中国小说理论资料》（第一卷），北京大学出版社 1997 年版，第 249 页。

② 王钟麒：《中国三大家小说论赞》，见陈平原、夏晓虹：《二十世纪中国小说理论资料》（第一卷），北京大学出版社 1997 年版，第 347 页。

③ 朱光潜：《文艺心理学》，生活·读书·新知三联书店 2005 年版，第 92 页。

实，也在误解之中从一定程度上禁锢了人性的自然生长。在批判理性强化的晚清，它受到中西新思潮的猛烈攻击，其去欲存理的观念骨架正逐渐丧失其支撑作用，晚清“载道”的政治小说与民初“弄才”的骈文小说之间的摇摆，也就表明小说情理把握方式的变迁并非整齐划一。1922 年，梁启超将情、理截然分割为二，在观念上明显有些滞后：“须知理性是一件事，情感又是一件事”，“只有情感能变易情感，理性绝对的不能变易情感。”① 这就说明小说情理把握方式的复杂与多向。好歹晚清民初大多数的小说家能够清醒地发觉：“盖欲改革人心，指教以道德，不若陶镕其性情。”② 吕思勉《小说丛话》从情理维度阐述九种小说门类，更不乏认识的独到之处：“他种小说，愈近情理愈妙，此种小说（指神怪小说——笔者），则愈远于情理愈妙。盖愈远于情理，则愈恢奇；愈恢奇则愈善。”③ 以情理嫁接小说的虚构手法，进而打造中国小说观念的近代特征。以曾朴《孽海花》等颇具超前意识的小说，揪住时代风云的脉搏，以非道德化的超越姿态，绘制小说主人公的人性张力，从而展示传统积习不可挽救的衰落。从情理的基点切入生命本体，透视社会的大千人生，灵魂的追寻随着文化语境的转型呈现人本色彩的向度。既存文化精神中固有的人生向度替国人提供内心自省的机遇，小说文类地位的张扬为边缘化的文人找准心灵之舟的港湾，文化转型的阵痛因为感性的超越与理性的强化，形成晚清民初小说的情理统一趋向，生

① 梁启超：《评非宗教同盟》，见《梁启超全集》（第七册），北京出版社 1999 年版，第 3968 页。

② 启明：《小说与社会》，见陈平原、夏晓虹：《二十世纪中国小说理论资料》（第一卷），北京大学出版社 1997 年版，第 482 页。

③ 吕思勉：《小说丛话》，见陈平原、夏晓虹：《二十世纪中国小说理论资料》（第一卷），北京大学出版社 1997 年版，第 453 ~ 454 页。

命本位价值的失落，以及当下社会在情理观念认识中的系列曲解，促使和加速悲剧观念的本土化进程，从而导启“五四”洞察现实、检讨人生的文学理性向度。

第四节 虚实

光明与黑暗的交错与斗争，强化国人铺天盖地的忧患意识，求新求变的近代意识促使新小说家运用冷峻的笔触，描绘吏治腐败、士风日下和民生凋敝的晚清民初的社会大观，他们嘲弄从官场到市井的种种闹剧，展现知识分子身处世网的焦虑和担忧，一代文人的补天热忱和救国理想也呈献于新小说家的笔端，他们在摸索与探讨虚实审美范畴的文学批评实践之中，推动了中国小说观念的近代化进程。

一、虚实范畴和文学思潮

虚实范畴，是一个对立统一的批评存在，它几乎胚胎于文学诞生之日。《论语·泰伯》记录曾参之言：“以能问于不能，以多问于寡；有若无，实若虚，犯而不校——昔者吾友尝从事于斯矣。”①《孟子》卷十三《尽心章句上》亦记述孟子之语：“食而弗爱，豕交之也；爱而不敬，兽畜之也。恭敬者，币之未将者也。恭敬而无实，君子不可虚拘。”② 这些虚实对举，主要是指一种伦理判断。较早进入小说领域的“虚实”一词，可能是干宝的《搜神记》，其卷十五有载：“太守闻之，慨然叹曰：‘天下事真不可知也。’乃表以为：‘蔡仲虽发冢，为鬼神所使，虽欲无发，势

① 杨伯峻：《论语译注》，中华书局1980年版，第80页。

② 杨伯峻：《孟子译注》，中华书局1963年版，第318页。

不得已，宜加宽宥。’诏书报可。太守欲验语虚实，即遣马吏于西界推问李黑，得之，与黑语协。乃致伯文书与佗。佗识其纸，乃是父亡时送箱中文书也。”① 这里的“虚实”是一个偏义复词，是指事情原委的真假界定，仍不是一种文学层面上的意义分析。中国小说观念的演变过程，积累了一系列的文学批评范畴，小说的虚实范畴几乎贯串于小说史的始终。早期的小说被定格为街谈巷语之说，以有益于治国理家为指归，小说之言包含着相当的真实成分，这种立足真实、反映现实的基本现状一直维持到唐代。唐代以前，史乘信实原则的制约，小说家的总体趋向是追求实录，“唐人有意为小说”，意即宣告小说观念虚实范畴的新突破，他们凸显了小说观念的虚构特色。至小说的繁荣的明清两代，小说批评家进一步认识了虚实范畴的要义。谢肇淛《五杂俎》云：“凡为小说及杂剧戏文，须是虚实相半，方为游戏三昧之笔，亦要情景造极而止，不必问其有无也。”② 清人金丰借《说岳全传序》提出了“实者虚之、虚者实之”③ 的命题，这些都标识了虚实范畴认识的时代高度。

借鉴异域，实现传统的新生，新小说家对小说真实的认识，直接关合着他们对写实思潮的理解，而其对虚构范畴的体察和理解，又牵连着幻奇思潮的当下发展。写实主义作为一种文学思潮，起源于法国，它强调以客观公正的文学态度关注社会和体察人生。写实作为一种明确的小说思潮输入我国，应归功于梁启超等人的理论倡导。1902 年梁启超的《论小说与群治之关系》厘定写实派小说和理想派小说的分野，并初步探讨了写实小说的审美

① ［晋］干宝：《搜神记》，中华书局 1979 年版，第 181 页。

② ［明］谢肇淛：《五杂俎》，上海书店出版社 2001 年版，第 313 页。

③ ［清］金丰：《说岳全传》，上海古籍出版社 2000 年版，第 1 页。

意味："欲摹写其情状，而心不能自喻，口不能自宣，笔不能自传。有人焉，和盘拖出，彻底而发露之。"① 梁启超借鉴日本的文化成果，只是道出其表达的方式特征，未作深入的理论挖掘。梁说一出，标领一代风骚。写实主义在中国植根发芽，催生了中国小说观念的近代化进程，它首先从传统章回小说裂缝，又迅速波及短篇小说。林纾曾言："今敬告读者，凡小说家言，若无征实，则稗官不足以供史料；若一味征实，则自有正史可稽。如此离奇之世局，若不借一人为贯串而下，则有目无纲，非稗官体也。"② 在他看来，写实并非意味着对事物影像的全盘照搬。蔚为大观的小说求实理念，在一定程度上强化了新小说家对文学真实的理解。

新小说家对虚构范畴的认知，并不排除他们沿袭传统的小说观念，晋人志怪、唐人传奇，其所营造的夸张迂诞的审美境界，引领了世人对虚幻的初步认知，《西游记》和《聊斋志异》对现实生活的细拟和摹写，又以其超现实的审美追求引发新小说家的效法。不过，新小说家对虚构叙事的看法，还是立足于生活真实的基础之上，借助于其所营构的艺术境界来感染读者。大体而论，新小说家对真实的强调更重于对虚幻的注重。《二十年目睹之怪现状》的第二十六回《干嫂子色笑代承欢　老捕役潜身拿臬使》有评云："壬寅癸卯间，游武昌，曾亲见一典史作剧盗者。观于此臬使，直是每下愈况，可发一噱。此事闻诸蒋无等云。确

① 梁启超：《论小说与群治之关系》，见陈平原、夏晓虹：《二十世纪中国小说理论资料》（第一卷），北京大学出版社 1997 年版，第 51 页。

② 林纾：《晚清小说大系·京华碧血录》（第十四章），广雅出版有限公司（台北）1984 年版，第 32 页，又见《剑腥录》（第三十二章），林薇选注：《林纾选集·小说卷》（下），四川人民出版社 1987 年版，第 108 页。其实，《京华碧血录》初名《剑腥录》。

是当年实事，非虚构者。”① 新小说家极力表白材料的真实性，并非显露他们对虚构的浅薄和无知，倒是其横亘在胸的求实理念，诱使他们不时地实行障眼法，从而最终赢得读者的青睐。② 新小说家几乎是以写史或作传记的手法来经营自己的小说，兹举二端：

(1) 世人作小说，动辄便讲劝惩。我近日亲眼看见一件事，是千真万真的。恐怕诸公不信，我先发一个咒在这里：我如果撒了谎，我的舌头伸了出来，缩不进去；缩了进去，伸不出来。咒发过了，我把亲眼看见的这件事叙了出来，作一回短篇小说。可是这一回小说，只有惩，没有劝的。因为我是记实事，这件实事是如此，我又已经发过咒，不能任意撒谎，阑入劝的意义。③

(2) 余聆其音，慈悲哀愍，遂顶礼受牒，收泪拜辞诸长老，徐徐下山。夹道枯柯，已无宿叶，悲凉境地，惟见樵夫出没，然彼焉知方外之人，亦有难言之恫？此章为吾书发凡，均纪实也。④

---

① 吴趼人：《二十年目睹之怪现状》，见《吴趼人全集》（第一卷），北方文艺出版社 1998 年版，第 204 页。

② 新小说家也喜欢将小说人物跟现实生活的人物比照，来表露他们的真实观。郑逸梅认为《官场现形记》中多真人真事：“该书对封建官僚的昏庸、卑鄙、贪污、残酷，痛加谴责，把他们比做仇人、强盗、畜生，笔触是很尖锐而辛辣的。他所写的多为实事，如第三十八回的《丫姑爷乘龙充快婿》，是影射湖北协统张彪。第四十三回的《八座荒唐起居无节》，那是指张之洞而言。四十四回中提到的太监黑大叔，指的就是李莲英。若细心阅读，更能发掘出许多真人真事来。”见郑逸梅：《书报话旧》，中华书局 2005 年版，第 124 页。

③ 吴趼人：《黑籍冤魂》，见《吴趼人全集》（第七卷），北方文艺出版社 1998 年版，第 18 ~ 19 页。

④ 苏曼殊：《断鸿零雁记》（第一章），见《苏曼殊文集》（上），花城出版社 1991 年版，第 74 页。

"纵使有情还有泪，漫从人海说人天"①，自传体的《断鸿零雁记》，为低徊身世之作，其根据昭然，自不待言，为了使读者信实，连赌咒发誓的手段也用上，新小说家可谓用心良苦。

文学是时代生活的投影。经世致用思潮在清季一度勃兴，混如泥塘的黑暗现实，呼求社会改良和进步。启迪民智、唤醒国民，文学由"庙堂"向民间下移的创作实践中，小说理所当然地负载起思想启蒙和文学救国的重任。西方文艺思潮敲开了封建文化的坚壳，引发一系列的躁动和变革。梁启超等人以政治功利为指归，发掘到小说的巨大教育作用，竭力提升小说的文学地位。黄人、徐念慈、吴趼人和李伯元等人，或从理论上阐释，或落脚于具体实践，标注生活阅历，谛察社会现实。虞渊落日的凄迷时代、棋局将残的忧患意识，种种"怪现状"②演绎和解说着乱世风情。从城市到乡村，由国内及国外，官僚、买办、商人、贫农、洋场才子、妓女……都鲜活地展现在世人眼前。文明与陋习共存、激情和堕落同在，烟与火、血与泪、抗争与灾难，一幕幕在神州大地上演。小说真实意即再现当下的浮世绘，它引发国人的深度思考，去关注当下的现实人生。这适如王德威所言："晚清谴责小说有系统地贬黜社会审美规矩，混淆价值系统，并张扬小人当道的必然；它创造出一个丑怪奇异的世界，为中国古典小

① 苏曼殊：《海上》，见《苏曼殊文集》（上），花城出版社1991年版，第59页。

② 晚清民初小说中以"怪现状"为题的至少有：1903年吴趼人的《二十年目睹之怪现状》、1908年冷眼旁观人的《新旧社会之怪现状》、1909年吴趼人的《近十年之怪现状》（即《最近社会龌龊史》）、1909年局外闲人的《警察怪现状》、1911年陆士谔的《官场怪现状》和《龙华会怪现状》。据简夷之的统计，吴趼人的《二十年目睹之怪现状》全书所记的"怪现状"，就达189件，见《二十年目睹之怪现状》之《前言》，人民文学出版社1959年版，第8页。

说所未有。这一丑怪的表述所瞄准的目标，与其说是恐惧，不如说是笑声。"① 依王氏所言，丑怪的社会真实就是以戏谑的手段展示动荡社会的种种闹剧，浮光掠影，不及实质，缺少对社会现实的深层挖掘，这就给刚刚获得主流话语权力的小说提供了另一价值向度选择的困惑：固守"文以载道"经典规范，抑或秉承调侃戏弄的杂耍宗旨？

小说真实并不只意味着谴责，它破中有立。"谴责小说"与小说的文学真实存在诸多的芥蒂，对生活真实的直接援用或否定性夸大，并非就达到了艺术真实。鲁迅"辞气浮露、笔无藏锋"的断语，就是揪住了晚清小说的浓郁的价值判断特征，文学真实应该是其一个重要的参照。1922 年吴宓《论写实小说之流弊》一针见血地指出："吾国之新文学家，其持论常以写实小说为小说中之上乘、之极轨，而不分别优劣，并言利弊，惟尊写实小说而压倒一切，其余悉予摈弃。"② 小说写实观念如同当下的社会，仓促输入和不加检讨地采撷，不免带着几分稚嫩和混沌。但其"强调社会生活以及反对才子佳人倾向"，"有意无意的为革命起了或多或少的作用，无一不导中国走向新的道路，获得更进一步的发展"③。暴露丑恶、扬播风雷，求实的小说观念，如同精神的大纛，促使新小说家扛起关注人生、文学救国的历史使命。相对而言，小说"虚"范畴的境遇就呈现一种矛盾的演进状态，晚清民初盛行的社会小说、家庭小说对真实的追求自不必言，就是侦探小说、政治小说、理想小说、科幻小说等小说种类所包孕的虚构

① ［美］王德威：《被压抑的现代性：晚清小说新论》，北京大学出版社 2005 年版，第 274 页。

② 吴宓：《论写实小说之流弊》，见严家炎：《二十世纪中国小说理论资料》（第二卷），北京大学出版社 1997 年版，第 286 页。

③ 阿英：《晚清小说史》，人民文学出版社 1980 年版，第 7 页。

成分，新小说家何尝又不将其视为另一种想象的真实。

二、虚实范畴和文体追求

文学改良切合思想启蒙而动，晚清民初小说的巨大创获，从小说的真实观念上突破，是其一个重要的方面。晚清小说的强势话语姿态，引领了文体的写实风范。从内容到形式，重新对文学的表现功能进行厘定。严复、夏曾佑《〈国闻报〉附印说部缘起》在参核国史和小说的传播时申论："言日习之事者易传，而言不习之事者不易传。"侧重平凡的世俗人情，来推崇小说的写实艺术，他们束文时则着意区分"人身所作之史"和"人心所作之史"①，力图澄清历史叙事跟小说虚构的畛域。梁启超等人的小说报刊，又使这一理论成为现实。晚清民初报刊和西方传教士的几次征文，条陈事实，力举鸦片、时文和缠足的祸害，又凸显了小说的教化作用。新小说家秉承天地良心，为百姓疾苦奔走呼号，特别是林纾的小说翻译伟绩，引领了专为下等人写照的风潮，这又扩大了小说真实的审美领域。晚清民初的报刊的稿费制度和快捷的发行机制，刺激甚至是诱惑他们去连缀话语，以图生计。也因为此，对社会真实就缺少了必要的提炼，这种窘境和无奈，往往损伤了小说创作的艺术魅力。

小说的虚实范畴涉及审美主客体的关系，新小说家立足于社会生活，遵循当下社会的宏大指向或美的规律来再造想象，物化的现实就展示了新小说家对虚实的不同诠释。梁启超标领的"新民体"、"政治小说"，竭力鼓吹俗语文学的社会功用。某些新小说家对《红楼梦》和《儒林外史》等小说经典的心仪和效仿，以

---

① 严复、夏曾佑:《〈国闻报〉附印说部缘起》，见陈平原、夏晓虹:《二十世纪中国小说理论资料》(第一卷)，北京大学出版社1997年版，第26、27页。

致运用白话文写作就成为其"无意识"的自觉。小说的求真观念切合了白话文运动的要求，白话文的呼声也使写实观念扩大了传播范围，二者相辅相成。正是基于对国事阽危的担忧，新小说家借助小说的巨大传媒效应，达到新民救国的目的。要启迪新知，文学指向就必须下移，语言要求通俗。新小说家面临着二难选择：趋俗还是慕雅？这一死结一直延续到"五四"小说界，胡适对《海上花列传》和《老残游记》的推许，特别是其《白话文学史》的遴选原则，又在一阵叫喊声中让这种求真观念成为经典性的阐述。

虚构创意是文人心境的折射，新小说家在对现实生活充分挖掘的基础上，强化小说固有的虚构能事，就是突出了生活真实和艺术真实相得益彰的审美效果。狄葆贤概括小说性质为五种对待，虚实即其一种，"文之至实者莫如小说，文之至虚者亦莫如小说。"① 从总体上凸显了小说虚实范畴，正因如此，小说就不必以实现"有限之境"② 为满足，其最终目的是指向"他界"，从而营造虚幻之境。"小说者，实举想也、梦也、讲也、剧也、画也，合一炉而冶之者也。"③小说正是在审美创造的主客体转换中实现了虚实的统一。黄伯耀比较群书与小说的差别后断论："群书涉于虚，不如小说征诸实；群书涉于迹，不如小说会诸神；群书纯用直笔，小说则转折回环，其寄意也曲而深；群书多用简文，小说则触类引申，其取义也隐而现。"④ 小说切近情理，获得

---

①③　狄葆贤：《论文学上小说之位置》，见陈平原、夏晓虹：《二十世纪中国小说理论资料》（第一卷），北京大学出版社 1997 年版，第 81 页。

②　狄葆贤所论的"有限之境"主要指现实生活，"他界"主要指理想境界。

④　黄伯耀：《小说之支配于世界上纯以情理真趣为观感》，见陈平原、夏晓虹：《二十世纪中国小说理论资料》（第一卷），北京大学出版社 1997 年版，第 242 页。

了审美创造的精神愉悦，这样，小说在生活逻辑的框架内实现人物性格的塑造，也较好地揭示了社会生活的重大命题。

小说虚实范畴的复杂性最能见之于历史演义的题材与文本的对待上，尊史贱稗观念，在我国文学史上根深蒂固、影响久远，这在历史演义中尤为突出，对虚实的认知，最初显露为文人素难排解的文史纠缠。晚清的几大小说报刊都在编排上予以关注，《新小说》和《月月小说》杂志中，历史小说位列第一栏的布局就是一个无言的指示符号。为了忠实于史实，不少新小说家压抑了个性，显得过分拘泥和矜持。“作小说难，作历史小说尤难；作历史小说，而欲不失历史之真相尤难；作历史小说不失其真相，而欲其有趣味，尤难之又难。”① 慕史原则的设定，客观上提供了小说的写作规范，但是这种潜在写作指向，常常造成作者无力全面把握历史事件。它表面看似允符历史原貌，却又背离了小说艺术演变的主河道。好歹，1912 年管达如言：“小说之作，所以发表理想。叙述历史，本非正旨。然一事实之详细情形，史家往往以格于文体故，不能备载，即载之亦终不能如小说之详；苟得身历其事者，本所闻见，著为一书，则不特情景逼真，在文学上易成佳构，并可作野史读矣。”② 认可历史演义的社会功用，又能自我发扬。新小说家对当下社会的关注，催生了一系列“时事小说”。这种对逝去事件的回放和追忆，时时考验新小说家驾驭题材的能力。为了讲清原委，以资稽考，小说中的借镜成分显得十分单薄。动辄以小说材料的可信度去衡量和评价其价值，小说题材的增删调整、张扬润饰就成了一纸空文。文学革命提升了小

① 吴趼人：《两晋演义》（第一回），见《吴趼人全集》（第四卷），北方文艺出版社 1998 年版，第 264 页。

② 管达如：《说小说》，见陈平原、夏晓虹：《二十世纪中国小说理论资料》（第一卷），北京大学出版社 1997 年版，第 401 页。

说的地位，但是小说在由边缘趋向中心的过程中，受制传统的慕史倾向，自我身份又变得有些模糊。若放弃另寻他路，转就娱乐取向，又不得不在一定程度上承认小说的亚文化地位。“留心损益”成为新小说家假借传统的一种观念趋向，其本身就损害了小说的文本价值。何去何从，折射出虚实范畴本身理论的复杂性和实践的脆弱，这些困惑和焦虑呼求“五四”文学革命的曙光。

三、阅读期待和虚实相生

小说虚实范畴紧密关联着小说作者创作期待和读者的阅读效果，阅读行为的本身，就是读者与作者（包括评点者）的心灵对话。读者穿梭和出入于作者、作品、评点者之间，徜徉于作者、评点者和读者自我携手寻幽探妙的艺术境界。读者在对历史和当代事件的体察中，感悟小说启智与悦情的社会效能，更加洞彻社会的众生相。读者的阅读期待，直接左右他们对小说的消化和吸收。1903 年夏曾佑《小说原理》就点明小说是最“不费心思”的娱乐，读者坐拥书本，“一榻之上，一灯之下，茶具前陈，杯酒未罄，而天地间之君子、小人、鬼神、花鸟，杂遝而过吾之目，真可谓取之不费，用之不匮者矣”①。小说展示了丰富多彩的社会生活，扩充了读者的审美视阈。针对读者的阅读视野，曾朴极力厘定小说与历史的界限：“余作《孽海花》第一册既竟，岳父沈梅孙见之，因内容俱系先辈及友人佚事，恐余开罪亲友，乃藏之不允出版，但余因此乃余心血之结晶，不甘使之埋没，乃乘隙偷出印行……至于《孽海花》之内容，诚如林琴南在《红礁画桨录》序上所说：‘《孽海花》非小说也，乃三十年之历史也。’惟小说着笔

① 夏曾佑：《小说原理》，见陈平原、夏晓虹：《二十世纪中国小说理论资料》（第一卷），北京大学出版社 1997 年版，第 75 页。

时，虽不免有相当对象，然遽认为信史，斤斤相待，则太不了解文艺作品为何物矣。"① 熔铸作者笔端的文字，展现了信史和文学的双重色彩，也折射出新小说家几近矛盾的虚实观。

弃貌取神、化腐为奇，虚实相生的艺术境界就是一种艺术真实。即使标榜"编为小说、公诸世人"时事写实的《春阿氏》，也"谨识"："此书虽系实事，然既演为小说，当认作小说体例观，莫以当时实事，偶有出入时，责备编者。"② 吕思勉更深谙此道："写实主义者，事本实有，不借虚构，笔之于书，以传其真，或略加以润饰考订，遂成绝妙之小说者也。小说为美的制作，义主创造，不尚传述。然所谓制作云者，不过以天然之美的现象，未能尽符吾人之美的欲望，因而选择之，变化之，去其不美之部分，而增益之以他之美点，以成一纯美之物耳。夫天然之物，尽合乎吾人之美感者，固属甚鲜，然亦不能谓为绝无，且有时转为意造之境所不能到者。苟有此等现象，则吾人但能记述抄录之，而亦足成为美的制作矣。"③ 晚清民初的特定文化语境，加剧了新小说家模拟社会生活表象的真实，他们甚至不惜用夸张的手法来达到一种假造的真实效果。异域的风土人情，伴和着其陌生而新奇的叙事模式，给清季文坛刮进一丝清新的空气。国人在对异质文明的追索和向往中，阅读定势发生迁移。一些清醒的小说理论家，如王国维、徐念慈，他们在全面检讨中西小说的艺术成就后，不满于梁启超等人对中国传统小说的斥逐态度，客观地认可

---

① 《东亚访问记》，见魏绍昌：《孽海花资料》（增订本），上海古籍出版社 1982 年版，第 142 页。

② 冷佛：《中国近代孤本小说精品大系·春阿氏》，内蒙古人民出版社 1998 年版，第 5 页。

③ 吕思勉：《小说丛话》，见陈平原、夏晓虹：《二十世纪中国小说理论资料》（第一卷），北京大学出版社 1997 年版，第 445 页。

传统小说的艺术魅力。曼殊曾说："小说者，'今社会'之见本也。无论何种小说，其思想总不能出当时社会之范围。"① 小说真实凸显对当下社会情态的刻摹。曼殊有感而发，坚决捍卫中国小说传统，在一定程度上澄清小说研究领域中的模糊认识。正因如此，古典小说才得以返朴归真，提升艺术品格："吾国之小说，莫奇于《红楼梦》，可谓之政治小说，可谓之伦理小说，可谓之社会小说，可谓之哲学小说、道德小说。"② 用真实观念审视，中国传统小说魅力自显。洪兴全《〈中东大战演义〉自序》"虚则作实之，实则作虚之"③ 的审美理念，就是对等读者的审美需求营造艺术真实的具体反映。

新小说家部分是出于创作主体自觉，著、译者往往喜欢文后自评。评点话语不乏对小说艺术的精辟论述，但其中假评点之名，行偷渡政治观念和自我情趣之实，亦不在少数。这种强烈的主观判断和自我情感泼洒，牵制了读者的阅读效应。李伯元《活地狱》第三十五回评云："此系实事，著者耳熟能详，故能言之有物。"④ 着意小说细节的逼真。其《活地狱》第四十一回评亦载："辛大头栽赃，鲁老大诬服，皆寻常事也，一经作者曲曲传出，便觉有神。"⑤ 将平常事实涉诸笔下，去腐创新，表现了小说

---

① 梁启超等：《小说丛话》，见陈平原、夏晓虹：《二十世纪中国小说理论资料》（第一卷），北京大学出版社 1997 年版，第 95 页。

② 梁启超等：《小说丛话》，见陈平原、夏晓虹：《二十世纪中国小说理论资料》（第一卷），北京大学出版社 1997 年版，第 89 页。

③ 洪兴全：《中国近代珍稀本小说·中东大战演义》，春风文艺出版社 1997 年版，第 438 页。

④ 李伯元：《活地狱》，见《李伯元全集》（第三册），江苏古籍出版社 1997 年版，第 195 页。

⑤ 李伯元：《活地狱》，见《李伯元全集》（第三册），江苏古籍出版社 1997 年版，第 229 页。

评点清醒的求真意识。刘鹗《老残游记》的文后自评，字里行间不乏对才情识见的自得和自诩。其在引导读者沉浸于乱世悲歌、痛斥腐败吏治之际，又不时倾洒自我实业救国的文侠风范。求真观念成了小说家针砭现实、教化新民的思想武器。清季职业小说家的出现，打破了昔日文人集毕生心血、澄涤经验、教化国人的常规。他们著书为稻粱谋，有时考虑到小说的阅读视野，不得不迁就读者的娱乐需求，局部改变了一统天下的道德说教模式。

梁启超标领的“小说革命”强化了小说和社会的联系，局部突破“劝惩说”的封闭性，引领读者走向真实的人生。政治小说侧重于鼓荡思想、阐发政见，与小说写实观念自有鸿沟，而其政见又往往基于相关事实加以申说，从而染带一定的写实成分。晚清政治小说家的激进态度，多造成议论过于浓厚的现状，甚或沦为政治学论文，严重影响了读者的审美需求。而《绣像小说》等杂志能清醒地体察报刊的读者情趣，在发泄对当权政府的不满情绪之时，又适度考虑和平衡国人政治需求以外的向度，去迎合部分市民的娱乐需要。吴趼人《〈两晋演义〉序》言：“寓教育于闲谈，使读者于消闲遣兴之中，仍可获益于消遣之际，如是者其为历史小说乎！”① 强调小说在保持艺术真实的前提下，不失时机地提升其移情效应。据徐念慈的统计，报刊小说的销量，侦探、艳情、社会三类小说高居榜首，折射出国人的审美情趣嬗变。其在探究著作小说和翻译小说的分野时，曾申论道：“摹写今日家庭之状态，社会之现象，以为此固吾人耳熟能详者。”② 写世俗风情、关注社会之作，在读者群中引发的审美感受最为亲切。晚清

① 吴趼人：《〈两晋演义〉序》，见《吴趼人全集》（第四卷），1998年版，第258页。

② 徐念慈：《余之小说观》，见陈平原、夏晓虹：《二十世纪中国小说理论资料》（第一卷），北京大学出版社1997年版，第333页。

民初小说拟书场格局的淡化，使得战争演义、社会进化之类的历史新戏获就革命新质，读者在真实的表象下去考察小说的成就，相对忽视了对小说本身的艺术探究。特别是新小说为体、报刊为用的发行机制，客观造成了众多叙事话柄的存在。就话柄本身而言，它扩充了小说反映社会的容量，而这种彼此关联不大的重复叙事机制，又削弱了新小说的艺术真实。作者模拟现实来传播思想，读者对这种叙事模式又往往习见不察，抑或厌弃，造成文学创作和消费的二律背反。

探讨虚实范畴，有助于揭示和理解小说的文学本质。林纾运用桐城古法翻译西方小说，胡适对中国古典诗歌的写实主义解读，折射出写实观念的文学生机。1918 年，周作人《人的文学》为写实观念注入新的特质，而后“五四”时期盛行的“问题小说”又对这一文学思潮添加鲜明的时代因子。对小说的虚实观念的当下解读，造就晚清文坛浓厚的文体革命色彩，它颠覆历行千年的诗文一统天下的文学格局，促成了小说的主宰者的社会角色，从而缔造一种新的解读机制。小说虚实观念的理性把握方式，突破了传统文学寄情山水的思维定式，高扬了忧国新民的时代担当意识。深沉的忧患意识、普遍的文体关注，以及其海纳百川的文学胸襟，使得小说的文体变迁成为一个响亮的历史符号。但对小说虚实范畴某一侧面的片面推崇和全盘接受，又滋生一系列认识误区。如果专事“窥探”能事，则坠入“黑幕”一流。时刻固守求真与纪虚的畛域，定于一尊而不及其余，不敢做跨类思考和尝试，又会损伤了小说的艺术成就，滞阻了小说的文体独立进程。起步的仓促，使得多数新小说家还来不及打点和审视就匆匆上路。历史的重负、现实的选择，促成中国小说观念的近代化进程，步履艰难，在困难中挣扎，在挣扎中前进！

小 结

代有升降、各极其变，文学是时代的镜子，中国小说观念之批评范畴的时代嬗变，展示着时代和文化选择的巨大威力。正如不同的术语表达同一意思，同一词语可能具有不同的含义，中国小说观念之批评范畴是一个对立统一的理论体系，具有丰富的意义指涉，它们反映了新小说家近代意义上鲜明的思维方式和审美趋向。“境界”作为一种文学批评范畴，糅合不同的文体特质，在诗词、小说和戏曲领域各有其独特的含义。从金圣叹到王国维，他们立足于时代的制高点，文人心态和时代空气同谋共构，内孕成“境界说”丰厚的理论含义。近代学人的理论先觉意识，感应着西方文论的宝贵遗产，像康德的“审美意象”说，叔本华的“审美静观方式”说，从而添加了“境界”说中西文化交流的因子。特别是梁启超的《论小说与群治之关系》、王国维的《人间词话》和林纾的《春觉斋论文》①，其所标举的“境界”，体现了中国近代文论开放和兼容的文学特征。新小说家的理论建树，折射出中国古代文论近现代转换的历史趋向。新小说家对小说观念各范畴的研讨，引发晚清民初小说批评沸沸扬扬的群体参与场景，就带有浓郁的理论自觉况味。

以痛哭流涕之笔，写嬉笑怒骂之文，新小说家直面民族危殆的时局，回荡着慷慨激昂的时代铎音。“雅俗之辩”从某种意义

① 《春觉斋论文·应知八则》言：“故主理之说，实行文之所不能外。凡无意之文，即是无理。无意与理，文中安得有境界？”不过林纾主要就散文而论，对中国小说观念仍不失为一种启发，见［清］刘大櫆、吴德旋、林纾：《论文偶记·初月楼古文绪论·春觉斋论文》，人民文学出版社 1998 年版，第 74 页。

上说，源出儒家的情理说教，社会主流意识与大众审美需求的疏离与对抗，形成教化与娱乐两种取向的分野。新小说家的精神气质和当下的时代风尚制约着雅俗、情理和虚实范畴的文学品格，晚清民初小说的过渡性质正是在时代对文学和文学自身的更新中而行的，特定的文化语境改变了雅俗之辩、情理之说和虚实之论的驳议范围；大体而论，在中国小说观念近代化进程中，新小说家对境界、雅俗、情理和虚实各范畴的认识日趋成熟和明朗，向俗、重情、尚虚的成分不断加浓，对他境界或无限之境的探讨也不断加重，期间虽不免会有某些反复或回落，而总的倾向是强化了各自对小说文体规律的感悟和把捉。小说在传统文化背景下，通常带有俗文学的色彩或者就被归属于俗文学的领域，中国小说观念近代化进程中的各种范畴演变，由小说与他种文类的关系转移到小说内部，并由言语之分过渡到批评主体的差别，这一局面的形成，突破了过去定小说于俚俗一隅的观念偏见，也更新了古代传统文化积习，展现了小说的主流文学姿态。因此，对中国小说观念之批评范畴的意义空间作客观的分析，可以发掘新小说家的主体精神和价值取向，从而揭示中国小说观念之范畴的复杂历史文化内蕴，更加准确地把捉中国小说观念的转型特征。

第五章　晚清民初小说的批评功能

功能通常指事物或方法所发挥的有利的作用，亦指效能。①作为世人认识和反映现实的一种手段，小说观念主要是以精神武器的形式，来影响小说文体本身及其社会意识，从而对社会生活起潜移默化的作用，最终影响世人的精神世界和社会生活的发展。文以载道、劝惩教化、增识广智、悦情遣性，晚清民初小说的批评功能是一个延续发展的系统整体，它们相互渗透，共同推进了中国小说观念的近代化进程。晚清民初小说的批评功能直接关合着历代小说批评家对小说这一文体的认识态度，新小说家对小说观念之批评功能的考索，显示了中国文学批评的近世风貌，也成为新小说家弘扬主体意识的突出表现。

第一节　晚清民初小说的慕史功能

中国小说的慕史观念②是一个根深蒂固且又复杂繁琐的文学

① 《现代汉语词典》，商务印书馆 1995 年版，第 382 页。

② 本节参考了赵毅衡《苦恼的叙述者》的部分内容，见赵著，北京十月文艺出版社 1994 年版，特此致谢。

命题。小道可观的实用价值理性，限定了小说长期依附于史乘藩篱的存在形态：在史传的夹缝中挣扎，求得自我文体的生存和发展。小说胚胎于史传的历史形貌，严重影响到小说观念的文体独立进程。小说的慕史观念，是一种无奈的追寻和选择，它既是小说作茧自缚的文学理念，又是其冲出围城赢得文体独立的手段和希望。晚清以来的文化转型，在文体的递嬗兴替中，裹挟起丰厚的文学革命色彩，给晚清民初小说的批评功能树立了崭新的审美风范。

一、尊史贱稗和文体提升

诸子百家，可观者九家，小说更在九家之外，尊史贱稗观念是一种由来已久的社会判断，也是小说发展史上的思维惰性，史贵于文的文化系统影响到传统文人的慕史观念积习。小说的慕史观念肇始于唐人刘知几，其史学家的社会身份，决定了他“言必实录”的小说批评眼光，偏记小说，自成一家，客观上为后世的小说批评树立了一种循规蹈法的“史之余”范式，而后的小说批评受制于史学的桎梏，从此开始了艰难的跋涉。明人冯梦龙在“史统散而小说兴”① 的背景下，开始他“六经国史之外，凡著述皆小说”② 的杂文学追求，竭力克绍“小说者，正史之余”③ 的定规。慕史，成为当下文人的创作指归，也往往被视为一种提升小说地位的必要手段。古代小说评点家对史乘的谄媚和推崇，

① ［明］冯梦龙：《古今小说序》，见《古今小说》，古本小说集成本，上海古籍出版社 1991 年版，第 1 页。

② ［明］冯梦龙：《醒世恒言叙》，见《醒世恒言》，古本小说集成本，上海古籍出版社 1991 年版，第 1 页。

③ ［明］笑花主人：《今古奇观序》，见丁锡根：《中国历代小说序跋集》，人民文学出版社 1996 年版，第 792 页。

又客观加深了这一依附的趋势。无论是金圣叹的“才子文心”，还是张竹坡的“借海扬波”和脂砚斋的“以情度人”，其慕史的痕迹班班可考，模拟历史的演义小说，更是自不待言。张竹坡《金瓶梅读法·五十三》云：“凡人谓《金瓶》是淫书者，想必伊止知看其淫处也，若我看此书，纯是一部史公文字。”① 依山点石，借对正史的比附，来廓清世人的心理错觉，一新世人耳目，亦宣示了其“奇书说”的价值判断。明代的“四大奇书”，有三部源出史家传统，就客观说明了小说慕史观念的广度和深度。蒋大器《三国志通俗演义序》云：“事纪其实，亦庶几乎史，盖欲读诵者，人人得而知之。”② 传统的文学观受制于史学观的牵连，其多以史学的眼光来清理和打量文学现象，史学往往以一种以尊临贱式的态度来束缚文学批评，由班固迄至清季，小说多被视为史乘的附庸。顾炎武曾引钱氏语表明自己的传统士大夫立场，其云：

> 古有儒、释、道三教，自明以来，又多一教，曰小说。小说演义之书，士大夫、农工、商贾无不习闻之，以至儿童妇女不识字者亦皆闻而如见之，是其教较之儒、释、道而更广也。儒、道犹劝人以善，小说专导人以恶，奸邪淫盗之事，儒、释、道书所不忍斥言者，彼必尽相穷形，津津乐道。以杀人为好汉，以渔色为风流，丧心病狂，无所忌惮。子弟之逸居无教者多矣，又有此等书以诱之，曷怪其近于禽兽乎！③

---

① ［明］兰陵笑笑生著、［清］张道深评：《金瓶梅》，齐鲁书社 1991 年版，第 42 页。

② ［明］蒋大器：《三国志通俗演义序》，见丁锡根：《中国历代小说序跋集》，人民文学出版社 1996 年版，第 887 页。

③ ［清］顾炎武著、［清］黄汝成集释：《日知录集释》卷十三《重厚》，上海古籍出版社 1984 年版，第 20 页。

在小说评点蔚成大国的明清易代之际，顾氏此论，足可折射出封建士大夫排斥小说的普遍心态。

稗官之要、野史之宗，小说以羽翼信史为圭臬，慕史观念即是明清小说的一种普泛的文学理念。在外国学者看来，历史演义堪称汉族的英雄史诗："中国的史诗传统，整个说来与其他许多民族的史诗不同，理性主义的历史观是它的一大特色，即力图极其准确地记录真实历史事件的外部进程。"① 在理性史观的检讨下，《三国演义》被视为英雄史诗，也就不足为奇了。从另一侧面考察，小说家对文本潜藏的抵触心态又强化了其慕史的可能，刘鹗在《老残游记》自评中就声明其"可资正史"的创作理念："野史者，补正史之缺也。名可托诸子虚，事须征诸实在。"② 钱钟书一语道破这种现象的心理底因："明清评点章回小说者，动以盲左、腐迁笔法相许，学士哂之，哂之诚是也，因其欲增稗史声价而攀援正史也。然其颇悟正史稗史之意匠经营，同贯共规，泯町畦而通骑驿，则亦何可厚非哉。"③ 史乘显贵的社会地位存在着无穷的诱惑，它给小说及其批评提供了一种可供操作的评价体系和批评指标。1906 年吴趼人《历史小说总序》仍是牢笼自我的创作宗旨："使今日读小说者，明日读正史，如见故人，昨日读正史而不得人者，今日读小说身亲其境。"④ 小说之于正史，相得益彰、共致崇高，晚清民初小说所采用的通俗直白语言，也在一定程度上迎合和弥补了下层平民阅读正史的选择。

---

① ［俄］李福清：《三国演义与民间文学传统》，上海古籍出版社 1997 年版，第 11 页。

② 刘鹗：《老残游记》，浙江古籍出版社 1997 年版，第 203 页。

③ 钱钟书：《管锥编》（第一册），中华书局 1979 年版，第 166 页。

④ 吴趼人：《历史小说总序》，见《吴趼人全集》（第八卷），北方文艺出版社 1998 年版，第 201 页。

史乘以尊临贱的打量眼光，束缚和阻扼着小说批评的开拓精神。唯史是尊，客观上造成小说家的自卑心理，文人以从事“末技”而自惭形秽。尴尬的社会身份和错位的批评心态，长期滞阻了小说理论的正常发展，文人以投靠史乘的怀抱来换取自身的尊严和发展。相对于中国的抒情传统而言，叙事谱系明显有几分简单和落后。小说之于史学，不只是静止地循规蹈步，亦有一定程度的推陈出新。卷帙浩繁的史料是小说创作的丰富源泉，晚清的历史系列小说，就表明这一存在的必然。《文明小史》、《痛史》、《最近社会龌龊史》等篇目的设置，并非只是李伯元、吴趼人两位职业小说家的偶尔兴致，这是其接踵小说的慕史传统具体而微的表现。小说从“小道”卑体趋向文学正宗的进路中，单纯依靠自身的打拼，无法彻底扭转人们的思维积习；攀附正史，以自张目，它允符了小说文体的独立进程。明人甄伟《西汉通俗演义序》言：“既而缘史以求义，终而博物以通志，则资读适意，较之稗官小说，此书未必无小补也。若谓字字句句与史尽合，则此书又不必作矣。”① 在史传谱系外别张一军，吐露了文体独立的美好愿望。时至近代，学风丕变，特别是晚清小说思潮中的“雅化”趋势，出现了创作上的议论化倾向，小说批评呈现一种不安陈规的探索精神。文人对小说的虚实特性显示了时代的进步，洪兴全《中东大战演义自序》言：“从来创说者，事贵出乎实，不宜尽出于虚，亦不可无者也。苟事事皆实，则必出于平庸，无以动诙谐者一时之听。苟事事皆虚，则必过于诞妄，无以服稽古者之心。”② 不再一味地亦步亦趋史乘，反而张扬了小说的文体特

① ［明］甄伟：《西汉通俗演义序》，见丁锡根：《中国历代小说序跋集》，人民文学出版社 1996 年版，第 878～879 页。

② 洪兴全：《中国近代珍稀本小说·中东大战演义》，春风文艺出版社 1997 年版，第 437 页。

质。小说地位的提升，部分改变了世人视小说为闲书的观念积习，初步改善了小说的生存环境。晚清的小说批评家，像邱炜萲之辈，对金圣叹等批评大家不遗余力的推崇，就隐含着文人身份的自我体认，凸显了小说批评的主体参与意识，透露出中国小说观念近代化进程的具体信息。

晚清民初的时代变迁和社会动荡，刺激了“时事小说”的产生，它们在一定程度上又张扬了小说的慕史心态。① 立足于历史事实的客观叙述，作者的再创空间备受压抑，事件的真实和创作主体的内敛，形成一种奇怪而又实在的文学创作模式。小说的艺术原质被抽空，填塞的叙事话柄又严重损伤了读者的阅读效应，时时拷问着新小说家驾驭题材的能力，或追求对事实的全真模拟，或是侧重主体的再创和审美，时事小说的创作通常是偏向前者。为了讲清原委，以资稽考，动辄以小说题材的可信度去衡量和评定，稀释了小说创作的想象魅力，小说题材的增删调整、人物形象的张扬润饰，就丧失了足够的生存空间。小说自身的禁锢和封闭，使得文体独立进程又显得迷离和艰难。难怪光绪时人樊寿岩有感而发：“书之奇也，不在文，事之实也，不专词。”② 小说慕史观念，不只是对史乘“词文”的照搬和图解，它应是基于现实生活的创造和再现，是一个去腐创新的突围过程。

二、实录原则和写实追求

历史的车轮滚滚向前，思想的解放要求小说批评观念的更新，异域文化的输入，加速了中国小说观念的近代化进程。新小

① 欧阳健的《历史小说史》就将“时事小说”归于历史小说，浙江古籍出版社 2003 年版，第 227 ~ 228 页。

② ［清］樊寿岩：《永庆升平序》，见郭广瑞：《永庆升平全传》，北京师范大学出版社 1993 年版，第 4 页。

说家持一种重政治功利轻文学价值的眼光来打量小说，视其为启迪民智的警钟木铎，片面地把小说推向文学的极致。史乘“以人系事”的编撰体例，在结构上给小说提供了叙事的样板，但晚清窳败的社会现实，无法给新小说家提供足够的发挥才识的舞台。新小说家不甘于屈服于史学单向叙事的门路，更多地关注共时状态下的复合叙事，回归体察普通人生之路。新小说立足于世俗人情的维度，突破慕史的既定途辙，来把捉寻常家庭的生活场景，质问小说文体的当下存在现状。写实的小说观念在中国生根发芽，得缘于梁启超、林纾等人的鼓吹。林纾对西方长篇小说的孜孜耕耘，打开了一扇眺望西方文明的窗口，给当下和“五四”的新文学家提供了足可借鉴的范本。我国传统小说的章回结构和大团圆的结局模式，就是在其译作《巴黎茶花女遗事》发表以后，逐渐被打破和解构的，这就从小说的形式和表现手法上对慕史观念提出了革命的要求。更有一班职业小说家不懈努力，用夸张和讽刺的笔触来反映行将腐朽王朝的浮世绘。写实观念蕴涵的求真理念在一定程度上冲击了慕史功能的生存空间，随着晚清小说家对写实理论的娴熟运用，它给慕史功能传统带来一场暴风骤雨式的革命。

韩子云《海上花列传·例言》强调小说“如见其人，如闻其声”① 的艺术效应，同时也阐明了深味作者旨趣的重要性：“所载人名事实俱系凭空捏造，并无所指。”②不愿因为史实的牢笼，而压制自我的创作灵气和批评弹性。贪梦道人《彭公案自序》载：“今竟著实事百余回，所论者忠臣义士得以流芳千古，乱臣贼子尽遭报应循环，使读书者无废书长叹之说，有拍案惊奇之妙。”③ 属

①② 韩邦庆：《海上花列传》，齐鲁书社 1993 年版，第 1 页。

③ ［清］贪梦道人：《彭公案自序》，见丁锡根：《中国历代小说序跋集》，人民文学出版社 1996 年版，第 1614～1615 页。

意于小说求真的基础上，张扬求奇的艺术取向。张继起《彭公案叙》更是直言不讳地表露对“真”的心仪：“求所谓实而不虚，真而不幻者，其惟我《彭公案》乎!”① 一改对史乘的刻意摹仿，去探求小说的艺术真实。觚庵认为读《东周列国志》之所以索然无味，原因在于：“全书随事随时，摘录排比，绝无匠心经营于其间，遂不足刺激读者精神，鼓舞读者兴趣。”② 而《三国演义》“则起伏开合，萦拂映带，虽无一事不本史乘，实无一语未经陶冶”③，强调小说对史乘的遗貌取神，在写实的基础上张扬了作者的审美选择。这就开启了一个富有挑战性的文学命题，无论小说的外在形式如何，只要着眼于艺术真实，就会获就小说文本穿越时空的艺术魅力，从而实现文体永恒的审美意蕴。不可否认，任何小说都是某种社会生活的具体反映，它势必浸染着厚重的社会生活底色。余英时就《红楼梦》的接受效果定论、晚清民初的不少读者还以史学的目光来对待这部文学巨著论道：“难道有谁否认过《红楼梦》是一部小说么？但是这里确有一个奇异的矛盾现象：即《红楼梦》在普通读者的心目中诚然不折不扣地是一部小说，然而在百余年红学研究的主流里却从来没有真正取得小说的地位。相反地，它一直是被当做一个历史文件来处理的。”④ 诗意小说浸染史乘的因子，张扬艺术真实，《红楼梦》也就成为一种文学永恒。

小说的慕史功能，是小说建构情节体系的有效武器，也是

① ［清］张继起：《彭公案叙》，见丁锡根：《中国历代小说序跋集》，人民文学出版社 1996 年版，第 1615 页。

②③ 俞明震：《觚庵漫笔》，见陈平原、夏晓虹：《二十世纪中国小说理论资料》（第一卷），北京大学出版社 1997 年版，第 271 页。

④ 余英时：《近代红学的发展与红学革命：一个学术史的分析》，见《红楼梦的两个世界》，联经出版事业公司（台北）1978 年版，第 15 页。

人物性格典型化的主要阻力。这在历史演义中尤为突出。晚清的几大小说报刊都在编排上对其予以关注，《新小说》和《月月小说》两杂志，历史小说位列第一栏的布局，就是一个无言的指示符号。吴趼人1906年《〈月月小说〉序》建言："是故吾发大誓愿，将遍撰译历史小说，以为教科之助。历史云者，非徒记其事实之谓也，旌善惩恶之意实寓焉。"① 认可历史演义的社会功用，又能自我发扬。晚清文坛像吴趼人和李伯元之类的职业小说家，佐史观念已开始出现松动的迹象，更多地推崇小说写实的艺术旨趣。1905年佚名的《论小说与社会之关系》言："小说之能开通风气者，有决不可少之原质二：其一曰有味，其一曰有益。有味而无益，则小说自小说也，于开通风气之说无与也；有益而无味，开通风气之心，固可敬矣，而与小说本义未全也。"② 竭力摆脱慕史功能的形格势禁，彰显了文本的审美价值。慕史功能的设定，客观上提供了小说的写实规范，但是这种潜在写作指向，常常造成作者把握历史事件的乏力和塑造人物形象的苍白。它表面上看似允符历史原貌，却又的的背离了小说艺术演变的主河道。文学革命提升了小说的地位，但是小说在由边缘趋向中心的过程中，受制于传统的慕史倾向，自我身份又有几分模糊。若放弃另寻他路，彻底否认史乘的影响，小说的繁荣之路会变得漫长许多。何去何从，折射出近代小说观念本身理论和实践的脆弱，这些困惑和焦虑呼求"五四"文学革命的曙光。

---

① 吴趼人：《〈月月小说〉序》，见《吴趼人全集》（第八卷），北方文艺出版社1998年版，第200页。

② 佚名：《论小说与社会之关系》，见陈平原、夏晓虹：《二十世纪中国小说理论资料》（第一卷），北京大学出版社1997年版，第167页。

三、文化转型与观念救赎

新小说家对慕史模式的救赎，是首先从小说叙述对象上突围和获得成功的。美国的伊恩·P. 瓦特言：“小说对普通人日常生活的深切关注，似乎依赖两个重要的基本条件——社会必须高度重视每一个人的价值，由此将其视为严肃文学的合适的主体；普通人的信念和行为必须有足够充分的多样性，对其所作的详细解释应能引起另一些普通人——小说的读者——的兴趣。”① 小说的人本主义回归，彰显了文体艺术魅力。小说进驻文坛中心的文学进路中，伴随着文学和社会的空前结合。它在晚清以一种好言政论的奇特方式表现出来，“文以载道”的理论经典在一片救亡图存的喧哗声中被赋予了时代新质。文学要负载起启智新民的社会使命，必须从庙堂跌落民间，晚清民初自下而上的白话文运动又促使这一可能成为现实。通俗流畅的白话代替了含混晦涩的文言，小说义不容辞地充当起新民新种的传播利器。这种对文体内容与形式的清醒挖掘，初步打破了小说依附史学的基础，另起炉灶，小说获得了张扬自我的文学园囿。

异域文化的移植，特别是基于对“人性”尊重的西方哲学，给晚清民初小说指明了一条崭新的发展途径。对人性的关注不只停留在对其单纯的机械学步，而是深入小说的创作和批评领域。至少从《金瓶梅》那里就绽放了古典小说观念近代趋向的第一枝嫩芽，从对英雄鬼怪等超人的描绘嬗变为对世态人情的捕捉。它突破了小说情节中心论的文学理念，唤起小说对人本的关注，借对平凡人生的打量，来凸显小说固有的人本主义趋向。这一趋势

① ［美］伊恩·P. 瓦特：《小说的兴起》，生活·读书·新知三联书店 1992 年版，第 62 页。

至晚清民初进一步强化，形成一股群体关怀潮流。晚清民初的文化转型，是以西方文明为参照的文化更新。它不只是简单意义上的古今融合，中国传统文明相当程度地被替代和更换，科学成为衡量一切事物的权力砝码。中国文学固有的表意系统被打乱，重抽象和思辨的西方文学谱系，导启了中国近代文学一个崭新的文学取向。晚清民初小说对西方叙事模式的效仿，加速了小说慕史功能的解构步伐，特别是倒装叙事、限制叙事的输入，动摇了慕史观念存在的时空基础。1903 年夏曾佑《小说原理》言："小说者，以详尽之笔，写已知之理者也，故最逸。史者，以简约之笔，写已知之理者也，故次之。"① 初步认识到小说与史乘的区别，透出小说观念突围的可贵因子。晚清民初侦探小说的盛行，满足了众多读者追新猎奇的需要，也从侧面绘制了西方小说艺术的接受图像。对虚构叙事的充分认识，滋长了新小说家的文体独立意识。涵泳西哲的周桂笙，其认识就比同时代的人高明："我国小说体裁，往往先将书中主人翁之姓名、来历，叙述一番，然后详其事迹于后；或亦用楔子、引子、词章、言论之属，以为之冠者，盖非如是则无下手处矣。陈陈相因，几于千篇一律，当为读者所共知。"② 孤识独抱，直斥小说叙事中的纪传体模式，进而肯定异域小说的艺术成就："凭空落墨，恍如奇峰突兀，从天外飞来，又如燃放花炮，火星乱起。然细察之，皆有条理。"③不再以攀附史乘来抬高自我，在禁锢保守的封建社会末世，其精审的识见和坦荡的胸襟，洵是可贵。

小说不同史乘的显著特点，还在于其是新小说家的创造才具

① 夏曾佑：《小说原理》，见陈平原、夏晓虹：《二十世纪中国小说理论资料》（第一卷），北京大学出版社 1997 年版，第 75 页。

②③ 周桂笙：《〈毒蛇圈〉译者识语》，见陈平原、夏晓虹：《二十世纪中国小说理论资料》（第一卷），北京大学出版社 1997 年版，第 111 页。

发扬的产物。钱钟书言："文学创造可以深挖事物隐藏的本质、曲传人物的未吐露的心理，否则它就没有尽它的艺术的责任，抛弃了它的创造职权。考订只断定已然，而艺术可以想象当然和测度所以然。在这个意义上，我们不妨说诗歌、小说、戏剧比史书来得高明。"① 人类的社会客观活动，是文学批评的逻辑起点。小说批评要真正占有自己的本质，就必须回归人本层面，去探究人的生命意志和主体精神。梁启超 1902 年创办《新小说》杂志，并推出"小说革命"的纲领性文件《论小说与群治之关系》，将目光移向小说新民的社会功用。报刊的这种发行旨趣，又深刻影响到后起小说杂志的话语，它们桴鼓相应、声气互求，《绣像小说》和《月月小说》等报刊都表明了自家的群体趋向。梁启超等小说先驱以异域小说为蓝本，来唤起民众。他们对《红楼梦》和《水浒传》"诲淫诲盗"的指责，对通俗白话的不懈提倡，从某种意义上说，就是出自其重新建构人文谱系的美好愿望。新小说家属意于小说的移情作用，明确透露出关怀大千人生的淑世情结，绾合了政治改良和小说批评的双重功效。这种对现实生活的普遍关注，激发小说批评彻底摆脱"羽翼信史"的定论，设计自我特色的批评体系。

晚清的小说革命是一种在"冲突——反应"模式影响下的文学革新，梁启超等人出于政治启蒙的理论预设，过分萦绕于当下的现实事务，无暇对小说文本做通盘的考察与思索。小说革命提高了小说的文类价值，改写了其低级徘徊的文体形态，小说一改昔日的"小道"身份，堂而皇之地进入人们的阅读视野。但是这种强烈的工具性指向，又制约着读者对小说原质的全面理解和消化。民初"你方唱罢我登场"的动荡社会现实，淡化了文人的政

① 钱钟书：《宋诗选注》，人民文学出版社 1958 年版，第 4～5 页。

治热情，枯燥的政治宣传逐步被明快的言情小说所替代。特别是颇具悲剧色彩的哀情小说泛滥，刺激了小说“游戏消遣”意趣的传统回归。以王国维为代表的小说批评先驱的孤独建构，明确地将小说放置于文学的神圣殿堂里，厘定了小说与其他文体的区别，小说作为一种有别于史乘的清醒文学追求被凸显出来。1914年《礼拜六》等言情刊物的创办，晚清煊赫一时的“谴责小说”劲头逐渐被汹涌的言情思潮淹没，民初的人性觉醒，又客观加速了这一趋势，慕史观念从而丧失了其惯有的向心力，无可避免地走向衰落之路。

文学在兴衰起落中成就自身丰厚的历史底蕴和人文内涵，严家炎在总结“五四”文学革命的成就时断论：“这种观念的变革，突出地表现在两个方面：一是不再视小说为史传的附庸，把小说从历史中真正拉了出来；二是不再视小说为‘载道’的工具，肯定了小说具有独立存在的艺术价值。”① 由晚清民初至“五四”，众多新小说家对人性的普遍关注，削弱了小说慕史功能的存在基础，改变了小说对史乘的臣服积习。特别是“五四”小说批评家明确地标明“为人生而艺术”的价值取向，架构了中国小说观念现代嬗变的桥梁。“五四”的新小说批评家更是大胆地宣告与传统小说观的决裂，呈现鲜明的时代意向：“中国素不以文学看待小说，我们为恢复小说在文学上应有的地位起见，不得不研究它。”② 甄别小说与史乘的畛域，使小说观念进一步科学和规范。晚清以来的小说拟书场格局的破灭，改变了小说与史乘的牵连，晚清民初“小说为体、报刊为用”的发行机制，促成读者审美心

① 严家炎：《二十世纪中国小说理论资料》（第二卷）之《前言》，北京大学出版社1997年版，第3页。

② 瞿世英：《小说的研究》，见严家炎：《二十世纪中国小说理论资料》（第二卷），北京大学出版社1997年版，第241页。

态的迁移，小说娱乐大众和重美感的审美旨趣在民初得到足量的释放。“五四”文人对小说慕史观念的大张挞伐，隐然为小说界树立一种新的文学风范。“五四”以后对世态人生的普泛关注，加速了中国小说慕史观念的解体之路，从而获得中国小说观念现代化的步伐！

第二节 晚清民初小说的劝惩功能

中国小说观念的近代化进程，是基于“救国新民”的文学观念更新。小说在由庙堂之音向市井之声的转型中，文本的独立意识逐步得以凸显。近代批判理念的强化，引发国人重新厘定文学观念系统，传统的小说观念便成为近代文学改弦更张的起点和矢的，经受着社会历史选择的巨大压力。儒家的礼乐教化，衍生出一整套行为规范和观念说教，发轫于《诗经》的“变风变雅”的文学劝惩观念，伴随着唐传奇的繁荣而植根于小说领域，规范着古典小说的创作和批评模式。缘于国家和社会的新变，它在“小说界革命”黄钟大吕般的呐喊声中，“小道可观、圣人之训”的小说教诲功能却因为国运的衰朽，强化了与社会政治的联系，其整体的社会想象因此呈现出普泛的谴责意味。

一、社会取向和文体意识

小说是社会现实的集体积淀和社会人生的具象折射，光怪陆离的社会生活本相总会在小说观念的嬗变中找到相应的契合点。社会心理的喷薄与个性精神的涵茹，小说文本从而负载起浓厚的主观意识。小说是昔日文人涤荡一生经验的心血结晶，也是创作主体打造的名山事业。其主体意识的灌注，倾泻于小说文本，一个重要的表征就是寄托社会及作者当下的价值取向。

小说的劝惩观念适合了文人的现实参与需求，它往往成为文人对周遭世界解说和社会诉求的一个重要向度。小说的劝惩观念是儒家正统说教在小说领域的迁延与变形，也是小说提高自身文类地位的一种重要手段，明清小说家阐发小说的社会功用，往往推许和借助小说劝善惩恶的传统模式。清人静恬主人《金石缘序》言："小说何为而作也？曰：以劝善也，以惩恶也。夫书之足以劝惩者，莫过于经史；而义理艰深，难令家喻而户晓，反不若稗官野乘，福善祸淫之理悉备，忠佞贞邪之报昭然。"① 于潜移默化之中弘扬劝惩的功能，这又非艰深枯燥的经史说教所能企及，劝惩观念就成了小说突破小道卑体的尴尬文学身份的一种重要手段。

浸染骚怨美刺的文化传统，风教之旨成为传统文人固有的价值取向。个性张扬的晚明时代，"三言"、"二拍" 所包孕的浓郁道德说教，就表露了鲜明的劝善惩恶的价值取向。晚清以降的思想启蒙洪流，更强化了劝惩观念与时代现实的同构。光绪时长白山人《客窗闲话叙》清晰地体现他对劝惩观念的借重："欲移风易俗而不得其用，托是书以劝善，以惩恶，以示人趋避。既有功于世道人心，当不胫而走天下，实名教中之一助与！"② 托书寓教的社会教诲功利，隐含着作者心系天下的淑世情怀。正是受制于这一普泛的既定观念，小说不断地进入正统文人的阅读视野，阐扬风教，从而赢得读者的心理认同。但是，小说又是文人生命体验的折射，创作主体精神的灌注诱使文人

① ［清］静恬主人：《金石缘序》，见［清］佚名：《金石缘》，古本小说集成本，上海古籍出版社 1991 年版，第 1 ~ 2 页。

② ［清］长白山人：《客窗闲话叙》，见［清］吴炽昌：《客窗闲话》，中州古籍出版社 1992 年版，第 3 页。按：丁锡根《中国历代小说序跋集》记录该序时，略有出入，漏录一个"移"字。

不愿臣服单一的劝惩模式。李贽登高呼吁的“童心”，就标榜和推许个人的生命体验，反对封建理学对人性的压抑和摧残，并源情论文，实际运用到具体的小说批评实践，突破了正统教化的单一模式。这样，强化生命体验和崇仰劝惩观念，构成了晚清民初小说批评进路中的一对矛盾，影响着中国小说观念的近代化进程。

小说劝惩观念一般体现为小说文本的道德训谕：“却说评话家每每捕风捉影造些空中楼阁出来，只图悦人耳目，不顾自己将来要堕泥梨地狱的呢。故小子常常与人说起稗官野史，虽是小道，但是要撰成一书，则此书中的来踪去迹总要有几份影子，并要暗寓劝惩，措词又须雅驯，不要落了淫词小说的套，方能自成一家之言。”① 但是，单一的道德说教不足以打动读者，它必须考虑受众互动效应：“作者先须立定主见，有起有收，回环照应，一点清眼目，做得锦簇花团，方使阅者称奇，听者忘倦。切忌叙事直捷，意味索然。”② 小说劝惩功能的发挥，仍须依托小说文本的艺术价值。晚清民初小说的发行机制和传媒的新变，促使小说更为广阔地面向公众。士大夫意识和市井生活情趣的融合，小说界出现了一股专为下等人写照的审美趋向。特别是新知识分子的产生，改变了小说劝惩观念演变的固有河道，片面的道德教化被置换成救国新民的主流话语，小说媚俗娱乐的审美趣味也在一定程度上得以凸显。钝根的《〈礼拜六〉出版赘言》就揭示其醉心小说的自得之趣：“读小说则以小银元一枚，换得新奇小说数十篇，游倦归斋，挑灯展卷……晴曦照窗，花香入坐，一编在手，

① 吴趼人：《海上名妓四大金刚奇书》（第一回），见《吴趼人全集》（第六卷），北方文艺出版社 1998 年版，第 393 页。

② ［清］静恬主人：《金石缘序》，见［清］佚名：《金石缘》，古本小说集成本，上海古籍出版社 1991 年版，第 2 ~ 3 页。

万虑都忘，劳瘁一周，安闲此日，不亦快哉!”① 道德教诲色彩的淡化，就意味着士大夫审美意识趋向市民文学娱乐色彩的认同，这种文学体认的本身就包孕着鲜明的文体自觉意识，只是这种化合趋势在强劲的救国新民的主流话语之中显得有几分单薄。小说“不可思议”的群治之力，就是缘于思想鼓荡的教诲功能的肯定性放大，亦是一种借政治小说来改良社会的观念投影。小说的提倡者虽知它“似说部非说部，似稗史非稗史，似论著非论著”，“连篇累牍，毫无趣味”，② 却生硬地牵制和褒奖小说改良群治的德育功能，试图建构新的小说批评模式。“小说界革命”的纲领性文件《论小说与群治之关系》，开门见山地从新道德、新宗教等层面来推许小说的教化作用，就是一个强有力的注脚。1903 年夏曾佑明白地告诫：“以大段议论羼入叙事之中，最为讨厌。读正史纪传者，无不知之矣。若以此习加之小说，尤为不宜。”③ 大段议论的覆盖，势必推崇教诲至上的审美趣味，在文本上便迫使和加剧了小说韵文这种民族文学形式的消亡。④ 本来，诗词穿插、

① 王钝根:《〈礼拜六〉出版赘言》，见陈平原、夏晓虹:《二十世纪中国小说理论资料》（第一卷），北京大学出版社 1997 年版，第 484 页。

② 梁启超:《〈新中国未来记〉第三回总批》，见陈平原、夏晓虹:《二十世纪中国小说理论资料》（第一卷），北京大学出版社 1997 年版，第 55 页。

③ 夏曾佑:《小说原理》，见陈平原、夏晓虹:《二十世纪中国小说理论资料》（第一卷），北京大学出版社 1997 年版，第 76 页。

④ 新小说家，特别是晚清小说家，往往着意于小说文本中羼入大段议论，较为乐意将小说打造为政论文本，这在小说演变的传统链条上，明显地表露为晚清民初小说文本中韵文的消亡。本来，小说韵文是我国民族文学样式的一种特殊存在，我国是诗的国度，文人创作小说之时不自觉地移入诗笔，就导启了小说韵文的传统。鲁迅《坟·宋民间之所谓小说及其后来》认为，引诗为证，起源很早，汉韩婴《诗外传》、刘向《列女传》，皆早经引《诗》以证杂说及故事，却未必与宋小说直接相关，该文还认（转下页）

韵散结合，是我国古代小说中一种传统的创作模式。而在晚清民初的语境中，艺术探索臣服于新民救国的社会取向，文人趋雅逞才的爱好受到大范围的挤压，表现出戴着镣铐跳舞的文学表征。

小道可观的实用观念嬗变为启蒙新民的文学救世神话，小说文类地位的改善，诱发更多的文人投身小说创作。而这种政治与小说的联姻，又往往以牺牲作者的生命体验为代价。鲁迅、胡适

（接上页）为，“引诗为证”是宋市人小说的必要条件，是“借古语以为重”精神的遗留。见《鲁迅全集》（第一卷），人民文学出版社 1981 年版，第 148～149 页。孙楷第称这种小说形式为“诗文小说”：“凡此等文字皆演以文言，多羼入诗词。其甚者连篇累牍，触目皆是，几若以诗为骨干，而第以散文联络之者。而诗既俚鄙，文亦浅拙，间多秽语，宜为下士之所览观。”见孙楷第：《日本东京所见小说书目》，人民文学出版社 1958 年版，第 126 页。小说韵文对于刻画人物形象、激化故事冲突，作用不可小觑，详见董国炎师：《论小说韵文的价值与类别》，载《明清小说研究》2005 年第 3 期，第 4～15 页。林辰亦将小说韵文这一中国独有的传统民族形式，称之为“小说的特技”，进而从结构和描绘两大层面将其概括为八大功能：开篇与题回、结构情节、预言伏笔、总结全书、肖像刻画、景物描绘、人物自抒、作者评议，详参林辰：《古代小说概论》，春风文艺出版社 2006 年版，第290～310 页。明清小说家喜在小说每回的首尾安插韵文，起提纲挈领或卒章显志的功效，《钟情丽集》移入诗文的比例竟超过全作的一半，而据陈大康的考察，明中叶是无诗文羼入就不得言小说，自明末以降，创作小说时诗文比例逐步下降，显示了文人对小说作用、地位及其创作方式之认识的深化。详见陈大康：《古代小说研究及方法》，中华书局 2006 年版，第 58、221～224 页。晚清民初小说除了少数文本能在回末保留这一标志形式外，更多的是整个小说文本无法瞧见韵文的影子。晚清民初小说韵文的衰败的迹象，在清初的《豆棚闲话》已显端倪，该作叙述的十二则故事，只有两则移入了韵文，1892 年的《海上花列传》，该小说共 64 回，只在第 39、40、60 回中插入韵文，且都在回中位置。《老残游记》的第 13 回，作者借妓女翠环之口表露其对韵文的鄙夷之情：“做诗这件事是很没有意思的，不过造些谣言罢了。”见刘鹗：《老残游记》，浙江古籍出版社 1997 年版，第 79 页。

对晚清民初小说“摭拾话柄”叙事模式的责难，确实命中了晚清民初小说艺术的致命弱点，而问题的另一面也不应忽视，话柄叙事就是应对这种主体选择的文类自我修复。《儒林外史》的讽刺章法规范，章回小说长短不拘、渐行渐远的结构模式为晚清民初小说提供了一种足可范式的操作规则。包天笑一言道出晚清民初小说的叙事家底：“当时写社会小说的人，最崇奉《儒林外史》一书，因此人人都模仿《儒林外史》。我就问他：‘《二十年目睹之怪现状》中，先生何从得这许多材料？所谓目睹者，难道都是亲眼目睹吗？’吴先生笑着，给我瞧一本手钞册子，很象日记一般，里面钞写的，都是每次听得友人们所谈的怪怪奇奇的故事。也有从笔记上钞下来的，也有从报纸上煎下来的，杂乱无章的成了一巨册。他笑说：‘所谓目睹者，都是从这里来的呀。’”① 张春帆说得也很直白：“在下做书的特地把这些蛇神牛鬼的情形，夺利争名的现状，一桩桩一件件的搜集拢来，成了一部小说，也不过是个形容怪状、唤醒痴迷的意思。”② 因此，“一桩桩一件件的搜集拢来”就成了部分新小说家的创作程式。叙事理论的发展，突破了中国古代抒情理论一统天下的局面。生命体验的淡化，在一定程度上适应了作者叙事调整的需要，但是这种生命体验的作伪，虽然允符了特定时代发展的需求，反面递送了小说劝惩观念突破的信息，却无法在小说的艺术价值上赢得大的突破。小说教诲功能弥补和遮掩了作者的创作窘境，小说文体的独立过程却因此变得缓慢和蹒跚。

二、借镜自照和关注人生

张明镜于空际，旁观民生疾苦，新小说家喜欢以旅游家角色

① 魏绍昌：《吴趼人研究资料》，上海古籍出版社 1980 年版，第 30 页。
② 张春帆：《宦海》（第一回），上海古籍出版社 1997 年版，第 4 页。

来抉摘社会的积弊，从而保证“明镜”的广度和张扬小说家的批判理性。小说文本不能摆脱劝惩观念的思维积习而充满了道德训谕，戚而能谐的讽刺手法为新小说家针砭时弊提供了一种有效的手段。而新小说家对《儒林外史》叙事模式的效仿，多是采取弃质取毛、择其一点的办法，将讽刺表象作否定性的夸大。出入封建制度下的昔日文人，不管是出于何种动机，对社会现实的批判还持有善意、留有余地。新小说家全面而真实地反映他们自己的时代：“群乃知政府不足与图治，顿有掊击之意矣。其在小说，则揭发伏藏，显其弊恶，而于时政，严加纠弹，或更扩充，并及风俗。”① “文以载道”的传统观念依托和融合劝惩观念，现实生活的留影激发读者借镜自省。小说的观念定势和文类秩序的调整形成反差，凸显文学救国新民的现实诉求。邹弢评点《青楼梦》言：“乃知一部书中之意，一部书中之事，无非都在镜中，虚无所凭，空无所见。盖甚言镜中之人，本不足恃，镜中之事，本不足信，以劝世间之纷纷碌碌者，皆鉴此镜中一段因果也。”② 新小说家的镜子意识，强化了读者返观人生的价值趋向，只是这种意识又驱使小说家向记者和侦探等社会角色认同，越来越依赖于秘史野闻，生命体验本身的淡化或缺失，就是解释这种现象的最好答案。

晚清民初小说的群体关怀趋向，关合着国家主义等思潮的传播和接受。形形色色的知识分子学会，团结在救亡图存的旗帜下不停地探索，传统士大夫赖以依托的王权意识逐渐被国家主义所置换。孙宝瑄言：“我国今日为治，当区民为三等，最下曰齐民，

① 鲁迅：《中国小说史略》，齐鲁书社 1997 年版，第 226 页。
② 俞达：《晚清小说大系·青楼梦》，广雅出版有限公司（台北）1984 年版，第 5 页。

稍优曰国民，最上曰公民，一切纳赋税及享一切权利，皆截然不同。而国家亦须设三种法律以支配之，其有欲由齐民跻国民，由国民跻公民者，必其程度与夫资格日高，然后许之，如是则谋国者方有措手处。”① 小说面向公众，提升了国民意识建构的主体自觉。梁启超创办《新小说》杂志，并在第一卷第七期特辟“小说丛话”专栏，开始营造小说批评体系，其本身就包含着新小说家对本国文学的自许和自豪。新小说家借重西方小说，接踵关注人生的文学传统。受制于关注平凡人生的普遍意识，他们在揭发时弊的宏大指向下，亦不乏以同情的笔触表现贫苦大众的苦难生活，但这些插曲都得服从小说新民的时代主流。沉滞阴暗的社会现实，造就新小说家清醒的担当意识，这常常迫使他们很难静下心来写作。晚清民初小说中虽不乏像刘鹗的《老残游记》、曾朴的《孽海花》那种积累毕生心血的打造之作，但这毕竟是凤毛麟角。李伯元据说就能同时写五部小说，仓促上阵的痕迹，自不待言。新小说家本位意识的淡化，造就和凸显了他们的社会政治自觉，情感体验的消解表露为本能的物质需求，借镜劝诫意识压倒了人性的弘扬和灵魂的呈现，煮字疗饥和小说新民这种近乎二律背反的客观存在，始终困扰着晚清民初小说家的创作追求。

“辞气浮露、笔无藏锋，甚且过甚其辞，以合时人嗜好。”② 鲁迅为“谴责小说”所下的断语，点明了晚清小说好言谠论的文本指向。当下社会的腐败吏治和道德沦丧，引发他们以拯世心肠来剥落社会中的种种污秽和浊臭，强化国人对社会时弊的憎恶。新小说家喜就时政发表见解，人物本身的血肉和内质被抽空，不少的人物形象被压缩和图解成一个个纯粹的政治符号。也正因为

① 孙宝瑄：《忘山庐日记》，上海古籍出版社 1983 年版，第 1106 页。
② 鲁迅：《中国小说史略》，齐鲁书社 1997 年版，第 226 页。

这种对政治的厕附现实，小说常常滞限于借镜说教，在救国新民的宏大指向内周旋，小说的艺术趣味也因此显得重复与单一。即使是刘鹗《老残游记》那样的冷静之作，也不得不借玙姑的说禅行为来表露自我的道德家立场。人类的社会活动，是文学批评的逻辑起点。小说批评要真正占有自己的本质，就必须回归人本层面，去探究人的生命意志和主体精神。从反叛到回归，是晚清民初文人的普遍心路，晚清文人为了回归儒家的元典精神，也只能用生命去无奈地追寻。阿英《略谈晚清小说》云："晚清小说所描写的主要内容，就是为着暴露，为着寻找出路而出现的新与旧的矛盾斗争关系。"① 暴露的本身，从某种程度上看，就意味着作者的人文关怀。

在经世致用意识的膨胀下，导善戒奸的陈腐定规已不合时宜，导致小说观念与社会危机的同构共谋。天理昭彰、因果报应，是传统小说中劝惩观念的基本模式，这种模式之于晚清民初，仍有相当的存在空间，像《瞎骗奇闻》中骗人钱财、死于非命的周瞎子，《恨海》中浪荡早逝的陈伯和等，就是劝惩观念影响下的人物塑造之举，而在更多的情况下，晚清民初小说中作恶之人往往能富贵又寿延，种种社会丑恶被视为合理存在，兹录二例：

（1）只因我出来应世的二十年中，回头想来，所遇见的只有三件东西：第一种是蛇虫鼠蚁；第二种是豺狼虎豹；第三种是魑魅魍魉。②

（2）看官你想一个顶天立地的男子，不能养活一个老婆

① 阿英：《小说三谈·略谈晚清小说》，见《小说闲谈四种》，上海古籍出版社 1985 年版，第 196 页。

② 吴趼人：《二十年目睹之怪现状》（第二回），见《吴趼人全集》（第一卷），北方文艺出版社 1998 年版，第 17 页。

已经是诧异的了，这邵梓玉非但养不起老婆反靠着老婆的身体挣钱养他自己，还不晓得一点羞惭，真是个脸厚三尺，胸无一丁的凉血动物，和那江念祖把自己的姨太太认做女儿，嫁给安弼士做了外室，这些忘廉丧耻的事情大同小异，都也差不多。所以在下借着他做个无耻奴的收束，如今的世界那里还有什么品行！那里还有什么廉耻！在下做书的把他们演说出来，虽然可笑，觉得又甚可怜，但是天下之大无耻的人，就如恒河沙数一般，在下这区区四十回书那里说他得尽。①

劝惩观念的固定模式受到强烈的冲击，而以教诲劝惩观念来规范创作，其结局只能走向伦理，显出漠视人性特征的文学取向。吴趼人《二十年目睹之怪现状》第七十三回回评云："写京师琐琐屑屑之怪事，如铸鼎象物，丑态毕呈。"② "铸鼎"、"燃犀"是晚清民初小说批评的常用术语，其启蒙觉世的社会意旨了然无遗。小说的教诲取向允符了文学救世神话的需要，而其艺术魅力也因失去人性的关注而渐趋式微，理论本身的缺陷昭然若揭。影响一度在《红楼梦》之上的晚清小说《花月痕》③，小说男主角韦痴珠就是作者魏秀仁的自况，女主角刘秋痕留有太原歌

① 苏同：《中国近代孤本小说精品大系·无耻奴》，内蒙古人民出版社1998年版，第322～323页。

② 吴趼人：《二十年目睹之怪现状》，见《吴趼人全集》（第二卷），北方文艺出版社1998年版，第612页。

③ 《花月痕》是清人魏秀仁咸丰年间的作品，十六卷五十二回，但其至光绪中才开始流行，所以本书也酌情将其纳入论述范围。《花月痕》在清末民初影响很大，郑逸梅言："我对于小说，喜欢三部，一《花月痕》，二《红楼梦》，三《三国演义》，《水浒传》、《镜花缘》、《儒林外史》虽好，我却不配胃口。"郑逸梅：《自说自话》，见芮和师等：《鸳鸯蝴蝶派文学资料》（上），福建人民出版社1984年版，第364页。

妓刘栩凤的影子。书中人物的发迹变泰映照着作者现实和理想的极度反差。小说后半部，偏以功名事业为训谕，大书剿“贼”战功，对太平天国加以诋毁。以虚伪的编造和强烈的镜子意识来迎合时代的需要，在一定程度上糟蹋了作品的艺术生命。《巴黎茶花女遗事》等异域小说的陆续输入，给国人提供了崭新的艺术参照。异域小说对人性和人情的精心刻画，促使国人去重新发掘古典小说关注人生的传统，标记了人文精神的再度崛起。市民的阅读期待催发了言情小说的风行，娱乐和消遣功能的回归，就意味着对劝惩观念的革命和反叛，它们形成了对社会现实的新思考。

三、顺应潮流与观念转型

中国小说观念的近代化进程，在语言上的突出表现为以“言文一致”为鹄的的白话文运动的开展。近代社会转型的历史进路，提升了文学面向公众的语言工具理性，它也是政治启蒙的必然伴随。近代报刊与小说的同谋共进，促使小说由俗向雅的演变，居于文学结构边缘的俗语文学地位的飙升，改变了文学固有的格局。而士大夫审美意识的渗透，又使得晚清小说出现雅化的趋向。回俗和慕雅成为晚清民初小说两股相互交叉的文学思潮。小说的新民诉求，语言必须由雅变俗。而传统文人的思维积习和欣赏趣味，又往往对白话持一种抵触态度。翻译小说就基本上成了文言的天下，特别是王国维对古雅语言的重新体认和孜孜实践，更是确立了小说研究的文言规范。他融通中西，打造传统小说批评的近代经典模式，就在言文推阐之际的话语跳跃，增加了运用文言致力小说批评的话语张力。以未来为指归的晚清语言革新，它必须借重于白话的影响效果，语言的通俗化顺应了小说劝惩观念的当下选择，也在一定程度上促进了中国小说观念的近代嬗变。

异域文化的输入，导启了传统小说批评的崭新向度。抵制、效仿和超越，国人对西方小说的接受和消费，并存着自卑和自尊两种复杂心态。异域小说理念的传播和移植，拓宽了国人的思维空间。板荡的社会现实，影响着文人的主体选择。是墨守劝惩观念的思维积习，抑或是忠实自我的生命体验，这种有点吊诡意味的取舍，增添了文人创作和批评的困惑和迷惘。坚持个人的生命体验，是艺术真实的必要条件，也是小说创作不尽的源泉。晚清民初小说家为了契合思想启蒙的历史重任，亦步亦趋时代潮流，相对削弱了小说的艺术生命。社会需要成为他们创作的主要出发点，一个明显的表征，新小说家对翻译小说的选择，通常是引进与当下时代精神基本一致的作品，其中存在一个逐步消化和融合的过程，这在风行一时的“林译小说”中表现尤著。作家“朝脱稿而夕印行”① 的快捷生产方式，解构了昔日文人在经济和思想上对封建官僚制度的依赖，新小说家方能自觉地顺应潮流，力求忠实地反映他们自己的时代。他们这种镜子式的创作模式，迫使新小说家臣服于新民的社会功利，往往为实现社会启蒙的宏大指标而不得不中途易辙，进而凸显自我的道德家身份。被称为“嫖界指南”的张春帆《九尾龟》，硬是通过一句“现在的嫖界，就是今日的官场”话语来表露读者由此返观官场的道德劝惩色彩。徐枕亚的《玉梨魂》撷取当下社会的一个真实的生活断面，赋予寡妇恋爱母题鲜明的人性解放色彩。可是作者出于保守旧道德的价值取向，其“叛逆——回归”的“节妇”结局设置，有意识地向封建礼教回归，这种违背生命精神的认同方式，亦为小说劝惩观念当下

① 钟骏文：《〈小说闲评〉叙》，见陈平原、夏晓虹：《二十世纪中国小说理论资料》（第一卷），北京大学出版社 1997 年版，第 200 页。

影响的最好注脚。

跟风与异化，深深关合晚清小说家对作品销量的注目。梁启超一句“小说为文学之最上乘”极为功利的话语，促成小说与政治的紧密结合，并使小说的实用价值扎下根来。政治启蒙的鼓吹，带来小说创作的繁荣，晚清民初的小说，特别是1902年以后的小说数量几乎与前二千年小说总和比等，就是最好的说明。新小说家本着醒世觉民的社会自觉，跟上潮流就意味着他们社会责任的弘扬。作品的销量无形之中成为评价他们社会价值的一个重要向标。正是因为他们过分关注具体的社会问题，而忽略了对人生体验和个体生命的探索，对人性和人情的挖掘无法体现出足够的时代色彩。这正如袁进所论：“中国文学观念的近代变革从表面上看是成功的，在骨子里却是失败的。”他进而探讨失败的象征是“缺乏人文精神的支撑，文学主流始终在政治局面上思考文学问题，文学未能有自己独立的地位”①。晚清民初小说的传播利器功用和稿酬制度，引发一批职业小说家的出现，小说成为他们赖以生存的物质手段。② 李伯元就曾拒绝过荐举，而宁愿待在报馆，包天笑曾回忆起他当初创作小说的境况：“我起初原不过见猎心喜，便率尔操觚，谁知后来竟成了一种副业，以之补助生活，比了在人家做一教书先生，自由而写意得多了。”③ 小说的商品化趋势，常常引诱文人顺应社会需要，而盲目地追求小说

① 袁进：《中国文学观念的近代变革》，上海社会科学院出版社1996年版，第231页。

② ［宋］洪迈《容斋随笔·容斋续笔》卷六云：“作文受谢，自晋、宋以来有之，至唐始盛。”见洪书，上海古籍出版社1978年版，第285页。而稿酬成为众多文人谋生的手段，则是晚清民初的存在现实。

③ 包天笑：《钏影楼回忆录》（上），龙文出版社股份有限公司（台北）1990年版，第208页。

的销量。① 近代印刷手段的进步，报刊和平装书的出版优势，加速了文字成为商品的进程，杂志社——报刊——小说家三位一体的小说生产与消费机制，也促使新小说家不再苛求和着意于作品的艺术锤炼，在一定程度上摧残了小说的艺术生命。

晚清民初小说的政治化和商品化构成中国小说观念近代化进程中的一对主要矛盾，教育民众的社会需要迫使新小说家不断创作紧跟时代潮流的作品，他们希望通过提倡旧道德，贬恶扬善来挽救世风日下的社会。读者特别是市民的娱乐需要，又促使小说报刊根据“时尚”的需要，作出某些调整，晚清民初的小说报刊喜于刊首登载美女图像，就是这种需要的产物。既能宣泄对当政统治者的愤怒，又能照顾到市民的消遣需要，在市场上获得成功的晚清民初小说，通常是兼顾二者的需要。晚清民初小说文类的多元化趋势，给文人提供了兴趣各异的创作选择。侦探小说、科学小说和教育小说等异域小说的文类魅力，诱使新小说家不断地去尝试新的小说模式。晚清民初小说理论变动不安的现状，迫使新小说家未能专一地从事某一文类的创作，通常情况是，任何一种小说门类的走红，马上会招致一系列的仿拟和效颦。事物的另一面也不容忽视，那就是新小说家对描写殆尽、而自己感觉很难创新的社会现象，往往采取略而不谈的态度：

① 陈大康形象地以“问世”和“出版”两个概念来剖析明清小说的双重品格，他认为：“‘问世’是精神产品完成的标志，‘出版’意味着商品生产的结束，作品可以在较多读者中流传；前者表明小说史上增添了新作，而唯有后者方能保证产生与该作品相称的社会反响，从而影响后来的创作。”因此，明清小说便具有了双重品格：既是精神产品又是文化商品，双重品格的发现，成为解释明清小说出版史中种种奇特现象的一把钥匙。其实，这一判断亦可移用于晚清民初，晚清民初小说的繁荣，何尝不是因为印刷技术的改善而凸显其文化商品品格。见陈大康：《古代小说研究及方法》，中华书局2006年版，第55～56页。

> 那《海上花列传》、《繁华梦》两部书把这些嫖客、倌人、鸨妇、大姐的情态都已描写无遗，做书的要脱他的科臼，跳出他的范围，别标新义，独树一帜，自问无此才情，若要抄袭他点意思，依傍他的章法，这是做书的从做八股应科举的时候，就不肯做的事。所以，只好从略了。①

平淡无奇的事件描述，很难满足读者的阅读期待，就是他们对具体小说门类的创作，也常常是浅尝辄止的，未能深入地把握文类的基本规律。过分的政治取向和片面追求读者阅读需要，常常因为生命体验淡化而在创作中迷失自我。小说的政治取向和艺术价值的矛盾，始终贯穿于新小说家的创作实践，晚清民初小说观念的转型过程也因此变得迂阔难行。

秦皇之镜、温峤之犀，小说株守劝惩观念的藩篱，桎梏了小说艺术的空灵和活泼。晚清民初小说劝惩观念的文学进路，与作品的艺术生命以及民初以后的文学想象，仍存有相当大的缝隙。平淡自然的《海上花列传》出版，尽管其“例言”劈头就说“此书为劝诫而作，其形容尽致处，如见其人，如闻其声。阅者深味其言，更返观风月场中，自当厌弃嫉恶之不暇矣”②，但小说对上海社会生活的真实描绘，表露了展现人性和关注人情的审美趋向。只是这种忠于人生体验的艺术向度，被狂飙突进的“小说界革命”所中断，这不能不说是历史开了一个很大玩笑。敷陈艳迹、描绘柔情，应当承认，晚清民初小说也会沿袭《红楼梦》的创作路线，然其缺乏深刻的人生体验，又自觉固守现身说法的道德立场，以致堕入狭邪一流，新小说对现实人生的感悟亦由此而斩。

---

① 云江女史：《中国近代孤本小说精品大系·宦海钟》，内蒙古人民出版社 1998 年版，第 494 页。

② 韩邦庆：《海上花列传》，齐鲁书社 1993 年版，第 1 页。

融凝外物、把捉自我，万象跃如的生命体验，处处显出历史和现实选择的威力。1905 年，清廷废除科举制度，开办新式学堂，文人既定的进身阶梯訇然坍塌。动荡不居的政治风云，淡化了文人的政治热情，乌托邦式的小说救国神话被现实的坚冰撞碎，他们逐渐厌倦了小说的实用工具取向。梁启超鼓吹的“小说界革命”，接续了“文以载道”的文学传统，其对国家主义和民族文学的诉求，由导善戒奸趋向醒世新民，则超越和突破了劝惩观念的规范空间。《礼拜六》等刊物的创办，又强化了小说消闲的审美趣味。检讨、反拨和回归，文学主体形式和历史期待的叠合，时代精神和百足之虫的文化传统形成巨大冲突，歌哭无端的生命精神在社会压力下内敛和积聚，新小说家逃离政治中心论的旋涡，表现人生的观念趋向进一步走强。对世态人情的把捉，从《金瓶梅》开始至晚清而蔚为大国。这种对现实生活的普遍关注，激发小说批评摆脱导善戒恶的观念传统，设计自我的批评体系。民初至“五四”的新小说家更明白地宣告他们的人本取向，从切近现实的角度来凸显中国小说观念的近代化进程，小说观念的整合与自救，确立了中国小说的近代理性精神，晚清民初小说也因此呈现出多向挖掘的发展趋势。

第三节　晚清民初小说的教育功能

文学是社会进步敏感的风向标。近代动荡不居的社会现实，造就传统文人的精神酷刑，潮涌浪卷的启蒙思想，诱发文人群体更新传统文学观念。“小道可观”说奠定了小说的文学邪宗地位，客观上设置了小说的认知模式。晚清民初小说由小道卑体一跃而称雄文坛，小说的主流话语权力引发其社会诉求的连锁反应，小说文本与社会需求形成巨大的张力。小说批评家在时代潮流和文学内在规律的双重组合的缝隙中，局部改良和洗刷了小说的载道观念框架，醒世新民的启蒙意识打造了小说为“教科之助”的时趋，晚清民初小说亦呈现出关注现实、改良社会的时代文学风貌。

一、启蒙意识下的社会诉求

文学是社会生活的形象反映，传统的诗教观念成为文学影响社会的重要链条。从小说的发生学上看，小说自诞生之日起，其“治身理家，有可观之辞”① 的界说就寓含着小说的娱世教化功能。小道卑体的社会地位，迫使小说依靠儒家理念来充实其理论根基，认知、劝惩和慕史等文学取向就成为小说社会诉求的基本方式。标举“文以载道”的柳宗元拈出“有益于世”的重要命题，规设了后世的小说创作与批评的基本途辙，它又经数代文人的夯实和积攒，逐步形成一个小说的教育功能范式。“有关于世道、有益于文章”② 折射出小说批评的社会价值与文体艺术的双重追求，也就成了小说文质统一的最好说明。置身于“代圣人立言”的载道框架，小说无形之中被形格势禁，往往诉诸社会效应和借助教育功能来彰显其文体本位。清人洪棣元《镜花缘序》言：“盖温柔敦厚，《诗》之教；疏通知远，《书》之教；广博易良，《乐》之教；洁净精微，《易》之教；恭俭庄敬，《礼》之教；比事属辞，《春秋》之教；是书兼而有之。非胸中有物而目中无物者，讵能著是乎？”③ 这种颇具夸张意味的比附和吹捧，恰

① ［汉］桓谭：《新论》，见黄霖、韩同文：《中国历代小说论著选》(上)，江西人民出版社 2000 年版，第 1 页。

② ［明］袁无涯：《忠义水浒全书发凡》，见马蹄疾：《水浒资料汇编》，中华书局 1977 年版，第 13 页。

③ ［清］洪棣元：《序》，见［清］李汝珍：《绘图镜花缘》，中国书店 1985 年版，第 2 页。

恰表明小说家略显尴尬的社会心态，小说越是攀援“六经”之教，越能反映其文体独立和艺术突破的艰难。

中西文化的碰撞，动摇了传统文化载道观念的根基，也给传统文学提供了检讨自身、更新观念的历史契机。作为中国文学走向现代之先声的晚清民初小说，其文坛主流地位的奠基和巩固，就是源于晚清“小说界革命”的强势话语鼓荡。小说的救世神话功效发轫于西方来华的传教士，“文学救国论”即接踵于传教士林乐知翻译的《文学兴国策》。林书以新教伦理精神作为其更新社会观念的指导思想，为近代中国送来了欧洲各国和日本富强的秘诀，文化（文学自然包括在内）就是他顺手操起的宣传武器。① 传教士傅兰雅所倡办的“时新小说”征文，其洗涤旧俗的革新主见，震撼和直接启发了晚清的维新人士。康有为设想：“‘六经’不能教，当以小说教之；正史不能入，当以小说入之；语录不能喻，当以小说喻之；律例不能治，当以小说治之。”② 其实，传统士大夫多不真正关心小说的文体改良，小说只不过是他们图一时之需的教化新民工具。在康氏的期待视野里，拟想读者与实际读者存有相当的认知差距，小说仍不能完全走近普通的

---

① 《文学兴国策》原名《日本的教化》或《日本国的教育》，系日人森有礼原编、林乐知译，1896年出版。该书是森有礼1871年出任驻美公使时，向美国名流征求振兴日本的意见，然后编辑而成的。该书主要涉及五个方面：一是富国策，二为商务，三是农务与制造，四为尽伦常，修德行，赡身家，五是律例与国政。日本政府对此书十分重视，付诸实施，日本新式教育蒸蒸日上。林乐知总结甲午中日战争中国失利之因，将此书介绍给中国，意在提醒中国重视教育。该书的“文学”相当于今日的文化教育，且未涉及小说，但该书对梁启超等新小说家的小说新民思想影响甚大。参见袁进：《中国文学的近代变革》，广西师范大学出版社2006年版，第254页。

② 康有为：《〈日本书目志〉识语》，见陈平原、夏晓虹：《二十世纪中国小说理论资料》（第一卷），北京大学出版社1997年版，第29页。

“粗识之、无之人”。笔锋常带情感，梁启超借小说的强大感染力，达到改良社会痼疾的宏大目标。他视小说的影响为“空气”、“菽粟”①，断论传统小说为中国群治腐败的总根源，就基于其认知传统载道观念的桎梏。他们革新了以忠孝观念为核心的载道模式，并将其置换成民主、平等、尚武、进化等时代新见，借助小说的启蒙效力来铸造国民的灵魂。

奉小说为“教科之助”的圭臬，新小说家明显受到日本明治维新以后文学现状的影响，“观此，则不特日人以吾国《西厢记》、《水浒传》为教科书，实无一小说不足以为教科书者也明矣”②。新小说家多次提到小说在日本明治维新中的社会功用，实际上就是暗度陈仓，为自家的理论张本。“倘自今而后，学校教育，群知小说之资益，编其有密切关系于人心世道者，列为教科，使人人引进于小说之觉路，而脑海将由此而日富。吾知读政治小说，足以生其爱国心；读民族小说，足以坚其自立志；即读离奇侦探、英雄儿女诸般小说，亦足以感发其志气激昂、情义缠绵之真性。”③ 小说的教科书取向，体现了新小说家革新时弊的笨拙努力。小说的“教科之助”定位，颠覆了千年沉淀的“闲书”观念积习。其实这种崭新观念的建构，就表露出小说队伍审美趣味的转移，小说由悦情养性的自得之趣跃身为济国安邦的救世神话，小说的教育功能适应了这种时代的急需。部分新小说家明白

① 梁启超：《论小说与群治之关系》，见《梁启超全集》（第二册），北京出版社 1999 年版，第 885 页。

② 黄小配：《学堂宜推广以小说为教书》，见陈平原、夏晓虹：《二十世纪中国小说理论资料》（第一卷），北京大学出版社 1997 年版，第 312 页。

③ 黄伯耀：《学校教育当以小说为钥智之利导》，见陈平原、夏晓虹：《二十世纪中国小说理论资料》（第一卷），北京大学出版社 1997 年版，第 232 页。

为平民代言的重要性，也努力去关注小说的世俗教育，但是传统士大夫的观念积习，致使其不会轻易与平民大众感同身受，而这观念鼓吹的本身，就体现出小说功能平民化思维的可贵进步。狄平子首肯小说的袪除愚蒙之效："至于听歌观剧，则无论老稚男女，人人乐就之。倘因此而利导之，使人喜，使人悲，使人歌，使人哭，其中心也深，其刺脑也疾。举凡社会上下一切人等，无不乐于遵循，而甘受其利者也。"① 小说打磨心志的世俗之用，在救国新民的启蒙思潮中得到一定程度的发扬。陈平原称这种貌似通俗的文学为"利俗"的文字，究其实，"'利俗'是手段，'启蒙'才是目的。着意启蒙的文学不可能是真正的通俗文学。作家是站在通俗文学的外面，用雅文学的眼光和趣味，来创作貌似通俗的文学"②。诚然，小说要固守"教科之助"的定位，势必蹈袭俗文学的皮毛来表现雅文学领域的骨质，来展现小说家的天地良心，新小说的雅俗流变也就趋于复杂和多变。

俞万春《荡寇志》开启惩奸摘恶的先例，梁启超《新中国未来记》创辟"剖析型"的小说范式，笔伐深刻的《官场现形记》因为对清代官场的破坏性揭露，在作者直推为"教科书"的鼓吹下而一纸风行，新小说家将经行千年的个人"骚怨"说升华成一种普泛的道德观察和社会义愤。"小说者，人生之镜也。使其镜忠于写照，则即留人间一片影"③，晚清民初各种以"镜"、"钟"

① 梁启超等：《小说丛话》，见陈平原、夏晓虹：《二十世纪中国小说理论资料》（第一卷），北京大学出版社 1997 年版，第 84 页。

② 陈平原：《中国现代小说的起点——清末民初小说研究》，北京大学出版社 2005 年版，第 106 页。

③ 烂柯山人（章士钊）：《〈双杆记〉识语》，见陈平原、夏晓虹：《二十世纪中国小说理论资料》（第一卷），北京大学出版社 1997 年版，第 559 ~ 560页。

命名的小说，像《立宪镜》、《波兰镜》、《青楼镜》、《临妆镜》、《医界镜》、《风流镜》、《孤鸾镜》、《红闺镜》、《昏庸镜》、《学界镜》、《惩忿镜》、《亲鉴》、《多财宝鉴》、《妇孺钟》、《宦海钟》等，激励国人去借镜自省、留影受教。晚清民初小说书题的设置，正折射出小说家改良社会的苦心孤诣，《痛史》、《活地狱》、《惨世界》、《苦社会》、《苦学生》、《苦海余生录》、《劫余灰》，即全面剖析了积弊丛生的黑暗社会；《扫迷帚》、《瞎骗奇闻》、《泡影录》、《糊涂世界》、《斯文变相》、《富翁醒世录》，亦给世人提供惩恶扬善、返观自身的警醒效力。新小说家或建设、或破坏，随手点染，冷静谛察当下社会的众生相，深涵着强大的社会批判和理论建构力量。婉言多讽、主文谲谏，蹉跎子《最新女界鬼蜮记》首章就显志：

> 看官们，你们要知这现形记，并不是戏弄女界，把神圣不可侵犯的女学生，平白空空，谩骂他起来，都只为尊敬他，爱护他，独一无二的抬举他，所以他有些儿好处，就要替他表章表章，有些儿好处，也要替他评议评议，断不忍一笔抹杀的。总而言之，不外乎激励他们的意思。余惟顾现形记出现，而全国女同胞腐败者及早改良文明者益图锐进，淬精励神，共勉为完美无缺，高尚优美之好学生，即此便是余一部现形记的宗旨。①

借酒杯以浇块垒，各种现形记类的小说纷纷将批判的矛头指向社会，特别是晚清民初的官场更成为众矢之的，这突出表现在种种以揭发晚清宦海黑幕的小说之中，官场黑幕，新小说家愿意写，读者乐于听，出版商甘心支持。据林瑞明的统计，从 1905 年到

① 蹉跎子：《中国近代孤本小说精品大系 · 最新女界鬼蜮记》，内蒙古人民出版社 1998 年版，第 538 ~ 539 页。

1911 年，模仿《官场现形记》以针砭官场时弊为指归的小说至少有 16 部，如《官世界》、《宦海风波》、《新官场现形记》、《官场风流案》、《宦海》等；而以“现形记”命名的小说也达 11 部之多，如《学生现形记》、《医界现形记》、《家庭现形记》、《绅董现形记》、《嫖赌现形记》等。① 理想中王道乐土荡然无存，虚幻

① 林瑞明：《〈官场现形记〉与晚清腐败的官场》，见林明德：《晚清小说研究》，联经出版事业公司（台北）1988 年版，第 236 ~ 237 页。以《官场现形记》为滥觞，以官场为表现对象，单是书名中点明“官场”者，根据陈平原的考察，晚清民初小说起码有 19 种，见陈平原：《中国现代小说的起点：清末民初小说研究》，北京大学出版社 2005 年版，第 200 页。而笔者据樽本照雄《新编增补清末民初小说目录》统计，单是书名点明“官场”者至少有 51 部，它们是：李伯元《官场现形记》，李韵《官场风流案》，董狐，天梦《官场风流案》，天梦《官场离婚案》，天公《官场秘密史》、《最近官场秘密史》，陆士谔《官场怪现状》，《官场新笑柄》，《官场艳史》，《官场真面目》，佚名《官场维新记》，许伏民《官场现形记》、《后官场现形记》，傀儡山人《官场笑话》，侣云《官场笑话》、《官场笑话续编》，林纾《官场新现形记》，少芹《官盗》，陈梅君《官场黑幕》，死公《官话》，梦花馆主《官话》，觉奴《官话》，罗韦士《官鉴》，蓴孙《官僚风流史》，蜀冈蠖叟《官世界》，阿蒙《官太太》，佚名《新党升官发财记》，徐剑胆《冒官始末记》，《宦海大冤狱》，张春帆《宦海》，黄小配《宦海潮》、《宦海升沉录》、《宦海冤魂》，王梅癯《宦海传灯》，黄伯耀《宦海恶涛》，葛惠依《宦海风波》，李定夷《宦海明星》，毅斋《宦海妖孽》，钱惕宝《宦海钟》，蛰民《宦裔》，云间颠公《满清官场百怪录》，裕记《官商现形记》，延陵隐叟《特别新官场现形记》，《新官场现形记》，杭州老耘《新官场现形记》，南武野蛮《新官场现形记》，心冷血热人《新官场现形记》，超然《新官场现形记》，佚名《新官场现形记》，佚名《续官场现形记》，詹言《最新官场现形记》。以“现形记”为题者起码也有 41 部，它们是：李伯元《官场现形记》，许伏民《官场现形记》，《后官场现形记》，林纾《官场新现形记》，裕记《官商现形记》，冷眼《和尚现形记》，玩时子《滑头现形记》，仙源苍园《家庭现形记》，慧珠女士《女界现形记》，《最近女界现形记》，佚名《女子现形记》，冶逸《嫖赌现形记》，忧时子《嫖界现形记》，完公《嫖界现形记》，百业公《商界现形记》，佚名《社会现形记》，（转下页）

焦虑袭击和敲打着新小说家的心灵，李伯元《官场现形记》卒章就亮出自我的补天热忱：

那人说是："上帝可怜中国贫弱到这步田地，一心要想救救中国。然而中国四万万多人，一时那能够统通救得。因此便想到一个提纲挈领的法子，说：中国一向是专制政体，普天下的百姓都是怕官的，只要官怎么，百姓就怎么，所谓上行下效。为此拿定了主意，想把这些做官的先陶熔到一个程度，好等他们出去，整躬率物，出身加民。又想：中国的官，大大小小，何至几千几百个；至于他们的坏处，很像是一个先生教出来的。因此就悟出一个新法子来，摹仿学堂里先生教学生的法子，编几本教科书教导他们。并且仿照世界各国普通的教法，从初等小学堂，一层一层的上去，由是而高等小学堂、中学堂、高等学堂。等到到了高等卒业之后，然后再放他们出去做官，自然都是好官。二十年之后，天下还愁不太平吗？"①

只是现实生活太无奈，新小说家端赖的文化体制不足以满足他们的心灵寻租，而是以一种强烈的批判形态呈现。总之，晚清民初

（接上页）白莲室主人《绅董现形记》，《神童现形记》，葛啸侬《时髦现形记》，闻野鹤《塾师现形记》，叶少吾《新党嫖界现形记》，嗟予《新党现形记》，延陵隐叟《特别新官场现形记》，《新官场现形记》，杭州老耘《新官场现形记》，南武野蛮《新官场现形记》，心冷血热人《新官场现形记》，超然《新官场现形记》，佚名《新官场现形记》，佚名《续官场现形记》，詹言《最新官场现形记》，贡少芹《新社会现形记》，遁庐《学生现形记》，李定夷《新上海现形记》，老林《学堂现形记》，瘦腰生《最新学堂现形记》，郁闻尧《医界现形记》，睡狮《革命鬼现形记》，顾曲周郎《女优现形记》（即《九尾鳖》），王游山人《海上风流现形记》，佚名《苏州现形记》。

① 李伯元：《官场现形记》，见《李伯元全集》（第二册），江苏古籍出版社 1997 年版，第 852 页。

小说暴露抨击有余，指南建设太少，体现出粗糙的写实况味，构成了中国小说观念近代化进程中社会指向的固有矛盾。

二、实用理念中的新知传播

小说“教科之助”定位，凸显了晚清民初小说的功利和实用取向。黄小配《学堂宜推广以小说为教书》、耀公《普及乡闾教化宜倡办小说演讲会》都把改良群治的希望寄托在小说的认识教化上。本来，传统的“见仁见智”说就厘定了小说接受效应的分野，《三国演义》和《水浒传》等小说文本就因为其耐人寻味的情节、标领时代风骚的小说范式而备受不同时代读者的垂青。新小说家更在这种观念传统的基础上作进一步的发扬：“《三国志演义》尤好纵横兵略，不厌权谋……按国朝康熙朝，尝有诏饬印《三国志演义》一千部，颁赐满洲、蒙古诸路统兵将帅，以当兵书。”① 新小说家接续小说文本艺术之外的实用大棒，向着小说醒世新民的启蒙大道飞奔。晚清民初小说的分类，绽露当下国人对新知的选择方向。《新小说》杂志作为晚清民初小说报刊的先行者，它的每一举动都关合着后起小说报刊的取舍。它的小说分类就有 12 种之多，其中政治、侦探、科学、哲理和法律等小说门类，不见于传统小说领域，带有明显的输入新知趋向，《绣像小说》和《月月小说》杂志则有直接的“教育小说”门类。陶铸灵魂、健全思想，小说的德育教化成为晚清民初文人的执著追求。晚清民初薰莸杂陈的社会存在，促使小说家在选择翻译作品时，也属意学理和新知的传播，凸显小说的疗救社会之力。“若提倡小说者，而能含科学之思

① 邱炜萲：《金圣叹批小说说》，见陈平原、夏晓虹：《二十世纪中国小说理论资料》（第一卷），北京大学出版社 1997 年版，第 32 页。

想，物质之经验，是则我社会之师也。”① 师法自用，晚清民初国人在阅读侦探和法律小说时，也在潜移默化之中增强了法律观念和民主意识，进而返观社会和自身。批判精神的强化，引发科学精神和自由观念渐入人心。

谴责代替讽刺，晚清民初小说描写对象的夸张和丑化，强化了小说的教育功效。吴趼人《〈月月小说〉序》认同梁启超对于小说与群治之关系的阐述，复索二义：“足以补助记忆力”，“易输入知识”②，借诸小说，深奥难懂的学理变得形象易明，读者亦在寻绎趣味之时，实现“德育之助”的宏大指标，无论如何，这些都是社会文明进步的表征。这适如阿英所论：“这见解，在今天看来，实在是太平常，仅在吾人开始理解得小说重要性的当时，此说实足以纠正许多坏的倾向，而强调读者对于小说与群治的理解。”③ 小说的教育功能，澄清了小说观念世界的诸多模糊认识。吴趼人《〈两晋演义〉序》就表露出他纠偏归正的努力：“以《通鉴》为线索，以《晋书》、《十六国春秋》为材料，一归于正，而沃以意味，使从此而得一良小说焉。谓为小学历史教科之臂助焉可，谓为失学者补习历史之南针焉亦无不可。”④ 新小说家自觉认同“教员”的社会身份，无疑张扬小说的求真求实色彩。这种取向也体现于他们所表白的现实追求之中，“是故吾发

---

① 佚名：《论小说与社会之关系》，见陈平原、夏晓虹：《二十世纪中国小说理论资料》（第一卷），北京大学出版社1997年版，第168页。

② 吴趼人：《〈月月小说〉序》，见《吴趼人全集》（第八卷），北方文艺出版社1998年版，第199页。

③ 阿英：《小说二谈·吴趼人的小说论》，见《小说闲谈四种》，上海古籍出版社1985年版，第79页。

④ 吴趼人：《〈两晋演义〉序》，见《吴趼人全集》（第四卷），北方文艺出版社1998年版，第258页。

大誓愿，将遍撰译历史小说，以为教科之助"①。启人智慧、移人根性，新小说家强烈的镜子意识驱策他们拾掇教化工具，在实用的旗帜下融入社会潮流。

开通民智、涵养民德，新小说成为当下文人展现政见和改造社会的有力武器。《娘子军》开篇就论："列位：现在的世界是日进文明不比从前的腐败了。无论什么事情，上自国家政体下至社会上的风俗，同家庭间的习惯，凡有偏重的流弊统统都要改良。那改良的入手办法第一层便是兴学，若除了兴学二字，实在没有别的好法子。"② 兴学成为当下社会激浊扬清的第一要义，实用法则的运用，小说也张扬和成就了文人改良社会的参与热情。与兴学主张相伴而行的是追求"言文一致"近代白话文运动。小说要负载新民的时代使命，就必须在文学语言上趋俗，在审美取向上为下等人写照，可是这种取向的实质，又往往同传统文人的文言思维习惯相冲突。晚清民初白话报刊（包括小说杂志）的创办，为小说的教科书功效发挥提供了一个时代契机。刊载于《新新小说》杂志上的《侠客谈》就作出过有效的尝试："《侠客谈》之作，为少年而作也。少年之耐性短，故其篇短；少年之文艺浅，见解浅，故其义、其文浅；少年之通方言者少，故不用俗语；少年之读古书者少，故不用典语。"③ 浅显通俗的小说语言，有利于扩大新知的传播领域。《母夜叉》一时也被当做学习语言的标本，"一是现在的有心人，都讲着那国语统一，在这水陆没有通的时

① 吴趼人：《〈月月小说〉序》，见《吴趼人全集》（第八卷），北方文艺出版社 1998 年版，第 200 页。

② 佚名：《中国近代孤本小说精品大系·娘子军》，内蒙古人民出版社 1998 年版，第 455 页。

③ 陈景韩：《〈侠客谈〉叙言》，见陈平原、夏晓虹：《二十世纪中国小说理论资料》（第一卷），北京大学出版社 1997 年版，第 144 页。

候。可就没得法子，他爱瞧这小说，好歹知道几句官话，也是国语统一的一个法门。我这部书，恭维点就是国语的教科书罢”①。依照他们的说法，用小说来宣传“言文统一”，就找准了一种更为快捷的文化途径。孙毓修《〈新说书〉序例》主张“用浅显明快之文言，可作教科书观”②，教科书的定位，意味着某种色彩的小说平民化取向，以浅切之语，释深奥之理，“实用”允符了新小说的工具理性需要。金圣叹作为小说批评史的一个重要的界标，晚清民初的小说批评家或多或少受到他的影响，特别是其评点《水浒传》的“十五法”，给晚清民初小说批评提供了一个现成的范式。在小说翻译领域，先出的小说文本也无疑成了后起者的范本，半侬就推戴《福尔摩斯侦探案全集》的示范作用：“柯氏此书，虽非正式的教科书，实隐隐有教科书的编法。”③ 小说为教科书之助的功用，拓展了小说教育的广度，加强了读者认知的力度。

三、认识维度上的功能误解

稗贩异域文明，打造启蒙之维，小说启弊之钥的工具理性，取代了小说的传统价值观念。蠡勺居士（蒋子让）早在 1873 年的《〈昕夕闲谈〉小叙》中就论：“予则谓小说者，当以悦神悦魄为主，使人之碌碌此世者，咸弃其焦思繁虑，而暂迁其心于恰

① 佚名：《〈母夜叉〉闲评八则》，见陈平原、夏晓虹：《二十世纪中国小说理论资料》（第一卷），北京大学出版社 1997 年版，第 174 页。

② 孙毓修：《〈新说书〉序例》，见陈平原、夏晓虹：《二十世纪中国小说理论资料》（第一卷），北京大学出版社 1997 年版，第 418 页。

③ 半侬：《〈福尔摩斯侦探案全集〉跋》，见陈平原、夏晓虹：《二十世纪中国小说理论资料》（第一卷），北京大学出版社 1997 年版，第 548 页。

适之境者也。"① 弘扬小说的美感教育作用。小说虽"小"，却文备众体、包罗万象，中国小说观念的近代化进程体现出社会选择和文体自我扬弃的双重效应。晚清民初小说是在救国神话的感召下加快近代化的步伐，小说地位的飙升，助长了其主流文学的责任感，表露出众声喧哗、领袖群伦的时代表征。单纯地视小说为"教科之助"的话语推崇，遮蔽了小说的文学本位与批评视角，其理论的片面性就被鲁迅《中国小说的历史变迁》拈出评之："加以宋明理学极盛一时，因之把小说也多理学化了，以为小说非含有教训，便不足道。但文艺之所以为文艺，并不贵在教训，若把小说变成修身教科书，还说什么文艺。"② 近人黄遵宪的评判颇为中肯，亦不妨移录：

《新小说》初八日已见之，（仅二旬余得报，以此为最速，缘汕头之洋务局中每有专人飞递故也。）果然大佳，其感人处，竟越《新民报》而上之矣。仆所最贵者，为公之《关系群治论》及《世界末日记》，读至"爱之花尚开"一语，如闻海上琴声，叹先生之移我情也。《新中国未来记》表明政见，与我同者十之六七，他日再细评之，与公往复。此卷所短者，小说中之神采、（必以透彻为佳。）之趣味耳。（必以曲折为佳。）俟陆续见书，乃能言之，刻未能妄测也。仆意小说所以难作者，非举今日社会中所有情态一一饱尝烂熟，出于纸上，而又将方言谚语一一驱遣，无不如意，未足以称绝妙之文。前者须富阅历，后者须积材料。阅历不能袭而取之，若材料则分属一人，将《水浒》、《石头记》、《醒

① 蒋子让：《〈昕夕闲谈〉小叙》，见陈平原、夏晓虹：《二十世纪中国小说理论资料》（第一卷），北京大学出版社 1997 年版，第 570 页。

② 鲁迅：《中国小说史略》（附录），齐鲁书社 1997 年版，第 364 页。

世因缘》以及泰西小说，至于通行俗谚，所有譬喻语、形容语、解颐语，分别钞出以供驱使，亦一法也。公谓何如?《东欧女豪杰》，笔墨极为优胜，于体裁最合。总之，努力为之，空前绝构之评，必受之无愧色。①

作者笔下的环境绘制成了演讲和说教的课堂，小说人物形象的刻画让位于抽象或片面的学理和政治观念的图解，这种创造倾向被有的新小说家嘲笑：

颜秩回的著作，有些地方千篇一律，什么“咄咄咄！咄咄咄！”还有人形容他，学他的笔墨说：“猫四足者也，狗四足者也，故猫即狗也；莲子圆者也，而非扁者也，莲子甜者也，而非咸者也，莲子人吃者也，而非吃人者也；香蕉万岁，梨子万岁，香蕉梨子皆万岁！”笑话百出，做书的人，也写不尽这许多。②

新小说家的救国激情和片面认知，抽空了小说的艺术精神内核，严重影响了小说感物写志、缘情作文的审美属性。

放手直书、铺排夸张，不假思索地投入自我的道德主见，势必忽略对小说艺术技巧的经营。恽铁樵《论言情小说撰不如译》载：“今之小说，责以通俗教育，诚谦让未遑；若谓初学借小说以通文理，则为世所公认。故小说可谓作文辅助教科书。今以辞藻自炫，是背修辞公例，安在能补助哉?”③ 对小说教科书定位的过分关注，破坏了小说自身的文体独立和艺术的完整性。许与澄

① 黄遵宪：《致梁启超书》，见吴振清等编：《黄遵宪集》（下），天津人民出版社 2003 年版，第 503 页。

② 《文明小史》（第四十六回），见《李伯元全集》（第一册），江苏古籍出版社 1997 年版，第 324～325 页。

③ 恽铁樵：《论言情小说撰不如译》，见陈平原、夏晓虹：《二十世纪中国小说理论资料》（第一卷），北京大学出版社 1997 年版，第 534 页。

《关于〈小说月报〉之一得》说得更明白："以莘莘学子，每舍正当之教科书弗观，而喜研究小说，又仅识其事，弗究其文，此则徒费精神，获利甚鲜。"① 新小说家指责传统小说带着言近道德、说近考据、好言典故等弊端，不能走近平民大众，他们自己却对异域文化存有相当程度的生吞活剥、拉杂成篇倾向，又不免陷入单一的学理介绍与概念剖析的泥坑。这种非情节化的处理方式，便制造了一系列的创作误区：新小说家不是从情节本身去探究哲理，而往往听命于种种主义或论说而去编造故事。《娘子军》就抒写了新小说家的编造豪情："爱云道：'如此我就去编。'从此以后日里办完学务，夜里编辑小说，费了两个月苦功，竟成一部完全小说，大旨都是振兴女学，并不涉男女私情。"② 生事编造，理论先行，一部提倡女学的"善本"就这样形成，却相对漠视了小说创作时应有的生命体验。至于蔑人自夸、专事呵斥，谴责和窥探被推向极致，小说便堕入"黑幕"一流。

文学凝聚一代文人的文化符号，文人秉性的流露，造就五彩缤纷的文学大观。如果兰陵笑笑生、曹雪芹和吴敬梓不忠于自己的生命体验，以道德说教来含摄一切；或者缺乏必要的终极关怀高度，听任社会生活的自然主义地呈现，那么，世界文学画廊就缺少了三朵艺术奇葩。刘鹗《老残游记》中的玙姑、黄龙子和逸云的谈天弘道之说，还寄托着新小说家的立身处世观，有效地实现旅游角色和传道功能的统一，而到梁启超《新中国未来记》、李伯元《文明小史》那里，则只能借小说人物黄克强、邹绍衍来谈论维新革命等大小社会政治问题。张春帆《九尾龟》"一片苦

① 许与澄：《致〈小说月报〉读者书》，见陈平原、夏晓虹：《二十世纪中国小说理论资料》（第一卷），北京大学出版社 1997 年版，第 535 页。

② 佚名：《中国近代孤本小说精品大系·娘子军》，内蒙古人民出版社 1998 年版，第 522 页。

心、一腔热血”，以揭发嫖界黑暗、唤醒国民为指归，不料却成了“嫖界的指南”，新小说家缺乏必要的审美距离，读者自然也不会认真对待。《新世界小说社报》设置：新小说宜作史读、新小说宜作子读……偏偏忽视了读小说应当持有的文学眼光。黄人以其敏锐的文学识见，认为小说有异于其他文类，自有文体高格，“玉颀珠颔，补史氏之旧闻，气液日精，据良工所创获，未始非即物穷理之助也；不然，则有哲学科学专书在。《吁天》诉虐，金山之同病堪怜，《渡海》寻仇，火窟之孝思不匮，固足收振耻立儒之效也；不然，则有法律经训原文在”①。新小说趋向教科书认同，接近了平民大众，却疏离读者的文学审美。徐念慈的一句话可作小说与社会关系的最好归结：“则小说不足以生社会，而唯有社会始成小说者也。”② 洞察社会、关注人生，新小说才能坚守明确的功能取向。

一切文学现象都有其深层的社会意识底蕴，小说功能是文本性质的外化和显现，晚清民初小说的教育作用带有鲜明的过渡时代的烙印。“教科之助”的价值取向，指引着晚清小说创作的道德践履，也展现了新小说家承担社会责任的浩淼天地。教科书的功能取向，显露出近代实用理性的影响，它实际上用通俗的形式包装雅正的内容，给通俗小说进军高雅的文学殿堂披上一件合法的外衣，率先在功能层面上实现由俗入雅。暴露官场、纠弹风俗，爱国之思替换了忠孝节义的传统载道观，启蒙洪流为小说进驻文学殿堂擂鼓助威，传统的小说功能观发生歧变。但是，揭奸发蔽并非晚清民初小说的唯一取向，救国潮流将小说推到了时代

① 黄人：《〈小说林〉发刊词》，见阿英：《晚清文学丛钞·小说戏曲研究卷》，中华书局1960年版，第160页。

② 徐念慈：《余之小说观》，见陈平原、夏晓虹：《二十世纪中国小说理论资料》（第一卷），北京大学出版社1997年版，第332页。

的风口浪尖，晚清民初小说仍展现了形形色色的文学风貌。文学传统与异域文明的嫁接，新小说成为社会的教科书，新小说家变成精神导师般的教员，新小说家传播新知，“本末不具，派别不明，惟以多为贵，而社会亦欢迎之”①，作者与读者的双向误解，滋生了晚清民初小说具备容纳一切人类文化能力的虚假泡沫，片面的推崇势必存有抽象的图解痕迹，抹杀了小说固有的文体规律和特征，但是它毕竟感应了特定时代的社会需要，形成对社会与文学规律的探讨和研究。功利与审美构成纵横交错的小说功能坐标，一方的张扬往往以对应一方的存在空间压缩为代价。“文以载道”的传统理念支撑着晚清民初小说的文坛霸主地位，所载之“道”黏合和铺叙着新小说家的政治豪情和强烈社会参与意识，一旦政治热情消退，读者的审美需要峰回路转，救世神话让位于文化市场的调节，新小说回归于娱世和向俗功能就是理所当然的了。

第四节　晚清民初小说的娱乐功能

时代变迁与历史传承包孕着丰厚的文化理性因子，晚清启蒙思潮的鼓荡，促成文学与政治的联姻，促使了传统小说观念的革故鼎新。群体参与的启蒙话语造成小说文类地位的突转，改变了小说批评的书写方式与理论期待。文化语境中的政治气息强化了小说批评的载道色彩，文人少谈甚至不屑于展现小说的娱乐色彩，他们自觉奔赴斗争恶风浊浪的舆论前线，小说娱情养性的消费空间一段时间内被大面积压缩，其单薄的呼唤只能是等到市民

① 梁启超：《清代学术概论》，见《梁启超全集》（第五册），北京出版社 1999 年版，第 3150 页。

文化膨胀以后才得以壮大，中国小说观念的近代化进程也就出现了由理论宣传向文本消费的回归趋势。

一、启蒙语境的制约与规限

小说起源于民间文化之说，就隐寓其为茶余酒后谈资之义，其作为劳动休息时愉悦情感之工具的发生学意义，表露了小说遣兴乐情的娱乐本位。1920 年鲁迅《小说史大略》言："意者口语文体之兴，当由二端：一为劝善；一为娱乐，而皆时为平人而设者也。"① 文人心态的灌注，促使小说的社会功用呈现出两极延伸的局面，劝善与娱乐是社会群体意识的折射，表现人生，触摸人物形象的内心世界，实现劝善与娱乐的自然融合，固是小说社会功能的最佳境界，但这一现象也只在《红楼梦》等少数小说经典上才会见到，大多数小说还是在二者所营造功能框架中游走，只是有质态的多少轻重之别。小说要突破"闲书"的观念积习，多偏向劝善一端；而其坚守娱乐本位，在一定程度上又承认了小说的卑俗地位。受中国传统文化儒道互补的二元对立结构的影响，小说观念上的载道论与娱乐论，就构成了小说观念的双重变奏，亦是小说观念坐标体系的两根轴，任何一种小说大致都能在其构成的坐标系找准自己相应的位置。② 清人佩蘅子列小说的社会功用为三等："其一，贤人怀着匡君济世之才，其所作都是惊天动地，流传天下，传训千古。其次英雄失志，狂歌当泣，嬉笑怒

---

① 鲁迅：《中国小说史略》附录，齐鲁书社 1997 年版，第 293 页。稍后，鲁迅《中国小说史略》的第十二篇《宋之话本》表述为"以意度之，则俗文之兴，当由二端，一为娱心，一为劝善，而尤以劝善为大宗"，见该书第 88 页。

② 刘登阁：《中国小说观的文化坐标系》，《中国人民大学学报》（哲社版）2001 年第 3 期，第 112～117 页。

骂，不过借来舒写自己这一腔块垒不平之气，这是中等的了。还有一等的，无非说牝说牡，动人春兴的。”① 对照小说观的文化坐标，前二者多与载道论一极相关，而第三种则贴近小说的娱乐功能。历代小说批评家为了使小说获就一张进入主流文坛的门票，往往不惜向史乘和经书挂靠，小说的社会和文学地位直至十九世纪中叶仍无明显的改善，这恰从另一侧面说明了小说娱乐功能的根深蒂固。1895 年西泠散人《熙朝快史序》在道出“小说岂易言哉”的苦衷时，也附带否定了小说是抒发作者个人不平的自娱说，而是链接时代风云和社会变化，让读者去体谅作者创作的苦衷，从而力图在小说观念的社会纵深度上获得突破。但这种观念的取舍也只是当下极少数文人的审美实践，真正编织小说改良社会的文化图像的，还得归功于梁启超等人鼓荡的“小说界革命”。

穷极异形、振厉末俗，梁启超等人的“小说界革命”直接受惠于西方传教士的小说观念，小说成为实现小说家与社会活动者社会期待的共同方式。维新变法的失败，启蒙民众成为当下社会的第一要务，由政治延伸到文学，他们的理论实践，在促使小说趋向正统文学认同的同时，却人为地漠视小说的传统文化链条，体现出一种强烈的工具理性特色。惩恶扬善、济国安邦，新小说家更新了传统小说的载道内容，以急切的功利需要来接纳异域小说，其强烈的理论预设就制造和导引了一系列的创作与阅读误区。传统文化的体用观念融合着近代实用理性，内在地延续着文学传统的经世致用精神，《新小说》杂志鲜明地标榜其宗旨：“专在借小说家言，以发起国民政治思想，激励其爱国精神。一切淫

① ［清］佩蘅子：《吴江雪》（第九回），春风文艺出版社 1986 年版，第 50 页。

猥鄙野之言，有伤德育者，在所必摈。”① 新小说家既明知“中国小说，起于宋朝，因太平无事，日进一佳话，其性质原为娱乐计”，又感知当下的社会现实，不得不承认“今日改良小说，必先更其目的，以为社会圭臬，为旨方妙”②。企图通过小说的传播利器功用来解决或缓和现实社会的种种危机与焦虑，以致大量的政治理论与道德说教被硬塞和填入小说文本，其自身的娱乐消费需求就大打折扣。他们对传统小说经典的毁谤自有其评价的尺度，却在重塑小说经典的实践中，表露其天生的才具稚拙。新小说家意图给国民输入最新的政治、生计学理，来划清与“寻常说部”的界限。但即如是鼓荡新小说最为用力的《新中国未来记》，也无法建构一个新小说的范式标准，其历史人物形象的设置和长篇的政治学理宣传，根本无法达到他们从生计上改良国民的目标，甚至比“寻常说部”还要逊色。文学救国的思潮烽烟四起，新小说家“听将令”的自为性态度，对小说娱乐功能的忽视，自在情理之中了。

言为心声，小说是新小说家的一种社会参与方式，早在李贽、金圣叹等小说批评家那里，即竭力用小说来比附史迁，体现了一种拒绝小说边缘化的努力倾向。唯古雅是尚的翻译大家林纾，尽管其翻译文法多多受惠于金圣叹之学，也宁肯依托传统的“春秋笔法”，而不愿承认金圣叹“以文运事”的才子说，以致在文史的纠缠中冲不出一条新路。小说经年流淌的河道在晚清语境的制约下，突然加宽，洪波奔涌的摧枯拉朽之力，扫荡着小说观

① 新小说报社：《中国唯一之文学报〈新小说〉》，见陈平原、夏晓虹：《二十世纪中国小说理论资料》（第一卷），北京大学出版社 1997 年版，第 59 页。

② 梁启超等：《小说丛话》，见陈平原、夏晓虹：《二十世纪中国小说理论资料》（第一卷），北京大学出版社 1997 年版，第 99 页。

念的传统因子。新小说作为主流话语的存在，本身就借助于一个极具夸张意味的功利性口号，它片面制造了小说代言政治的社会效用。1906 年《〈新世界小说社报〉发刊辞》还在继续启蒙主义者的论调：“文化日进，思潮日高，群知小说之效果，捷于演说报章，不视为遣情之具，而视为开通民智之津梁，涵养民德之要素。”① 为探究和绘制中西文明冲突与交流的文化图像，李伯元《文明小史》颇费心神，其束文部分平中丞的感叹不无代表性：“此番蒙着上头的恩典，派出洋去考察政治，顺便阅历阅历，学习学习，预备将来四国，有所条陈，兴利的地方兴利，除弊的地方除弊，上补朝廷之失，下救社会之偏。”② 小说的补失救偏效用，既接续和强化了载道的观念传统，又符合谴责新小说家干预社会的需要。中国古代小说往往注重于情节的经营，曲折生动的情节也是小说耐人寻味的艺术特质之一，而晚清民初小说旁借异域小说创作经验，显露出对情节有意漠视的叙事表征，内容空洞、人物干瘪以及思想意旨的随声附和，造成了晚清民初小说艺术的水土流失，晚清小说屡屡受人诟病的原因，亦多缘于此。其实，小说文体在晚清启蒙者那里并未赢得最终的独立，至少在艺术层面上是如此情况。小说文本中充斥的政治、道德话语不过是其社会使命的变相替代。新小说家有意忽视小说的娱乐功能，亦是为了坚守刚刚获就的主流话语姿态，因为属意和夸大小说的娱乐功能，就意味着认同小说的亚文化地位，这又是跟新小说家提倡小说的初衷相违背的，甚至还不能与当下喧嚣的小说改良思潮

① 佚名：《〈新世界小说社报〉发刊辞》，见陈平原、夏晓虹：《二十世纪中国小说理论资料》（第一卷），北京大学出版社 1997 年版，第 201 页。

② 《文明小史》（第六十回），见《李伯元全集》（第一册），江苏古籍出版社 1997 年版，第 425 页。

相对等。

二、娱情本性的潜存与发展

社会是一个复杂的综合体，对任何一个国家和民族而言，即使是最为专制残酷的时代，其思想意识也绝非整齐划一，都会在一定程度上存在着某些社会思潮此长彼消的客观现实。小说之"说"，从语源学上阐释亦有"同'悦'"的说法①，这就点明了小说愉悦性情的审美文化。传统小说娱目与醒心追求，在一定程度上折射了小说的娱乐文化特征，小说也正是立足于"小"的文类位置，不斤斤于社会使命的使唤而延续着文体的发展演变。小说作为游戏之笔的说法起源于唐代，散文大家韩愈、柳宗元不畏众议，"所以为戏"说的提出与发扬，就代表了部分士大夫的心声。传统文人更是严格区分"学者之文"与"游戏之文"的畛域，纪昀厘定《四库全书》中"子部"的筛选标准，以及其《阅微草堂笔记》"姑妄言之"游戏宗旨的自我告白，种种文人分而治之的文学现象，就是一个有力的注脚。王国维《文学小言》云："文学者，游戏的事业也。人之势力用于生存竞争而有余，于是发而为游戏。"② 这就从文学本体的维度淡化了文学的载道色彩，揪住了文学与人生的存在关系。新小说家主观凸显小说的载道功能，并不就意味着小说娱乐功能的消失，古代文人视小说为游戏笔墨的积习，在晚清民初仍有嗣响。不论刘鹗及其后人恪守

---

① 《汉语大字典》(第六卷）载：《说文·言部》："说，说释也。"段玉裁注："说释，即悦怿。说、悦、释、怿，皆古今字。许书无悦怿二字。"《玉篇·言部》："说，怿也。"湖北辞书出版社、四川辞书出版社 1989 年版，第 3979 页。

② 《文学小言》，见《王国维遗书》（第五册）之《静安文集续编》，上海古籍书店 1983 年版，第 27 页。

《老残游记》为“一时兴到笔墨”的游戏说，也不管林纾的翻译小说大师地位的确立，主要是缘由其对翻译小说事业的执著和热爱，但是其步入翻译领域之初，却以填补丧偶后的精神空虚、以一种借译书排寂的文学实践面目而出现的。即如 1904 年启蒙思潮高涨之时的《新新小说》杂志，也不讳言其娱乐主张：“本报发始，不过为一二友人戏作。后为见者怂恿，因以付刊，故一切定名等类，皆近游戏。”① 茶余酒后最助谈兴者，就是趣味盎然的小说，小说家游戏为文的创作态度在一定程度上保证了自我的文学自主性，就这一点来说，1914 年徐枕亚《〈小说丛报〉发刊词》可谓一脉相传，其云：“吾辈佯狂自喜，本非热心励志之徒；兹编错杂纷陈，难免游手好闲之诮”，“有口不谈家国，任他鹦鹉前头；寄情只在风花，寻我蠹鱼生活。”② 寄情风花的游戏文字描绘了，更是对等了政治思想退潮后的社会消费心理。

以诙谐之笔，写游戏之文，晚清民初小说的娱情本性突出表现为新小说家对科诨、谐谑文字的采用。“科诨之妙，在于近俗，而所忌者又在于太俗。不俗则类腐儒之谈，太俗即非文人之笔”③，即使是作为政治小说舆论先导的《译印政治小说序》也不得不承认“凡人之情，莫不惮庄严而喜谐谑，故听古乐，则唯恐卧，听郑、卫之音，则靡靡而忘倦焉”④。神奇的忘倦功能，就反映了小说娱乐功能的存在事实。新小说家之所以喜引札记、逸

① 佚名：《〈新新小说〉特白》，见陈平原、夏晓虹：《二十世纪中国小说理论资料》（第一卷），北京大学出版社 1997 年版，第 146 页。

② 徐枕亚：《〈小说丛报〉发刊词》，见陈平原、夏晓虹：《二十世纪中国小说理论资料》（第一卷），北京大学出版社 1997 年版，第 486 ~ 487 页。

③ ［清］李渔：《闲情偶寄》，三秦出版社 1998 年版，第 306 页。

④ 梁启超：《译印政治小说序》，见《梁启超全集》（第一册），北京出版社 1999 年版，第 172 页。

闻、奇谈入小说，是因为他们深知千篇一律的议论话语会干扰读者的阅读，以致不断提醒读者关注小说中谐谑文字，甚至还人为地添加部分谐谑场景来弥补读者阅读缺陷，这在翻译小说中尤为突出。趼廛主人评点《毒蛇圈》存有类似的实践："中间处处用科诨语，亦非赘笔也。以全文均似闲文，无甚出入，恐阅者生厌，故不得不插入科诨，以醒耳目。此为小说家不二法门。西文原本，不如是也。"① 科诨入文，甚至推戴为小说著、译的不二法门，这一夸张性话语的背后就折射出小说娱乐消费的生存空间，形形色色的中文笑话和西文笑话也就有了存在的必要。跟官场有关的笑话，有傀儡山人《官场笑话》、香梦词人《新官场笑话》、侣云《官场笑话》、陆士谔《官场新笑柄》等，其实李伯元、吴趼人何尝不把官场当做谈笑之资来对待。吴趼人云："窃谓文字一道，其所以入人者，壮词不如谐语，故笑话小说尚焉。吾国笑话小说亦颇不鲜，然类皆陈陈相因，无甚新意识，新趣味。内中尤以《笑林广记》为妇孺皆知之本，惜其内容鄙俚不文，皆下流社会之恶谑，非独无益于阅者，且适足为导淫之渐。思有以改良之，作《新笑林广记》。"② 生平喜为诡诙之言的吴趼人，旗帜鲜

① 趼廛主人：《〈毒蛇圈〉评语》，见陈平原、夏晓虹：《二十世纪中国小说理论资料》（第一卷），北京大学出版社 1997 年版，第 112 页。

② 吴趼人：《新笑林广记·自序》，见《吴趼人全集》（第七卷），北方文艺出版社 1998 年版，第 335 页。然而，他追求的新意识、新趣味亦为平常。如载于《新笑林广记》上的《问看书》，原文为："甲乙二人同谒张之洞，张问甲近看何书。甲欲谀之，对曰：'近看《劝学篇》，获益匪浅。'张大喜，复问乙。乙本胸无点墨者，以甲言看《劝学篇》，得张之喜，窃念类此之书，张亦必喜。乃对曰：'近日看《劝学篇书后》，获益亦复不浅。'"吴氏对此有一按语："此条昔年曾撰登上海某报者，因自诩造意颇隽，不嫌复选，复录于此。"见《吴趼人全集》（第七卷），北方文艺出版社 1998 年版，第 337 页。

明地提出“笑话小说”的概念，从小说门类上张扬小说的娱乐色彩。其被视为四大谴责小说之一的《二十年目睹之怪现状》有十四回涉及和穿插了笑话，就连注重文本艺术探讨的回评话语也有三处采摘笑柄。小说第五十五回回评就借一则笑话来揶揄军门大人：“乡人至沪，见修路碾机，误为汽车，问能乘坐至乡间否。人曰：‘能，吾即卖车票者。’乡人予以资，取得一纸，便拟登机。司机人呵之，则曰：‘吾已购得车票矣。’出示之，则一纸卷烟之招牌纸也。”① 小说评点话语艺术色彩的淡化，这种采摘诙谐之文的做法，使得小说评点沦为某种插科打诨性质的文字，从某种程度上说，这实际上也是为了调节读者的阅读趣味。吴趼人的短篇小说系列也展现类似的特征，《立宪万岁》标为“滑稽体”，另设副标题为“吁嗟乎新政策”；《平步青云》标为“笑枋体”，副标题则为“阅者疑吾言乎？此物即在上海”；《快升官》标为“记事体”，将副标题设置为“颂旧社会乎？警旧社会乎”。荒诞不经的故事文本、滑稽幽默的扮相，寥寥数语，散发着强烈的讥弹时政、调侃世道气息，貌似诙谐的语言隐含着文人郁结的悲戚心理和深沉的忧患意识。

三、市民文化的取向与需求

立足于世态人情的捕捉、展现市井生活的自然本色，市民文化不同相对严肃的官场文化，有其相对自足的文化形态。对市民需求的显形把握，可以触摸到他们世俗情怀跳动的脉搏，其相对粗糙自然的文化特性，决定了其追求感官刺激的群体共性。早在明中叶的世情小说《金瓶梅》那里，就以其反映市井社会的务实

① 吴趼人：《二十年目睹之怪现状》，见《吴趼人全集》（第一卷），北方文艺出版社 1998 年版，第 452 页。

态度，引领了中国小说观念的近代演变。古代小说的“闲书”非文学地位，它主要还是一种藏之书笥的自娱产物，小说作者自我的强烈自卑更是表明小说文体独立的艰难。小说作为市民文化的表现之一，早有文人进行过理论上的阐释，即使是在理学昌盛的南宋，曾慥《类说序》将小说功能归结为四种，其“供谈笑”的功能表述就说明其对小说娱乐文化的认同。与此连接的，徐念慈将小说功能定格为“小说者，文学中之以娱乐者，促社会之发展，深性情之刺戟者也”①。突出娱乐功能的首要位置，这并非是随意道出的话语，实际上带有向娱乐回归的意味。政治时局的变幻，葬送了一部分新小说家对小说持有的梦想，特别是民国的建立，撕裂了启蒙思潮的理论预设构架，险恶的政治斗争和落寞的文人心态，促使小说功能逐步走向载道论的反面，这就扩大了小说娱乐的生存空间。从启蒙阵线上走下来的新小说家，多少带有一些不堪政治折腾的厌倦意味，转求娱乐、贴近市民消费自是他们要达到的终点站之一。

晚清民初的报刊，1872 年创刊的《申报》发轫在前，而后《游戏杂志》、《中华小说界》、《礼拜六》、《小说大观》、《眉语》、《消闲品》等杂志，植根于市民消费的土壤，都将“兴味”作为办刊的主要宗旨之一。羽翼正史、教诲劝诫是一种目标，滑稽游戏、无关宏旨也是一种追求。小说虽号开智觉民之利器，终为茶余酒后之助谈，认识此中要义，在民初也不在少数：“小说界于教育中为特别队，于文学中为娱乐品。”② 小说消费的本土生长点刺激着读者的审美需求。晚清民初的小报刊载小说，更带有明显

① 徐念慈：《余之小说观》，见陈平原、夏晓虹：《二十世纪中国小说理论资料》（第一卷），北京大学出版社 1997 年版，第 332 页。

② 沈瓶庵：《〈中华小说界〉发刊词》，见陈平原、夏晓虹：《二十世纪中国小说理论资料》（第一卷），北京大学出版社 1997 年版，第 437 页。

的娱乐追求色彩，李伯元《官场现形记》、吴趼人《糊涂世界》、佚名的科学小说《元妙观之气球》就发表在“消闲”性的小报《世界繁华报》上。对小报审美趣味的娱乐性，阿英有过精辟的论述：“若果不谈这些‘风月’‘勾栏’，这些小报在当时就不会存在了，就失却物质基础了。这正说明了这类小报，是半殖民地都市生活，和封建地主生活结合起来所孕育的，具有特征的报纸。也正反映了当时半殖民地的买办阶级、洋场才子、都会市民和官僚地主一些没落的生活形态。这些报纸，是起了推波助澜作用的。不过，我所以著录，却是为着另外一面，就是这些小报，同时也揭露了当时的社会黑暗，抨击了买办、官僚以及帝国主义，奠定了晚清谴责小说发展的基础。”① 隐藏于字里行间的，正是说明娱乐指向不仅是小报的一种生存策略，也是当下社会消费形态的具象反映。

市民文化的一个重要特征，不在道德说教上见长，而以身心的放松和消闲是骛。茶花女与福尔摩斯无疑是晚清民初小说界最为欢迎的人物形象，其实主要原因还在于他们所对应的言情和侦探两种小说门类。阿英说：“当时译家，与侦探小说不发生关系者的，到后来简直可以说没有。如果说当时翻译小说有千种，翻译侦探要占五百部以上。”② 侦探和言情应对了市民消遣性情的需求。按照陈大康的统计，在 1075 篇晚清小说标目中，侦探小说

① 阿英：《晚清小报录》，见杨光辉等编：《中国近代报刊发展概况》，新华出版社 1986 年版，第 114 页。

② 阿英：《晚清小说史》，人民文学出版社 1980 年版，第 186 页。阿英《清末小说杂志略》云：“《绣像小说》，在侦探小说风靡一世时，能独持异议，不刊此类作品，实为难能。”见张静庐：《中国近代出版史料初编》，中华书局 1957 年版，第 109 页。此断语误，笔者披阅《绣像小说》杂志，发现其刊登了三部侦探小说，即：《华生包探案》（第 4 ~ 10 期）、《俄国包探案》（第 21 ~ 22 期）、《三疑案》（第 61 ~ 62 期）。

竟达141篇，高居小说标目的榜首；言情与哀情类加在一起共有64篇，位居小说标目的第三。① 侦探与言情小说的风行，就是抓住了市民的消费文化特征。清末民初小说家将市民情趣演绎成浓郁的写情主义，尽管他们沾上了一定的租界情趣、洋场恶习，也未必全都扣住了市民文化的内核，至少其众多的读者群的存在，就是一个无言的指令，它表明了市民文化广阔的生存空间。

奇妙精巧的布局、曲折动人的情节，可能是侦探小说占据中国读者心理的一个重要原因，并非只在于新奇题材之类简单断语所能概括："余最喜观西人包探笔记，其情节往往离奇俶诡，使人无思索处，而包探家穷究之能力有出意外者，然一说破，亦合情理之常，人自不察耳。"② 侦探小说的强劲发展势头对新小说家存有相当的诱惑，即如《二十年目睹之怪现状》和《老残游记》也不能免俗，前者有"九死一生"在苟才之死事件上的述说，后者有老残侦破齐东村人命案的叙写，绽析出各自作者的好奇心理，这也从侧面表明市民文化（市场选择）的巨大威力。因此，徐念慈的认知和感悟颇具代表性：

> 侦探小说，为我国向所未有，故书一出，小说界呈异彩，欢迎之者，甲于他种。虽然，近二三年来，屡见不一见矣。夺产、争风、党会、私贩、密探，其原动力也；杀人、失金、窃物，其现象也。侦探小说数十种，无有抉此范围者。然其擅长处，在布局之曲折，探事之离奇。而其缺点，譬之构屋者，若堂、若室、若楼、若阁，非不构思巧绝、布置井然；至于室内之陈设，堂中之藻绘，敷佐之帘幙屏榻金

① 陈大康：《关于"晚清"小说的标示》，《明清小说研究》2004年第2期，第125～133页。

② 孙宝瑄：《忘山庐日记》，上海古籍出版社1983年版，第743页。

木书画杂器，则一物无有，遑论雕镂之精粗，设色之美恶耶！故观者每一览无余，弃之不顾。质言之，即侦探小说者，于章法上占长，非于句法上占长，于形式上见优，非于精神上见优者也。①

新小说家纷纷不敌侦探小说和言情小说的诱惑，并不说明他们艺术鉴赏力的低下，市场需求的指令就是一个不容忽视的因素②，它往往形成吊诡的两极：积极推动或消极阻碍。职是之故，周树人兄弟译作《域外小说集》，译笔文采不可谓不高，但十年之中，竟只销二十一册，症结就出在其典雅的文笔脱离了实际的小说消费市场。黄人《小说小话》构想“一切谣俗之猥琐，闺房之诟谇，樵夫牧竖之歌谚，亦与四部三藏鸿文秘典，同收笔端，以供馔箸之资料”③，试图在雅俗共赏上满足市民的消费情趣，只是这一设想本身的乌托邦色彩，在晚清民初仍不能实现大的突破。

一编在手，万虑皆忘，新小说家对小说的娱乐功用的极力吹嘘，至少在晚清，颇有点夸大其词的味道，但也在一定程度上反映了其感染愉悦作用。要想抠住市民消费的基点，无疑应该注重

---

① 徐念慈：《第一百十三案》（第一章）之“觉我赘语”，《小说林》第1期，见《小说林》影印本（第一册），上海书店1980年版，第12～13页。

② 清末民初的稿酬是市场制约的一个具体表现，小说家吴趼人于1902年借杂文《吴趼人哭》点明：“闭门谢客，行将著书，承诸友爱我勉我，以开化为宗旨。又承诸友爱我，代为之踌躇曰：‘薪水或不给否？’此两种朋友，我均甚感之敬之。”见魏绍昌：《吴趼人研究资料》，上海古籍出版社1980年版，第267页。出版家张元济1917年6月的日记亦有记载：“函告伯训，收稿事宜从严。杂志投稿从前价昂，现在亦应按市计值。”见张元济：《张元济日记》，商务印书馆1981年版，第230页。

③ 黄人：《小说小话》，见阿英：《晚清文学丛钞·小说戏曲研究卷》，中华书局1960年版，第352页。

情节的经营。栉风沐雨于晚清民初社会的商战，市民文化夯实了其经济基础，民初小说多流露出市民式的玩世不恭。言情小说往往在情节上吸引住读者，本来一部《巴黎茶花女》已经赚尽了天下才子的眼泪，可是片面受动于市民需求，以致言情小说倒向了黑幕小说，又歪曲了小说发展的正常方向。鲁迅指责《二十年目睹之怪现状》等谴责小说云："惜描写失之张皇，时或伤于溢恶，言违真实，则感人之力顿微，终不过连篇'话柄'，仅足供闲散者谈笑之资而已。"① 杂集话柄、缺少情节上的前后勾连，既是小说家仓促上阵的反映，又是新小说家应对市民情趣的具体策略。1913 年《小说月报》杂志社征求小说的标准为"情节则择其最离奇而最有趣味者，材料则特别丰富，文字力求妩媚"②。一种小说杂志实际上就是一定时空内的舆论导向，这一征文标准的设置反映了社会对情节的具体要求。设置曲折动人的情节，在传统小说那里，主要是通过巧设悬念，从技巧上吸引读者的视线。新小说家也善于借鉴异域小说叙事手法，如《九命奇冤》、《鸳湖潮》分别在人命案和绝命书的倒装叙事上抓住了读者的阅读兴味，而晚清民初小说缘由平民文学思潮的勃兴，市井细民的身边琐事再现于小说文本，言语的俚俗在一定程度上拉近了作者与市井社会的关系，然后蔓延至官场和社会，这或许是民初黑幕小说存在原因的另一层文化剖析。小说杂志上的小说标目，如"怪异小说"、"奇情小说"、"第一离奇小说"等，显然是瞄准小说市场需要，从市民消费上打开缺口。平心而论，晚清小说家忽视小说的娱乐功能并不表明小说娱乐文化的断裂，实际上试图调和小说政治性

① 鲁迅：《中国小说史略》，齐鲁书社 1997 年版，第 230 页。

② 小说月报社：《〈小说月报〉特别广告》，见陈平原、夏晓虹：《二十世纪中国小说理论资料》（第一卷），北京大学出版社 1997 年版，第 419 页。

和娱乐性的新小说家不在少数，不管怎样，晚清民初的客观时势不容许也没有出现二者兼得的繁荣局面，民初小说家在检讨晚清小说的基础上，逐渐出现向娱乐文化的归依趋势，其本身就是小说功能的必然归宿，也是对晚清小说观念的批评与扬弃。

第五节 晚清民初小说的审美功能

近代社会转型是一个复杂的观念存在，它投之于小说观念之批评功能上，那就是以文学救国的理论旗帜变相替代和占据了经世致用的传统阵地，晚清民初小说亦借助这种潮流的光环获就了主流文学的地位。晚清民初小说作为当下的文学主流形态，潜移默化地影响到世人的思想感情和精神风貌，辨美丑、分善恶，小说的审美功能遂得以彰显。这样，“人们在阅读作品时，对其中人物的行为、命运和种种生活情景，必然会在感情上产生强烈的反应，引起优美的或丑恶的、崇高的或卑劣的、悲惨的或可笑的等等感觉，从而在精神上得到愉悦和陶冶。”① 小说的审美功能往往因为文本自身的审美效力，强化着读者的情感愉悦程度，而在晚清民初的文化语境中，小说报人面向读者的种种办刊策略，也从一定程度上拓展了小说审美功能的作用天地。

一、美感体验与审美意识的微调

感发心志、抒写怀抱，小说文本是现实生活的具象折射。古典小说理论归其一点，乃是人的问题，在文本和历史中穿越，我们可以把捉古人的生存方式和人生旨趣。宁宗一考察元末明初以降的中国古典小说审美意识的三次重大更新，以为《三国演义》、

① 以群：《文学的基本原理》，上海文艺出版社1980年版，第85页。

《水浒传》是第一次，《金瓶梅》是第二次，《儒林外史》、《红楼梦》是第三次。他认为："《金瓶梅》的出现，在最深刻的意义上是对《三国演义》和《水浒传》所体现的理想主义和浪漫主义洪流的反动。它的出现也就拦腰截断了浪漫的精神传统和英雄主义风尚。然而，《金瓶梅》的作者却又萌生了新的小说审美意识，小说正在追求生活原汁形态的写实美学思潮。"① 晚清民初小说家接续《金瓶梅》的作者的写实美学旗帜，笔锋所指，上自机要大臣，下至胥吏跑卒，由官场到市井，从社会及家庭，含摄社会大千，全面而真实地反映他们自己的时代，体现出强烈的"平民文学"色彩的写实况味。

同声相应、同气相求，小说的审美功能，首先在美感体验上赢得突破。美感体验，是小说文本感染力和读者心理共鸣程度的综合反映，好勇斗狠、快意恩仇，是一种嗜血欲望的发泄；春花秋月、缠绵悱恻，则为一类消磨志气的社会心结。1873 年蒋子让《〈昕夕闲谈〉小叙》言："予则谓小说者，当以怡神悦魄为主，使人之碌碌此世者，咸弃其焦思繁虑，而暂迁其心于恰适之境者也。"② 小说在遣兴移情的审美体验前提下，较好地设置了"寓教于乐"的审美祈向。严复、夏曾佑《〈国闻报〉附印说部缘起》从"公性情"维度切入小说审美功能，在其看来，小说之所以具有经史无法比拟的"入人之深、行世之远"的审美功效，就因为小说关注人性人情，这就找准了审美体验的情感基础。冷佛的《春阿氏》据当时实事，演为小说，极力强化读者的美感体

① 宁宗一：《史里寻诗到俗世咀味——明代小说审美意识的演变》，见宰美高、黄霖：《明代小说面面观——明代小说国际学术研讨会论文集》，学林出版社 2002 年版，第 4 页。

② 蒋子让：《〈昕夕闲谈〉小叙》，见陈平原、夏晓虹：《二十世纪中国小说理论资料》（第一卷），北京大学出版社 1997 年版，第 570 页。

验："读者当寒风打窗苦雪堕地一灯如豆惨绿凄红之迢迢长夜，聚一家人老的少的男的女的村的俏的，围不灰木小火炉，演述此小说担忧流涕时，脑筋系中亦应仿佛有一弱女子伶俜无主春阿氏之鬼魂，在窗外向读者呜呜咽咽如怨如讨崩角稽首无算。"① 悲婉凄苦的如豆一灯下，仿佛游荡着一个哀哭无助的孤魂。只是冷佛未能忠于自我的生命体验，转向大肆渲染侦探断案的过程。这种强烈功利取向，制约着审美功能发挥的力度和广度。就此而论，潄石生的喟叹也就有了其现实基础："小说之作，不难于详叙事实，难于感发人心；不难于感发人心，难于使感发之人读其书不啻身历其境，亲见夫抑郁不平之事，流离无告之人，而为之掩卷长思，废书浩叹者也。"② 从感发人心上追求美感，美感体验无疑是持久而强烈的。

呕心作字、濡血成篇，小说文本的社会取向和艺术追求是一种对立统一的批评存在。新小说家对审美功能的认知展现出某些时代色彩的进步，徐念慈《小说林缘起》认为小说是一种"理想美学"、"感情美学"，而后其在《余之小说观》将此申述成"小说者，文学中之以娱乐的，促社会之发展，深性情之刺戟者也"③，小说固有的怡情悦性功能得到体认。黄人亦注重审美意识的发扬："宝钗罗带，非高蹈之口吻；碧云黄花，岂后乐之襟期？微论小说，文学之有高格可循者，一属于审美之情操，尚不暇求真际而择法语也。然不佞之意，亦非敢谓作小说者，但当极藻绘

① 冷佛：《中国近代孤本小说精品大系·春阿氏》，内蒙古人民出版社 1998 年版，第 10 页。

② 潄石生：《〈苦社会〉序》，见陈平原、夏晓虹：《二十世纪中国小说理论资料》（第一卷），北京大学出版社 1997 年版，第 152 页。

③ 徐念慈：《余之小说观》，见陈平原、夏晓虹：《二十世纪中国小说理论资料》（第一卷），北京大学出版社 1997 年版，第 332 页。

之工，尽缠绵之致，一任事理之乖僻，风教之灭裂也。”① 真际（科学之真）、法语（道德之善）和审美情操，是一组无法割裂的批评范畴，这就显露了浓郁的近代审美意识。对审美意识，特别是对小说移情作用的探讨，较为系统的应推梁启超的《论小说与群治之关系》，其云：

一曰熏。熏也者，如入云烟中而为其所烘，如近墨朱处而为其所染。……久之而此小说之境界，遂入其灵台而据之，成为一特别之原质之种子。

二曰浸。熏以空间言，故其力之大小，存其界之广狭；浸以时间言，故其力之大小，存其界之长短。浸也者，入而与之俱化者也。

三曰刺。刺也者，刺激之义也。熏浸之力利用渐，刺之力利用顿；熏浸之力在使感受者不觉，刺之力在使感受者骤觉。

四曰提。前三者之力，自外而灌之使入；提之力，自内而脱之使出，实佛法之最上乘也。凡读小说者，必常若自化其身焉，入于书中，而为其书之主人翁。②

梁启超揪住小说文本与读者欣赏的关系，从生理层面用四种力来概括小说的移情审美功能，涉及小说关注人生的文学本质，已经达到了一种时代的高度。但是，梁氏属意小说的审美功能，往往隐含着贬抑中国传统小说感染力这一理论预设，“梁氏认为小说‘提’的作用最重要，但有一件事使他遗憾，就是中国小说不但不提升读者，反而总是把读者‘降’得和不足取法的主角不相上

① 黄人：《〈小说林〉发刊词》，见阿英：《晚清文学丛钞·小说戏曲研究卷》，中华书局1960年版，第160页。

② 梁启超：《论小说与群治之关系》，见《梁启超全集》（第二册），北京出版社1999年版，第884～885页。

下。因此，读《红楼梦》的人会自比为贾宝玉，读《水浒》的人则模仿李逵或鲁智深。（我们不禁会奇怪，难道读者不会模仿宋江或林冲?）由于这些人物都不适合模仿，读者的厄运便同作者的熏、浸、刺、提的能力成了正比例。梁氏强调中国有些小说名著引人入胜的力量，这样算是承认了这些作品的艺术成就，实则以此强调了它们对读者的更大害处。”① 这种理论的偏颇，致使其无法割裂本土文化立场，对小说审美功能作更为系统和深入的探究，就此而论，梁氏对小说审美意识的研讨，其拓展空间仍为有限。

为嬉笑怒骂之文章，以供谈笑之资料，新小说家多向摸索了小说审美功能实现的方式。1903 年鲁迅说过：“至小说家积习，多借女性之魔力，以增读者之美感。”② 算是道出了小说家的思维习惯，就连林纾《〈英孝子火山报仇录〉译余剩语》也承认：“小说一道，不着以美人，则索然如啖蜡。”③ 究其实，晚清民初小说的审美功能，主要还是表现在新小说家对小说杂志的美感追求和对读者阅读情趣的弥补上，这也是晚清民初小说期刊生存策略的具体表现。《月月小说》杂志就列有“滑稽小说、俳谐小说、游戏小说、诙谐小说”等标目，据陈大康的统计，在有标目的1075篇晚清小说中，标示为“政治小说”者为 22 篇，标示为“侦探小说”、“滑稽小说”、“言情小说”者，分别为 141、33、40 篇，④ 这种标

① ［美］夏志清：《新小说的提倡者：严复与梁启超》，见《人的文学》，纯文学出版社有限公司（台北）1977 年版，第 75 ~ 76 页。

② 周树人：《〈月界旅行〉辨言》，见《鲁迅全集》（第十卷），人民文学出版社 1982 年版，第 152 页。

③ 林纾：《〈英孝子火山报仇录〉译余剩语》，见阿英：《晚清文学丛钞·小说戏曲研究卷》，中华书局 1960 年版，第 214 页。

④ 陈大康：《关于“晚清”小说的标示》，《明清小说研究》2004 年第 2 期，第 125 ~ 133 页。《月月小说》创刊时，就辟有“滑稽小说、讥弹、俏皮话”等栏目，并推出大陆著的《新封神传》，表露新小说家的娱情和审美追求。

目统计数字的背后就隐含着读者的审美趋向。在美感的追求上，标领小说杂志风范的《新小说》将其图画选择设置为："专搜罗东西古今英雄、名士、美人之影像，按期登载，以资观感。其风景画，则专采名胜、地方趣味浓深者，及历史上有关系者登之。而每篇小说中，亦常插入最精致之绣像①绘画。"② 对人物画的选择，竟涉及美女影像；对风景画的筛选，则凸显了区域特色。姑且不论其目标能否实现，但事实的本身就意味着新小说家对审美功能的发扬。其实，图文结合是中国古代文学的一种重要的表现方式，只是图像的辅助叙事功能没得到足够的重视与传承。宋人郑樵《通志略·图谱略》就数落和批判过只收书不收图的做法："河出图，天地有自然之象；洛出书，天地有自然之理。天地出此二物，以示圣人，使百代宪章必本于此，而不可偏废者也。图经也，书纬也，一经一纬，相错而成文；图植物也，书动物也，一动一植，相须而成变化。见书不见图，闻其声而不见其形；见图不见书，见其人不闻其语。图至约也，书至博也，即图而求易，即书而求难。古之学者为学有要，置图于左，置书于右，索象于图，索理于书。故人亦以为学，学亦以为功，举而措之，如执左契。后之学者，离图即书，尚词务说。故人亦难为学，学亦难为功，虽平日胸中有千章万卷，及寘之行事之间，则茫茫然不

① 元代出现一种上图下文的全相本小说，至明代万历年间发展为冠图或插图方式，统称为"绣像"，它在明代后期成为一种专门的艺术，《三国演义》、《水浒传》、《西游记》都有这种绣像本。见刘国钧：《中国书史简编》，书目文献出版社 1982 年版，第 83 页。商务印书馆的《绣像小说》杂志，一般在主要长篇每一回前配"绣像"两幅，就不排除其以此来吸引读者眼球的考虑。

② 新小说报社：《中国唯一之文学报〈新小说〉》，见陈平原、夏晓虹：《二十世纪中国小说理论资料》（第一卷），北京大学出版社 1997 年版，第 59 页。

知所向。”① 据清人叶德辉记载，绘图书籍宋代以前就有：“绣像书籍，以宋椠《列女传》为最精，顾抱冲得而翻刻。上截图像，下截为传，仿佛武梁造象，人物车马极古拙，相传为顾虎头绘。元椠则未之见，明代最为工细，曾见《人镜阳秋》及《郑世子载堉乐书》、《隋炀艳史》、《元人百种曲首表》、《水浒传首本》、《隋唐演义首表》，皆有绘画。”② 1884 年《点石斋画报》的创办，采用“文配图”而非昔日“图配文”的方法，对此，阿英清晰地记载：“清末自点石斋创立后，石印小说戏曲风行一时，长篇巨制，插图往往多至数百幅，至今为藏书家所珍。”③ 晚清民初出版业的种种策略，强化了时人对图像叙述功用的认知。应当承认，大部分小说杂志，特别是民初的小说刊物更喜欢用美女画像作为封面，以此来吸引和招徕读者。包天笑依然记得：“从前办那种文艺杂志，也很注意于图画，尤其是小说杂志。《小说时报》除了在小说中偶有插图外，每期前幅，还有许多页铜版画图。这些铜版图，有的是各地风景，有的是名人书画，但狄平子以为这不足引人兴趣，于是别开生面，要用那时装美人的照片。”④ 作为《小说时报》主编的包天笑，其回忆应该具有一定的说服力。小说杂志注重于图画的选择，就是挖掘图画中包裹的审美娱乐因子，这也是小说杂志应对市场选择的一种具体策略。

中国小说观念的近代化进程，在获就异域政治话语的同时，

---

① ［宋］郑樵：《图谱略·索象》，见《通志略》，上海古籍出版社 1990 年版，第 729 页。

② ［清］叶德辉：《书林清话》，中华书局 1957 年版，第 218 页。

③ 阿英：《小说三谈·清末石印精图小说戏曲目》，见《小说闲谈四种》，上海古籍出版社 1985 年版，第 126 页。

④ 包天笑：《钏影楼回忆录》（中），龙文出版社股份有限公司（台北）1990 年版，第 429 页。

赢得一个自我更新的历史契机。中国传统小说家不太看重景物描写，就因为它是一种非情节化的手段，异域小说的叙事参照，景物描写也就成为新小说家映照人物心理的一种重要手段，不过，大部分新小说家在这一方面表现平庸，就连某些职业小说家也不擅长此道。李伯元《文明小史》第二十七回回评云："于俗不可耐之时，忽插入游西湖一段，想见作者闲情别致。"① 可细究小说文本，李伯元标榜"足娱片晌"的西湖风光不过是"八月天气，有些柳树摇风，桂香飘月的意思。到得靠晚，只见天上一片晴霞，映得湖水青一块、紫一块，天然画景，就是描写亦描写不出"②，若论用语，则不离元明山水描写旧套，且早早收场，给人感觉不是很畅快。吴趼人的自我告白揭示了新小说家回避景物经营的心理："他种小说，于游历名胜，必有许多铺张景致之处。此独略之者，以此书专注于怪现状，故不以此为意也。"③ 言下之意，新小说家"专注"他物而削弱他们对景物的锤炼。真正在景物描写上取得突破的倒是有心补残的刘鹗，其《老残游记》第二回写千佛山、大明湖秋色，梵宇僧楼、苍松翠柏，意境深邃高远；第八回借诸申子平叙写桃花山风光，借海扬波，让人体味到文人丰富的内心世界；第十二回描写山东黄河结冰情形，就是通过实地观察，赋予其别具一格的艺术个性。昔日说书场的陈词滥调已不足胜任刻画特色各异的景物现状，这种创作努力，突破了传统小说的拟书场结构，在缓解读者阅读的疲劳之余，也适合了

① 李伯元：《文明小史》（第二十七回），见《李伯元全集》（第一册），江苏古籍出版社 1997 年版，第 193 页。

② 李伯元：《文明小史》（第二十七回），见《李伯元全集》（第一册），江苏古籍出版社 1997 年版，第 189 页。

③ 吴趼人：《二十年目睹之怪现状》（第三十八回回评），见《吴趼人全集》（第一卷），北方文艺出版社 1998 年版，第 307 页。

小说读者案头欣赏评定的艺术需要。虽然，写景状物不排除新小说家拉郎配对、勉强为之的因素，其突破政治话语单一语境的努力，却是值得肯定的。

二、悲剧观念与审美习惯的嬗变

人文关怀、尚生贵行，是我国传统文化精神的突出表现之一。“乐而不淫、哀而不伤”，崇尚中庸之道，追求中和之美，则为我国传统文学的一种重要的审美习惯。儒家重仁政，道家法自然，释家讲果报，天人合一，人与自然的和谐，往往是我国传统文学的一种重要旨趣。这种审美旨趣的规约下，便在文学创作中沉淀为大团圆的结局模式。天理昭彰、人心向善，无论故事何等跌宕起伏、人物命运多么沉浮不定，但终归恶人伏诛、好人好报。“之所以在中国古典小说中有大量的团圆模式存在，其根本原因乃是中华民族文化心理中的‘乐感文化’内核使然：坚信经过种种磨难，天下的有情人终会成为眷属。正是文化从根本上规范和制约着人们的思想意识和感情心理，而人又将其表现和投射到作为文艺之一的小说中来。”① 从某种层面上说，大团圆模式既是国人乐善好施之用世态度的折射，也是国人逃避社会、略带精神胜利法色彩的一种心理慰藉。

我国叙事文学的滞后现状，影响到国人对悲剧观念的接受效应。燕赵的慷慨悲歌、屈原的悲愤咏叹，展示了我国传统文学的悲剧性成分萌芽。至元朝，民族矛盾激化、阶级斗争尖锐，大量的悲情题材出现于文人笔下，促成悲剧文学的繁荣，关汉卿的《窦娥冤》、马致远的《汉宫秋》、白朴的《梧桐雨》和纪君祥的

① 胡邦炜、[日] 冈崎由美：《古老心灵的回音》，四川文艺出版社1991年版，第244页。

《赵氏孤儿》，则铸造了我国悲剧戏曲的审美典范。至“千红一窟（哭）、万艳同杯（悲）”的《红楼梦》问世，作者用高贵生命谱写中国文学的悲剧精神，用诗意小说的方式拷问社会和人生的重大命题。这种近乎超前的悲剧观念却常常备受国人的质问和挑战，国人难以接受宝黛分离、好梦成空的悲剧，也不太情愿接受“落了个白茫茫大地真干净”的故事结局，几乎在《红楼梦》诞生之时，就出现各种续书来补梦和圆梦。① 其缘由大体如鲁迅所论：《红楼梦》续书“大率承高鹗续书而更补其缺陷，结以‘团圆’，甚或谓作者本以为书中无一好人，因而钻刺吹求，大加笔伐。但据本书自说，则仅乃如实抒写，绝无讥弹，独于自身，深所忏悔。此固常情所嘉，故《红楼梦》至今为人爱重，然亦常情所怪，故复有人不满，奋起而补订圆满之。”②《红楼梦》的众多续作的“团圆模式”体现了续作者的补天热忱。而至晚清民初，不单《红楼梦》的悲剧审美规范得以认可，就连其由理想转为写实的创作取向也渐入人心，悲情小说《花月痕》和《玉梨魂》的畅销，就是国人审美习惯嬗变的具体信号。

开启中国小说理论现代转换审美之维的，自然得归功于王国维。王国维涵泳叔本华、康德哲学，关注人生痛苦，从生命意识切入小说的审美价值。1904 年发表的《〈红楼梦〉评论》就鲜明地标出“以生活为炉，苦痛为炭，而铸其解脱之鼎”的解脱之道：“通常之人，其解脱由于苦痛之阅历，而不由于苦痛之知识。唯非常之人，由非常之知力，而洞观宇宙人生之本质，始知生活

① 《红楼梦》的续书，孙楷弟《中国通俗小说书目》著录清代的 17 种，阿英《小说四谈》著录 20 种，一粟《红楼梦书录》著录清代至现代的续书 32 种，仿作 21 种，赵建忠《红楼梦续书研究》著录清代至当代的，则为 98 种。

② 鲁迅：《中国小说史略》，齐鲁书社 1997 年版，第 191 页。

与苦痛之不能相离，由是求绝其生活之欲，而得解脱之道。”① 关注现实人生，成为文学集体救赎的一种方式，这种超功利的审美认同，有助于树立世人对文学本质的全面认识。1906 年周作人创作《孤儿记》时，直接承认雨果《悲惨世界》的影响：“昔嚣俄作《哀史》，尝恨三大问题之难解决，曰：‘一、男子以困穷而落魄；二、女子以饥饿而堕落；三、小儿以蒙昧而颠越。是三者，天下之所同痛也。我欲记之，而我无方。’”② 相对合理地熔铸悲剧观念，客观展示现实生活的苦痛，直接影响到五四文人对大团圆模式的检讨与批判。

孽镜悬胸、语悴情悲，四处横流的泪水，是晚清民初小说无可排遣的一个心结。不用说晚清民初颇为流行的种种哭泣意象，只要一瞥晚清民初小说的题名，也能瞅见问题的大概。笔者根据阿英《晚清小说目》的“创作之部”统计，以悲剧氛围为主的至少有《亡国恨》、《仇史》、《血泪痕》、《血泪黄花》、《血泪因缘》、《血风花雨录》、《血海孤腥录》、《杜鹃血》、《活地狱》、《苦社会》、《恨海》、《恨海花》、《泪珠缘》、《情天恨》、《凄风苦雨录》、《痛史》、《劫余灰》、《痛定痛》、《惨女界》、《碧血幕》、《断肠草》和《离天恨》22 部之多。这就表明国人对悲剧模式的认识，不再是一个纯粹的观念符号，已经投入创造实践之中。早先时候严复所谓的“可怜一卷《茶花女》，断尽支那荡子肠”③，就客观绘制了普天下同声一哭、沉浸于“林译小说”的

① 《〈红楼梦〉评论》，见《王国维遗书》（第五册）之《静安文集》，上海古籍书店 1983 年版，第 47～48 页。

② 周作人（平云）：《〈孤儿记〉识语》，见陈平原、夏晓虹：《二十世纪中国小说理论资料》（第一卷），北京大学出版社 1997 年版，第 179 页。

③ 严复：《甲辰出都呈同里诸公》，见王栻：《严复集》（二），中华书局 1986 年版，第 365 页。

激赏场景。民国元年以后，以情标目、形形色色的悲情、惨情和哀情小说，更是不断吹落国人停在眼角的泪珠。民初小说家承认“比来言情小说，如恒河沙数之多。言情之中，尤以哀情最受欢迎”①，根究原因，“哀情小说写到关着痛痒处，可以歌，可以泣，非至性人不能作哀情小说”②。新小说家对玉陨珠沉悲情的当场刻画，改写了传统的审美习惯，以致有的民初小说家言：“至小说家言，半皆怨史。”③ 虽有些夸张，亦不可谓为无根之论。

情天迷离、恨海惝恍，晚清民初有一批钟情于哀情小说创作的队伍，像徐枕亚、苏曼殊、吴双热和李定夷。即如悲剧类小说，也有差别。《恨海》、《邻女语》和《劫余灰》，叙述社会环境急剧变迁、人们流离遭难的际遇；而《玉梨魂》和《湘娥泪》和《孽冤镜》，则谱写一类由于思想和行为的舛误，愁肠与情种的扭结，茫然无所归依的性格悲剧。“忍见胡沙埋艳骨，休将清泪滴深杯。多情漫向他年忆，一寸春心早已灰。”④ 特别值得一提的是苏曼殊，其特殊的家境和身份致使其极为敏感于外物的变化，佛家子弟的外表总掩藏不住其对社会现实的关注。《断鸿零雁记》、《天涯红泪记》、《碎簪记》和《非梦记》，抒写无法排解的理智与情感冲突，展示爱情与死亡主题的社会震撼效果。人物形象自我意识的觉醒和社会惯性的矛盾，促使作者咀嚼现实生活的苦痛，字里行间弥漫的悲剧气氛，则突破了“有情人终成眷

① 鬘红女史：《〈鸳湖潮〉评语》，见陈平原、夏晓虹：《二十世纪中国小说理论资料》（第一卷），北京大学出版社 1997 年版，第 504 页。

② 鬘红女史：《〈賈玉怨〉评语》，见陈平原、夏晓虹：《二十世纪中国小说理论资料》（第一卷），北京大学出版社 1997 年版，第 506 页。

③ 海绮楼主人：《〈賈玉怨〉序》，见陈平原、夏晓虹：《二十世纪中国小说理论资料》（第一卷），北京大学出版社 1997 年版，第 505 页。

④ 苏曼殊：《樱花落》，见《苏曼殊文集》（上），花城出版社 1991 年版，第 27 页。

属”的审美规范，强化了国人正视社会悲凉之雾、直面惨淡人生的审美趋向。

一部小说是一面社会生活的镜子，它如晨钟暮鼓，引领人们不断地去反思整个社会人生。应当承认，不少晚清民初小说是“事本实有、润饰考订”之作，新小说家在创作小说之际，在一定程度上也在展示自我的社会使命和道德立场。小说文类地位的提高，并不意味着小说社会价值与审美价值的同步创获。接续传统，感应异域，新小说家要么夸大小说的工具主义取向，要么遵从生命意识，这种在新小说家看来，颇具二难意味的选择，处处制约晚清民初小说审美功能的发挥。尽管黄人、徐念慈等人已经开始用“审美”来部分弥补“小说界革命”的偏颇，却没能对准生命关注的选择，无法找到一条解决现实矛盾的生路。倒是王国维、鲁迅和周作人，积极引进西方近代意义的小说观念，对小说本体的认知有了时代和美学层面的跃升。然而曲高和寡，他们超前的理论宣传未能获得国人的全面理解和响应，就连鼓吹者自己也掉头他顾，王国维兴趣逐渐转入史学领域，鲁迅沉溺于古碑，周作人乐意于外国文学的一般介绍，新小说审美功能进一步强化则要等待五四新文学的曙光。

小　结

阿英言简意赅地梳理清末民初小说发展脉络，说翻译小说初起目的在做政治宣传，“然后才从政治的，教育的，单纯的目的，发展到文学的认识，最后又发展到歧路上去”[①]。万马齐喑的沉闷

① 阿英：《晚清小说的繁荣》，见张静庐：《中国近代出版史料初编》，中华书局1957年版，第197页。

气氛，促使怀才蓄志的文人去探究解决社会危机的出路，但晚清民初的社会现实就好比艳若桃花的恶性肿瘤，不能给他们提供足够的施展才华的广阔舞台。“盖知作史当善善恶恶矣，而尚未识信信疑疑更为先务也”①，要想在倾向于“实录”的征途上，求得道德的“善”，凸显小说的慕史功能，势必会在一定程度上张扬其劝惩功能。新小说家攀附史乘，目的是提高小说的文类地位，运用劝惩和教育的手段，来抒发他们的社会诉求，一旦社会风云趋于黯淡和险恶，他们的社会参与激情就逐渐消退，其满腔学问就多寄志于游戏文章。这样，在强劲的政治话语环境里，假借道德说教的幌子进行娱乐遣兴，也不失为一种进退自如的方法与途径。新小说家在艺术建树上乏善可陈，改善小说地位之功，却是有目共睹的。1906 年新中国之废物《〈刺客谈〉叙》言：“爰以所闻各事，编成小说，以博诸君子消遣之助。惟其事之有关于政治与否，编者识浅见陋，不敢妄加论断。既为小说，作小说观可耳。”② 较为中肯地抓住了小说的功能实质。对小说娱乐功能的注重，并不意味着新小说一味在媚俗区域内打转，它也注重读者审美情感的升华，如果听任世俗的调侃与左右，势必遭到读者的冷落。由载道回归娱乐的功能进路中，相应地解放了昔日文人攀援史乘、经学话语的手脚，出现走近普通人生的审美趋向。政治功利性的小说进入小说传播领域，不能忽视商业操作的色彩，同样，注重于游戏娱乐的小说也会在重大时代风云面前展现自我的社会使命，晚清民初小说就是在这种功能的忽视与回归之“轻重”抉择中走过来的。

① 钱钟书：《管锥篇》（第一册），中华书局 1986 年版，第 251 页。

② 新中国之废物：《〈刺客谈〉叙》，见陈平原、夏晓虹：《二十世纪中国小说理论资料》（第一卷），北京大学出版社 1997 年版，第 220 页。

丹纳言："要了解一件艺术品，一个艺术家，一群艺术家，必须正确的设想他们所属的时代的精神和风俗概况。这是艺术品最后的解释，也是决定一切的基本原因。"① 社会政治风云的变幻隐寓小说观念的嬗变，中国小说观念在拥抱世界的开放语境中寻找自我的定位，晚清民初小说观念如同其繁杂的社会存在，呈现着五花八门的观念形态。追求实效、应对变局，新小说家期待视野的扭曲和启蒙行动的错觉，在改变小说的文类地位的同时，也埋下了小说文本主观敷陈的伏笔，新小说家随意为之的写作态度，淡化甚至达不到社会设置的功能效果。新庵针对晚清民初小说现状而发，其认识不可谓无中生有之论：

> 近年来，吾国小说之进步，亦可谓发达矣。虽然，亦徒有虚声而已。试一按其实，未有不令人废然怅闷者。别出心裁，自著之书，市上殆难其选，除我佛山人外，与南亭先生数人外，欲求理想稍新，有博人一粲之价值者，几如凤毛麟角，不可多得。即略有意义、位置妥帖者，亦不数数觏也。而新译小说，则几几乎触处皆是。然欲求美备之作，亦大难事哉！最可恨者，一般无意识之八股家，失馆之余，无以谋生，乃以作此无聊之极思，东剿西袭，以作八股之故智，从而施之于小说，不伦不类，令人喷饭。②

且不说新庵（周桂笙）披露的《海底漫游记》内容抄袭《新小说》杂志上的《海底旅游》，诸如此类的变相重复之事，就是一些小说名家也不能免俗，《文明小史》第59回关于南拳北革的议论雷同于《老残游记》第11回的相关部分，就是一段有名的学

① ［法］丹纳：《艺术哲学》，安徽文艺出版社1998年版，第46页。

② 周桂笙：《海底漫游记》，见陈平原、夏晓虹：《二十世纪中国小说理论资料》（第一卷），北京大学出版社1997年版，第277页。

术公案。碧荷馆主人《新纪元》的第14回言贺国兴已死，却在第20回中忽视了前边的交代，又让其登程去完成使命。欧阳钜源《负曝闲谈》的第9回言枣骝马的价钱为150两银子，而到了10回却成了50两，马价前后矛盾。① 另起炉灶、随意起讫，某些新小说家敷衍塞责的叙事策略，斫伤了小说文本的艺术风采。参以当下时势，此况亦有可恕之一面，究其原因，小说的刊载实际与新小说家的射利趋向制造了这种现实。就这一点而论，鲁迅、胡适指责“谴责小说”是《儒林外史》的产儿，也就抠住了它们结构散漫之弊，对此，阿英的观点较为中肯，移录如下：

> 这种形式（胡适所论述之近代讽刺小说的普通法式是：拆开来，每段自成一篇，斗拢来，可长至无穷——笔者注），是晚清谴责小说最普遍采用的。但其原因，说是学

---

① 欧阳钜源的《负曝闲谈》据1933年徐一士评考，信笔挥洒而造成的疏忽大致为：第4回叙写妓院一局主人为潘明，至第5回主人则为吴图，人物身份有出入；第4回言黄乐材由北京回籍，路过苏州，而第5回复述其事时则成了由苏州上北京，地理方位有出入；第8回描述崇效寺“规模阔大，气象崔巍”，下语空泛，不切实际；第13回叙述窑子里喝酒的人数，本为七个，作者却误记为六个；第14回叙写黄子文相中袁宝珠之娘姨阿珠，而在第16回的叙述中却成了袁宝珠之大姐；第15回中已言金慕暾回广东原籍，却在下回中串显其人；第13回交代鹫公姓陆，而到第19回，其姓则改为“陈”了；第15回言田雁门家在厦门，而至第20回却变成了广东省城；第27回交代汪占魁住在一个织造茶房家里，而至下回却成了一个书办家里；第27回叙写汪御史往访汪占魁，汪占魁刚梳洗完，连忙叫请，而至第28回，却描绘汪占魁正“坦然高卧”；第27回已经交代汪御史的着装为“重裘”，而至第28回却云其着装为“旧棉袍”；第29回交代汪老二寄居在尹姓书办家，主人为尹仁，而至第30回，却云其寄居于邹家，主人为邹仁。诸如此类的疏忽，文本存在不少。参看欧阳钜源著、徐一士评考：《负曝闲谈》，中国文联出版公司1996年版。

> 《儒林外史》，完全是一种形式主义的论断。第一，还不能不把原因归到新闻事业上。那时固然还没有所谓适应于新闻纸连续发表的“新闻文学”，而事实上却已经开始有了这种要求。为着适应于时间间断的报纸杂志读者，不得不采用或产生这一种形式，这是由于社会生活发展的必然。第二，是为繁复的题材与复杂的生活内容所决定，不是过去的形式所能容纳下的。第三，才是《儒林外史》的写作方法的继续发展。因为在描写多样的事件，与繁复的生活一点上，《儒林外史》与谴责小说，是有着共通性的，谴责小说所以然普遍的采用这种形式，不是单纯的受了《儒林外史》的影响。①

结构与功能相互影响，阿英从现实生活和小说载体维度切入，扬弃了鲁迅、胡适抓住《儒林外史》而论的片面性，也较为全面地道出了晚清民初小说的某一特定文本，指明了其所表现功能成分的轻重多少之别。

启蒙思潮的感召下，“消遣之助”的小说被擢升为“觉世”的文章，它们对社会现实的尽相反映，超越了传统的小说为小道观念积习。新小说家对娱乐功能和审美功能的注重与发扬，没有振臂一呼的文学领袖，也缺少统一的宗旨和一致的行动，它基本上是一种相对自觉的行动，是对小说功能传统的继承与发展。历史的点点滴滴，本来就不只是少数俊秀的个人之功，只有经得起岁月淘洗的事物才会成为永恒。新小说家既有对救国新民意旨的孜孜追求，又掩盖不住对游戏遣兴的苦苦留恋，中国小说观念的近代化进程正是在由家国关注到情感娱乐的转变中，实现传统向现代的嬗变。民初小说趋向娱乐文化的归栖，

① 阿英：《晚清小说史》，人民文学出版社1980年版，第5～6页。

既是对小说娱乐母体的沿袭与发展，也是对晚清启蒙思潮的反叛与弥补，毕竟中国小说观念近代化进程本身就是一个多向复杂的张力场。梳理晚清民初的小说功能，我们不能只关注其对传统小说观念的革命色彩，也应当挖掘其传承文明、萌蘖新机的一面，中国小说观念正是在一系列的量变积累中走向“五四”的。

第六章　晚清民初小说的批评方式

“方式”一词在《现代汉语词典》里的意义，是指说话做事所采取的方法和形式。① 若从文学批评的层面来考察，它应当属于一种形式批评。在西方文论史上，方式（更明确说是理式）是其文论体系的元概念，而中国传统的文道统一观，“形”往往是相对于“神”而存在，并不具有文学本体的观念特性。对形式批评的注重，不断进入学者的研究视野，赵宪章认为：“以往，我们的文学研究往往跳过形式直奔主题（思想、价值等），文学被简单化为思想的载体或历史的文献，这显然是政治家、思想家、社会学家对待文学的方式，不是文学研究的本色，不是严格意义上的文学研究。中国文艺学如果真正能够沿着这条线路走下去，真正实现形式研究的转向，毫无疑问，当是大有可为的。”② 晚清民初小说的批评方式，既是一种形式批评的表现，又是一种批评技巧的具体呈现，侧重形式与技巧的结合，更足以揭示晚清民初

① 《现代汉语词典》，商务印书馆 1995 年版，第 307 页。

② 赵宪章：《文体与形式》，人民文学出版社 2004 年版，第 9 页。赵著既认为古代的形式研究多是技巧研究，并非现代意义上的形式美学，又承认在文论批评史上，“形式”被广泛地运用，赵著凸显了形式研究的重要性。

小说的批评方式的演变概貌。

第一节 晚清民初小说的批评方式概貌

社会的复杂与多元，为文化语境的重塑与思维方式的转型提供了历史契机。寻绎中国文学的转型，先秦和晚清理所当然地进入学人的研究视野，新旧话语之间的审美张力，搭建了文学沟通和融合的过渡桥梁。先秦百家争鸣的宽松文化语境，孕育了各种文体新生的因子。晚清民初因为启蒙思想和中西文化交流而浮起的“小说界革命”之舟，豁露出对传统小说观念的批判锋芒。中国小说观念的载体新变，改变了小说价值依托的存在方式，小说由边缘向中心的文学进路中，文类地位的飙升，冲击和瓦解着传统的小说批评方式格局。中国小说观念的近代化进程，诱发和建构了文化语境转型下新旧杂陈的批评方式风貌。

一、启蒙语境中的批评方式

文化语境和思维机制的嬗替，往往引发小说观念的共生变迁。新小说家勉力提倡的救国新民的启蒙神话，促成小说的文类地位崛起。晚清民初社会诉求的内容变更，刷新着小说的批评模式，小说批评领域零碎的存在现状，也基于异域火种的播撒，呈现出一种系统化和条理化的审美向度。小说评点、序跋和小说笔记等方式构成的小说传统批评大厦，在国门洞开的近代，不断受到异域文化的冲击。19 世纪末蜂拥而入的包括翻译小说在内的异域文明，捎带了近代西方的哲学和文学理论，传统文学参照陌生的“他者”，检讨和重塑自我的文学精神。一个具有世界意识的文化语境的萌生，引发当下文学场态的连锁反应。小说的主流话语地位，感知社会的剧变无疑是敏感而持续的，当下的定期刊物，“只要略含文学性质的，莫不插有小说一栏。小说在各种杂志中，好像所谓‘国药’中目为百药之王的甘草”①，而每种时报的副刊亦留有小说的篇幅，在“小说”一体风行的时代，其文本形态及其周边的变化就备受众人的关注。中国小说的传统批评体系感应着西方文论的强劲冲击力，进而共振互动，造就批评领域新旧共生的观念框架。虽然国人对异域小说理论的接受和消化还需要时间来检验，但学术新语和理论新创日见于中国小说批评领域，新生的批评形式消解或刷新着传统的批评体系。

小说批评方式是文人寄寓情感的物质载体，它运载着文人的审美理想和社会诉求。中国小说批评方式从形态而论，可分为散论和专论两大类。传统的小说批评方式基本上属于散论，真正意义上的专论迟至晚清民初才出现。小说评点包括回评、眉批、旁批、夹批等形式，回评常置于章回的开头或结尾，独立成段，针对该回文字的文学内蕴进行探究，因为其包孕着丰富的小说理论容量，备受文人的垂青。古代小说刊刻时留下的天头地脚，无形之中变成眉批的运行空间；旁批、夹批则散布在小说文本的字里行间，它们或分析故事情节，或品赏人物形象，或点评艺术技巧，虽片言只语，却泥沙中不乏金屑在。小说序跋的存在，为文人的自得之趣和编选者的意旨发挥，提供了一个可行性的操作平台。序（叙）、自序（叙）、小引、引言、弁言、例言、绪言、叙言、辨言、译者前言、译者识语、跋、题后、书后、附识、附志、附言、译后记、译余剩语、达旨、读法、凡例，大都可归结于小说的序跋“家族”。它们位于文本的书首或结尾，就作者（编选者）的创作（编选）动机和文本艺术概貌作提纲挈领的分

① 陈子展：《中国近代文学之变迁　最近三十年中国文学史》，上海古籍出版社 2000 年版，第 246 页。

析，带有鲜明的导读性质。小说笔记和杂评在宋人洪迈《容斋随笔》中初见端倪，明人郎瑛《七修类稿》、胡应麟《少室山房笔丛》和清人刘廷玑《在园杂志》、郝培元《梅叟闲评》进一步夯实和加固，清末民初颠公《小说丛谈》、孙毓修《欧美小说丛谈》克绍和开拓丛谈杂评的研究方式，进而娴熟运用。小说专论是以传统小说批评方式革新者的面貌出现的，这种形式虽早在宋元时期吴自牧《梦粱录·小说讲经史》、罗烨《醉翁谈录·小说开辟》中已著先鞭，而这一批评方式的定型，迟至梁启超《论小说与群治之关系》和王国维《红楼梦评论》才算完成。在晚清民初的文化语境转型中，小说专论因其相对严密的论证逻辑，逐渐突破了即兴自赏的传统批评方式构架。

发刊缘起类是近代报刊与小说联姻的产物，它通常以发刊词、缘起、告白、特白、谨告、通告、章程、出版祝词、题词、宗旨说等形式而出现，一些以“序”标目的论文，像《月月小说序》、《〈小说丛报〉序》亦当归属为此类，它们具有相当的专论性质，而其大体围绕小说期刊的宗旨而发，论述方式又有别于小说专题论文。传统与现代、杂碎与系统，时代与文化选择的巨大威力，赋予晚清民初小说批评方式复杂多色的存在现实。阿英《晚清文学丛钞·小说戏曲研究卷》的《叙例》云：“本册共分五卷。第一卷为有关小说、戏曲的论著。第二卷为有关小说、戏曲和期刊的叙启。第三卷为有关小说、戏曲专著的叙跋评论，特别是‘林译小说’的叙跋，几全部辑存了。第四卷为小说丛话，是当时形式最新颖的一种小说、戏曲的评述随笔。第五卷为有关小说、戏曲的诗词，也是当时作者、读者可贵的反映材料。”① 阿

① 阿英：《晚清文学丛钞·小说戏曲研究卷》，中华书局1960年版，第1页。

英《晚清文学丛钞·小说戏曲研究卷》的辑录范围为同治十一年(1872年)至辛亥革命(1911年),另有补遗一卷,仍基本为序跋类。① 若就陈平原、夏晓虹《1897~1916年中国小说理论资料编目》中的891篇资料进行分类梳理,亦可窥探到这种现状的大概:

分类	评点类	序跋类	笔记杂评类	专论类	发刊缘起类	其他
篇目数	79	521	144	50	45	52
百分比	8%	60%	16%	6%	5%	6%

考虑到晚清民初小说的存在现状,小说理论资料的总数肯定远大于这一数目,陈、夏两先生所设置的时间区域大致相当于晚清民初,虽然编选者的遴选原则包含着一种理论预设,在一定程度上会拘囿学人的研究视野,但这数目繁多的编目,在这一时段的资料全目阙如的情况下,仍不失为一个很好的理论观照。若从上表胪列的情况而论,明清一统天下的评点格局已告突破,传统的小说批评方式仍占据小说批评领域的主流,序跋和杂评这一旧中寓新的批评方式还占据着广阔的市场。后起的小说批评方式的发展强劲也初步显露出来,其中尤以专论的增长为著。杂评等小说随

① 徐鹏绪认为,据阿英《晚清文学丛钞·小说戏曲研究卷》统计,小说理论文章不再是中国古代小说理论所经常采用的评点、笔记和序跋等形式,而是一些篇幅较长的小说专论,见徐鹏绪:《中国近代文学史纲》,中国社会科学出版社2004年版,第192页。这个断语有误,若据阿英《晚清文学丛钞·小说戏曲研究卷》统计,晚清的小说批评方式仍是以序跋为代表的传统小说批评方式。韩伟表《中国近代小说研究史论》也点明:"1840~1919年间有关近代小说的各种评介文章共有八百篇(部)左右。其中传统形态的序跋、评点、笔记是最主要的形式。"齐鲁书社2006年版,第18页。

笔和报刊发刊词，更以其鲜活可掬的批评特质，吸引着文人拾掇和步武，焕发出新小说批评方式的耀眼的光辉。

二、思维转型构架中的方式更新

文学是人类思维的结晶，古代的思维机制造就我国悠久灿烂的文明。时至晚清民初，西方思维模式的输入，哲理之思和美学之法不断运用于文学探究之中，给传统文学批评再造了新鲜血液。崇尚实用的国人，形成经验理性的强劲制约力，“国民常性，所察在政事日用，所务在工商耕稼，志尽于有生，语绝于无验。人思自尊，而不欲守死事神，以为真宰，此华夏之民，所以为达”①。农耕民族的生存环境影响到国人的思维传统的形成，他们不追求精密玄妙的思辨之学，而着意于实际有用的经世之学。具象与抽象的区别，重写意、讲求顿悟意想的思维模式和偏思辨、注重科学论证的思维取向，构成中西思维机制的二元对立，中西文论方式的选择基础亦可由此见其一斑。在中国文论史上，除体大虑周的《文心雕龙》外，大多以即兴感悟的批评见长，不求严谨的思维和系统的理论摸索。而以王国维为代表的晚清民初的文学理论先驱，立足于时代的制高点，承续传统、旁借异域，打造晚清民初小说理论的崭新解读机制，其宏观眼光和整体视野强化了晚清民初小说批评方式的更新。

国粹与新学的交相渗透，小说批评传统与近代人文精神的共生鼓荡，中国文论的稳定构架缘由异域文明的冲击而告突破。见景生情、触目兴叹，“夺他人之酒杯，浇自己之块垒”，小说评点张扬了文人踔厉风发的生命存在。发幽显微、随文批点的评点方

① 章太炎：《驳建立孔教议》，见《章太炎全集》（四），上海人民出版社1985年版，第195页。

式之于晚清已不再是革命性的文学命题，晚清民初小说存在形态的变迁，削弱了小说评点的生命活性。爬梳晚清民初小说评点的存在风貌，约有三端：其一，回评、眉批、夹批等传统形式具体而微，而评点话语篇幅明显减少，这在读法上尤为彰著；其二，评点的内容取向不再专注于对文本艺术技巧和读法章法的归纳，评点躯壳往往被政治说教充塞，稗贩思想启蒙之实；其三，对传统小说的重复评点仍占有一定的空间，而对新小说的新法解读和自评成分明显增多，旧瓶装新酒的现象相当普遍。小说印刷和发行机制的改良，是中国小说观念近代化进程的两翼，清末的铅字排版削夺了评点形式的存在空间，报刊小说的商业化操作制约着小说的生存。感性的训诲取代文本的艺术分析，小说评点的传统章法就被视为一种可有可无的点缀。兰言译述的《旅顺落难记》第一回回评云："读外国小说，其眼光所特宜注射者，有两端：一、洞察其国俗之隐情；一、深知其民力之程度，此皆读政治学术书所不能及者也。"① 文本思想和艺术特质的探究，让位于道德说教和思想启蒙；文本导读和文人情趣，附丽于社会使命的驱遣，以致评点沦为报刊小说结尾的"补白"。艺术价值的淡化与评点方式的衰落形成共构，评点便逐渐沦为一个历史的名词。

古代小说被视为文人的名山事业，出于古代文人"立言"的社会追求，小说序跋常常运载着文人的审美理想。序跋具有资料丰富、体例完备等特点，明清彬彬称盛的小说序跋，不只是解读和阐释文本的入口，也是文人喷玉唾珠、借题发挥的重要载体。序跋通常出自文本作者、书坊主和编选者之手，彼此审美旨趣和社会功利的差异，往往影响到他们对小说文本的定位，个别的吹

① ［英］阿伦著、兰言译述：《旅顺落难记》，见《新新小说》第七号，《新新小说》影印本（第二册），上海书店1980年版，第6页。

捧和棒杀现象在所难免。晚清披发生（罗普）《红泪影序》清晰地梳理小说文体的流变："中古时斯风未畅，所谓小说，大抵笔记、札记之类耳。魏晋间，虽有传体，而寥落如晨星。……名作如林，几以附庸蔚为大国，岂非一循乎天演之自然者哉?"① 像罗普这样的事例，并非文论史上的孤立现象，它在文学长河中有相当丰厚的历史底蕴。小说序跋记录了文本传播和某一学说形成的第一手资料，序跋附着于文本的流传，从古至今，由国内辐射域外，勾勒了小说理论嬗变的时空画像。早期的新小说翻译家在甄选文本时，通常会对文本意旨及其主体选择作出必要的说明。捏合中西、时杂新见，林纾的众多序跋就开创了成功的范例，其有意地进行中西文化比较，营造了中西文化参照和融合的广阔天地。梁启超《〈十五小豪杰〉译后语》、鲁迅《〈月界旅行〉辨言》、吴趼人《〈电术奇谈〉附后记》都真实地道出其对语言的抉择，从白话到文白参用，表露出新小说家由尊体到遵体的嬗变，小说文体的成熟，促使他们的文体自觉意识。海天独啸子《〈空中飞艇〉弁言》就其"小说之益"、"小说之于社会国家"、"我国小说之力"、"是书之特色"、"译书之方法"五项标目而论，明显地突破了传统序跋的构架，书写了当下语境中的文人心志。晚清民初的小说序跋以大量翔实的文献，绘制出中西小说交流的整体风貌，而在市场化的小说发行机制中，序跋也在一定程度上充当商业宣传的工具，这在晚清民初翻译小说界尤为突出，翻译家对所选作品的钟爱，会模糊甚至干扰其对文本的定位，充斥于晚清民初翻译界为数众多的二、三流小说，就是一个有力的表征。

① 罗普：《红泪影序》，见黄霖、韩同文：《中国历代小说论著选》(下)，江西人民出版社 2000 年版，第 328 页。

三、开放氛围中文学期待的嬗变

从闭关锁国到被动开放，中国社会的近代化制造了传统文人的精神酷刑，异域新语的输入，引发文人心态裂变，以开放的眼光指天画地、观照文学。小说专论往往因为其论证严密、涵盖丰厚而备受文人的青睐。专论脱离了具体的文本，更具理论的含摄广度和深度。《新小说》杂志开辟“论说”栏，并将其取向设置为“专属于小说之范围，大指欲为中国说部创一新境界”，进而重点阐述“中国小说界革命之必要及其方法”①，加速了小说专论的发展。其时的小说杂志，如《新小说》、《新新小说》定期推出的“专号”或“主题”，人为地刺激对小说文本及其周边命题的探究。他们沸沸扬扬、开诚布公、相互驳难，相近的旨趣逐步形成一个舆论中心，直接影响着中国小说观念的近代化进程。梁启超、王国维、王钟麒等人又孜孜地呼吁和不懈实践，像王钟麒《中国历代小说史论》、夏曾佑《小说原理》，林林总总，由其现实内容驶出的方式革新之力，又推动了小说专论的蓬勃发展。正如有的学者所论：“从散论到专论，表明了中国小说理论在方法上的成熟发展历程，也是理论的成熟发展的明证。”② 小说专论是文体独立的重要表现形式，小说启蒙神话的感召，小说成为布新利俗的教育工具，但是问题的另一端亦浮出水面，高唱入云的小说专论，却以消解小说的平民追求为代价，艰深而略带古奥味道的语言，以及逻辑思维的严密性，人为地间隔或疏远了平民大众

① 新小说报社：《中国唯一之文学报〈新小说〉》，见陈平原、夏晓虹：《二十世纪中国小说理论资料》（第一卷），北京大学出版社 1997 年版，第 59 页。

② 周启志等：《中国通俗小说理论纲要》，文津出版社（台北）1992 年版，第 332 页。

的阅读旨趣，小说专论的批评方式也在一定程度上损伤了新小说的启蒙功效。钱钟书指斥王国维《〈红楼梦〉评论》的方法运用："苟本叔本华之说，则宝黛良缘虽就，而好逑渐至寇仇，'冤家'终为怨耦，方是'悲剧之悲剧'。然《红楼梦》现有收场，正亦切事入理，何劳削足适履。王氏附会叔本华以阐释《红楼梦》，不免作法自毙也。"① 钱氏用语颇为尖刻，姑且不论这段学术公案的是非曲直，至少其洞悉到小说专论观点与材料的出入之硬伤，却是众所周知的事实。正如一个硬币的两面，专论应用过程中出现的认识误区，也是事物发展过程中的必然现象，毕竟它开创了中国小说研究方式的新路向。

小说杂评等随笔，形式自由活泼，既可自成一家，也能汇流群言。邱炜萲《客云庐小说话》、俞明震《觚庵漫笔》、管达如《说小说》是一家之言；《新小说》之"小说丛话"、《月月小说》之"说小说"、《文艺杂志》之"谈瀛室随笔"则为群言。小说随笔是小说先驱者激于传统文论中文话、诗话、词话的发达，而立足于杂评的形式创辟的小说批评方式。"因相与纵论小说，各述其所心得之微言大义"②，其相对自由的编次体例也张扬了参与者的批评个性，"编次不有体例，惟著者之名分注焉。无责任之责任，亦各负之也"③。自由申说、长短不拘，新小说理论家于颔首称道的启蒙主流话语之外，相对弥补了"小说界革命"忽视艺术探究的不足。开放的文化氛围给新小说理论家提供了某些驰骋才识的舞台，《新小说》杂志自第一卷第七期起，特辟"小说丛话"一栏，侠人、狄葆贤对《红楼梦》等古典小说的客观评

① 钱钟书：《谈艺录》（补订本），中华书局1984年版，第351～352页。

②③ 梁启超等：《小说丛话》，见陈平原、夏晓虹：《二十世纪中国小说理论资料》（第一卷），北京大学出版社1997年版，第82页。

价，无疑对政治小说忽视传统的现象起到了某些纠偏作用。从整体上考察，“小说丛话”的作者更客观地认知和评价传统小说，特别是他们有意地推举小说的娱乐功能，这在当下喧闹的社会改良声中，无疑是截断众流之举，是一种可贵的求是求真的观念进路。

晚清民初理性精神和人文主义的建立和探求，为小说批评营造了一个开放性的空间。晚清民初小说的新闻化趋向，直接引发发刊缘起类等批评方式的肇兴。小说报刊的当下目标和未来取向，往往成为这一批评方式的重要阐释内容。《〈新小说〉第一号》、《〈月月小说〉发刊词》就基本设置和规约了小说杂志的报刊旨趣，在动乱频仍的近代社会，小说杂志很难自始至终地坚持下去，而小说杂志群策群力的社会诉求和文学期待，在实现小说改良群治的宏大指向的前提下，其被启蒙风雨遮盖的文学追求亦逐渐浮出水面。文人心态的倾泻，往往会在报刊发刊词中一定程度的流露。黄人正感于“昔之视小说也太轻，而今之视小说也太重”① 当下的小说之弊，在《〈小说林〉发刊词》中标榜自家的审美趋向和文学理念：“盖谓‘小说林’之所以为《小说林》，亦犹小说之所以为小说耳。若夫立诚止善，则吾宏文馆之事，而非《小说林》之事矣。此其所见，不与时贤大异哉!”② 这种清晰的刊物定位，无疑更能触摸到文人创作心态和满足读者的审美需要。

第二节 语境转型与传统方式的变迁

批评方式的变迁是一定文化语境的具体反映，我国小说批评

① 黄人:《〈小说林〉发刊词》，见阿英:《晚清文学丛钞·小说戏曲研究卷》，中华书局1960年版，第159页。

② 黄人:《〈小说林〉发刊词》，见阿英:《晚清文学丛钞·小说戏曲研究卷》，中华书局1960年版，第160~161页。

传统的理想模式是"序跋类批评总论，眉批类批评分析具体情节，回评则分回或论或析，三者相辅相成，共同构成作品批评"①。其实，小说评点的"读法"，应该也是该模式一个不容忽视的方面，它展示作者或评点者的审美期待。这种理想的批评模式具体到某个作品，自有多少轻重之别，但它们大致反映了传统小说批评方式的全貌。序跋类批评方式应对了文化语境的变更，在旧形新质的取舍中出现一系列的变体，而在形式上却延续了中国小说批评的方式传统，小说评点类批评的思维方式无法满足新小说读者的审美需求，便在文本载体的巨变中，无可选择地走上了衰落的道路。

一、小说评点

文学评点是受经学评注影响而出现的一种批评方式，它先见于诗文评点，进而扩展到小说与戏曲评点。小说评点，深具中国文化意蕴的批评样式，它肇始于宋人刘辰翁的《世说新语》评点，至明清而蔚为大国。然其作为一个文学批评流派，得缘于才识警拔的金圣叹。金氏呐喊在前，毛宗岗、张竹坡、脂砚斋等人克绍其裘，共同营造雄奇宏丽的小说评点风貌。斩断复古情结，晚清民初小说评点日趋式微。别求新声于异邦，晚清民初小说批评充溢着进化精神，专题论文的样式开启了迥乎传统的文学批评指标，推动了中国小说批评及其观念的近代化进程。晚清民初文化语境变更，促使小说评点走向衰落，我们试就评点衰落的原因来展现中国小说观念的近代化进程。

（一）以西律中：评点衰落的话语背景

① 宁宗一：《中国小说学通论》，安徽教育出版社 1995 年版，第 914 页。

文体演变，代有所胜。明清小说的繁荣，要求小说评点的同步创获。感发意志、陶写性情，明清小说评点不只立足于对“四大奇书”的阐发和引申，也体现在对普通作品的关注和玩赏，像李贽评点《水浒传》、徐渭评点《隋唐演义》、冯梦龙评点《石点头》，他们后先相继、借鉴提高。小说评点者的主体情感喷薄，搭建了作者与读者的心灵桥梁，推动了小说评点话语的繁荣：

> 书尚评点，以能通作者之意，开览者之心也。得则如着毛点睛，毕露神采；失则如批颊涂面，污辱本来，非可苟而已也。今于一部之旨趣，一回之警策，一句一字之精神，无不拈出，使人知此为稗家史笔，有关于世道，有益于文章，与向来坊刻，夐乎不同。如按曲谱而中节，针铜人而中穴，笔头有舌有眼，使人可见可闻，斯评点所最贵者耳。①

这种主要基于文本的再创造，也客观提升了小说的文类地位，以致会造成人知贯华堂批本，而不及《水浒》其他版本，众晓张竹坡批本，而不知《金瓶梅》词话本的文学局面。评点本光彩四射，一淹他本。众声喧哗，共致崇高，小说评点话语连同它的文本一道获就独立存在的艺术价值。

晚清民初的小说评点篇目，据笔者初步查证，阿英《晚清戏曲小说目》列为4种；孙楷第《中国通俗小说书目》载为22种；江苏省社会科学院明清小说研究中心编的《中国通俗小说总目提要》却有79种之多；石昌渝主编的《中国古代小说总目》，其《白话卷》列为59种，《文言卷》亦有3种，合计62种。因为编著体例的差异，彼此出入很大，这还不包括对传统小说经典的重复评点之目，若考虑到晚清民初报刊小说的存在情况，实际评点

① ［明］袁无涯：《忠义水浒全书发凡》，见马蹄疾：《水浒资料汇编》，中华书局1977年版，第13页。

的篇目肯定超出这些数目。① 这种彬彬称盛的艺术局面，折射出小说评点之于晚清民初，仍保持一定的文学消费市场和发展势头。有些新小说家认为："与其作小说，不如评小说。盖以我之作者，不知费几许经营筹画，尚远不能如前人所作，不如举前人所已经筹画成就者，由我评之，使我评而佳，则通身快乐，当与我作书相等。"② 晚清民初小说评点的发展趋势，大约表现为三个方面：一是运用传统章法，对传统小说进行重复评点，这主要见于《红楼梦》、《金瓶梅》和《儒林外史》等经典名著；一是自标新法，对小说经典作当下社会解读，像燕南尚生评点《水浒传》、梦生评点《金瓶梅》等；再就是对自创小说的新法新评，梁启超开其端绪，效颦者时不乏人，其中又以吴趼人、李伯元等职业小说家尤著。总的来说，小说评点之于晚清民初，已不再是革命色彩很浓的文学批评，思想的平庸和艺术的浅表以及当下盛行的比附品藻之风，遏制了小说评点的发展。

晚清民初小说批评界域的新旧之别，以戊戌变法为界。③ 变法维新以前，小说批评家多沿传统章法加以申说，这在《红楼梦》、《金瓶梅》的评点上表现特出。戊戌之后，或假评点偷渡政见，或用评点来伸张文学新见，小说评点已不满足对文本的深度挖掘，而透出以小说来改良社会的强烈功利趋向。虚张声势来为

---

① 韩伟表据谭帆《中国小说评点研究》和陈大康《中国近代小说编年》统计，包括翻译小说的评点在内，近代（其所论近代，是自鸦片战争至五四，这与本书设置的晚清民初时限略有出入——笔者注）有评点的作品达百种左右。见韩伟表：《中国近代小说研究史论》，齐鲁书社 2006 年版，第 26 页。

② 梦生：《小说丛话》，见陈平原、夏晓虹：《二十世纪中国小说理论资料》（第一卷），北京大学出版社 1997 年版，第 435 页。

③ 参看黄霖：《中国文学批评通史 · 近代卷》，上海古籍出版社 1996 年版，第 499 页。

其舆论服务，其广告的传媒效应亦相当清晰。小说评点的衰落，同晚清民初的社会生存环境密切相关。鸦片战争以后，古老的东方肩负着封建和殖民的双重枷锁，步履艰难。甲午海战的失利，又加浓加深了这层痛苦的底蕴。国门洞开，欧风美雨沛然而至，风沙扑面的残酷现实，引发国人对痛苦的思索和拷问，搔天扪地，世人寄希望于异域文明，国人渴求用新鲜血液来“激活”苦难的祖国。这种普遍的焦虑和期待，导启了中国近代文明崭新的发展途辙，迥异于往昔的文化交流，晚清民初的文化交流对中国传统文化坐标构成实质性的颠覆，适如有的学者所论：“过去的文化转型是新观念加入或改造旧观念，而 20 世纪的转型是新知识取代旧知识。旧知识之被取代而不是被加入或修改，是因为这种知识质态不行了，它在知识质量和形态上就不是科学。”① 知识谱系的切换，引发国人文学理念的革新。梁启超对传统小说的斥逐、燕南尚生假《水浒传》的评点做立宪的献礼、徐念慈对经典传统的维护，均或多或少变相地参照西方文化这个坐标。异域文化的移植，特别是西方的政治理念和进化论思想的输入，在形而上观念场中提升了小说戏曲的文学地位，也给传统的小说批评提供别样的文学向度，从而造成中国小说观念传统与现代的分野。

在异域文化的观照下，晚清小说批评家对传统经典的议论和检讨，在一定程度上压缩了小说评点的生存空间。在《红楼梦》评点中，无论王希廉的“福寿才德”说、张新之的“阴阳五行”说、陈其泰的“重情”说，还是文龙的《金瓶梅》“非淫书”说、张文虎评《儒林外史》的“遗貌取神”说，都是根植于传统文化基础上的消化和打磨。他们图解式的评定，相对评点大家金

① 吴兴明：《中国传统文论的知识谱系》，巴蜀书社 2001 年版，第 194 页。

圣叹、张竹坡和脂砚斋而言，其形质的挖掘和审美意蕴的探讨，自是云泥之别。在晚清小说革命的浪潮中，平庸的传统小说评点便成了众矢之的。异域文化，特别是基于对人性和人情的关注，形成了晚清民初文学精神鲜明的近代特色，促使国人对社会大千的客观体察和理性思考。五四运动对民主和科学的推崇，更加速了这一潮流的社会影响和文学效应，其波及小说批评，昔日单纯的随文赋意操作或经院式的主观论断，显然已不合时宜。

我国的小说评点的途辙，是由直觉、鉴赏式的随意批点嬗变为思辨、理论式的批评方式。这一评点格局的转型，促成批评观念的更新，提升了小说评点的话语权力。从自我怡悦的文人玩赏到公共讨论的理论思维，这种批评方式的变迁演绎，促进了小说评点文体的日趋成熟。以文代酒、跨越时空的心灵对话，本来就是小说评点的主要功能之一。小说评点格局的转型直接诱发评点思维的变化，注重理性思考的审美传达在晚清民初得以凸显。胡适、陈独秀等新文化人对“科学”大力推崇，并致力于构筑现代中国的知识体系，科学（主要是西方知识）便成为检验现代文化的权力砝码。注重直感和悟性的《水浒》和《红楼梦》等传统评点，在这一尺码的衡量下，经典的权力话语地位被逐渐剥夺，即使是以西学来参照的传统小说评点话语，其形式也不太允符理性张扬的社会现实。在营造“今典”的批评实践中，传统的理论武器逐渐让位于西方的文学理论，也只能是重分析轻感悟的逻辑架构归宿。知识谱系的切换，从根本上颠覆了小说评点的言志框架，从而显示出向现代嬗变的批评进路。

（二）驱文就我：小说评点的先验模式

小说是社会时代的具体折射，思想的解放呼求小说批评观念的更新。金圣叹评点《水浒》，锦心绣口、独赏其文：“吾最恨人家子弟，凡遇读书，都不理会文字，只记得若干事迹，便算读过一部书了。”[①] 金氏深心巨眼，导夫先路，穷力追新。张竹坡拈出“情理”二字，特重主体情感的抒发：“做文章，不过是‘情理’二字，今做此一篇百回长文，亦只是‘情理’二字。”[②] 陈其泰亦以“情”度人：“将宝玉之性情行事看透，亦能处处领会作书者之旨趣。”[③] 金圣叹、张竹坡等人沿袭中国传统文学的抒情理路，驱文就我，以“才子文心”来构建小说评点学的知识谱系，这种大胆的卓识和批评勇气在提升小说地位的同时，亦赐予评点主体游刃万方的艺术自由。

阿英属意唐代和晚清是中国古典小说发展的两次高峰[④]，以文学常规而论，小说世界的繁荣，势必导致整个文学界对批评观念的解缚松绑。但是，晚清民初窳败黑暗的社会现实，激发批评家强烈的担当意识，片面促成小说与社会的空前联合。晚清民初的小说评点，在很大程度上就是政治思辨的延伸和变形：“文法批评已基本让位于小说的政治性和思想性评点，评点在某种程度上已成为作者进一步申述书中政治、现实感慨的工具。”[⑤] 这其间虽不乏黄人、徐念慈、王国维等人的默默耕耘，但在这一片喧闹的救亡图存浪潮中，他们的呐喊不免有几分乏力。晚清民初的小

① ［清］金圣叹：《金圣叹文集》，巴蜀书社 1997 年版，第 238 页。

② ［明］兰陵笑笑生著、［清］张道深评：《金瓶梅》，齐鲁书社 1991 年版，第 38 页。

③ 朱一玄：《〈红楼梦〉资料汇编》，南开大学出版社 2001 年版，第 732 页。

④ 阿英运用唯物史观，认为这两个时期的小说特点是：“全面地反映了当时政治、经济以及社会生活情况，和产生于当时政治、经济制度疾剧变化基础上的各种不同的思想。”见阿英：《小说三谈·略谈晚清小说》，《小说闲谈四种》本，上海古籍出版社 1985 年版，第 196 页。

⑤ 谭帆：《中国小说评点研究》，华东师大出版社 2001 年版，第 316 页。

说评点凸显了小说的传播利器功用，当时小说批评的重心，落脚在对小说地位及其社会作用的鼓吹实践上，实用功利的规约，限制了小说批评的理念取向。王钟麒云：“吾以为吾侪今日，不欲救国也，则已；今日诚欲救国，不可不自小说始，不可不自改良小说始。”① 其实，锐气横溢的梁启超等人，不畏众议，鼓吹小说革命，社会影响面更为宽广。这种对中国文学沉疴的疗救效应，无疑给国人提供了崭新的思维理念。尽管梁启超于自撰小说《新中国未来记》中，仍旧固守小说评点的传统，但其也清醒地意识到：“似说部非说部，似稗史非稗史，似论著非论著，不知成何种文体。”② 自己却无法也无意构建一套新的小说评点体系，“发表区区政见，以就正于爱国达识之君子”③。倒是他在创建小说评点的变体方面，取得了突出的成就，他假借小说的传播功用，偷渡自我的政治观念，对小说文本的艺术特色，他是无暇顾及的。在倡言革命、改良社会的大环境中，小说评点便在很大程度上成为政教宣传的附庸，几乎成为一张徒具评点形式的政治学论文躯壳。

《荡寇志》的评点者基于对道统沦亡的杞忧，重揭“尊王灭寇”的旗帜，对社会进步和评点发展却无多少裨益。燕南尚生的《新评水浒传》，则借“新或问”来构筑自我的“命名释义”谱系，在其看来，“宋江”就可阐释为：

> 宋是宋朝的宋，江是江山的江。公是私的对头，明是暗的反面。纪宋朝的事，偏要拿宋江作主人翁，可见耐庵不是

① 王钟麒：《论小说与改良社会之关系》，见陈平原、夏晓虹：《二十世纪中国小说理论资料》（第一卷），北京大学出版社 1997 年版，第 284 页。

②③梁启超：《新中国未来记·绪言》，见《梁启超全集》（第十册），北京出版社 1999 年版，第 5609 页。

> 急进派一流人物。不过要破除私见，发明公理，从黑暗地狱里救出百姓来，教人们在文明世界上，立一个立宪的君主国，也就心满意足了。我说两个字的文话：“不然”。他就要拿柴进作主了。因为这个缘故，所以知道耐庵是力主和平的。①

其在指责金圣叹讲究文法的同时，给小说人物形象平空添加立宪的色彩。另如他对史进、鲁达、柴进、李逵、关胜、卢俊义、高俅、殷天赐等人物的当下解读，就是在进化论的幌子下为立宪垂范鼓吹，创造了一系列的评点变体。另如《青楼梦》中的邹弢评点文字，亦落脚于小说的劝诫理念，对评点文法的探讨却没多少进展。

吴趼人、李伯元等人的自评文字，追步金圣叹的痕迹更为彰著。在中国小说评点学史上，金圣叹一直是一个巨大的文学存在，晚清民初亦不例外，狄葆贤就论：

> 圣叹乃一热心愤世流血奇男子也。然余于圣叹有三恨焉：一恨圣叹不生于今日，俾得读西哲诸书，得见近时世界之现状，则不知圣叹又作何等感情。二恨圣叹未曾自著一小说，倘有之，必能与《水浒》、《西厢》相埒。三恨《红楼梦》、《茶花女》二书，出现太迟，未能得圣叹之批评。②

晚清民初的小说批评家虽多认可金圣叹的评点实绩，却在强烈的当下社会功利指使下，保持着一种本能的抵触心态。这诚如袁进所言：“奇怪的是，他们尽管如此崇扬金圣叹，而且肯定读过金圣叹评点的小说，了解他的小说理论；但对金圣叹批评小说的方

① 燕南尚生：《新评水浒传命名释义》，见阿英：《晚清文学丛钞·小说戏曲研究卷》，中华书局1960年版，第135页。

② 梁启超等：《小说丛话》，见陈平原、夏晓虹：《二十世纪中国小说理论资料》（第一卷），北京大学出版社1997年版，第85页。

法——调动自己全部人生体验来鉴赏小说，批评小说；对金圣叹小说理论的核心——揭示小说塑造人物性格的艺术特征等方面却视而不见。很少有人在颂扬金圣叹之余，总结他的小说理论并加以进一步发展。"① 袁先生着眼于金圣叹评点的历史影响，却相对忽视了晚清民初小说批评家普遍的求变意识和这种"对话"产生的可能性，晚清民初种种小说评点变体或破体的存在，就是新小说家创新求异思维的具体反映，"世间最美最佳之小说，能有几部，则前人亦必如我之不肯放松，一一评过。前人既经评过，又何劳我之再评？不知人生百年有如一场春梦，我既引为乐事，前人虽先为之，我又何必不为？我之所评者，自我心中扒剔而出，我既不认我抄袭前人，又不认前人与我暗合，我自与我排忧解闷耳"②。晚清民初的小说批评家显然是不满于小说评点的固定模式，而另起炉灶。他们又往往是坛坫相高、自标独胜，在驱文就我的先验模式上，他们甚至比金圣叹走得更远。

人类社会的客观实践，是文学批评的逻辑起点之一。小说批评要真正占有自己的本质，就必须回归人本层面，去探究人的生命意志和主体精神。梁启超 1902 年创办《新小说》杂志，并推出"小说革命"的纲领性文件《论小说与群治之关系》，将目光移向小说新民的社会功用。《新小说》杂志的这种发行旨趣，又深刻影响到后起小说杂志的话语选择。它们桴鼓相应、声气互求，《绣像小说》和《月月小说》等小说报刊都旗帜鲜明地表露了自家的群体趋向。梁启超等小说先驱者借径异域小说来唤起民众，亦多出于对人性的尊重。他们对《红楼梦》和《水浒传》

① 袁进：《中国小说的近代变革》，中国社会科学出版社 1992 年版，第 63 页。

② 梦生：《小说丛话》，见陈平原、夏晓虹：《二十世纪中国小说理论资料》（第一卷），北京大学出版社 1997 年版，第 436 页。

“诲淫诲盗”的指责，以及对通俗白话的不懈提倡，多是出自重新建构人文谱系的美好愿望。对世态人情的把捉，从《金瓶梅》发凡起例至晚清民初而蔚为风潮。这种对现实生活的普遍关注，激发小说批评彻底摆脱“羽翼信史”的定论，设计自我的批评体系。晚清民初的小说批评家部分改变了小说评点的传统模式，从而构筑初具现代意义的批评机制，担荷着关注世俗人情的人道精神。

（三）期刊意识：小说批评的时代新变

杨义言：“评点出来的世界不是暮气沉沉的以圣人是非为是非的世界了，而是一个生机蓬勃贯通古今奇书妙文的开放世界，一个注重审美个性和才华的色彩斑斓的世界。”① 晚清民初文人为了回归儒家的元典精神，也只能倾泻生命意识，用才具来营构和保护精神家园。阿英考察晚清小说的繁荣之因时说道：“小说所以发达的原因，当然也有其他的因素，如印刷发达，新闻杂志的发达，对小说认识的提高，翻译小说的影响，等等。但最主要的，还是为着有话说，要说话，中国要灭亡了，有爱国心肠的人，不能不大声疾呼。”② “有话说，要说话”，晚清民初为数众多的文艺期刊，适应了这种需要。新小说家的热情参与态度和相对务实的取向，强化了晚清民初批评家的主体地位，使之更为具

① 杨义：《中国叙事学》，人民出版社 1997 年版，第 416 页。

② 阿英：《小说三谈·略谈晚清小说》，见《小说闲谈四种》本，上海古籍出版社 1985 年版，第 197 页。张玉法《晚清的历史动向及其与小说发展的关系》认为，从鸦片战争到五四运动，与小说发展相关的，有六个方面：（1）资本主义的经济侵略；（2）西方文化的流布与撷取；（3）新知识分子取代旧士绅；（4）从政治改革的要求到种族革命；（5）开民智与兴女权；（6）都市化与新闻事业的发展。这也凸显了小说期刊之于小说繁荣的关系。见林明德：《晚清小说研究》，联经出版事业公司（台北）1988 年版，第 1 页。

体地渗透到中国小说观念近代化的进程中，焕化成一片启智新民的文学救国论。

“金毛二子批小说，乃论文耳，非论小说也。且昔人窥小说之眼光，与今人亦大有不同处”①，新小说家抱这种认识的不在少数。晚清民初的小说评点，因为存在载体的变化，往往随同小说期刊中的小说文本刊行，这种共时性特征解构了传统小说评点的相对滞后的出版形态。新小说家自评成分和诸如抒发文人思想情怀、政治抱负的评点变体的存在，使得传统评点形式负载新的时代因素。若以《新小说》杂志为例，《东欧女豪杰》、《新中国未来记》、《海底旅行》、《二十年目睹之怪现状》、《电术奇谈》、《毒蛇圈》和《黄绣球》有评点，占发表小说总数21篇的33%。《新新小说》杂志有评点的文本达9篇；《绣像小说》杂志则只有《文明小史》、《活地狱》、《邻女语》和《老残游记》4部有评点；而到了《小说林》杂志，只有《第一百十三案》和《苏格兰独立记》等少数作品附有“觉我赘语”、“病夫赘语”，小说文本赖以存在的文学期刊及其凸显的期刊意识削弱了小说评点的生存活力。

借人间泡影，做纸上机锋，小说评点亦是社会生活的综合反映。小说评点的先验模式，张扬了批评者的主观自由，但问题的另一面也不应忽视，这种入主出奴的评点实践又在一定程度上扼杀了作者与读者的双向交流。执著一念的思维定式，则又削弱了小说批评的艺术魅力。慷慨激昂的政治小说论者，不愿臣服于评点的规设；孜孜耕耘的职业批评家，浸渍社会的悲凉意绪，艺术挖掘又是汗流莫及。昔日的书册形式和较宽的行距，是小说眉

① 解弢：《小说话》，见黄霖、韩同文：《中国历代小说论著选》（下），江西人民出版社2000年版，第478页。

批、旁批和夹批存在的必要条件，而晚清民初的报载类小说，字数增多，行距缩小，削夺了眉批、旁批和夹批等方式的生存空间，晚清民初的小说评点乐于采用回批的方式之因亦根基于此。赵景深在《〈活地狱〉序》中言："本书原有愿雨楼的加评，可能愿雨楼就是李伯元自己的化名。这些评语似是凑篇幅的。《绣像小说》大约每回只用三页（有时也有四页）。倘遇三页正好排满，就不加评语；倘有余纸，就加上几条评语；可见这些评语是可有可无的。"① 小说评点之于晚清民初，已逐渐被剥落批评方式的革命色彩，种种评点误区的存在，呼求作脱离具体文本的综合思考，这便催发了专题论文的诞生。

王国维的惊世杰构《〈红楼梦〉评论》最初发表于1904年的《教育世界》杂志，若与蔡元培1917年的《〈石头记〉索隐》比较，其学术研究的开创和范式意义，实是不可同日而语。这种新型的论文样式，彻底解构了小说评点意随文生的传统格局，开启了小说批评崭新的人本轨辙。八股文与小说评点双向互动，已是现代学人的常识，黄强先生的断论颇为精当：小说"在相当多的文人眼中，它就被视为'文章'，甚至在结构体制上将之与八股文一视同仁。加之小说理论的积累有限，诗歌理论对之基本上无用武之地，因此，小说评点者除了理论的创新以外，也在他们熟

① 魏绍昌：《李伯元研究资料》，上海古籍出版社1980年版，第195页。"补白"的方式不但存在于小说评点中，在报载小说刊录实践中也有相当的空间。创刊于1914年的《中华小说界》自创刊号起，往往在小说篇目下用"补白"的方式来填充，如第二卷第四期（1915年4月1日）短篇"社会小说"《一文钱》后用"漫斋丛谈"《土地神》补白，"滑稽小说"《半面妆》后用"漫斋丛谈"《某妓》补白；第三卷第二期（1916年2月1日）"轶事小说"《克宝桥》、"志异小说"《祝由科》、"军事小说"《战场絮语》、"神怪小说"《孽龙其舌记》、"国事小说"《黑肩中》、"侠情小说"《犹龙录》后均由会心斋主人的《文虎丛话》来补白。

悉的八股文论中淘摸，几乎构成了一种集体无意识行为。翻开任何一部明清小说评点本，都可以看到八股文论对评点理论的渗透”①。昔日出入科举制度下的文人，炼就时文手眼，必然在评点上有所反映：重结构章法、轻人情物理，小说评点屡屡受后起学者的诟病也导源于此。小说评点诞生之初，还带有鲜明的文体革命色彩，而在人文张扬的晚清，其章法的规约，就相对束缚了晚清民初文人的个性自由。激于异域文化的鼓荡，王国维开启的中国小说批评新格局，原本是凸显了批评者的主体地位，展示着对人性的普遍关怀。

小说批评话语是小说批评家融会贯通的主体心灵打造，研习晚清的小说理论，不能忽视其当下小说的发行机制。面壁九年、呕血十石，小说是昔日文人陶铸一生心血、藏之名山的事业。小说为体、报刊为用，晚清民初报刊小说的快捷发行机制，彻底改变了这一历行经年的文学场景。朝脱稿而夕见报，这对传统文人而言，确是匪夷所思的文学实践。在小说批评的传统模式下，小说评点就是批评者的权力话语和自我心志的综合体现。金圣叹言：“圣叹批《西厢记》是圣叹文字，不是《西厢记》文字。”②评点主体的着意打磨和精心刻勒，使小说戏曲评点获得了豪气跃然的艺术魅力。晚清的报刊小说批评中，虽不乏像刘鹗自评《老残游记》文字之类的精心之作，但更多情况下是考虑到小说的篇幅与社会影响，偶一为之者，亦不在少数。上场的仓促和论断的草率，相对损伤了小说文本固有的艺术魅力，而其中夹杂的广告成分，又在一定程度上压缩了小说评点生存空间。晚清民初报刊

① 黄强：《八股文与明清文学论稿》，上海古籍出版社 2005 年版，第 416 页。黄著辟专章讨论八股文与明清小说的关系，可详参。

② ［清］金圣叹：《金圣叹文集》，巴蜀书社 1997 年版，第 350 页。

小说的序跋削弱了小说评点的生命光华，特别是盛极一时的“林译小说”序跋，其以桐城章法对译作的介绍和评价，凸显了他亦中亦西的综合思辨方式，又在一定程度上解构了小说评点。《新小说》的“小说丛话”和《小说林》的“小说小话”等随笔栏目，形式自由、文责自负，对小说文本多是略缀评议、要言不烦，获就小说评点以外的艺术魅力，创辟了中国小说批评的新天地。这些新颖的批评实践，进一步加速了传统小说评点的衰落进程。

鼓荡千种豪情，在具体厚重的历史反思中，小说评点的主流话语权力被逐渐过滤和剥夺，巅峰不再。1873 年的《〈昕夕闲谈〉小叙》发出晚清民初小说批评的第一声呐喊，质疑小说为“小道”的传统命题，1897 年严复、夏曾佑的《本馆附印说部缘起》正式拉开颇具近代意义的小说批评序幕。小说评点因为其天生的形式缺陷，无法全面应对晚清民初新民救国的主流话语。张之洞《輶轩语》、《书目答问》对金圣叹评点章法的抵触，就足可代表了一部分士大夫的警觉意识，其间虽有邱炜萲之辈的捍卫评点传统之举，亦无法挽救小说评点这个近山的太阳。小说评点的衰落，揭示了小说批评文质统一的文学进程。它不但要求在形式上张扬评点者的主体地位，还要凸显小说批评的人本趋向。“如果我们扬弃掉传统评点中的一些弱点和弊病，诸如缺乏全局观念，缺乏完整的参照系，以及穿凿附会、耽于训诂、夸大感觉、故弄玄虚，等等，那么，传统评点方法获得历史上的再度辉煌，将是完全可能的”①，关键在于这些弱点所对应的民族思维模式如何进行调整，无论如何，以具象思维为基础的小说评点还是不可

① 聂震宇：《再倡中国传统评点方法》，见［清］曹雪芹、高鹗著，王蒙评点：《红楼梦》之《总序》，漓江出版社 1994 年版，第 7～8 页。

避免地走向了衰落。至于新中国成立之后新时期下的评点“复兴”，像茅盾评点《红楼梦》、陈美林评点《儒林外史》、李国文评点《三国演义》、李安纲评点《西游记》等，也多是旧瓶装新酒，蹈袭评点的躯壳，变换现代论文手眼，对小说评点学传统贡献有限。一切文学研究都以现代为指归，作抉幽发微的审美烛照，梁启超、王国维等人开辟蒿莱、拓殖垦荒，催生了小说专题论文的诞生，并使其获得独立存在文学价值。小说批评途经民初和“五四”的文学革命洗礼，形成璀璨斑斓的文学大观，小说的正宗文学地位进一步强化和牢固，那么，小说评点的衰落，就在中国小说观念的近代化进程中化解了。

二、序跋

序跋是序文和跋语的合称，它在小说领域，通常是文本导读和意旨阐释的一种存在。小说批评方式新旧话语之间的审美张力，搭建了历代小说文本传播和承续的过渡桥梁。晚清民初因为启蒙思想和中西文化交流而浮起的“小说界革命”之舟，豁露出对传统小说观念的批判锋芒。小说观念的载体新变，改变了小说价值依托的存在方式，小说由边缘向中心的文学进路中，文体地位的飙升，冲击和瓦解着传统的小说批评方式格局。小说序跋感应着社会和文学嬗变的威力，呈现出文体内容与形式转变的脉动，也在保持相对固定的形式的前提下，延续了传统小说批评方式的艺术生命。

（一）小说序跋的现代色彩

序跋作为一种重要的文学批评方式，依赖于文学文本而存在和发展，有着极为丰富的理论蕴藏。“序跋作为文章样式，相当灵活，可以有多种写法，可以概述作品内容，可以描述自己的感受，可以议论作品得失，或短或长，或严肃或活泼，不必拘于一格”①。“序”滥觞于春秋，《毛诗序》应该是最早的一篇文学序文；司马迁《太史公自序》是序中佳作，其所设置的写作理念奠定了以后序文的创作范式；汉人刘向《说苑叙录》和晋人郭璞《山海经叙》是迄今为止较早的小说序文②，蒋大器《三国志通俗演义序》则是现存最早的通俗小说序文。“跋”发轫于宋代，欧阳修《集古录跋尾》是一篇较早称为跋的文字。因为刊载于文学文本的书前或书尾，序跋往往合称。清人姚鼐《古文辞类纂》列天下文章为十三类，其中就有“序跋”一类，这就基本确立了序跋的文体地位：“序跋类者，昔前圣作《易》，孔子为作《系辞》、《说卦》、《文言》、《序卦》、《杂卦》之传。以推论本原，广大其义。《诗》、《书》皆有序，而《仪礼》篇后有记，皆儒者所为。其余诸子，或自序其意，或弟子作之，《庄子·天下篇》、《荀子》末篇皆是也。余撰次古文辞，不载史传，以不可胜录也。惟载太史公、欧阳永叔表、志、叙、论数首，序之最工者也。向、歆奏校，书各有序，世不尽传，传者或伪。”③ 小说序跋的存在，为文人的自得之趣和编选者的意旨发挥，提供了一个可行性的操作平台，缘于社会积习，小说序跋得不到足够的重视：“况小说初刻，多有序跋，可借知成书年代及其撰人。而旧本希觏，仅获新书，贾人草率，于本文之外，大率刊落。”④ 小说（特别是通俗小说）连同它的序跋备受冷落的境遇，自是一个历

① 王先霈：《文学批评原理》，华中师范大学出版社 1999 年版，第 240 页。

② 曹书杰认为：“小说序跋的源头可上溯到西汉成哀时（公元前 32 年～前 1 年）由刘向、刘歆父子主持编撰的《别录》和《七略》。”见高玉海：《古代小说续书序跋释论》之《序》，中国社会科学出版社 2007 年版，第 1 页。

③ ［清］姚鼐、王先谦：《正续古文辞类纂》，浙江古籍出版社 1998 年版，第 5 页。

④ 鲁迅：《中国小说史略》之《后记》，齐鲁书社 1997 年版，第 237 页。

史的存在。序（叙）、自序（叙）、小引、引言、弁言、例言、绪言、叙言、辨言、译者前言、译者识语、跋、题后、书后、附识、附志、附言、译后记、译余剩语、达旨、读法、凡例，大都可归结于中国小说的序跋“家族”。它们对小说文本的申说或发扬，多是就作者（编选者）的创作（编选）动机和文本艺术概貌作提纲挈领的分析，浸带着指导阅读的实用色彩。

小说序跋跟小说评点、小说笔记杂谈构成中国古典小说批评方式三足鼎立的局面。它谱写了某一小说文本生产和消费的清晰历程，其所包孕的理论因子跟小说文本形成互补，在一定程度上充实了小说文本的思想底蕴。琐碎而缺乏系统的散论特点，在明清小说评点风行之时，小说序跋的生存空间受到一定程度的限制。晚清民初缘由批评语境的转型，小说评点走向衰落，序跋却因为其随文新变的文体活力，获得一次自我更新的历史契机。据陈平原、夏晓虹的《1897～1916 年中国小说理论资料编目》统计，序跋类资料达 521 篇，约占编目总数 891 篇的 60%，这种繁荣现象的背后，折射出小说序跋旺盛的文体应变活力。

晚清民初小说序跋往往以小说观念的当下或未来指向为归依，这一观念前瞻的现代性色彩，构成其区别于传统序跋的显著特征。小说序跋或是专注于单个文本的阐释，或就某一文本理论形态作一般性的梳理，相对而论，晚清民初小说序跋更侧重于申说后者。若从篇幅上考察，一个突出的文学表征就是，晚清民初以前的小说序跋短小精悍，其中虽不乏像金圣叹《第五才子书施耐庵水浒传序》之类的长篇议论，亦不过是某种性质假借序跋皮毛行小说专论之实的批评方式变体而已。1873 年的蠡勺居士（蒋子让）《〈昕夕闲谈〉小叙》的发表，质疑和砸破小说为小道卑体的传统观念积习，它标志着小说观念的初步转变，而后的新小说批评家多是承袭这一路径，为小说正名不懈鼓吹，基本开启和规设了当下和现代小说批评的主要方向。晚清民初小说序跋在沿袭传统形式的前提下，呈现出篇幅加大加长的趋势，文本所载的理论因子明显加重，抒发文人怀抱的比例亦逐渐增多。写作形式不再拘囿于单一的议论腔调，说明性的章法、散文随笔式的文法也成为文人的表现手段。民初一度出现的骈文小说热，序跋语言又显出骈散交错的形态，从而形成小说序跋审美趋向的杂多风貌。

晚清民初小说序跋的现代色彩，也表现在其感应时代变迁的应对策略上。昔日的小说序跋多侧重于某一小说文本的阐发，并以罕言政事作为序跋写作的潜在取向。而阽危的近代国事，导致文人的忧患意识骤增，晚清民初小说序跋的社会功能发生历史性的位移。晚清民初的小说序跋创作队伍的社会成分趋于复杂，更多的下层知识分子进军序跋的创作领域，序跋的平民化色彩加重。新小说家喜欢就序跋来张扬其社会使命，对小说文本的恪守出现明显的松动，这种游离于文本之外的批评方式变体，差不多是当下社会一种普遍的审美形态。梁启超《译印政治小说序》极力为政治小说张目："政治小说之体，自泰西人始也。凡人之情，莫不惮庄严而喜谐谑……语录不能谕，当以小说谕之；律例不能治，当以小说治之。"① 负载着新小说家的救世热肠，它对小说文本《佳人奇遇》的依赖色彩更趋淡薄，其实质就是一篇政治小说的宣言书。燕南尚生《〈新评水浒传〉序》干脆另起炉灶，借推戴《水浒传》文本的幌子，偷运君主立宪的政见。西学东来，女权主义波披华土，像《〈女娲石〉叙》、《〈红礁画桨录〉序》和《〈彗星夺婿录〉序》中所弥漫的女权思想，冲击了男尊女卑的封

① 梁启超：《译印政治小说序》，见《梁启超全集》（第一册），北京出版社1999年版，第172页。

建传统积习。不可否认，晚清民初的小说序跋夸大其词者，不在少数，特别是启蒙语境下的小说批评，新小说家更偏嗜用序跋的变体来宣扬本位的群体意识和价值观念，其主要原因还在于这类变体更能自由展示文人的社会期待。新小说家关注社会的取向，加重了文人借题发挥的色彩。无论是就事论事、斤斤于小说文本的考索，抑或弃质留皮、着意在社会责任上的追求，晚清民初的小说序跋都闪耀着一代文人的智慧光华。

（二）解读小说文本的窗口

文章千古事，得失寸心知。新小说家对创作和翻译小说的甘苦，不只是被动地喂灌和吞咽，而是主动地消化和回味。创作小说的序跋，特别是新小说家自序，因为备尝分娩的阵痛，序跋渗透着新小说家的创作心路和情感体验，而翻译小说的序跋，则饱含着早期翻译人的翻译理念。富有思想见地的小说序跋，往往能引领一时风潮。郭延礼言："我们考察文学的近代化，除思想层面的近代特色、审美的近代意识外，艺术层面上的近代性主要指叙事方式和艺术表现的近代化特征，即与世界（主要指西方）近代文学总体艺术水平的对应程度。"① 假借异域文学观念，进行中西文化的对比论述，1873 年蒋子让《〈昕夕闲谈〉小叙》已经作出简单的尝试。真正推动并促进中西小说比较思潮的兴起，得缘由林纾等人的不懈努力。其《〈译林〉序》就颇具弥纶群言的姿态："吾谓欲开民智，必立学堂；学堂功缓，不如立会演说；演说又不易举，终之唯有译书。"② 对译书的推戴，导启了时人崭新的文学视野。国人正是通过披阅他一系列的译作序跋，认识到异

① 郭延礼：《中国近代翻译文学概论》，湖北教育出版社 1998 年版，第 501 ~ 502 页。

② 林纾：《〈译林〉序》，见陈平原、夏晓虹：《二十世纪中国小说理论资料》（第一卷），北京大学出版社 1997 年版，第 42 页。

域小说的艺术价值。对此，周作人的感喟很有代表性："一九〇一年所译《黑奴吁天录》例言之六云，是书开场、伏脉、接笋、结穴，处处均得古文义法，虽似说的可笑，但他的意思是想使学者因此勿遽贬西书，谓其文境不如中国也，都是很可感的居心。老实说，我们几乎都因了林译才知道外国有小说，引起一点对外国文学的兴味，我个人还曾经颇模仿过他的译文。"① 译作序跋吸引读者进入异域小说多彩斑斓的艺术殿堂，于潜移默化之中，拓展了时人的阅读视野。

翻译小说的输入，充实了我国小说的肌体，译作序跋记载了新小说家的思想轨迹。晚清民初翻译小说基本上是意译的天下，直译在当时无多少市场，新小说家通常对照时人的阅读习惯，修改异域小说文本的体例，包括文本的章法和专名，其中就包含着一个本土消化的过程，自然，吸引读者的眼球也是一个重要的出发点。大量的译作序跋，提供了相当翔实的文本背景资料，为解读小说文本作了先行的铺垫。像林纾《〈洪罕女郎传〉跋语》的阅读指南："大抵西人之为小说，多半叙其风俗，后杂入以实事。风俗者不同者也，因其不同，而加以点染之方，出以运动之法，等一事也，赫然观听异矣。"② 因为浸染传统思想的国人，很难理解异域言情小说的写作章法，林纾认为："哈葛德之为书，可二十六种，言男女事，机轴只有两法，非两女争一男者，则两男争一女。"③这一习以为常的西方社会"机轴"，显然不合当下的中国国情，事先交代异域的风俗民情，就是为了更好地引导读者理解文本和刺激消费。周树人《〈域外小说集〉略例》则力求"人

① 周作人：《关于林琴南》，见《苦茶随笔》，河北教育出版社 2002 年版，第 152 页。

②③ 林纾：《〈洪罕女郎传〉跋语》，见陈平原、夏晓虹：《二十世纪中国小说理论资料》（第一卷），北京大学出版社 1997 年版，第 181 页。

地名悉如原音，不加省节者，缘音译本以代殊域之言，留其同响；任情删易，即为不诚”①。从意译到直译，意味着要发扬忠于原作的翻译思想，它不单是翻译理念的进步，更是新小说家翻译实践和探究规律的时代缩影。

小说序跋对小说文本的种种阐释，甚至是有意或无意地对文本的误读，在一定程度上适合了张扬文人情趣的需要，也契合了社会政治对小说文本的主题设置。序跋作者的理论预设，刺激了小说类型学的形成。无论是在小说报刊，还是在单行本序跋中类型介绍，新小说家都下意识地将其作为一种文体类型来宣传，并非视之为一种可有可无的文字游戏。小说报刊的某一类型，像梁启超《译印政治小说序》之于政治小说、周桂笙《〈歇洛克复生侦探案〉弁言》之于侦探小说、吴趼人《〈两晋演义〉叙》之于历史小说、吴双热《〈玉梨魂〉序》之于言情小说……它们都是从无到有，首先借助于序跋的宣传开启国人的视阈，并由此落实到具体的小说创作上。据陈平原、夏晓虹的《1897～1916 年中国小说理论资料编目》统计，1911～1916 年有关言情小说的序跋至少达 24 篇，就是当时序跋类型探究的一个具象表征。新小说家对某一小说理论类型的吹捧，既适应了社会市场的需要，又推动了小说类型的发展和完善。

小说序跋是文人心态的浓缩和具象，无论是其中闪现的民族主义立场，还是隐含的唯古是尊的复古倾向，都是晚清民初小说批评世界的真实形态。文人群体之间的传唱与贬抑，实际就是小说当下消费境遇的真实写照，小说序跋也就成为文人群体意识的折光。吴趼人借《〈最近社会龌龊史〉序》概括自己的创作轨迹：

① 周树人：《〈域外小说集〉略例》，见《鲁迅全集》（第十卷），人民文学出版社 1982 年版，第 157 页。

"计自癸卯始业，以迄于今，垂七年矣。已脱稿者，如借译稿以衍义之《电术奇谈》（见横滨《新小说》，已有单行本），如《恨海》（单行本），如《劫余灰》（见《月月小说》），皆写情小说也。……嗟夫！以二千五百余日之精神岁月，置于此詹詹小言之中，自视亦大愚已。"① 林纾《〈劫外昙花〉序》亦有类似的检讨态度："计余自辛丑入都，所译书过百种矣，其自著小说，如《剑腥录》、《金陵秋》、《虎牙余息录》，亦渐次出版。"② 这样，晚清民初小说序跋熔文本介绍与文学批评于一炉，在文体演变的长河中跋涉前行，在旧形式的框架内，填充了丰富的时代新质，为读者解读文本打开了一个有效的窗口。

（三）小说传播的有效方式

由于种种原因，小说不登大雅之堂的文类地位，相对遮蔽了小说的文体魅力。传统文人视从事小说为文人末路，这一积习由汉至清，未见多大的变化，晚清的"小说界革命"提升了小说的社会地位，小说不再限定为单一的范围人心的风教之具，而推戴为改良社会的传播利器。由小说序跋的署名来考察中国小说的时代变更，当不失为一个相对便利的窗口。小说序跋的署笔名或隐名的现实，就是文人心底鄙视小说的观念积习的惯性延续，自然，社会习惯的压力也不容忽视，明清小说的作者或书坊主邀请或盗用社会名流来写序作跋，就是一种企求小说文本得到主流社会体认的文学诉求。中国小说观念的近代化进程，林纾输入异域文明的文学实绩和挑战传统的勇气，自然是一个不容忽视的存在。小说或小说序跋署真名的风尚就是在他不畏众议的勇气鼓荡

① 吴趼人：《〈最近社会龌龊史〉序》，见《吴趼人全集》（第三卷），北方文艺出版社 1998 年版，第 299 ~ 300 页。

② 林纾：《〈劫外昙花〉序》，见陈平原、夏晓虹：《二十世纪中国小说理论资料》（第一卷），北京大学出版社 1997 年版，第 512 页。

下，方告突破。1901 年《〈译林〉序》、《〈黑奴吁天录〉跋》就堂堂正正地署上真名，这是一个观念上的飞跃。林纾矻矻以穷年，特别是其早期的小说译作，往往是每出一译作，即写一序，①积极介绍小说的文本价值，有效推动了文本的传播。他以一介古文大家的身份从事小说翻译，其本身就是一个极具说服力的传播符号。林纾《〈迦因小传〉小引》假借魏冲叔之口来张扬自我的小说家本位："小说固小道，而西人通称之曰文家，为品最贵，如福禄特尔、司各德、洛加德及仲马父子，均用此名世，未尝用外号自隐。蟠溪子通赡如此，至令人莫详其里居姓氏，殊可惜也。"② 一空依傍、高标独树，炉锤击碎了烂铁，陶铸成新小说先驱者的不朽形象。

小说序跋的写作来源通常有自序和他序两大分野。古代小说的生存机制决定了小说自志序跋的凤毛麟角。像宋人洪迈《夷坚志》序跋系列，清人蒲松龄《聊斋自志》此类的自志，显属例外，大多数小说序跋还滞留于他序的圈子。他序写作模式的存在，虽也流露出某些溢美倾向，但相对遏制了文人自吹自擂的夸大行为，而文人倾注心血的多少深浅往往会影响到小说文本的传播效应。从版刻到报章小说，晚清民初小说出版方式的改善，直接影响到小说传播形式与写作取向的选择。昔日版刻序跋，包括

① 林纾的小说翻译以 1913 年《离恨天》为标志，分前后两期，前期译本大多有序跋性质的文字，对原作的意旨或艺术进行阐发，而后期译本则大大减少了此类文字，前期翻译作品有 73 部，其中有序跋类批评文字的达 58 部，后期作品有 99 部，而只有 10 部作品有序跋类批评，批评文字前后期之别，折射出其翻译热情的变化历程和以稿易金主义的潜在制约。参见钱钟书：《林纾的翻译》，《七缀集》（修订本），上海古籍出版社 1985 年版，第 92 ~ 93 页。

② 林纾：《〈迦因小传〉小引》，见陈平原、夏晓虹：《二十世纪中国小说理论资料》（第一卷），北京大学出版社 1997 年版，第 154 页。

小说评点，就是书坊主招徕读者的一种重要手段。近代新式石印、铅印技术的广为采用，引发中国出版事业的革命，传播方式的近代化，捎带了一个小说新时代到来的信息。这种丰富多彩的文化市场，刺激了小说序跋的发展，这不单显露于译作序跋的繁荣，也表现在时人创作小说序跋的丰富。数量众多的晚清民初小说自序的存在，就是一个最具说服力的事实，这一情况在吴趼人、李伯元等职业小说家身上表现更为彰著。他们普遍采用自序的方式来表达心志，这就包含着文人心态和个性才具的自由显露。秉承“输入文明”的自觉，新小说家对待翻译小说的态度，类同于一次审美再创作，他们对译作序跋上的关注，从某种程度上说，亦不过是另一类型的自序。这样，时人摄取新知的欲望，借助于小说期刊的舞台而广为流传。

浮光掠影的小说序跋文字，其广告效应就得到了书坊主的重视。新小说家往往借序跋来自我吹捧，制造一个个小说热潮。像民初的言情小说热，新小说家为赚尽天下人的眼泪，极力营造种种哀感顽艳的氛围，以此来加重小说文本的悲剧底蕴。据陈平原、夏晓虹的《1897～1916 年中国小说理论资料编目》统计，有关徐枕亚《雪泪鸿史》的序跋就达 15 篇之多。新小说家不厌其烦地跟风赶潮，小说序跋就成为他们情感宣泄的有效载体。恽铁樵《〈小说丛考〉赘言》认为该书非文学家、历史家、演剧弹词家、商界和女界不可不阅，这分明就是一则煽情的广告宣传。新小说家对小说文本并非都真正欣赏，更多地借序跋来传达个人心志和社会使命，这在传统小说家那里微不多见的事实，倒在晚清民初成了一种集体无意识。晚清民初小说序跋真实记载了某一小说文本的传播情况，特别是绘制了国人对异域小说的接受和消费图像。这种传播史上的第一手文献资料，刻勒晚清民初小说的批评全貌，中国小说观念的近代化进程就在序跋形质矛盾统一的张力场中，实现文学批评方式的近代进路。

小说序跋是小说散论家族中颇具专论特征的文学批评方式，晚清民初小说序跋相对于传统的小说序跋，其重视社会功能的取向，在为小说文体高唱凯歌之时，加浓了小说文本的理论底蕴；其对审美规律的孜孜追求，显露出文体自觉的探索精神，传统的形式表象之下填充着崭新的时代文化新质，构筑了旧形新质观念张力场中晚清民初文论阐发的一个广阔地带。小说序跋文字隐寓的文学境遇，展现了岁月淘洗和文学文体选择的双重结果。从创作缘由到付梓出版后的社会反响，传世和觉世二重的取舍，不断地拷问着文人的道德心肠。至少在传统小说序跋中，特别是文言小说领域，标榜为游戏笔墨者不在多数，潜在的传世意识相当浓郁，而新小说家相对自觉的觉世立场，序跋之中自然夹杂不少脱离小说文本的议论话语，这就凸显了序跋的现代性色彩，这一趋向的本身就逐步解构传统的序跋创作模式。小说序跋本身的独立性，超越了小说文本自身的限制，展示了中国小说观念近代化的种种革新色彩。

依托于传统批评方式的遗泽，晚清民初小说序跋感应着文学发展的巨大威力，从零星短章发展为长篇巨制的实用文体，并经受“五四”胡适、鲁迅等学者的传承发扬，呈现出多元发展的趋势。不必讳言，晚清民初小说序跋张扬文人个性有余，忠实于文本阐释则不乏可议之处，动荡频仍的社会现实，制造一系列的序跋误读和歧解问题。通常，小说序跋主要是针对单个文本而论，特别是序跋作者所使用的障眼法作态，在一定程度上会影响到小说文本自身的阐释深度。这正如谭帆所担忧的古代小说批评的“缺失”：“在对小说批评主体形式的定位上，过于突出其‘理论文本’属性，而忽略了小说批评主体形式所特有的文本阐释性。”① 晚清民初小说序跋，无论就其理论形态的本身，还是文本阐释的应用效果，都获得一种观念上的跃进。特别是其有意地剥离序跋的表面形式，灌注强烈的文人意识，从而展示一种乃至于一类文本的接受情况，书写了序跋创作和消费的崭新篇章。因此梳理晚清民初小说序跋，有助于将遮蔽于理论批评汪洋之中的文本批评给凸显出来，还原晚清民初小说序跋的真实生态，从而更好地绘制中国小说观念近代化进程的全貌。

第三节　异域参照与批评新法的发展

中国小说观念近代化进程的物质条件的革新，是批评方式发展的必要前提。异域参照、本土转化，小说批评单篇论文的出现，是晚清民初思维趋向系统化的产物，它脱离特定的小说文本，具有理论的明晰整体特征。而发刊词、小说话、小说广告则明显是小说期刊时代的具体产物，它们一道展示了批评方式新法的蓬勃发展势头。

一、小说专论

传统小说观念因为时代语境的嬗变，自然会在小说批评方式上呈现。作为传统小说批评方式的替代和演变，小说专论的出现，打破了评点和序跋营构的传统小说批评框架。小说专论是最具近代色彩的小说批评方式，从形式上看，小说专论的理论导向性，超越了散论的即兴鉴赏的批评模式，从散论到专论，展示了中国小说观念近代化进程之批评方式的成熟。

---

① 谭帆：《漫谈古代小说理论批评研究之“缺失”》，《文学遗产》2006 年第 1 期，第 21 ~ 24 页。

（一）期刊机制下的形式突破

小说专论是小说批评方式论著体的一种，它同小说专著一道，以其严密的思维特征跟传统小说批评方式区别开来。① 它们一般能较为集中地就某一小说思潮或作家作品作深入的阐述和分析，真正文本形式上的小说专论肇始于晚清民初，小说专论是现代小说批评的主要样式，它通常以严密的推理和清晰的论断而著称，“它为文学批评的理性思维特色的体现、为文学批评的科学性质的体现，提供了最适宜的天地”②。小说专论的形式特征，主要表现为篇幅长、逻辑相对严密，往往为了某一中心论题，小说批评家不厌其烦地论证，极力做到以理服人，并在具体阐述时，自觉展现自我追求文体独立的文学立场。新小说批评家对小说地位及其艺术的鼓吹，更彰显中国小说批评的近代色彩。晚清民初的小说专论，像《论小说与群治之关系》、《小说与民智之关系》和《论小说之教育》等，就是由一个具体论题出发，延展到小说文体的方方面面，体现了新小说家企图把握小说艺术规律的文类自觉。

晚清民初定期刊物的产生，为小说专论的诞生和发展提供了物质条件，“清代末期发表的小说多首先发表在杂志上，其中有一部分后来被集中起来出单行本。从杂志初出到单行本，这是一种以前没有见过的全新的出版形式”③。机器复制、分期连载为特

---

① 小说专论同其他小说批评方式的区别，主要就形式而论。某些序跋，像吴趼人《〈月月小说〉序》、发刊词，缘起类，像严复、夏曾佑《〈国闻报〉附印说部缘起》，小说话，像管达如《说小说》和吕思勉《小说丛话》，在内容上也具有小说专论的某些特征。

② 王先霈：《文学批评原理》，华中师范大学出版社 1999 年版，第 230 页。

③ ［日］樽本照雄：《新编增补清末民初小说目录》，齐鲁书社 2002 年版，第 2 页。

征的杂志时代取代了线装出版的单行本时代，出版装帧的近代气息，使小说（包括小说专论）充当公共媒介便成为可能，阿英言："当然是由于印刷事业的发达，没有前此那样刻书的困难。"① 印刷业的发达，刺激了小说专论的发展和繁荣。昔日文人发表作品的主要方式是文集，在古代的版刻条件下，精明的书坊主不会斥资印刷篇幅繁杂的专题性的批评文字，这一则不符合当下小说读者的欣赏习惯，一是在古代印刷技术的条件下，还不具备成熟的条件，而晚清民初印刷手段的革新，为小说专论的繁荣准备了物质基础。《瀛寰琐记》创刊时，还只能采用线装的形式，到 1902 年《新小说》创刊时，则基本运用了洋装纸。1904 年清廷至少在江南、苏州、杭州、湖州、扬州、广东、江西、湖南等地设立官书局，陆续刊刻应用书籍。发展迅速的晚清民初的民营出版业，为小说专论的出现提供了物质条件。据 1906 年上海书业商会出版的《图画月报》第一期统计，入会的出版书局包括商务印书馆、点石斋画局、有正书局、文明书局和广智书局在内已有二十二家②，另有教会创办的各种出版业。出版业的兴盛和印刷手段的便捷，都为小说专论的出现提供了先行条件。程华平言："小说戏曲理论批评用单篇论文的形式发表（序、跋、凡例、缘起等在形式上也属于单篇论文，因此得到了保留），自然是我国小说戏曲理论批评形式的重大变革。这里面有西方文学观念的引进、批评方法影响的因素，但是，近代铅印的普及，是促成小说戏曲理论批评以单篇论文形式出现的一个最基本条件。"③ 诚

① 阿英：《晚清小说史》，人民文学出版社 1980 年版，第 1 页。

② 李泽彰：《三十五年来中国之出版业》，见张静庐：《中国现代出版史料丁编》（下），中华书局 1959 年版，第 384 页。

③ 程华平：《中国小说戏曲理论的近代转型》，华东师范大学出版社 2001 年版，第 270 页。

然，种种出版方式的革新是小说专论出现的技术前提和物质基础。

晚清民初期刊所设置栏目，像“论说”、“评林”、“论谭”等栏目，加速了专题论文的诞生，《新小说》杂志“论说”追求的是“本报论说，专属于小说之范围，大指欲为中国说部创一新境界，如论文学上小说之价值，社会上小说之势力，东西各国小说学进化之历史及小说家之功德，中国小说界革命之必要及其方法等”①。这些期刊栏目的有意提携，刺激了小说专论的繁荣。若就小说杂志的实际刊录情况分析，即会发现中国小说观念近代化的缓慢演变轨迹。《新小说》杂志“论说”栏目下共登载文章 4 篇，除了第 14 号三爱的《论戏曲》外，其余三篇全为小说专论。创刊号上的《论小说与群治之关系》就小说与社会的关系设论，为小说新民思潮鼓吹呐喊；第 7 号上狄葆贤的《论文学上小说之位置》和第 17 号上金松岑的《论写情小说于社会之关系》，则标示着社会启蒙色彩的淡化，显露了小说批评回归本体的文化趋向。晚清四大小说期刊的另外三种，《绣像小说》无专门的“论说”栏目，其所发表的小说专论仅有夏曾佑的《小说原理》一篇，相对于梁启超颇具政论色彩的小说专论，夏作逆小说启蒙思潮而动，明确道出创作小说的五大难处，更体现出其注重文本分析的批评特征。《月月小说》杂志自 1907 年 10 月第 9 号开辟“论说”栏，介于晚清文人对小说外延宽泛的认识，该栏发表的文章并非全属现代意义上的小说专论，像《论外人干涉官膏之应付失宜》就跟小说关系不大，真正的小说专论就是王钟麒的三篇

① 新小说社：《中国唯一之文学报〈新小说〉》，见陈平原、夏晓虹：《二十世纪中国小说理论资料》（第一卷），北京大学出版社 1997 版，第 59 页。

文章：第9号上的《论小说与改良社会之关系》、第11号上的《中国历代小说史论》和第14号上的《中国三大家小说论赞》，这三篇专论，总体上体现出小说批评由外围向本体回归的倾向。《小说林》杂志创刊号即有“论说”一栏，而其真正刊载小说专论也只有徐念慈《余之小说观》一篇①，纯粹是立足于小说本体的角度发言立论。“最早在理论上倡导小说史研究的是王无生”②，其《中国历代小说史论》立足本国传统，梳理中国小说的渊源。刘师培《论说部与文学之关系》则据守传统的小说目录学立场，勾勒中国小说的流变，言辞之间，不乏鄙夷小说家之意，这就跟王钟麒的断论形成鲜明对照。佚名《中国小说大家施耐庵传》分论了施耐庵的事迹、戟刺、著录、思想和效果，则为中国第一篇小说家传论，这些都显示了小说专论的批评魅力。

若就陈平原、夏晓虹《1897～1916年中国小说理论资料编目》而论，该编目中的50篇小说专论大致以1906年为界，分前后两期。从数量上考察，后期的专论大大超过前期，1907年和1908年是登载数量最多的两年，1907年有16篇，1908年亦达14篇之多；从刊载的小说期刊分析，小说专论主要发表于《中外小说林》杂志，1907年和1908年该刊的“外书”栏推出了近二十篇小说专论，系统地阐明小说与社会、风俗和教育的关系，数量之多、论题之集中，当为同类刊物之翘楚。根究这一形质统一的文学现象，诚与该刊主编黄小配兄弟的审美眼光和识见密不可分；从论述的角度衡量，前期的小说专论主要就小说的地位、价

---

① 《小说林》杂志“论说”栏目只出现三期，即第1、9、10期，而其“评林”栏目除了1908年10月第12期外，均有设置，登载的全为小说随笔类的批评文章。

② 胡从经：《中国小说史学史长编》，上海文艺出版社1998年版，第18页。

值等方面立论，多是为小说争得一张文坛的入场券而努力鼓吹，后期则趋向于审视小说文本自身，更多地去摸索小说的文体规律。大体而论，晚清民初小说专论主要针对整个小说领域而发，侧重对某一特定对象的作家作品分析的，倒是不怎么突出，《1897～1916 年中国小说理论资料编目》例举的，也只有王国维《〈红楼梦〉评论》、警庵《社会小说〈荡寇志〉之乖谬》、遇圆《宋公明大起梁山寇打无为军复仇论》、佚名《著〈水浒传〉之施耐庵与施耐庵之著〈水浒传〉》、陈蜕庵《列〈石头记〉于子部说》、王钟麒《中国三大家小说论赞》六篇。小说专论的议论主题则由前期的政治教化逐步转化为后期的言情娱乐，这种演变轨迹折射了新小说家由外向内、不断认识和关注文体自身的观念历程。

(二) 思维新构架与批评先驱者的创见

小说专论的出现，是时代进步的一个清晰的标志。它打破自我独尊的文学陋习，以西方的思维模式来探索小说的审美特征和艺术规律，促进了中国小说批评方式的革新。传统的文化语境因为时代巨变而浸染鲜明的革命色彩，小说批评作为文人遣兴之具的消费功用受到挑战，小说批评的公众媒介地位却得以肯定和认可，以着意于抽象系统分析为能事的小说专论就不可避免地成为新小说家的选择。王国维《论新学语之输入》云："抑我国人之特质，实际的也，通俗的也；西洋人之特质，思辨的也，科学的也，长于抽象而精于分类，对世界一切有形无形之事物，无往而不用综括及分析之二法，故言语之多，自然之理也。吾国人之所长，宁在实践之方面，而于理论之方面则以具体的知识为满足，至分类之事，则除迫于实际之需要外，殆不欲穷究之也。"[①] 中国

① 《论新学语之输入》，见《王国维遗书》（第五册）之《静安文集》，上海古籍书店 1983 年版，第 97 页。

传统文学是一个相对自足的文化系统，其思维方式的稳态结构，前后相继一直流衍至晚清，而新小说家对西方思维模式的有效吸收和转化，则开始突破这一结构的强烈制约，为本土的传统小说和新创小说，在文本阐释和理论发扬上，提供了一个足可效法的途径和一种有利的思维借鉴。

陈平原、夏晓虹《1897～1916年中国小说理论资料编目》所列举的小说专论中，若截取1907年的16篇专论作一分析的界面，可清晰地归纳新小说家化用西方思维模式的特点。16篇专论中，只有佚名的《读新小说法》思维接近于传统的散论，其余的15篇则注重于抽象的思辨，像王钟麒《中国历代小说史论》和佚名《中国小说大家施耐庵传》，或分点，或分节，其论述方式明显借径于西方的思维模式。而黄伯耀的《义侠小说与艳情小说具输灌社会感情之速力》、《学校教育当以小说为钥智之利导》、《小说之支配于世界上纯以情理之真趣为观感》、《探险小说最足为中国现象社会增进勇敢之慧力》，黄小配《文风之变迁与小说将来之位置》、《小说种类之区别实足以移易社会之灵魂》，陶祐曾《论小说之势力及其影响》等论文，论述时空从古至今、由外国及本土，点的连接与面的呈现，相得益彰，他们克服了传统小说批评方式即兴散漫的弊端，从而体现出其浓郁的科学分析色彩。

如果说晚清民初印刷条件的改善，为小说专论的形成准备了物质条件，那么，西方论著的榜样作用和小说批评先驱者的天才创见，更夯实了其理论根基。严复、夏曾佑《〈国闻报〉附印说部缘起》开其端绪，梁启超《论小说与群治之关系》和王国维《红楼梦评论》扩大其潮。他们以其各自对小说文体的领悟，开启中国小说观念近代化进程之批评方式更新的不同维度。鉴于梁启超领袖群伦的地位，小说专论基本沿袭梁氏的论述途径，侧重小说与其他文类、小说与社会的外围关系设论，像金松岑《论写情小说与社会之关系》，黄伯耀《小说发达足以增长人群学问之进步》、《小说与风俗之关系》，黄小配《改良剧本与改良小说关系于社会之重轻》、《学堂宜推广以小说为教书》。王钟麒《论小说与改良社会之关系》基本就小说与社会、小说与生活的关系而论，对小说的社会功用予以更多的关注，并使之成为晚清民初小说专论的重要形式。倒是王国维开辟的着意小说本体的专论形式鲜有同响，只有在夏曾佑和狄葆贤等少数批评家那里，得到接续与响应。夏曾佑《小说原理》、狄葆贤《论文学上小说之位置》较为忠实于小说理论的本体层面，他们同王国维一道展现了小说专论追求的另一维度。

熔铸西方哲学、美学原理来解读传统小说，王国维无疑是一个伟大的开创者。王国维《〈红楼梦〉评论》："第一章先立定了哲学与美学的两重理论基础，然后于第二章进而配合前面的理论基础来说明《红楼梦》一书的精神哲理之所在，再以第三、四章对此书之美学及伦理学上的价值分别予以理论上的评价，更于最后一章辨明旧红学的诬妄，指出新红学之研究的正确途径，是一篇极有层次及组织的论著，这在中国文学批评史上也是前无古人的。"① 王国维第一次站在时代的高度上，化用西方文论观综合阐述了《红楼梦》的文学价值，罗德荣对这种开创实绩的评价不妨参照："可以说，在王国维之前的中国文学批评史上，还从未有人以如此系统的哲学与美学理论对《红楼梦》进行独特的考察。他所采用的富有逻辑思辨的分析推理的批评眼光和方法，连同它的文章体式，已完全突破传统批评的框架，从而将小说美学从创作的附庸提高到独

① 叶嘉莹：《王国维及其文学批评》，广东人民出版社 1982 年版，第 179～180 页。

立学科的地位。”① 诚然，王国维《〈红楼梦〉评论》着意于思维方式的新变，树立了一座近世文学批评的界标。

小说专论的理性品格，刷新了新小说家的小说批评视野，也因为其相对周密的思维逻辑，加重了晚清民初小说批评的科学色彩和理性因子，揭开了中国小说批评的新页。小说专论侧重于小说规律的总结和摸索，它们往往是对小说文类的普遍性特征，具有相当的理论高度，却在一定程度上脱离了具体的小说文本，小说专论的弊端亦由此而生。新小说批评家刻意追求小说理论的深度和广度，在思维的严密性上显露了时代特色，却因为其主要就事物的共性而论，对事物的个性特征缺少足够的关注，以致论述问题相对空泛，容易堕入玄论的误区。小说专论严谨的推论特点、相对缜密的逻辑构架，并非初识文字的国人所能理解和消化，其相对突出的精英文化表征，远离了平民大众的接受趣味，而在一定程度上消解了小说专论的接受效果。

二、小说话

众声喧哗的时代现实促使传统社会承当的失效，刺激时间流转的当下思考。中西文化交流语境造就了传统小说批评方式的新的增长点，评点和序跋组成的小说批评方式格局缘由时代和社会的新变，在新小说家的天才的独创下，形成对文学精神和小说批评传统的扬弃。阿英应该是最早涉足于小说话研究领域的学者，其《小说丛话论略》一文就清醒地认识到小说话的理论价值，而后的《晚清文学丛钞·小说戏曲研究卷》第二插页就影印了《新小说》社刊行的《小说丛话》封面和黄人《小说小话》书影，并将小说话单列一卷的安排方式，在一定程度上标示了小说话的

① 宁宗一：《中国小说学通论》，安徽教育出版社1995年版，第690页。

理论先导意义。小说话负载着文人的社会期待和文学理念，以新形式包孕着时代新质，在形式的断裂和内核的延续中，书写着中国小说观念之批评方式的新篇章。

（一）观念追求中的形式突破

绵延的文学之脉，在几条相对固定轨辙中打造传统文学的灿烂成果。诗文呈才的文学观念积习，制造了中国文学抒情传统的繁荣。刘勰《文心雕龙》和叶燮《原诗》等理论著作自成体系，引领了文学批评领域的理论建构典范。诗话、词话和文话，侧重即兴鉴赏、着意个人感悟，对文学创作和发展规律的知识性探讨形成相对完备的逻辑规范。小说随笔杂谈，古已有之，只是因为小说的小道卑体地位和文人的游戏笔墨态度，它的生机和活力未能得到传统文人足够的认同。明人郎瑛《七修类稿》云："国初瞿存斋过汴之诗有'陌头盲女无愁恨，能拨琵琶说赵家'，皆指宋也。若夫近时苏刻几十家小说者，乃文章家之一体，诗话、传记之流也，又非如此之小说。"① 这就表明，至少在明代成化到正德年间，苏州一带出现过类同诗话的小说随笔，只是未成气候而已。小说话是古代小说"摘句批评"方式的遗留，它最初是以追求片言只语的艺术佳境为指归的，古代小说批评这一"话"的方式在胡应麟《少室山房笔丛》、钱希言《戏瑕》、谢肇淛《五杂俎》中时有出现，但其跟属于叙事文学领域的小说，毕竟还不能完全契合，至晚清民初，《新小说》杂志中的"小说丛话"出现，它才真正与小说合拍②，形成小说话等随笔形式类的批评方式的

① ［明］郎瑛：《七修类稿》，上海书店出版社2001年版，第229页。

② 阿英认为："光绪二十九年（一九〇二），梁启超创《新小说》于日本，特辟'小说丛话'一栏，是为中国小说有'丛话'之始。"见阿英：《小说闲谈·小说丛话论略》，《小说闲谈四种》本，上海古籍出版社1985年版，第39页。

兴盛状况。①

小说杂评等随笔，形式自由活泼，既可自成一家，也能汇流群言。邱炜萲《客云庐小说话》、俞明震《觚庵漫笔》、管达如《说小说》是一家之言；《新小说》之“小说丛话”、《月月小说》之“说小说”、《文艺杂志》之“谈瀛室随笔”则为群言。小说随笔是小说先驱者激于传统文论中文话、诗话、词话的发达，而立足于杂评的形式上创辟的一种小说批评方式。首倡和运用小说话其名的当推梁启超：“余今春航海时，箧中挟《桃花扇》一部，借以消遣，偶有所触，缀笔记十余条。一昨平子、蜕庵、瑟斋、慧庵、均历、曼殊集余所，出示之，佥曰：‘是小说丛话也，亦中国前此未有之作。盍多为数十条，成一帙焉？’”②“前此未有之作”的话语推崇，开辟了文人才情抒发的新路径。其相对自由的编次体例允符了参与者个性张扬的需要，“编次不有体例，惟著者之名分注焉。无责任之责任，亦各负之也”③。小说话作者就不必恪守传统的小说批评立场，而显豁地抖露自我的个性特色。

小说话是晚清民初盛行的一种小说批评形式，碎锦的背后潜藏着文人的高昂格调。在晚清民初的小说期刊史上，《新小说》杂志的创辟之功不可动摇。《新小说》杂志自 1903 年第 7 号起设置“小说丛话”栏目，至 1906 年终刊的 24 期中，除了第 10、18、21、23 号无此栏目外，几乎每期均在附录中安排“丛话”一栏。晚清的四大小说期刊，只有《绣像小说》不设此栏目，《月月小说》杂志的此类栏目设置始于第一年的第三号，共刊录小说

① 参看谭帆：《中国雅俗文学思想论集》，中华书局 2006 年版，第 203 页

②③ 梁启超等：《小说丛话》，见陈平原、夏晓虹：《二十世纪中国小说理论资料》（第一卷），北京大学出版社 1997 年版，第 82 页。

话21篇。《小说林》自1907年第一期始辟“评林”栏目，发表黄小配、俞明震的小说话作品11篇。这些都表明小说话相对稳定的形式特征。若以“小说丛话”为例，步武者不在少数，1905年《新新小说》的第8号、1911年《小说月报》的第2卷第3期、1914年《中华小说界》上吕思勉的《小说丛话》、1916年《中华小说界》上纳川的《小说丛话》，均为该种方式的接续形态。这种在小说观念之批评方式上的追踪与效仿，书写了文人的文体建构自觉。

如果我们不局限于用西方的文学批评标准来剪裁中国传统小说的批评方式，那么中国小说观念的近代化进程，就并不只表现为对异域小说理论的借鉴，也体现为改造和更新传统小说批评形式的实践。小说话相对杂碎的形式，隐含着新小说家归依传统文明的审美选择。李忠明指陈传统小说批评方式的弊端：“中国古代小说批评大多比较简单，常常是一带而过，很少长篇大论，系统、专论小说概念、文体或情节结构等方面的文章几乎没有，即使是对具体作品的批评也大多数是感性经验，上升到文学理论、艺术规律等高度的时候很少。”① 姑且不论中国小说批评方式是否具有系统周密的特点、有无表现形态的显隐之别，小说话是传统小说批评样式的飞跃，至少在形式方面就是如此。于定一的小说起源于宋朝说、吕思勉的理想小说起源于唐代说，曼殊、于定一就小说与社会之关系的探讨，钟骏文《小说闲评》论及《恨海》、《电术奇谈》，由章到回，几近小说文本大概，张行《小说闲话》则涉及小说笔法和小说结构等诸多内容。小说话将被启蒙小说家忽视的小说要素给重新挖掘出来，并进行理论和实践的救治，在

① 宁宗一：《中国小说学通论》，安徽教育出版社1995年版，第913页。

一定程度上弥补了“小说界革命”的缺失。

文体代变，一代有一代之文学，中国小说观念的近代变革，批评形式的转型应该是一个重要的方面。作为晚出的随笔性文学批评方式，小说话借鉴了诗话和词话的合理因子，在保留相对自由的形式的前提下表现一定的专论色彩。虽然，文学批评方式转型的阵痛，形成其同诗话和词话等批评方式的断裂，王国维《〈红楼梦〉评论》的发表，宣告了中国小说批评方式传统时代的结束，而其《人间词话》的出版，又使得传统文学批评方式出现一定范围的回归，但这种传统难以为继的现实，又给这种形式的割裂画上一个缺陷性的句号。小说话的作者研究视野广阔，论及古今中外小说作品，不只流于对异域小说文本的一般介绍，更表现为运用传统的小说批评方式来重新省视和阐述小说文本，这种比较忠于传统的务实态度，放置于一片政治喧哗声中，尤显可贵。在写作手法的选择上，它体现了新小说家的多元化探讨趋向，贯穿于小说话之中的不单是议论的铁板一块，而渗透其间的叙述成分，又在导读指南之余展现新小说家的审美追求，这构成了小说话丰富多彩的批评风貌。

（二）大众参与的批评实践

小说批评是新小说家身份认定、实现社会理想的一种重要途径和方式。小说话延伸了启蒙思想所禁锢的小说艺术的理论视角，并对新小说家抹煞传统的行径作出某些理智上的审视和修改。《新小说》杂志的“小说丛话”作者达12个，而涉及的通俗小说文本至少在21部以上①，其中又以探讨《水浒传》和《红

① 据潘建国的统计，晚清民初小说话涉及通俗小说文本大致情况是，邱炜萲《菽园赘谈》是46种，铁《铁瓮烬余》是13种，石庵《忏观室随笔》为17种，见潘建国：《中国古代小说书目研究》，上海古籍出版社2005年版，第194～195页。

楼梦》为多，这在一定程度上弥补了政治小说家割裂传统的武断做法，从而呈现趋向传统归依的审美取向。设置“说小说”栏目的近代期刊至少有《月月小说》和《笑林报》，《月月小说》杂志推出的“说小说”系列，进入其论题范围的就有《西游记》、《恨海》、《新庵谐译》、《胡宝玉》、《雪中梅》、《恨史》、《新石头记》、《海底漫游记》和《佛罗纱》9部。《小说月报》上孙毓修的《欧美小说丛谈》系列论述范围宽广，涉及作家、作品和小说门类。单就1913年而论，该丛谈至少讨论过孝素、司各德、迭更斯、斯托活夫人、霍桑和欧文等作家，神怪小说和寓言小说等门类，收录范围不可谓不广。《小说海》杂志上乐水的“榛梗杂话”、《文艺杂志》的“谭瀛室随笔”，林林总总，构成了小说话存在形态的具体表现。小说话立足于晚清民初文化的现实处境，展示了小说艺术的真实印象。

砸破小道末技的传统认识，是凸显小说文学色彩的必要前提。运用传统的小说批评方式，在西方文论话语新鲜血液的灌注和刺激下，进行批评话语的重组和融合，小说话的撰写现实，展露了大众参与的批评盛况。“因相与纵论小说，各述其所心得之微言大义”，“东鳞西爪，时以相贻，亦谈兴之一助欤?”① 小说话不只是文人心志的记录，更是职业小说批评家的集体意识的折光。它体现了一种文人建构小说批评体系的存在，特别是小说话自成起讫的样式，张扬了新小说家鲜活自如的批评灵性。小说话的字里行间，隐寓着当下小说批评的新动向。康来新推重小说话的开创意义：“虽然笔记之作，渊源已久，但是以笔记谈话的体裁，而针对小说之述评心得为专门课题者，却要到晚清梁启超诸

---

① 梁启超等：《小说丛话》，见陈平原、夏晓虹：《二十世纪中国小说理论资料》（第一卷），北京大学出版社1997年版，第82页。

人发表《小说丛话》时，这种风气才为之一开。”① 小说话拓展了“小说界革命”的关注领域，加强了中国小说批评自由申说的力度。

狄葆贤不满于夏曾佑的小说通俗化理论，而将小说文本的消费定格于士大夫的精英文化阶层，带有明显的回归传统倾向。周桂笙则在博涉西人小说的基础上，挖掘出西人小说尊重人性的审美特征。其列举分论的“身份”、“辱骂”、“诲淫”和“公德”等观点，恰好揪住了中国传统小说创作的通病，在开放视野中的审美洞察具有强烈的社会警醒效果。另如“小说丛话”作者群对《红楼梦》的交口称颂，以及种种用中国传统小说套用西方社会思潮的比附事实，都真实地反映了小说话批评方式的群体意识，激情之中也不乏真知灼见。正如有的学者对笔谈式“小说丛话”的赞誉：它们“都是理论家们在长期阅读中的心得的结晶，或是作家对自己创作实践的理论概括。这些短小精悍而又精彩的言论，活跃了当时小说理论界的思想”②。小说话往往缘由一个话题的提出，引发一种各抒己见的小说批评场景，小说话的群体辩论色彩，标示了中国小说观念的近代特质。

综览小说话的话语文本，可以抓住中国小说绵延不绝的艺术精神，也能更好地体悟传统小说的思想光彩和再造能力。“《小说丛话》以理论尚，《小说小话》以史实考证见长”③，由文本解说

① 康来新：《晚清小说理论研究》，大安出版社（台北）1986 年版，第 237 页。

② 王先霈、周伟民：《明清小说理论批评史》，花城出版社 1988 年版，第 703 页。

③ 阿英：《小说闲谈·小说丛话论略》，《小说闲谈四种》本，上海古籍出版社 1985 年版，第 41 页。

到理论批评、由情事考证到接受消费，小说话多色复杂的议题，展现了新小说家不拘一格的理论创新能力。《新小说》杂志的“小说丛话”作者，自由灵活，各人撰写数量不等，少则1篇，多达22篇。而张冥飞等人的《古今小说评林》登高望远，论及古今小说，不求观点整齐划一，论题可多可少，篇幅亦长亦短，大体上围绕小说这一论题核心，就是对同一部小说，褒贬态度不一，充分展示了新小说家的话语选择权力。这样，小说话所关注的论题由一到多、参与队伍以少及众，形成近代小说批评的大众化趋向。

（三）小说史的奠基与发展

晚清民初开放的文化语境，为文人施展才具提供了相当的纵横驰骋的天地。从群言汇集的《新小说》“小说丛话”到一家之言吕思勉的《小说丛话》，形式亦由丛残趋向系统，沉淀为新小说家探究小说批评发展脉络的雏形。王尔敏认为梁启超设立“小说丛话”栏目，可以并驾其创办小说专门刊物而为“为后世文学开创宏规者”：“梁氏在《新小说》杂志第一卷第七期起，特辟‘小说丛话’一栏，批评讨论古今小说之理论价值。古今以来，实为首例。后日之小说史、文学批评史均承此启发而构成独立门类。”① 小说话所关注的对象主要是关于小说艺术规律的总结、小说古今的发展演变以及小说文本的创作与消费，这一切都理所当然地进入小说史的研究领域。小说话在小说目录学上的意义，也是学人关注的论题，这种基于目录学层面的挖掘，就形成小说史研究的基础。黄人《小说小话》“闻罗贯中有十七史演义，今惟

① 王尔敏：《中国近代知识普及运动与通俗文学之兴起》，见《中国近代现代史论集》（第二十二编），台湾商务印书馆1986年版，第16～17页。

《三国演义》流行最广。其次则《隋唐演义》亦稍传布，余无可稽矣。兹据余少时所见而能追忆者，依历史时代，不分良劣，略次于左"①，得87目：

《开辟传》、《禹会涂山记》、《采女传》、《封神榜》、《西周志》、《东周列国志》、《前后七国志》、《西汉演义》、《昭阳趣史》、《东汉演义》、《班定远平西记》、《三国演义》、《后三国志》、《两晋演义》、《南北史演义》、《禅真逸史》、《梁武帝外传》、《隋炀艳史》、《隋唐演义》、《说唐》、《征东》、《征西》、《锦香亭》、《反唐》、《绿牡丹》、《则天外史》、《残唐演义》、《飞龙传》、《太祖下江南》、《金枪传》、《万花楼》、《平南传》、《平西传》、《平妖传》、《水浒记》、《英雄谱》、《水浒后传》、《荡寇志》、《精忠传》、《岳传》、《后精忠传》、《采石战记》、《雪窖冰天录》、《贾平章传》、《双忠记》、《楚材晋用记》、《大元龙兴传》、《庚申君外传》、《奇男子传》、《英列传》、《真英列传》、《女仙外史》、《西洋记》、《鱼服记》、《鸱鸮记》、《太妃北征录》、《正统传》、《野叟曝言》、《萃忠录》、《玉蟾记》、《武皇西巡记》、《豹房秘史》、《伟人传》、《金齿余生录》、《骖鸾录》、《青词宰相传》、《绿野仙踪》、《东楼秽史》、《大红袍》、《梼杌闲评》、《护国录》、《卖辽东传》、《瑶华传》、《甲申痛史》、《陆沉纪事》、《铁冠图》、《海角遗编》、《江阴城守记》、《殷顽志》、《鲸鲵录》、《台湾外纪》、《前后十叛干记》、《毗舍耶小劫记》、《平台记》、《年大将军平西记》、

① 黄人：《小说小话》，见阿英：《晚清文学丛钞·小说戏曲研究卷》，中华书局1960年版，第360~361页。

《蟫史》、《鼎盛万年青》。①

《小说小话》涉及的通俗小说（不包括翻译小说）除了潘作衍入的十种外，尚有《金瓶梅》、《儒林外史》、《续金瓶梅》、《红楼梦》、《后红楼梦》、《儿女英雄传》、《西游记》、《西游补》、《今古奇观》、《贪欢报》、《国色天香》、《隔帘花影》、《绮楼重梦》、《三分梦》、《投笔记》、《[illegible]杂记》、《彭公案》、《施公案》、《永庆升平》、《三侠五义》、《七侠五义》、《龙图公案》22种，三者总计为119种。如此数目的通俗小说汇集，"黄人《小说小话》作为中国小说目录学的嚆矢，其开山之功，先行之迹皆值得书以志之"②。也正因为此，"'小说小话'亦最精，与'小说丛话'，可谓当时论小说之两大杰作。而旧小说回忆一部分，尤为中国小说史之重要资料。鲁迅先生《小说旧闻钞》，曾全部钞入"③。

① 黄人：《小说小话》，见阿英：《晚清文学丛钞·小说戏曲研究卷》，中华书局1960年版，第360～373页。胡从经《中国小说史学史长编》的第二章《聚沙成塔——小说史料学的萌发与勃兴》（见该书第120～121页，上海文艺出版社1998年版）和潘建国《中国古代小说书目研究》的第七章《古代通俗小说专科目录的创建》（见该作第260～261页，上海古籍出版社2005年版）均有对《小说小话》列举书目的统计，但数字有出入，胡著为91目，潘作为97目。二者均存有某些混淆列举书目与论述文本的现象，盖胡著漏录《西汉演义》一目，却衍入《浓情快史》、《如意君传》、《狄公案》、《承运传》和《投笔记》五种，且胡著误将《则天外史》作《则天外传》、《水浒记》作《水浒传》。潘作则衍入《浓情快史》、《如意君传》、《狄公案》、《许旌阳传》、《升仙传》、《四游记》、《续水浒》、《承运传》、《新史奇观》和《沙溪妖乱志》十种。

② 胡从经：《中国小说史学史长编》，上海文艺出版社1998年版，第123页，并参看潘建国《中国古代小说书目研究》，上海古籍出版社2005年版，第261页。

③ 阿英：《小说闲谈·小说丛话论略》，《小说闲谈四种》本，上海古籍出版社1985年版，第41页。

各抒己见、文责自负，小说话廓旧布新的话语书写了新小说家推动中国小说观念近代化的真实印痕。不管其出发点如何，小说话对小说文体的推崇则是共喻的事实。慧庵言：“各国文学史，皆以小说占一大部分，且其发达甚早。”① 明显地带有将西方小说繁荣的现状，作为建构中国小说史的促进动力的考虑。狄葆贤更论“孔子当日之删《诗》。即是改良小说，即是改良歌曲，即是改良社会。然则以《诗》为小说之祖可也，以孔子为小说家之祖可也。”② 直接以小说来比附儒学体系，冲击了鄙视小说的传统观念。正如时贤所论：“对于小说史研究的发展进程来说，有两个关键性课题必须解决的：一是小说观念的独立；另外一个是研究方向、视角或者称之谓研究的价值体系的确定。”③ 小说话作者为小说文体独立的鼓吹和奔走，初步消解了小说批评的史学和经学话语色彩，客观上奠定了小说批评史研究的一个重要基础。

小说话关于小说的起源、文类规律的探讨，在一定程度上规范了后世小说批评的研究视野。相对而言，以小说话的形式研究小说文本，探究问题会趋于集中，更具有纯文学的研究色彩，围绕小说的文学性做研究工夫，这是小说史必须凸显的命题。解弢《小说话》云：“夫小说之事，宜谐不宜庄，宜虚不宜实，宜反不宜正，且宜迎合社会之心理，引之入胜，而从反面棒喝，方可收变化人心之效。若笔笔正义，何若作‘五经演义’。”④ 相对客观

---

① 梁启超等：《小说丛话》，见陈平原、夏晓虹：《二十世纪中国小说理论资料》（第一卷），北京大学出版社 1997 年版，第 82 页。

② 梁启超等：《小说丛话》，见陈平原、夏晓虹：《二十世纪中国小说理论资料》（第一卷），北京大学出版社 1997 年版，第 88 页。

③ 董乃斌等：《中国文学史学史》（第三卷），河北人民出版社 2003 年版，第 246 页。

④ 解弢：《小说话》，见黄霖、韩同文：《中国历代小说论著选》（下），江西人民出版社 2000 年版，第 473 页。

地厘定小说跟史学的界限，抠住了小说的文体属性。吴趼人不满于梁启超等人全盘否定传统小说的极端做法，借《说小说·杂说》鲜明地标举“轻议古人固非是，动辄牵引古人之理想，以阑入今日之理想，亦非是也。吾于今人之论小说，每一见之”① 的主张，反对割裂小说文本的种种武断和臆测，标出“设身处地”的小说批评原则，这就亮出小说史写作的基础，体现了一种观念的跃进和时代的进步。

张行《小说闲话》探究小说规律就分小说笔法、小说结构、小说材料和真情之动人四章，俨然一部中国小说批评史的雏形。管达如《说小说》亦分小说之意义、小说之分类、小说之势力及其风行于社会理由、小说在文学上之位置、中国旧小说之缺点及今日改良之方针等六章，系统地分析了小说的基本问题。与此桴鼓相应的是1914 年《中华小说界》刊出吕思勉的《小说丛话》，它虽然并未分章标回，而其理论涵盖、探讨问题的深度均较管达如《说小说》更为突出，至少其中相当一部分篇幅就是针对管达如《说小说》的弊端而发，这是一个明白的现实。凡此种种，这类全面探究小说观念的理论实践，已经达到了一个相当的时代高度，黄霖的评价颇为中肯：“我国的小说理论随着时代的发展和小说的进化，从桓谭《新论》等丛残短语式批评，到大量的明清序跋和评点，再到近代这些洋洋大观的论文，其观点也在不断地深化和系统。管达如的《说小说》和吕思勉的《小说丛话》虽然不能说是对我国以往小说理论的理想的总结，但一般说来还是代表了近代小说发展的水平。”② 综观小说话的批评话语，我们窥探

① 吴趼人：《杂说》，见《吴趼人全集》（第八卷），北方文艺出版社1998 年版，第 218 页。

② 黄霖：《中国文学批评通史·近代卷》，上海古籍出版社 1996 年版，第 656 页。

到其所论对象涉及小说的起源、文体特征、文学地位、小说要素等复杂内容，几近现代小说研究史的方方面面，虽然步履匆匆的新小说家，对小说规律的探讨还会出现某些误解，这主要还得从时代层面上溯因，而其对小说与社会、小说的本质的探究，已经形成一个相当完备的体系。小说话促进了小说批评系统的完善和健全，它有力地推动传统小说批评向着现代小说批评史体系迈进。

形式的突破与内容的创新，小说话在断裂和连续的文学批评链中克绍小说批评传统。跨文化的小说对话，缔造了文学单元的多向探求。小说批评趋向异域文化借鉴的同时，也隐含着新小说家对本土文学的再造和变通。小说话继承传统文学批评的本色，有助于摸索传统文学批评在近代嬗变的种种轨迹，从而加深新旧形式对话的历史底蕴。正如阿英所论："《小说丛话》之作，初期主要情况如是，合诸作观之，可推见当时对小说之理解、批评、及其动向。"① 正是这样，小说话在新小说家的推动下，出现由私人话语向公众空间过渡的征兆，个人的审美感悟上升为时代的集体意识，引发时人重新检讨和正确评价中外古今的小说文本，并以突破零散的形式表征，凝结成一种理论范式和操作规范，从而有效推动中国小说观念之批评方式的近代转变。

三、小说期刊发刊词

发刊词是指刊物创刊号上说明本刊的宗旨、性质等的文章。②

① 阿英：《小说闲谈·小说丛话论略》，《小说闲谈四种》本，上海古籍出版社 1985 年版，第 42 页。

② 《现代汉语词典》，商务印书馆 1995 年版，第 293 页。

玄庐言："凡是一种报纸出世，必定有一种标明主义和趋向的话，叫发刊词。"① 标榜舆论、引领风范，形形色色晚清民初期刊的副刊和小说专门杂志的存在，改变了小说传播的传统积习。涵养民德、开启民智，晚清启蒙思潮鼓荡的新民说酝酿着新的文学期待，晚清民初的小说报人在启蒙思潮的旗帜下书写和引导小说观念的嬗变。阿英《清末小说杂志略》较早涉及小说期刊发刊词，惜只限于叙述晚清小说期刊宗旨的层面，未作深入挖掘。而后的小说期刊发刊词研究，多被视为展现小说报人办刊实践的一个文化侧面，而小说期刊发刊词所包孕的文学理论和其对当下小说著、译的影响，未得到研究者的足够重视。着意于小说观念的维度，梳理小说期刊发刊词参照异域实现本土转化的审美流变，无疑是一种还原在场和凸显其文献地位重要性的有效研究思路。小说期刊发刊词以其崭新的批评方式存在，部分革新了小说批评的物质载体，即兴会悟的自我遣性之具转变为面向公众的文明利器，中国小说观念的近代化进程因为传媒的革新而呈现出贴近现实的社会取向。

（一）异域参照与本土转化

晚清民初传播媒介的巨变，明显是借助于异域文明的输入风潮。虽然，唐代存在的"邸报"，肇始了古代文化传媒，但这一传媒雏形跟晚清民初期刊相差甚远，它是一种官办性质的朝政公告，小说根本无缘进驻传媒的殿堂。古代期刊的发行，通常采用免费赠送与雇人兜售的方式，并以罕言政事的办刊策略来求得自我的生存，以致其社会舆论的导向作用相对有限。真正传媒意义上的小说期刊在晚清民初才得以出现，特别是甲午海战的失利以

① 玄庐：《星期评论发刊词》，见张静庐：《中国现代出版史料甲编》，中华书局1954年版，第24页。

后，明治维新后日本综合国力的诱惑，动荡危殆的时局和异域文化的刺激，为晚清民初期刊的勃兴提供了现实条件。遇事畅言、意无不尽，晚清民初的文艺期刊为报章体的一体风行准备了物质载体："在野之有识者，知政治之有待改革，而又无柄可操，则不得不藉报纸以发抒其意见，亦势也。……其忧伤之情，自然流露于字里行间。故其感人也最深，而发生影响也最速。其可得而称者，一为报纸以捐款而创办，非以谋利为目的；一为报纸有鲜明之主张，能聚精会神以赴之。"① 报纸有鲜明之主张，自然形成一定时空的舆论圈，也相对解构了昔日单一板滞的皇权话语。异域小说救国新民的神话功效对晚清民初文人来说，无疑是厚重黑幕中的一盏明灯。文人借重异域小说杂志凸显了小说的传播效能，他们在建构集体文学理论的同时，也展示着小说报人共同的社会期待。

社会发展和民族文化进路的参天大树，附着着社会启蒙与大众情趣追求的枝叶，二者缘时而动的轻重调和才真正实现中国小说观念由传统向现代的转变。晚清民初是"小说最为流行的时代"②，定期刊物和日报往往留给小说以一定的篇幅，小说期刊和日报的副刊成为新小说家社会宣传与文学批评的重要载体。小说杂志发刊词编织和汇聚了小说报人的审美理想和集体意识，尽管各家小说期刊的具体政治思想不一，而其小说观念的大体倾向则是唤醒国民、改革弊俗。兹将晚清民初的几种主要小说期刊的发刊词宗旨加以胪列：

---

① 戈公振：《中国报学史》，生活·读书·新知三联书店 1955 年版，第 176 ~ 177 页。

② 陈子展：《中国近代文学之变迁　最近三十年中国文学史》，上海古籍出版社 2000 年版，第 246 页。

杂志名称	创刊时间（年）	杂志形式	发刊词宗旨
新小说	1902	月刊	发起国民政治思想、激励其爱国精神
绣像小说	1903	半月刊	借思开化夫下愚
新新小说	1904	月刊	任侠好义、忠群爱国
月月小说	1906	月刊	改良社会、开通民智
新世界小说社报	1906	月刊	传播文明之利器、企图教育之普及
小说七日报	1906	周刊	开进德智、鼓舞兴趣
中外小说林	1907	旬刊	觉迷自任、谐论讽时
竞立社小说月报	1907	月刊	保存国粹、革除陋习、扩张民权
小说林	1907	月刊	小说者，文学之倾于美的方面之一种
中华小说界	1914	月刊	作个人之志气、袪社会之习染、救说部之流弊
小说旬报	1914	旬刊	品评花月、聊遣斋房寂寞
小说丛报	1914	月刊	有口不谈家国，任他鹦鹉前头；寄情只在风花，寻我蠹鱼生活
小说大观	1915	月刊	有益于社会、有功于道德

从上表可以发现，小说期刊发刊词的共同倾向是着意于阐发小说与社会的关系，特别是对小说救弊、启智、振德和寄情等社会功

用的论述，其具体宗旨大致又以辛亥革命为界，之前多是侧重政治启蒙，之后则又回到游戏人生的老路，其间虽有《小说林》推崇“美”之取向的特例，亦受制于当下时势，未成一时风气。小说定位由晚清的文学之最上乘下降为民初品评花月、聊遣寂寞的闲谈之资，小说功能及其小说期刊宗旨的否定之否定过程，折射小说审美视野的嬗变。早期的小说期刊，如《新小说》、《绣像小说》都借异域的文明图像，特别是小说改良群治的“神效”来敞露自我的政治改良心声，而后的小说期刊，像王钝根《〈礼拜六〉出版赘言》对杂志命名缘由的探讨，他如《小说旬报》、《小说丛报》、《小说海》和《小说大观》等期刊的发刊词，都纷纷推举娱乐消费，更多地从民族文化维度寻找为市井细民代言的方式和空间。

不可否认，小说期刊发刊词所标榜的宗旨原则跟其实际操作并非完全合拍，甚至会存在某些文学实践的滞后情况，像《新新小说》的办刊宗旨就有一个鲜明的变化历程：

> 本报发始，不过为一二友人戏作。后为见者怂恿，因以付刊，故一切定名等类，皆近游戏。现虽仍旧不背此义，然自本期始，已筹足资本，认定辑员，按期印行，不再稍误。且本报拟定以十二期为一结束，十二期中，必将期中所出各书，先后出毕，至十二期后，乃再出他书，又以十二期为一主义，如此期内，则以侠客为主义，故期中每册，皆以侠客为主，而以他类为附；至十二期后，乃再行他主义。①

从“游戏之作”到“行侠客主义”，其中就包孕着新小说家

---

① 《本馆特白》，见《新新小说》影印本（第一册），上海书店1980年版。

基于现实考虑的真实映像。《新小说》发刊词[①]的10种小说标目，即历史小说、政治小说、哲理科学小说、军事小说、冒险小说、探侦小说、写情小说、语怪小说、札记体小说和传奇体小说，多是参照异域小说模式，或从题材着眼，或就篇幅入手，对各小说门类的界定也喜欢用具体的异域小说来阐释，若就其实际刊录的小说种类和顺序考察，《新小说》杂志倒是恪守了其标目原则。

《新小说》杂志导夫先路的类型探求，催发后起期刊的分类旨趣。晚清的四大小说期刊，《月月小说》和《小说林》发刊词分别标为11种或12种类型，而其实际的取舍，“《月月小说》可称之为侦探小说的大本营”[②]，《小说林》杂志则偏重于侦探小说和社会小说，在小说观念上，二者都在一定程度上呈现出启蒙话语旗帜下的娱乐消费趋向。在有标目的三家刊物中，它们都将“历史小说”列为第一类，这一位置安排的背后正折射出小说文体独立的艰难。新小说家往往受制于佐史观念的束缚，相对压抑

---

① 小说期刊发刊词一般发表于小说杂志的创刊号上，如《绣像小说》、《小说林》杂志等，从刊录的时空而论，梁启超《论小说与群治之关系》代行发刊词的功能。但小说期刊发刊词并不完全刊载于创刊号上。《新新小说》杂志的发刊词登载在1904年《大陆报》的第二卷第五号上。创刊于1906年11月1日的《月月小说》杂志，其发刊词等到1906年12月30日的第一年第三号才登载。创刊于1902年11月的《新小说》杂志，其宗旨和小说标目已由发表于1902年8月《新民丛报》第14号的《中国唯一之文学报〈新小说〉》亮出。从小说批评方式来看，《论小说与群治之关系》是一篇小说专论，《中国唯一之文学报〈新小说〉》更像一篇发刊词，虽然不排除其广告色彩的内容。颜廷亮据此发表的时间断论，“小说界革命”的“纲领性文献便是《论小说与群治之关系》以及与之同时写成而发表稍早、一向不大为研究者所注意的《中国唯一之文学报〈新小说〉》”，见颜廷亮：《晚清小说理论》，中华书局1996年版，第62页。

② 阿英：《清末小说杂志略》，见张静庐：《中国近代出版史料初编》，中华书局1957年版，第108页。

了其对小说文本的艺术追求。《绣像小说》发刊词未提小说标目，却在文学实践中展现其独到的境界。《绣像小说》“在编制上有一个大不同之点，便是旁的小说杂志创刊之始，就标出旨趣和计划，而事实上多未能办得到。《绣像小说》则议论文字一点没有，只是老老实实的把些长篇小说分期连载，每期有七八个长篇，每篇一次至多登两三回，如《文明小史》共六十回，连着登了五十四期。把七十二期合并起来，可以分订成若干册单本小说，各不相干。这种编法似乎很板滞，却也可以见出它的老实态度，和最近出版的世界文库似的，只以实在材料为重，不作口头的虚传也”①。总体说来，晚清民初小说之所以能扛鼎改良群治的社会使命，主要在于新小说家参照异域文化，以小说期刊为舆论阵地，突破了轻视小说的传统观念积习，重新体认小说家身份，引领一股沸沸扬扬的群体参与潮流。

晚清民初小说报人几乎都颔首称道梁启超领袖群伦的文学实绩，并在其阐述小说支配人道的社会功能方面基本上与其达成共识。《新小说》发刊词清晰地告白：“本报所登载各篇，著、译各半，但一切精心结构，务求不损中国文学之名誉。”②“不损中国文学之名誉”一语袒露新小说家属意本土消费的观念趋向，它也制造了小说期刊登载翻译小说的一条弹性原则。异域小说中充满诗情画意的环境描写与颇具匠心的心理刻画，就往往被这条原则删改得体无完肤，它们统统被调整为中国传统章回小说式的“话说”、“却道”等入题和引话模式，就是为了凸显国人注重故事情

① 毕树棠：《绣像小说》，见魏绍昌：《李伯元研究资料》，上海古籍出版社 1980 年版，第 463 ~464 页。

② 新小说报社：《中国唯一之文学报〈新小说〉》，见陈平原、夏晓虹：《二十世纪中国小说理论资料》（第一卷），北京大学出版社 1997 年版，第 59 页。

节的欣赏需要。异域小说中人名、地名被置换成中国化的模式，改头换面、骨骼还在，而小说主题、情节结构的窜改，译者甚至在小说译本中添加一些被他们认为是理所当然的文字，这些做法就很难说真正做到了忠实于原著。小说期刊发刊词的主观设置和新小说家的某些误读臆测，维护小说结构的本土模式可谓恪尽职守，但这类早期期刊发刊词的话语资源，途经后来者的发扬，其设置原则却为后起期刊与当时的小说著、译，开了一个恶劣的先例。①

中西文明冲突与交融，加快了中国小说观念的转变速度，从生吞活剥地以西律中转向传统文化寻根，透露了中国小说观念的自我更新和变通化用的文化魅力。晚清民初的小说期刊对小说著、译态度的变化大致以1907年为界，1902年至1906年小说期刊多是将此梳理为著、译两分野，像1902年《新小说》发刊词标榜的“著译各半”②、1903年《绣像小说》发刊词追求的“或手著、或译本”③、

① 新小说家传播和引进欧美小说，多通过日本小说这一便利的借体，这就促使了转译方法的盛行。以梁启超翻译《十五小豪杰》而得名的“豪杰译”则是：“英译自序云：用英人体裁，译意不译词，惟自信于原文无毫厘之误。日本森田氏自序亦云：易以日本格调，然丝毫不失原意，今吾此译，又纯以中国说部体段代之，然自信不负森田。”梁启超：《〈十五小豪杰〉译后语》，见《梁启超全集》（第十册），北京出版社1999年版，第5666页。“译意不译词”，隐寓着某种拒斥异域小说的本土文化守护立场。转译糅合着本土文化的过滤，根本就达不到“丝毫不失原意”。

② 新小说报社：《中国唯一之文学报〈新小说〉》，见陈平原、夏晓虹：《二十世纪中国小说理论资料》（第一卷），北京大学出版社1997年版，第59页。

③ 商务印书馆主人：《本馆编印〈绣像小说〉缘起》，见陈平原、夏晓虹：《二十世纪中国小说理论资料》（第一卷），北京大学出版社1997年版，第69页。

1904年《新新小说》发刊词设置的“译著参半”①、1906年《月月小说》发刊词所阐释的“本志小说之大体有二：一曰译，一曰撰”②。《小说林》杂志虽然宣扬“译著并刊”，其实还是刊载翻译小说为主。其后的期刊虽在小说的安排上仍客观存在著、译两大门类，但其发刊词中已无此明白的表述，这种理论趋向暗合了晚清民初翻译小说和创作小说比例消长的轨迹，从被动拿来到主动消化，反映了晚清民初小说报人对待异域小说的接受心理嬗变。晚清民初小说发刊词译、著参半的布局，在中国小说观念近代化进程上有明显的二端，一则打破了国人唯我独尊、盲目排外的思维积习，国人接受和消费异域小说的过程，正反映了中国小说观念近代化进程的开放维度；一则表明了中西文化的互补性，翻译小说强劲的输入势头，刺激和诱发着传统小说观念返观自身和本土转化。

旁借异域、夯实本土，最终超越对方，新小说家基本上是沿着这一条由外向内的转变途径走过来的。即如在翻译小说盛行的1905~1907年，国人也在中西文化的对比和检讨中权衡创作小说的定位，执他人之药方以治己之病，王钟麒抨击当下小说市场的拜金主义，进而提倡“欲以新小说为国民倡者乎，不可不自撰小说，不可不择事实之能适合于社会之情状者为之，不可不择体裁之能适宜于国民之脑性者为之”③，话锋所向，就是侧重小说的本土转化。1908年，黄小配既承认译本小说为小说风尚进步的开道

① 侠民：《〈新新小说〉叙例》，见陈平原、夏晓虹：《二十世纪中国小说理论资料》（第一卷），北京大学出版社1997年版，第141页。

② 陆绍明：《〈月月小说〉发刊词》，见陈平原、夏晓虹：《二十世纪中国小说理论资料》（第一卷），北京大学出版社1997年版，第195页。

③ 王钟麒：《中国历代小说史论》，见陈平原、夏晓虹：《二十世纪中国小说理论资料》（第一卷），北京大学出版社1997年版，第288页。

骅骝，又预感到自著小说的发展后劲："吾敢信自今以往，译本小说之盛，后必不如前；著作小说之盛，将来必逾于往者。"① 其实正如黄小配的预测，著作小说数量在 1907 年已经超过了译本小说，这一发展强劲并一直维持到 1919 年，中国小说观念的近代化进程，进而为本土文化的兴盛提供现实基础。

（二）观念转型与审美流变

晚清民初小说与定期刊物的共生同构，促进当下小说创作与翻译的发展与繁荣。新小说家争取话语权利的文学实践，必须斩断束缚小说观念发展的陈规旧链，小说期刊发刊词书写了文化精英建构文明图像的真实痕迹。曹聚仁言："一部近代文化史，从侧面看去，正是一部印刷机器发达史；而一部近代文学史，从侧面看去，又正是一部新闻事业发展史。"② 新小说家都清醒地意识到小说社刊风起云涌的现状，试图在中国小说观念近代化进程所拓出的新境界之中，展现审美观念的流变。晚清民初小说期刊趋时射利的市场特征，加深了文人心态与社会现实的共振效应。黄人正视晚清小说蓬勃发展的现实："新闻纸报告栏中，异军特起者，小说也；四方辇致，掷作金石声，五都标悬，烨若云霞色者，小说也。"③ 进而标榜小说归为"美"之一种，较为准确地抓住了小说的本质。徐念慈在此基础上阐释小说之美的五种征象，黄、徐二人正是借助《小说林》发刊词，以孤独耕耘的姿态扣住了小说的艺术特性，也在一定程度上纠正了"小说界革命"

---

① 黄小配：《小说风尚之进步以翻译说部为风气之先》，见陈平原、夏晓虹：《二十世纪中国小说理论资料》（第一卷），北京大学出版社 1997 年版，第 322 页。

② 曹聚仁：《文坛五十年》，东方出版中心 1997 年版，第 83 页。

③ 黄人：《〈小说林〉发刊词》，见阿英：《晚清文学丛钞·小说戏曲研究卷》，中华书局 1960 年版，第 158 页。

唯政治是尚的理论缺陷。《新世界小说社报》的发刊词则重点分析小说与世界心理、小说与世界历史风俗的关系，从内涵与外延两层次剖析小说观念，较为中肯地梳理了小说与社会生活的关系，深化了小说观念的反映论。瓶庵《〈中华小说界〉发刊词》认为当下小说流弊的主要症结在于“未明小说之体裁，遂致失小说之效用”，并开出以贡献社会为指归的药方：“作个人之志气，祛社会之习染，救说部之流弊。”① 从小说功能层面分析中国小说观念。这群小说报人建构小说理论的先觉意识，在当下喧闹的政治改良声中，他们的理论呼吁和话语权力显得有几分乏力和有限，但其超政治而唯艺术的追求则打破了传统小说功利观的桎梏。

不同门类的小说集合与并存，小说期刊这种分类标目的方法设置，客观上是为应对不同读者的阅读需求，它反映了晚清民初小说报人恢弘大度的文学气概。但小说期刊毕竟有别于传统小说的结集方式，它必须直接面对市场的选择，从政治小说到言情小说，小说流行时尚的背后就包孕着社会风云与大众情趣的转变。小说期刊连载刊登的方式，在一定程度上肢解了传统文人阅读习惯。读者抱怨这种分裂式的阅读，早在对 1892 年韩邦庆《海上奇书》杂志所刊登的章回小说《海上花列传》浏览上已露出端倪。《新小说》报人深知“寻常小说一部中，最为精采者，亦不过十数回，其余虽稍间以懈笔，读者亦无暇苛责。此编既按月续出，虽一回不能苟简，稍有弱点，即全书皆为减色”②。要求

① 沈瓶庵：《〈中华小说界〉发刊词》，见陈平原、夏晓虹：《二十世纪中国小说理论资料》（第一卷），北京大学出版社 1997 年版，第 436～437 页。

② 佚名：《〈新小说〉第一号》，见陈平原、夏晓虹：《二十世纪中国小说理论资料》（第一卷），北京大学出版社 1997 年版，第 57 页。

全书出色，对新小说家而言，未免有点求全责备，但精心构思和撰写某一回，新小说家倒颇为用心。《新小说》发刊词甚至试图开辟一种新的途径："本报所登各书，其属长篇者，每号或登一回二三回不等。惟必每号全回完结，非如前者《清议报》登《佳人奇遇》之例，将就钉装，语气未完，戛然中止也。"① 而据《新小说》杂志刊录的《洪水祸》等20部小说而论，真正完结的只有《世界末日记》、《二勇少年》、《毒药案》、《宜春苑》、《电术奇谈》、《九命奇冤》、《失女案》和《双公使》8部，篇目残缺者所在多是。"每号全回完结"的标榜毕竟不能完全代替和牵制读者的整体阅读期待，而小说界相当一部分作家甚至连瞬间阅读效应也不愿跟读者分享，草率成篇的做法自然远离了读者的阅读期待。

分章标回、自成起讫的小说（特别是长篇小说）刊登方式，为新小说随写随刊的故事连缀提供了技术手段，也滋长部分新小说家懈怠的写作态度。新小说家创作态度马虎，实有时代的原因，陈平原曾为此现象下一清晰的定论："可如果忽视了'新小说'家发表小说的独特方式，也就是不曾考虑杂志报纸对作家创作构思的制约，而只批评其孜孜求名求利，则又未免有点冤枉。"② 即使是同一小说家，其同一阶段的作品也可能良莠不齐，小说期刊发行机制的普遍法则，客观制造了这种参差现状，好在1915年包天笑主编的《小说大观》声明改进："每集所登小说，均首尾完全，除篇幅极长至十余万字，或二十万字，分

① 新小说报社：《中国唯一之文学报〈新小说〉》，见陈平原、夏晓虹：《二十世纪中国小说理论资料》（第一卷），北京大学出版社1997年版，第59页。

② 陈平原：《中国小说叙事模式的转变》，北京大学出版社2003年版，第267页。

上、下卷，或上、中、下卷。”① 力图满足和照顾读者整体阅读的需要。小说发刊词的宗旨和取向，促使一定时空内小说界的模仿习气，往往一种小说门类的风行，会导致一大批的效法者，相沿成习，时间一长，读者自然生厌。像《新新小说》杂志初期以“侠客主义”为主，其便刊载一系列的“侠客谈”小说，并将其置于每期的显要位置上，这种无言的指令，更助长了这种模仿风气。

小说界风气的转移或小说家兴趣的消长，自然留下一系列的半成品，新小说对手头的作品无暇顾及甚至不愿去完成，这就使得报章小说中“戛然中止”的断章不在少数。市场竞争机制的影响，小说报人为了扩大期刊的销路，就得不断地尝试新的叙事技巧和新的小说种类的写作，倒叙与侦探小说的本土转化事实就是一个明显的表征。晚清民初小说繁荣的表象掩盖不住其艺术锤炼的乏力，叙事角度的变换与人物形象的穿插，应对了新小说家填塞话柄的需要，其本身就是一种较为灵活的市场策略，但在小说的整体构思方面捉襟见肘，有耐人寻味的短章而缺少独具匠心的长篇，这一系列的问题就在小说期刊的发刊词的审美取向中找准了答案。

列小说为文言、白话二分野，自是小说发展的传统积习。文言趋雅，白话向俗，它们在古代是两个相对自足的文化系统。典雅古朴的文言符合传统文人的阅读期待，小说被视为“闲书”的社会定位，其中自然与俚俗的语言相关联。但艰深的文言相对于略识文字的“粗人”而言，无疑会造成一种阅读障碍。要想普通的市井平民进入小说的消费行列，也就是说拓展小说期刊销路，

① 包天笑：《〈小说大观〉例言》，见陈平原、夏晓虹：《二十世纪中国小说理论资料》（第一卷），北京大学出版社 1997 年版，第514 页。

小说报人往往采用通俗易懂的语言来吸引大众的眼球。陆绍明《〈月月小说〉发刊词》列中国小说为文言小说和白话小说两时代，在他的视野里，当今社会为“小说改良社会、开通民智之时代”①，只有循乎此道，才能扩大小说的社会影响力，一改昔日蚁视小说的陈见。其实，晚清民初的小说期刊对语言的经营倒是十分注意，无论是《新小说》发刊词设置的“文言、俗语参用”原则，还是《新新小说》发刊词“文言、俚语兼用”的追求理念，都试图调和传统文人与平民大众的阅读趣味，报刊的白话文，主要是对准平民百姓的胃口，是让他们能够看懂与理解，这种舆论造势实际也在为“五四”新文化运动先行铺路。对白话的提倡，促进了近代的新语输入、词汇更新、语法和造句方式的本土化，也相对刷新了国人的思维习惯，进而影响到传统诗文的革命。然而，新小说家队伍中不止一人感叹：“写古文较之写白话容易得多，而写白话实有时是自讨苦吃。”② 周作人形象地阐明新小说家对文言、白话分而治之的策略：“在那时候，古文是为‘老爷’用的，白话是为‘听差’用的。”③ 新小说家的利俗文字，原本是走近市井平民，可新小说家的思维习惯，使其不能潜心创作大量真正浅俗的文字，达不到其“言文一致”的理论追求，要而言之，具体的文学实践离其拟想读者的阅读期待仍有一段距离。

挞伐社会时弊、冲破阴霾的笼罩，小说期刊发刊词给新小说

---

① 陆绍明：《〈月月小说〉发刊词》，见陈平原、夏晓虹：《二十世纪中国小说理论资料》（第一卷），北京大学出版社 1997 年版，第 195 页。

② 周作人：《儿童文学小论　中国新文学的源流》，河北教育出版社 2002 年版，第 57 页。

③ 周作人：《儿童文学小论　中国新文学的源流》，河北教育出版社 2002 年版，第 52 页。

家提供了陈言议论、建构小说理论的便利机会，它携带着晚清民初文人的道德立场与文明构想，慷慨激昂的主体精神演绎成一系列的社会解读的方式，其中冉冉升腾的平民意识拉近文学与大众的审美距离。从小说审美视野到分类标目的界定，从叙事角度的抉择到叙述语言的锤炼，小说发刊词展现了近代社会丰富多重的文化特性，它们在刷新了传统的小说观念和推动中西文化整合的同时，张扬了中国小说观念的本土情结，“晚清小说抓住了正在形成的中国现代社会的全部复杂性、多样性和不确定性，这种主题变化范围使人想到欧洲同时期的现实主义小说；它表明，晚清小说有作为民族文学的能力”①。小说由传统的“小道”上升为当下的社会“大达”，进驻广大知识分子的研究视野和实践范围，这一存在事实包含着强烈的民族文学的认同色彩，新小说家不断更新和开拓小说的叙事艺术，其理论先导在一定程度上是缘于小说期刊发刊词的激化，正是因为一大批颇具社会导师和艺术宗师的发刊词，不断刺激晚清民初的小说繁荣和推动了中国小说观念近代化进程的深化。

四、小说广告

绵延的文学之川流淌到近代，已经积累了一份相当厚重的文学遗产。追求“中和之美”的社会稳态结构因为异域文明的冲击而告突破，民族文化心理的转换消解了诗文的文坛主流地位，小说狂飙突进的文学魄力营造了一个个启蒙神话。人为灌注的政治观念书写了一代小说家的道德热忱，也绘制了社会转型时期新旧并陈的文明图像。小说文类地位的改善，刺激了晚

① ［捷］米列娜：《从传统到现代——世纪转折时期的中国小说》，北京大学出版社 1991 年版，第 9 页。

清民初小说广告①的兴盛，小说报人的广告宣传策略与传播受众的消费效应形成互动，在传播实践的得失进退中谱写了中国小说观念近代化进程的多重变奏，从而影响到中国小说观念趋向现代迈进的步伐。

（一）商业气息中的观念扭结

广告不是19世纪末的发明，这一现象由来已久。酒肆旗望是古代常见的一种广告现象②，汉代卓文君当垆卖酒，隐寓着某些广告宣传的因子。清人李渔不顾众议，就刊刻过“征文小启”为其《资治新书》（二集）征稿：“名贤竞选诗文，不肖偏征案牍。贵簿书而薄风雅，虽见哂于时髦；收图籍而弃金缯，窃效颦于往哲。……是用借初编为驿使，征嗣刻于邮筒。伏望海内明公，各搜笸笈，自公移文告，以及条议谳词，凡有泽民利国之嘉猷，易俗移风之雅训，倾囊远赐，只字可抵百朋；忘分下交，千里何殊一室！”③ 昔日小说的结集或出版，小说作者或书坊主喜欢邀请当时名家写序作跋，借助名人外在的光环来展现自我，文字虽不脱“立言”传统的轨辙，但这一现象的本身就是一种谋求主流文化承认的广告手段，另如明清书坊主于刊刻小说文本之时，在封面或扉页上设置各色“识语”，也是一种瞄准读者阅读趣味的广告手段。至于弹词、评话等说唱艺术的小说文本，更直接在

① “广告”在《现代汉语词典》解释为“一种宣传方式，通过报纸、广播、招贴等介绍商品或体育节目等”，《现代汉语词典》，商务印书馆1995年版，第415页。

② ［宋］洪迈《容斋续笔》卷十六载：“今都城与郡县酒务，及凡鬻酒之肆，皆揭大帘于外，以青白布数幅为之，微者随其高卑小大，村店或挂瓶瓢，标帚杆，唐人多咏于诗。然其制盖自古以然矣。”见洪迈：《容斋随笔》，上海古籍出版社1978年版，第408页。

③ ［清］李渔：《征文小启》，见《李渔全集》十六卷《资治新书》（初集），浙江古籍出版社1991年版，第7页。

“演——听”的书场背景中宣传小说，在听众趋向读者的转变过程中扩大了小说文本的影响力。最早登载广告的中文期刊应该是1853年在香港创办的《遐迩贯珍》①，而“广告”一词，在中文语境里则最早见于1906年刊载的《政治官报章程》，它用以取代昔日“告白”的称谓。② 传播学意义上的“广告”，大致可分成广告作品和广告活动两内容。小说广告无疑是最具商业文化气息的小说批评方式之一，形形色色的小说征文和小说销售广告便构成了多彩斑斓的晚清民初广告文化。小说报人往往利用大型报纸、小说专刊、小说单行本的封底、封三和末页或随报附送的单页小说来登载广告③，广告活动负载了新小说家的创作理念和批评意识。

近代商业都市的兴起，为小说及其广告的旺盛准备了先行的物质条件。蓬勃发展的报刊业，给新小说家提供了某类笔飞墨舞的广阔空间，也促成了文学与经济的联姻。若研讨小说广告与晚清民初小说观念的关系，1895年英国传教士傅兰雅在《万国公报》上刊登的“求著时新小说启”自然是一座绕不过的大山，其文云：

> 窃以感动人心，变易风俗，莫如小说，推行广速，传之不久，辄能家喻户晓，气习不难为之一变。今中华积弊最重

① 《遐迩贯珍》从1855年第一号起，新辟“布告编”一栏，登载汽船出发时间的预告、英国制药商及牙科医生的“告帖”、英华学院的招生通知等，内容每号相似，这些显然是一种广告行为。参见［新加坡］卓南生：《中国近代报业发展史：1815～1874》（增订版），中国社会科学出版社2002年版，第83页。

② 徐百益：《老上海广告的发展轨迹》，见益斌等：《老上海广告》，上海画报出版社1995年版，第4页。

③ 参看刘永文：《晚清小说的广告宣传》，《上海师范大学学报》（哲社版）2003年第2期，第113～118页。

大者，计有三端，一鸦片，一时文，一缠足。若不设法更改，终非富强之兆。兹欲请中华人士愿本国兴盛者，撰著新趣小说，合显此三事之大害，并袪各弊之妙法，立案演说，结构成编，贯穿为部，使人阅之心为感动，力为革除。辞句以浅明为要，语意以趣雅为宗，虽妇人幼子，皆能得而明之。述事务取近今易有，切莫抄袭旧套，立意毋尚希奇古怪，免使骇目惊心。限七月底满期收齐，细心评取，首名酬洋五十元，次名三十元，三名二十元，四名十六元，五名十四元，六名十二元，七名八元。果有佳作，足劝人心，亦当印行问世，并拟请其常撰同类之书，以为恒业。①

该广告先在1895年5月《申报》上刊出，文字内容大体相似，因为《万国公报》为月刊，故其晚出。若以《申报》为例，《申报》作为一家发行广泛、影响深远的大型报纸，自创刊后，其每期的广告版面几乎占一半②，而如此明白清晰的征文条件，则携带着中国小说观念革新的信息。改良社会的宏大指向与价格不菲的利益诱惑，双重吸引着文人的踊跃参与，应征作品达162部之多的存在事实，就是一个有力的表征。袪除时弊、提倡新趣，傅兰雅的广告构思冲击了轻视小说的传统观念，小说由茶余酒后的消遣之具上升为文明传播之利器，就为"小说界革命"的酝酿和发动伏下了先机，其后严复、夏曾佑《本馆附印说部缘起》，梁

① ［英］傅兰雅：《求著时新小说启》，1895年6月，见林乐知主编：《万国公报》（第二十四册），华文书局股份有限公司（台北）1968年版，第15310页。

② 《申报》创刊号之《本馆条例》云："如有骚人韵士有愿以短什长篇惠教者，如天下各名区竹枝词，及长歌纪事之类，概不取值；如有名言谠论，实有系乎国计民生，地利水源之类者，上关皇朝经济之需，下知小民稼穑之苦，概不取酬。"见《申报》影印本（第1册），上海书店出版社1983年版，第1页。照此推论，《申报》刊载寻常的小说广告，应当支付广告费用。

启超的《译印政治小说序》、《论小说与群治之关系》等“小说界革命”的纲领性文件，正是在他那里得到了理论营养和思维启发。

若就商业色彩衡量，售书广告远比征文广告更合时人嗜好，它出现的数量之多和频率之快就是明证。1877 年《申报》的《林兰香印齐出售》广告云：“本馆去年搜获《林兰香》一书，以中有缺页，迟至今月十一日（即礼拜六）始可印齐问售。是书专仿《红楼梦》之体，而变化删简之，言情诸节，皆若隐若现，具有匣剑帷灯之妙。本馆昨印书之书目中，已详哉言之。欲购取者，本埠归本馆账房及卖报人经理，外埠则统归寄卖《申报》人经理。每部八本，计取回工价纸料洋四角八分正。”①《申报》以发表小说广告的形式，促进了晚清民初小说的发展与繁荣，据文娟的研究，1889 年至 1905 年期间，各书局出版的小说，通过《申报》刊载广告者就达 118 种，而近代在《申报》上刊登小说出版广告的书局，包括文贤阁、广百宋书局、文宜书局、扫叶山房在内，共计 65 家之多。② 根据潘建国的统计，《申报》刊登的明清通俗小说广告至少有《儒林外史》（1874 年）、《快心编》（1875 年）、《西游补》（1875 年）、《红楼梦补》（1876 年）、《后水浒》（1877 年）、《林兰香》（1877 年）、《女才子》（1877 年）、《雪月梅》（1878 年）、《何典》（1878 年）、《台湾外纪》（1878 年）、《青楼梦》（1879 年）、《蟫史》（1879 年）、《绘芳录》（1880 年）、《后西游记》（1880 年）、《镜花缘》（1880 年）、《儿女英雄传》（1881 年）、《西湖拾遗》（1881 年）、《荡寇志》（1883 年）③，

① 《林兰香印齐出售》，见《申报》影印本（第 11 册），上海书店出版社 1983 年版，第 61 页。

② 文娟：《申报馆与中国近代小说发展之关系研究》，华东师范大学 2006 届博士论文，第 87、140 页。

③ 潘建国：《古代小说文献丛考》，中华书局 2006 年版，第 111 页。

文字或多或少，词句有理有情，夸饰吹嘘的背后展现着报社传播文明和逐利获益的双重追求。①

---

① 笔者根据文娟的《〈申报〉刊载小说资料汇编》进行过统计，发现在1872～1900年《申报》上刊登小说广告的至少还有140种，它们是：《昕夕闲谈》、《剑侠像传》、《遁窟谰言》、《吴中平寇记》、《平浙记略》、《李史》、《萤窗异草》、《蜀碧》、《影谈》、《六合内外琐言》、《志异续编》、《夜雨秋灯录》、《红楼梦传奇》、《燕山外史》、《浇愁集》、《耳邮》、《昔柳庶谈》、《笑史》、《茶余谈荟》、《华英说部丛要》、《小豆棚》、《剑侠传》、《思痛记》、《红楼梦广义》、《三国演义》、《风月梦》、《三宝太监西洋记》、《红楼复梦》、《此中人语》、《神仙传》、《野叟曝言》、《三异笔谈》、《东周列国志》、《淞隐漫录》、《淞隐续录》、《十粒金丹》、《封神演义》、《红楼梦补》、《七侠五义》、《小五义》、《说岳全传》、《续小五义》、《三公奇案》、《海上奇书》（包括《海上花列传》和《太仙漫稿》）、《艺花仙史》、《东西汉演义》、《绘图新史奇观》、《平山冷燕》、《龙潭奇书》、《五代残唐演义》、《皆大欢喜》、《侠义风月传》、《绘图英烈全传》、《花月痕》、《梦中录》、《七种才子书》、《听月楼》、《新开威龙阁书林》（共五种）、《仙狐窃宝录》、《升仙传》、《彭公案》、《续今古奇观》、《草木春秋演义》、《海公大红袍》、《剑侠奇中奇传》、《富翁醒世传》、《义妖传》、《施公案》、《莲子瓶》、《双凤奇缘》、《八梦录》、《三续聊斋志异》、《后列国志》、《巧合三缘》、《水怪贪欢录》、《百宝箱》、《后施公案》、《捉妖奇书》、《英才传》、《富翁传》、《盖三国》、《清烈传》、《包公雪冤奇案》、《奇巧冤》、《续杨家将》、《绘图四大英雄传奇》、《孔公案》、《花田金玉传》、《张真人收五毒》、《绣像三侠记新编》、《三续今古奇观》、《绘图大明奇侠传》、《绘图海上看花记》、《后英烈传》、《绘图遇仙奇缘》、《绘图新撰巾帼英雄传》、《绣像呼家将紫金鞭全传》、《沪江欢乐梦》、《续四才子》、《云外飘香》、《醒世姻缘传》、《明珠缘》、《武当山伏魔奇传》、《吉祥花》、《小八义》、《梨花雪》、《蝴蝶梦》、《绘图前后七国》、《绘图杨家将》、《绘图飞龙传》、《绘图醒梦录》、《绘图英雄奇缘》、《绘图挑灯新录》、《绘图珠顿谈怪》、《绘图十五贯》、《女仙外史》、《大开眼界》、《开辟演义》、《游龙戏凤》、《醉茶志怪》、《金鞭记》、《蜃楼志》、《三侠传》、《蜻蜓观》、《拱璧奇缘》、《蜃楼外史》、《隋唐传》、《客窗闲话》、《情天外史》、《解酲语》、《碧玉甕》、《清侠记》、《快心醒梦录》、《拍案惊异记》、《南北宋志传》、《大梁野史》、《蜃楼外史（转下页）

1897 年李伯元主编《指南报》刊登《代送〈游戏报〉不取分文》广告，1906 年《珠江镜》杂志都提及小说随报附送一事。陈平原、夏晓虹的《1897～1916 年中国小说理论资料编目》涉及广告推销的小说就有《孽海花》、《辽天一劫记》、《福尔摩斯再生后之探案第十一、十二、十三》、《宪之魂》、《九尾狐》和《雪鸿泪史》几部，其实该《编目》中数目众多序跋，何尝不是某种变相的小说广告。单就《孽海花》而论，就有《自由血》刊本和《小说林》社两种广告版本，要不《孽海花》甫一问世，读者喜爱有加，不到二三年竟再版十五次，创销售不下五万部的记录。小说文本能够风行一时，自是作者题材选择和创作才具的结晶，而广告的传播效力亦不可小觑。尽管不少小说征文广告打出贴近平民消费的招牌，但相当数量的小说报人深知迎合文人的雅趣，才是小说市场竞争的有利策略。小说广告就是一种对等这种需求行之有效的手段，兹就晚清民初的几家小说期刊征文作一梳理①：

时间	名称	征文者	登载刊物	征文条件
1902	本社征文启	新小说社	新小说	提倡新学、开发国民，章回小说在十数回以上者及传奇曲本在十数出以上者
1906	本社征文广告	月月小说社	月月小说	注重教育，征科学、理想、哲理、教育小说

（接上页）三集》、《续阅微草堂笔记》、《续聊斋志异》、《九丝线》、《善恶图全传》、《银如意》、《七剑十三侠》、《仙侠平倭演义》、《小英雄反唐前后传》、《凤双飞全传》，见文娟：《申报馆与中国近代小说发展之关系研究》，华东师范大学 2006 届博士论文，第 178～204 页。

① 此表参考了潘建国《小说征文与晚清小说观念的演进》的部分内容，见《文学评论》2001 年第 6 期，第 86～94 页，特此致谢。

（续表）

时间	名称	征文者	登载刊物	征文条件
1908	月月小说编辑部告白	月月小说社	月月小说	无拘翻译撰著、段落章回各体，征历史、家庭、教育、军事、写情、滑稽小说
1907	募集小说	小说林社	小说林	篇幅不论长短，词句不论文言、白话，格式不论章回、笔记、传奇
1909	改良小说社征求小说广告	改良小说社	申报	不论文言白话，传奇盲词，或新译佳篇，改良旧作
1911	本社通告	小说月报社	小说月报	本报各门皆可投稿，短篇小说尤所欢迎

几家期刊所开出的征文条件，从时间跨度来考察，条件逐渐放宽，小说期刊广告征求的小说门类就是当下小说热门题材的形象表现，题材的选录标准也体现出由开智启慧趋向娱乐遣兴的审美选择。附丽于改良社会的创作立场，晚清小说中高扬的求实之风往往以觉世为指归，民初小说虽存在着某种回归传统倾向，但大体仍未离自觉和他觉的价值取向。

文学创作主体与商业文化因子互窜，特别是不少应征小说广告良莠不齐的新闻短章、札记琐事进入小说的表现领域，模糊了小说广告所要厘定的文本界限。1906 年创刊的《粤东小说林》出版广告云："小说一道，离奇变幻，体用兼赅，最宜于今日社会，泰西各国至奉为教育专科，其价值可见。"① 基本上还借助教育功

① 魏绍昌：《中国近代文学大系·史料索引集二》，上海书店出版社 1996 年版，第 15 页。

能来推崇小说的文本价值，传统文化的影子依稀可见。1913 年《小说月报》第三卷第十二号的“特别广告”则设置“情节则择其最离奇而最有趣味者，材料则特别丰富，文字力求妩媚，文言、白话，兼擅其长”①，试图应对和调和大众的消费情趣，征文标准又倒向了猎奇取怪的媚俗传统。小说广告反映了晚清民初的批评方式转型，而其商业味的膨胀，则销蚀了广告文化的书卷气，“个人的天赋部分地为大众的趣味和知识所取代，传统文学所特有的那种儒雅，在近代文学中已为主体的素养和受众的需求所弱化”②。小说怎样写、写什么，就多听命于市场选择，小说广告的指南功效更加剧了小说创作的竞相趋骛。小说广告的宣传，刺激了晚清民初小说的繁荣，也在某种程度上遮蔽了中国小说自身艺术的文体特质，埋下了小说艺术生命贫乏的现实症结。这样，沉积下来的传统文化心理结构与浮出水面的当下社会现实形成矛盾，铸造了新小说家审美观念的文化怪圈，遵命的文字备受文学与商业文化的双重制约，构成小说广告内容与形式的内在张力，在广告的商业味和书卷气中左右摇摆，求雅与媚俗，似是而非，定位模糊的现状加剧了小说观念扭结的程度，这便构成了中国小说观念近代化进程一个吊诡难解的死结。

（二）潮流化与程式化的倾向

广告实施是一种有组织、有计划的传播活动，其传播效果从时间上区分，就有即时效果、近期效果和长期效果之别。不可否

① 小说月报社：《〈小说月报〉特别广告》，见陈平原、夏晓虹：《二十世纪中国小说理论资料》（第一卷），北京大学出版社 1997 年版，第 419 页。

② 包礼祥：《近代文学与传播》，江西人民出版社 2001 年版，第 13 页。

认，小说广告的宣传效果自然会成为晚清民初时人的议论话题，江家桢就借《滑稽杂志缘起》点明了这一事实："余尝作海上游，见年少辈，往往因看戏而购报者有之，或因广告而阅报者有之。"① 晚清民初小说期刊昙花一现者，不在少数，小说广告的即时效果也就是一个相当普遍的存在，大多数小说广告则侧重于近期效果，只求能够导引一时风潮。而像《新小说》创刊号推出的"本社征文启"广告，其能博取长效影响者倒并不多见，小说广告的刊录原则糅合着小说先驱者的理念鼓吹，形成了晚清民初小说创作与接受中的系列模式。

小说广告设置的著、译并重的原则，直接引发国人正视翻译小说，推动了小说翻译事业的发展。商务印书馆推出的"说部丛书"、"新出小说"、"最新小说"等广告，几乎都着意于翻译小说的输入，推重名家译作、数目巨大，还能引领和促使当下小说创作与批评的文学理性。但是，对相当部分的翻译小说家而论，广告利润的诱惑，在快捷的生活节奏中，从事小说翻译无疑是一种更为有效的途径。文人的射利倾向捏合着各家出版机构的竞争策略，助长了小说译本的粗制滥造现象，其实，在小说创作领域又何尝不出现类似情况。晚清民初某一小说门类的兴起，要想获得主流文化的承认，小说广告便是他们顺手操起的工具。天才的独创或颇具慧识的引进，往往招致一系列稚拙的模仿，以及铺天盖地的因袭，结穴于一个个创作程式，就打破了小说创作传统的工具性循环。无论是梁启超有心建立政治小说的范式，还是吴趼人无意确立言情小说的标本，他们都被小说广告推到了模式建构的前沿。程式化的现象在政治小说、侦探小说、言情小说、社会

① 魏绍昌：《中国近代文学大系·史料索引集二》，上海书店出版社1996年版，第46页。

小说的译、著上表现尤为显明，新小说家名望等外在因素也在暗中推波助澜，往往是一座挺拔巍峨的高峰下面，遮掩着无数座参差不齐的小丘。1914 年王钝根《〈小说丛刊〉序》数落和挞伐言情小说的程式："一痴男一怨女外无他人也，一花园一香闺外无他处也，一年届破瓜一芳龄二八外无他时代也，一携手花前一并肩月下（外）无他节候也。如是者一部不已，必且二部；二部不已，必且三部四部五部以至数十部。"① 在他的理论视阈里，小说叙事的方式、笔法和语言都存在种种程式，这就使得众多才具贫乏的国人，风云际会让他们成为小说作者。"'小说家'三字，在今几成为通称矣。报纸之广告，曰某甲小说大家也；书肆之传单，曰某乙小说大家也。然则予尝读其小说，鲜终卷者。"② 其实，像王钝根这样的质疑，所在多是，更多的文人往往顶不住利润的诱惑，面对程式化的模式表现出一种无从选择的茫然和困惑。

小说广告是社会风向转迁的形象反映。1904 年创刊的《滑稽时报》首期刊登一则广告，名为《消遣妙品》，声称广告内"各小说曾在《时报》按日登载，均脍炙人口之作"③，可就其列举的小说而论，像《情网》、《空谷兰》、《梅花落》、《土里罪人》等，却非晚清小说中的上乘之作，广告之词，难免会夸大其实。1908 年发刊的《白话小说》月刊，以提倡白话小说为己任，追求"人人看得懂"的境界，其"出版预告"对小说现状的概括颇为精当："小说出了很多，开通民智不少，但是有许多有文理的，

① 王钝根：《〈小说丛刊〉序》，见陈平原、夏晓虹：《二十世纪中国小说理论资料》（第一卷），北京大学出版社 1997 年版，第 499～500 页。

② 王钝根：《〈小说丛刊〉序》，见陈平原、夏晓虹：《二十世纪中国小说理论资料》（第一卷），北京大学出版社 1997 年版，第 500 页。

③ 魏绍昌：《中国近代文学大系·史料索引集二》，上海书店出版社 1996 年版，第 81 页。

仍旧不能普及。”① 倒是比较贴近平民大众的消费情趣。文化语境的变更，为新小说家自我完善提供了新的途径，深谙报界规则的包天笑利用广告来收集材料，其在《小说林》第七期刊登“天笑启事”，其文云：“鄙人近欲调查近三年来遗闻轶事，为《碧血幕》之材料，海内外同志如能觃我异闻者，当以该书单行本及鄙人撰译各种小说相赠。开列条件如下：一、关于政治外交界者；一、关于商学实业者；一、关于各种党派者；一、关于优伶妓女者；一、关于侦探家及剧盗巨奸者。其他凡近来有名人物之历史，及各地风俗等等，巨细无遗，精粗并畜。”② 几近社会风俗的方方面面，大有收罗社会百态之意，可是《碧血幕》的写作，也只能勉强持续到第四回。丰赡的材料并不能应对他对秋瑾人物形象的塑造。小说广告的程式化模式，淡化了人物形象的生活基础，生命体验的偏离则稀释了传统创作方式的发扬。斑驳陆离的材料无法拼凑和安置进自家的小说创作，足够的养分却因为创作忽视了小说艺术规律，致使资料潜能得不到有效发挥，主题与材料的舛误进而导致了小说创作的难产，这不能不说是历史给了他一个沉痛的教训。

追随潮流是一种“时尚”，坚守自家风格则为一种境界。1917年创刊的小说专刊《说粹》之“征文广告”就对庸滥的言情小说说不：“本志各种小说均所欢迎，而尤以军事、侦探、教育、社会为最需要，至言情小说则非事实新颖、文字高尚者不录。”③ 秉持

① 魏绍昌：《中国近代文学大系 · 史料索引集二》，上海书店出版社1996年版，第23页。

② 包天笑：《天笑启事》，见陈平原、夏晓虹：《二十世纪中国小说理论资料》（第一卷），北京大学出版社1997年版，第275页。

③ 魏绍昌：《中国近代文学大系 · 史料索引集二》，上海书店出版社1996年版，第95～96页。

一份清醒的道德立场，也就成为部分小说报人的心曲表白。1908年4月《月月小说》的征文广告，明显地亮出“注重撰述”的招牌，其中包孕了提携撰著的审美趋向。究其实，这一征文取向大致接近于晚清民初小说著、译的消长趋势，至少自1908年起创作小说从数量上超过了翻译小说①，体现出新小说家借鉴——吸收——化用的文学进路。据陈大康的统计，在202种晚清小说标示中，123种标示只用过一次，31种标示用过两次，用过三次以上的小说标示亦仅达48种，若以标示超过10篇来统计，则只有24种。② 小说标示与小说著、译的消长趋势相互参照，折射出晚清民初的小说题材上的潮流化动态。若就翻译之部来衡量，侦探、冒险、科学小说理所当然地占据优势地位。1907年《月月小说》杂志社推出的“绍介新书《福尔摩斯再生后之探案第十一、十二、十三》”广告，就是侦探小说发展巨涛的一个具体而微的表征。

（三）短篇小说的文类复兴

小说分长篇、短章，自是两种相互关联而又相对独立的小说

---

① 关于晚清民初小说著、译的消长趋势问题，1908年黄小配有论：“翻译小说昔为尤多，自著小说今为尤盛。翻译者如前锋，自著者如后劲。”黄小配：《小说风尚之进步以翻译说部为风气之先》，见陈平原、夏晓虹：《二十世纪中国小说理论资料》（第一卷），北京大学出版社1997年版，第312页。郭延礼根据樽本照雄的《新编清末民初小说目录》的资料统计，以1907年为界将二十世纪初的十一年分成前六年、后五年两个阶段。前六年（1901～1906）出版翻译小说418种，创作小说380种，翻译小说多于创作小说；后五年（1907～1911）出版翻译小说544种，创作小说988种，创作小说多于翻译小说近一倍。郭延礼的《1901～1919年翻译小说与创作小说的消长表》也显示，自1908年译本与自著的比例为1∶1.7起，自著小说一直高于翻译小说。郭延礼：《黄世仲的小说理论及其在中国近代小说理论史上的地位》，《齐鲁学刊》2002年第2期，第59～65页。

② 陈大康：《关于“晚清小说”的标示》，《明清小说研究》2004年第2期，第125～133页。

领域。以《聊斋志异》为代表的文言短篇小说，接续了古典文学的传统精神，在有清还将短篇小说的创作推向一个新的高峰。而其刻意追求劝惩教化的文学功能，封闭了自我的生存空间，乾隆以后，短篇小说逐步走向衰落，白话短篇几乎绝迹，文言短篇亦缺乏力作，像王韬《淞隐漫录》、《淞滨琐话》也不成气候，大体未出《聊斋志异》的模式笼盖。晚清民初短篇小说的文体复兴，多是借重异域文学思潮的鼓吹，搭乘期刊发行策略的列车而行的。小说期刊采取长短兼顾的刊录方式，可以满足读者不同的阅读需要，也就扩大了小说期刊的发行市场。晚清民初的短篇小说数量据于润琦统计，从1872年至“五四”之前的近两万种小说中，短篇就达万余篇①，这一庞大的数字折射出短篇小说广阔的消费市场。1908年3月《月月小说》的“特别征文”、1908年4月《月月小说》的“征文广告”、1911年《小说月报》的“本社通告”、1913年《小说月报》“特别广告”和1913年《小说月报》的“征求短篇小说”，均明白地持对短篇小说的欢迎态度。这些不单是某些期刊主编意志的体现，也散发着整个社会文化气候的动态信息，毕竟它们就是社会选择的某种结果。

新小说家面对纷繁复杂的社会现实，往往是无暇审辨、体认自我。他们常常为了忠于社会改良的宏大指向，或者片面迎合读者的阅读需要，涉足一些自己并不熟悉的题材，当下片断集锦式的创作模式应对了其审美需求。而这一片断模式的存在，也影响到短篇小说的产生与发展。1907年《小说林》“谨告新年大增刊”广告云：“海内同志诸君如有新著译短篇小说（最长以五千字为限），或游戏文章、滑稽图画，足供新年诸君酒后茶余鼓吹

① 于润琦：《清末民初的短篇小说》，《明清小说研究》1997年第3期，第211～222页。

兴味者，请照寄社中。”① 1913 年《小说月报》第三卷第十二号的“征求短篇小说”广告则对其字数设置为“一千至八千为率”②，初步体现了确定短篇小说写作规范的倾向。其实，这种趋势早在徐念慈《余之小说观》一文中见其端倪，他从体裁上区分长、短篇，只是未形成清晰的文体界定。自1918 年4 月王蕴章在《小说月报》第九卷第四号创建“小说俱乐部”以来，组织几次征文，并在《小说月报》上刊登，当时刊发的小说就有“社会小说”《不可思议》、“言情小说”《邂逅》、“滑稽小说”《我知之矣》、“奇情小说”《情波双鲤》，以及《小说月报》第十卷第三号直接标出的“小说集锦”《绿窗絮语》，文人相互接续，利用短篇小说的形式来做文字游戏，拾掇话语的倾向更为彰著，戏作的主要目的，在很大程度上还是为了对准市场的需求。

小说期刊上设置“短篇小说”专栏，正式导引短篇小说的创作热潮。1904 年 11 月《新新小说》第一年第二号陈冷血的“社会小说”《路毙》，就用最经济的文学手段，来描写一个生活断面，这可能最接近于现代短篇小说的文体特征。1906 年 6 月《新新小说》第三年第九号亦刊载过包天笑的《卢生》③，标目为

① 《谨告新年大增刊》（1907 年第 6 期），《小说林》影印本（第二册），上海书店 1980 年版。

② 小说月报社：《征求短篇小说》，见陈平原、夏晓虹：《二十世纪中国小说理论资料》（第一卷），北京大学出版社 1997 年版，第 419 页。

③ 《新新小说》1905 年 3 月 6 日的第二年第六、七号载有小造翻译的《决斗会》，小说文本上标为“短篇小说”，而《新新小说》的该期目录未能体现，若据篇幅衡量，该小说并非短篇。陈大康认为最早作“短篇小说”标示的是光绪三十年八月（即 1904 年 9 月——笔者注）《教育世界》第 84 号载的署“译阿文格随笔”的《制造书籍术》，见陈大康：《关于“晚清”小说的标示》，《明清小说研究》2004 年第 2 期，第 125 ~ 133 页。1906 年 5 月创刊于东京的《复报》，其第二期（1906 年 6 月 16 日）“小说”条下有“冠堂”的短篇小说《瀛仙梦》。

“短篇小说”，但其位列“附录”之下，表明当下的小说报人还不具备短篇小说的认识自觉。真正从文类上注重“短篇小说”的小说期刊应该是1906年创刊的《月月小说》，其创刊号推出的“短篇小说”专栏刊有威林乐干著的《十年一梦》、吴趼人的《庆祝立宪》，一译一著，基本设置了刊载短篇小说的大致规范，而后的小说期刊基本上沿袭这一做法，往往给予短篇小说以一定的版面。1907年《月月小说》第5号刊发的紫英《新庵谐译》云：“即以小说而论，各种体裁，各有别名，不得仅以形容字别之也。譬如‘短篇小说’，吾国第于‘小说’之上，增‘短篇’二字以形容之，而西人则各类皆有专名。如Romance，Novelette，Story，Tale，Fable等皆是也。”① 这就显示新小说家从文体角度来考察短篇小说特征的时代进步。

短篇小说的文体复兴，直接影响到读者的阅读习惯，读者不必担心割裂式的阅读麻烦，这往往是晚清民初的长篇小说难以企及的。短篇小说被排列于报刊醒目的位置，跃居长篇小说之前，这种趋势早在1909年10月《小说时报》的创刊号上已经出现。1914年创刊的《中华小说界》、《小说丛报》、《十日新》，1915年创刊的《小说海》、《小说大观》，1917年创刊的《小说画报》，1918年创刊的《小说季报》都自创刊号起就凸显短篇小说的位置。而1909年创刊的《十日小说》自第五册起，1910年创刊的《小说月报》自第一年第六期起，1914年创刊的《七襄》自第二期起，1915年创刊的《小说新报》自第二期开始都将短篇小说排到了长篇小说之前。这种排列顺序的更替，隐含着小说期刊和社会对短篇的欢迎与渴望，也就反映了一种读者对当下割裂式阅读

① 紫英：《新庵谐译》，见陈平原、夏晓虹：《二十世纪中国小说理论资料》（第一卷），北京大学出版社1997年版，第273页。

习惯的不满与反省。讥弹时政、调侃世俗，短篇小说成就了文人鸢飞鱼跃的创作激情，相对灵活的创作与刊载模式，使得其成为社会诉求的最好载体之一，而小说广告的有意提倡，又加剧了短篇小说的竞争，民初的短篇小说从数量上远远超出晚清，就是一个有力的说明。因此，从这一点上说，“短篇小说被视为新文学的新体裁，被视作反映社会生活的‘最经济的手段’，实也是‘期刊意识’发展的必然”①。小说广告展现了小说报人的意旨与情趣，而短篇小说的位置更换则是这一理念的具体实践，它们一道推动了中国小说观念近代化进程的文体探究和文类规律的总结。②

（四）余论

小说广告是当下文学动态和期刊宗旨嬗变的晴雨表，小说征文广告是最能体现小说期刊大众传媒特征的一种方式，广告行为的本身在一定程度上瓦解了视小说为雕虫小技的陈腐观念，围绕小说文体而建立的小说稿酬制度，又改变了小说的传统书写方式和传播范围，刺激小说的近世文学特征的勃发。新小说家像吴趼人甚至堂而皇之地替药商黄楚九做广告，虽遭时人非议，却的的表明小说家社会地位的改善。晚清民初小说的过渡性特征透露出文体革新的艺术魅力，以自新来谋求他新的功能定位，获就中国小说观念嬗变的历史契机。小说广告刻勒了当下文学的时代精神和文人心态的真实轨迹。1904 年金松岑的《自由血》附带“政治小说”《孽海花》的预订广告，其文云：“此书述赛金花一生历

① 范伯群：《中国近现代通俗文学史》（下），江苏教育出版社 2000 年版，第 558 页。

② 于润琦主编的《清末民初小说书系》，是一部短篇小说集，该书分社会、侦探、武侠、爱国、滑稽、家庭、警世、言情、科学、伦理 10 类，为清末民初短篇小说研究提供了一个基本篇目。中国文联出版社 1997 年版。

史，而内容包含中俄交涉、帕米尔界约事件、俄国虚无党事件、最近上海革命事件、东京义勇队事件、广西事件、日俄交涉事件，以至今俄国复据东三省止，又含无数掌故、学理、轶事、逸闻。精采焕发，趣味浓深。”① 这就记载了金松岑撰写《孽海花》的最初信息。而到了小说林版的《孽海花》，已经改为“历史小说”，这种文类的变化，也折射出文人情趣的转变。其出版广告则云：“吴江金一原著，病夫国之病夫续成。本书以名妓赛金花为主人，纬以近三十年新旧社会之历史，入旧学时代、中日战争时代、政变时代，切琐闻轶事，描写尽情，小说界未有之杰作也。”②对乱世风云、孽海情涛保持一份理性的观望态度，其广告词的审美取向则由注重政治启蒙趋向社会现实的再现而转变，这就体现了文人的人文关怀向度，它们记载了小说创作的原始资料，也为探究当下文人心态提供了一个有利的窗口。

小说广告是晚清民初小说观念突变的催发剂，创造欲望与忧患意识叠加，诱发了新旧小说观念的消解和整合。中国小说观念的蝉蜕蝶化，实现了社会需求与文人心态的同谋共构，中国小说观念近代化的痛苦分娩过程，必须斩断传统思维积习的脐带，来显露自我解放的批评特质。令人击节叹赏的广告文字，促使了读者与作者的视界融合。而小说广告本身就是一把双刃剑，小说广告颠覆了昔日文人积毕生心血打造小说的传统模式，却滋生了创作上的种种浮躁习气。它们无论怎样花样翻新，在推动晚清民初的审美趣味沿着启蒙向娱乐的路子走过来的同时，往往也不可避免地制造了一系列的创作与消费程式，特别是听命于商业的操作，形成了一些小说观念认识误区。小说广告的社会接受与读者

①② 曾朴：《曾孟朴谈〈孽海花〉》，见魏绍昌：《孽海花资料》，上海古籍出版社 1982 年，第 134 页。

反刍互动，刷洗了传统文学批评的某些盲点。而其宣传的实际效果又酿制了晚清民初小说的摹拟习气，在一定程度上扼杀了小说自身的文体价值。繁复驳杂的观念形态滋长了晚清民初文人的认识困惑，在检讨自我中不断更新，近代文化语境孕育着小说观念趋时衍进的社会动力，追随晚清民初小说广告的文字痕迹，我们可以窥探到社会时代的变迁，进而感知文学自我更新的艺术魅力，小说广告正是立足于时代精神的文化层面，开始艰难的跋涉，在文学与商业的夹缝中走向“五四”的。

小 结

伸庄论、寓微言，托小说以自雄，晚清民初的小说地位改善，为其成为思想和文化的载体创造了一个有利条件。这在诗文霸占主流话语的时代，确乎是匪夷所思的事情。从批评方式维度考察，晚清民初的小说理论家大多未能脱离传统文论的轨辙，传统文论的阐释方式仍为他们操作的有效工具。但小说专论和专著的出现，也在撕裂传统的禁锢时闪烁着耀人的光芒。批评方式在不同的批评家手中，呈现手法各异的控御形态，专论和序跋等方式，多是针对翻译小说而论，因为序跋在晚清民初语境下染带浓厚的专论色彩。而到梁启超、徐念慈等人那里，小说家、批评家和报人的多重社会角色融合，促使他们对散论和专论两手兼治，专题论文、小说随笔、发刊词等方式正是在他们的鼓吹下而蔚为风潮的，他们往往又扯不掉文学传统的制约，在一定时空内，维护批评方式传统倒也算是恪尽职守，梁启超《新中国未来记》的回评、徐念慈为众多翻译小说作评的“觉我赘语”和“觉我赘言”，就是一个个明显的表征。承载意义广大的社会伦理使命，晚清民初小说体现出俯仰世风和洞察时貌的文学取向，无论是讲求即兴顿悟的散论，还是属意严密系统的专论，“其主要价值不在于纯理论意义，而在于促进了中国小说从古典形态向现代形态的过渡。也就是说，其实践性远远超过其理论性”①。正因如此，我们只有将小说批评方式还原到晚清民初的文化语境之中，才能深刻体会转型期小说批评的理论和实践意义。

小说批评方式的存在，宣示着晚清民初文化语境中的艺术体认和精神需求。晚清民初的小说专论借助报刊的承载而获就丰富、多元的理论成果，但其脱离具体文本的致命弱点也昭然若揭。韦勒克言：“无论现在批评可能取得多大成就、具有何等的独到之处，我们都不应该忘记：它提出的问题以前就有人提出过，它的根基深深地扎在目前讨论的这段时期。”② 文学批评在不同的切入角度和价值尺度的审美观照下，批评话语呈现出鲜明的当下社会色彩，梳理晚清民初的新旧杂陈的小说批评方式，特别是对评点、序跋等文本批评的重新检讨，其实践意义也大于事物本身的存在。当今学界对理论批评的反思和质疑，引发一股近乎皈依传统的文本批评思潮，正如谭帆抱怨理论掩盖文本的批评“遗憾”：“理论观念为研究主体，在很大程度上掩盖了‘文本批评’在中国小说史上的实际存在及其价值”，“以理论观念为标准研究古代小说批评，还常常使一些相对缺少理论思想而注重小说文本阐释的批评文本不受重视，甚至被排斥在小说批评研究的视野之外。”③ 当前小说研究要走出单一的理论研究误区，需要观念

---

① 陈平原：《前言》，见陈平原、夏晓虹：《二十世纪中国小说理论资料》（第一卷），北京大学出版社 1997 年版，第 5 页。

② ［美］雷纳·韦勒克：《近代文学批评史》（第一卷），上海译文出版社 1987 年版，第 6 页。

③ 谭帆：《“小说学”论纲》，《中国社会科学》，2001 年第 4 期，第 146 ~ 156 页。

和方法的突破，而向传统回归无疑是一个良好的存在参照。相对于当前理论批评的贫血，文本批评的固守和跨越，更能建构和开拓小说批评的新格局。我们提倡的“回归”，并不是一味复古，是呼唤小说批评原有的文化生态，是将小说批评还给小说批评、将小说批评的时代还给小说批评的时代。因为对任何一种批评方式的刻意提升，都会在无形之中制造认识的另一陷阱。激活和更新当前的批评模式，必须立足和弘扬本土的文明成果，以吸纳异质文明的开放胸襟，加以变通和融合，在民族性和现代性的旗帜下，充实我国小说批评的理论大厦。晚清民初小说世界的驳议和喧嚷，记载着社会转型期的群体参与热情，也勾画了晚清民初文化语境中的文学批评趋向，晚清民初的小说批评是我国批评史上的一处富矿，它的存在之门仍等待我们去不停地叩击和发掘。

结 语

文学在历史沉浮中造就自身丰厚的意义指涉，“因其文学萌茁于大环境，作者所要求欣赏其作品之对象，不在其近身之四围，而在辽阔之远方。其所借以表达之文字，亦与近身四围所操日常语言不甚接近。彼之欣赏对象，既不在近，其创作之反映，亦不易按时刻日而得。因此重视时间绵历，甚于重视空间散布”①。从先秦至晚清民初，中国小说观念的演变是一条奔腾不息的文学长河，期间不免有某些波折和回旋，但其文学指归仍是本土文化情结。从小道可观的文学卑体到救世新民的文坛主流，一路走来，中国小说观念展示了社会文化和时代环境选择的巨大威力，小说观念在自新和他新的文学征程中，实现文类地位和审美取向的时代转变。

一、转型的阶段性

中国小说观念的近代化是一个多声复议的话语系统的更替，

① 钱穆：《中国文学论丛》，生活·读书·新知三联书店 2002 年版，第 16～17 页。

从“闲书”的观念积习中突破，明显借助于芃然勃兴的小说救国新种的狂飙巨浪，理论预设的先验指标，限定了中国小说观念近代化进程的轨辙。小说观念从经史传统的羽翼下解脱，初步具有近代意义的文类性质，是转变的第一步；而小说同诗文争辉甚至凌驾于其他文类之上，其主流文类的姿态的获得和张扬，则是转变的第二步；小说创作与批评逐步摆脱政治和功利话语的限制，对小说本质的厘定和认识，趋向审美和非功利层面，掀起一股表现人性人情的创作潮流，则标示着中国小说观念近代化进程的最终结束。

中国小说观念的近代化是一个新小说家不断扬弃的过程，从蒋子让经梁启超、林纾和黄人等人到早期的鲁迅，是一个新小说家接纳异域文化，并不断检讨、对比和化用的文学实践过程；从韩子云《海上花列传》到周瘦鹃《檐下》和叶圣陶《穷愁》，是一个人道色彩不断加浓的过程；从俞樾删改《三侠五义》，经林纾翻译《黑奴吁天录》鼓吹，到恽铁樵《工人小史》，是一个平民意识不断张扬的过程；从韩子云《海上花列传》到海天独啸子《女娲石》和颐琐《黄绣球》，是一个女权叙事不断加重的过程；从蒋子让翻译《昕夕闲谈》到连梦青《邻女语》和符霖《禽海石》，是一个语言不断白话化的过程；从韩子云《海上花列传》到刘鹗《老残游记》和苏曼殊《断鸿零雁记》，也是一个包括心理描写与景物刻画在内等非情节因素不断强化的过程。总的来说，新小说家对小说观念的认识和对小说规律的把握，大致以 1911 年为界，前期重在探讨小说的地位和价值，后期则以把捉小说的本质和文类性质为主。前期的政治话语色彩，拔擢了小说的社会地位，也强化了新小说家的参与意识，厕身于小说事业成为他们名利双收的社会诉求方式，后期则由于政治风云的变幻，新小说自觉皈依传统，小说成为他们娱情遣兴的重要表现手段，小说的娱乐功能又得以彰显，中国小说观念近代化进程就是在这种理论和实践交叉、功利和审美互影的突进中走完了它的征程。

二、转型的多向复杂性

小说概念是小说观念的符号形态，小说理论则是小说观念的优化形式，中国小说观念的近代化进程，正是在概念认识和理论批评的交叉转变中走过来的。本土传统和异域资源，孰轻孰重？是新小说家精心思考和备受考验的一个文学难题。前期的小说改良神话，中国小说概念明显借镜于异域小说观念，而后期泛滥的言情小说，其观念倒更接近于传统。异域和传统，不只是两个文化系统的差异，也标示新小说家的主体精神和价值取向。异域小说砸破了唯我独尊的文学封闭观，引领晚清民初小说步入世界文化圈，这种时代步伐的获得，开启了后世小说创作的新天地。为了对等国人的审美需求，新小说家的最后归宿仍为本土文化，因此，参照异域实现本土转化，是中国小说观念近代化的清晰的脉络之一，只是它在不同时段和不同小说家身上，表现各有等差。

韩子云称《海上花列传》："全书笔法自谓从《儒林外史》脱化出来，惟穿插藏闪之法，则为从来说部所未有。一波未平，一波又起，或竟接连起十余波，忽东忽西，忽南忽北，随手叙来并无一事完，全部并无一丝挂漏。"① 新小说家往往很难做到"无一丝挂漏"，通常因为其他故事的插入而另起炉灶，无法忠于

① 韩邦庆：《海上花列传》之《例言》，齐鲁书社 1993 年版，第 1 页。

对原来故事的“接着说”。其实，这种叙事模式自艾衲居士《豆棚闲话》已著先鞭，秋风豆熟之际的十二则故事，分明就是一种框架故事①，该叙事模式为晚清民初的串联型长篇小说提供了一种创作范例。在这种模式的制约下，持续千年的情节中心结构出现某些松动，这就为新小说家展示了多向的审美选择，也预设了中国小说观念转型的多色和复杂。传统小说的流衍和异域小说的鼓荡是中国小说观念近代化进程的两个侧面，它们并非呈现为一种平行发展的状态，而是相互影响和彼此制约的，就其对中国小说观念转型的显晦程度而论，传统小说观念的影响多见于小说观念之批评范畴，异域小说观念的作用多显露于小说观念之批评方式，其实，要在异域与本土的影响范围和程度上划一清晰的界线，这也是一个颇费心神的文学难题，也不太可能做到断语明确和论述清晰。

中国小说观念转型的大致方向是由小说与社会关系的外围讨论趋向小说本质认识内核的研讨，1902 年梁启超所鼓吹的“小说为文学最上乘”的话语，还主要停留在政治功利上，

① 参看［美］韩南：《中国白话小说史》，浙江古籍出版社 1989 年版，第 192 页。韩南认为《豆棚闲话》“就其形式而言，不仅标志着和冯梦龙及其同时代人所采用的、又由李渔和《照世杯》的作者稍加改变的小说形式的决裂，而且也标志着和中国白话小说本身的基本模式和方法的决裂。”见韩书，第 191 页。《豆棚闲话》以在豆棚之下的谈话为线索，贯串全书，郑振铎将此体裁称之为“故事索”。见郑振铎：《西谛书话》，生活·读书·新知三联书店 2005 年版，第 148 页。1909 年诸夏三郎的《夜花园奇事》，或叙一女三男之离合，或道一男二女之纠葛，或述一男一女诱惑另一女子之情事，以夜花园为线索，联缀三个互不相关的故事，在结构上明显受到艾衲居士《豆棚闲话》的影响。韩南认为鲁迅改编伯夷叔齐故事，多受艾衲居士颠覆传统的影响，也就是说《豆棚闲话》预示了鲁迅的《采薇》。学界有一种观点，认为我国传统小说的叙事模式自明清之际就开始自我转变，并非源于晚清异域小说的影响。对此，本书暂不作探讨。

1907 年徐念慈《〈小说林〉缘起》言："所谓小说者，殆合理想美学、感情美学，而居其最上乘者乎？"① 从美感和理想上综合探讨小说的文类地位，展现了新小说家审美意识的自觉。在这一转变历程中，中国小说观念各因素变化情况各异，中国小说观念之批评方式的演变是这种转型的突出表现，虽然，批评方式自身的新旧并陈，还揭示着变革的复杂性，但是小说评点和序跋各种变体的存在，以及小说专论、小说话、小说期刊发刊词的发展势头，毕竟重铸了中国小说观念转型的时代活力。小说观念之批评范畴是观念相对守成务本的部分，小说观念之批评范畴在传统的基础上，实现某些时代的变化，其所展现的辩证化色彩也显示了中国小说观念的近代进路。小说观念之批评功能是位于传统与新知之间的一种状态，劝惩功能、慕史功能、娱乐功能的理论体系基本上还是传统的，具体阐释和新小说家的申说，则带有某些的近代话语特征，教育功能的凸显、审美功能的强调，则是新小说家借径异域小说宣传效应的一个突出表征，它对异域小说观念语义系统的借鉴略大于对传统的继承。这样，中国小说观念的近代化进程就是沿着其多义指向跋涉而行的。

三、转型的不充分性

着上新装、洗伐未净，郭延礼认为中国近代文学的近代化，是一种不充分的近代化，"就整体而论，近代文学并没有达到一个超越古代文学的新的高度，中国文学在 1840～1919 年间也没有

---

① 徐念慈：《〈小说林〉缘起》，见陈平原、夏晓虹：《二十世纪中国小说理论资料》（第一卷），北京大学出版社 1997 年版，第 255 页。

完成充分的近代化”①。晚清民初小说的生成机制和流通手段应该是不充分近代化的直接原因。传统的立德、立言的写作取向被拦腰切断，以稿易金主义四处横行，社会生存境遇诱使众多新小说家为市场而写作，媚俗的写作在一定程度上表现了中国小说观念的平民色彩，却因臣服于大众趣味的指引，使雅俗共赏变得十分艰难。“夫欲导国民于高尚，则其小说不可以不高尚，必限于士夫以外之社会，则求高尚之小说亦难矣”②，狄葆贤的看法不无普遍性。商业化操作本身就是一把双刃剑，它既刺激了晚清民初的小说繁荣，又引诱他们去淡化小说艺术的经营，片面的功利考虑和商业化机制就成为中国小说观念近代化的主要阻力，一直影响和制约着中国小说观念的近代化进程。

新小说家的社会学考虑方式，也是导致中国小说观念近代化不充分性的原因之一。新小说家往往把小说当做其社会诉求的主要方式，要求将历史题材和当下事实，用实录的方式甚至扯上一大段议论，来表现自我的道德责任。这种选材和构思的社会学目标，在提高小说文类地位的同时，降低了中国小说观念的文学品格，也因为其艺术上的缺憾延宕着中国小说观念的近代化进程。中国小说观念的近代化进程的人文品格和科学精神，在晚清民初得到一定程度的表现，但新小说家的人文情愫远远不敌政治话语的影响，科学品格还有待时代的检验，这些，都影响到中国小说

① 郭延礼列举不充分近代化的四个原因：第一，近代文学还没有出现世界级的第一流作家；第二，近代文学还未能走向世界；第二，文体改革的不平衡；第四，文学的通俗化始终没有完成。见郭延礼：《近代翻译文学与中国文学的近代化》，《山东大学学报》（哲社版）1997 年第 3 期，第 41 ~ 47 页。

② 梁启超等：《小说丛话》，见陈平原、夏晓虹：《二十世纪中国小说理论资料》（第一卷），北京大学出版社 1997 年版，第 83 页。

观念近代化的不充分性。

中国小说观念的近代化进程，是一个复调多义的文学命题，其学术视阈还有许多耐人涵泳和玩索的研究空间，若深入研讨，探骊得珠、必有所获。中国小说观念近代化的精确轮廓并非笨拙的笔者所能穷尽的，本书挂一漏万的爬罗和归纳，只是抓住了中国小说观念转型的冰山一角，对其做更全面和深入的探讨，还有待于以后的岁月。

附　录

中国小说观念的近代化进程年表①

1872 年（同治十年辛未十一月至同治十一年壬申十二月）

4 月，英商美查兄弟在上海创办《申报》，刊载翻译小说《谈瀛小录》、《一睡七十年》和《乃苏国奇闻》，开辟了国人崭新的审美视野。

11 月，我国第一部文艺杂志《瀛寰琐记》创办于上海，由申报馆发行，创刊号载有蒋子让的《瀛寰琐记·叙》，叙及该刊的编辑意图。

1873 年（同治十一年壬申十二月至同治十二年癸酉十一月）

蒋子让译《昕夕闲谈》始刊于《瀛寰琐记》第 3 期，这是较早由英文译成白话篇幅较长的外国小说，同时，蒋子让的理论文章《〈昕夕闲谈〉小叙》发表，标志着国人对小说认识的初步转变，这些都肇始了中国小说观念书写的新篇章，事实上宣告了中国小说观念近代化进程的开端。

艾小梅在汉口创办《昭文新报》，此为国人较早创办的综合

① 本年表的制定，主要参照了郑方泽：《中国近代文学史事编年》，吉林人民出版社 1983 年版；魏绍昌主编：《中国近代文学大系·史料索引集》（一）中管林等编的《中国近代文学大事记》，上海书店出版社 1996 年版。

性报纸，也是第一份国人自资创办的报纸，内容以奇闻轶事居多。

1874 年（同治十二年癸酉十一月至同沿十三年甲戌十一月）

9 月，林乐知将《教会新报》，从 301 卷起改名《万国公报》。

1876 年（光绪元年乙亥十二月至光绪二年丙子十一月）

3 月，我国最早的白话报《民报》创刊，这是《申报》专为民间增出的二日刊。

冬，文学月刊《侯鲭新录》在上海创刊，沈饱山主编，体例与《瀛寰琐记》近似。

1879 年（光绪三年戊寅十二月至光绪四年己卯十二月）

侠义小说代表作《三侠五义》，在北京刊刻行世，1889 年，又经俞樾删改，更名为《七侠五义》，推动了晚清侠义公案小说的风行。

1882 年（光绪七年辛巳十一月至光绪八年壬午十一月）

翻译小说《安乐家》，由画图新报馆刊行，署威尔通女士。

1884 年（光绪九年癸未十二月至光绪十年甲申十一月）

5 月，《点石斋画报》创刊于上海，此为中国早期的石印画报，随《申报》附送，每期千幅，点石斋石印书局印行。

1887 年（光绪十二年丙戌十二年至光绪十三年丁亥十一月）

7 月，黄遵宪写成《日本国志》，该书分 12 类，40 卷，其《学术志》提出言文合一的主张，而后，1897 年严复、夏曾佑《〈国闻报〉附印说部缘起》、1898 年裘廷梁《论白话为维新之本》都据此引申阐发，提到了改革小说、改良政治的相关高度。

1892 年（光绪十七年辛卯十二月至光绪十八年壬辰十一月）

2 月，韩子云于上海创办《海上奇书》，系其个人创办，主要发表他个人作品的文学刊物，图文并茂，前 10 期为半月刊，后 5 期为月刊，由申报馆代售。内容分三部分：首《太仙漫稿》，为韩子云自撰的文言短篇小说，次《海上花列传》，为其自撰的吴语长篇，末《卧游记》，专录前人笔记小说。韩子云以章回连载的方式，分期刊载其长篇《海上花列传》，这种体例对后起期刊影响很大。

1895 年（光绪二十年甲午十二月至光绪二十一年乙未十一月）

林纾（44 岁），始译《巴黎茶花女遗事》。

1896 年（光绪二十一年乙未十一月至光绪二十二年丙申十一月）

李伯元（30 岁），在上海担任《指南报》编辑工作，开始文学活动。第二年（1897 年）5 月创办《游戏报》，这是在上海出现的第一份小报。

1897 年（光绪二十二年丙申十一月至光绪二十三年丁酉十二月）

夏曾佑、严复《〈国闻报〉附印说部缘起》发表，文章借镜异域小说，阐明小说社会作用，这是一篇真正近代意义上提升小说地位的小说论文。

1898 年（光绪二十三年丁酉十二月至光绪二十四年戊戌十一月）

梁启超在日本横滨创办《清议报》，梁文《译印政治小说序》发表于《清议报》第一册上，这是一篇凸显翻译小说地位的重要文论。

8 月，白话文运动先驱裘廷梁《论白话为维新之本》发表于《无锡白话报》第 19、20 期上，第一次明确提出“崇白话而废文言”的口号。

1899 年（光绪二十四年戊戌十一月至光绪二十五年己亥十一月）

林纾译小仲马著作《巴黎茶花女遗事》在福州出版，引起强烈反响，此后翻译“言情小说”成风。

1900 年（光绪二十五年己亥十二月至光绪二十六年庚子十一月）

1 月，陈子褒发表《报章宜用浅说》（载《知新报》第 111 册），主张“开民智莫如改革文言”，明白提出报纸应改用白话。

1901 年（光绪二十六年庚子十一月至光绪二十七年辛丑十一月）

4 月，《世界繁华报》创刊于上海，李伯元任主编。

本年，连梦青作《邻女语》，林纾作《京华碧血录》，吴趼人作《恨海》、《新石头记》，黄小配作《宦海升沉录》。

李伯元（35 岁），谢绝经济特科的保荐，不愿应召求官，致力于小说创作。

1902 年（光绪二十七年辛丑十一月至光绪二十八年壬寅十二月）

3 月，吴趼人辞去《寓言报》主笔职，自此结束办报生涯。

11 月，《新小说》月刊在日本横滨出刊，次年改在上海出版，由广智书局发行，梁启超在创刊号上发表《论小说与群治之关系》，提出“小说界革命”的口号。

梁启超著《新中国未来记》刊行。

1903 年（光绪二十八年壬寅十二月至光绪二十九年癸卯十一月）

4 月，李伯元《官场现形记》始载于《世界繁华报》，至 1905 年 6 月载完。

5 月，《绣像小说》半月刊创刊于上海，李伯元任主编，商务印书馆发行，1906 年 4 月停刊，共出 72 期。

6 月，夏曾佑《小说原理》论文，载《绣像小说》第 3 期。

9 月出版的《新小说》第 7 号，首辟“小说丛话”栏目，发表梁启超等人撰写的“丛话” 13 则。在该期上，还发表狄葆贤《论文学上小说之位置》一文。

吴趼人《二十年目睹之怪现状》、《痛史》，李伯元《活地狱》开始连载。

1904 年（光绪二十九年癸卯十一月至光绪三十年甲辰十一月）

夏，王国维写成《红楼梦评论》，载《教育世界》杂志，作者第一次比较系统地运用西方哲学、美学来评价中国古典小说。

8月，曾朴、徐念慈等在上海创办小说林社，专门出版创作与翻译小说。

9月，《新新小说》创刊于上海，陈景韩任主编，以刊发翻译小说为主，尤多侦探小说。

10月，曾朴开始接续金松岑原作，续撰《孽海花》，手拟《孽海花》人物名单。

林传甲《中国文学史》出版。

1905年（光绪三十年甲辰十一月至光绪三十一年乙巳十二月）

金松岑《论写情小说于新社会之关系》载《新小说》杂志，明确主张"崇拜"政治小说而"惧"言情小说。

林纾译出《迦因小传》全译本，引起全译本与节译本之争。

徐念慈撰《新法螺先生谭》，由小说林社刊行，这是我国较早创作的科幻小说。

1906年（光绪三十一年乙巳十二月至光绪三十二年丙午十一月）

1月，梁启超主编的《新小说》停刊。

2月，吴趼人著《二十年目睹之怪现状》第1册单行本出版，由广智书局发行。

7月，警僧编《新世界小说社报》月刊创刊，创刊号上刊有《〈新世界小说社报〉发刊词》。

8月，谈小莲编《小说七日报》周刊创刊。

9月，寅半生编《游戏世界》（月刊）创刊于杭州，陶安化撰《论小说之势力及其影响》载该刊第1期，寅半生撰《小说闲评》，《〈小说闲评〉序》载该刊第1期至18期。

11月，汪惟甫主办、吴趼人主编的《月月小说》创刊于上海，该刊对提倡短篇小说起了很大作用，吴趼人《历史小说总序》发表于该刊的创刊号上。

1907 年（光绪三十二年丙午十一月至光绪三十三年丁未十一月）

2 月，黄人、徐念慈主编的《小说林》月刊在上海创刊，黄人《小说林发刊词》、徐念慈《小说林缘起》在该刊创刊号上发表。

5 月，黄伯耀、黄世仲主持的《中外小说林》（旬刊）在广州创刊，王钟麒《论小说与改良社会之关系》发表于《月月小说》第一年第 9 号上。

9 月，李哲主编的《广东戒烟新小说》（周刊）在广州创刊，王钟麒《中国历史小说史论》发表于《月月小说》第一年第 11 号上。

11 月，《竞立社小说月报》创刊于上海，彭俞任主编，竹泉生撰《竞立社刊行〈小说月报〉宗旨说》载该刊第 1 期。

据徐念慈《丁未年（1907）小说界发行书目调查表》统计，本年出版小说 122 种，其中创作小说 43 种，翻译小说 79 种。而据阿英《晚清戏曲小说目》统计，本年刊行创作小说 63 种，翻译小说 144 种。本年是晚清小说刊行最多的一年。

1908 年（光绪三十三年丁未十一月至光绪三十四年戊申十二月）

林紫虬主编的《新小说丛》在香港创刊，创刊号上刊发林文骢《〈新小说丛〉祝词》、邱菽园《新小说品》。

2 月，鲁迅用“令飞”的笔名撰《摩罗诗力说》载《河南》杂志第 2、3 号，徐念慈《余之小说观》载《小说林》第 9、10 期，顾燮光《小说经眼录》载《小说林》第 9 期。

3 月，王钟麒《中国三大小说家论赞》（原题为《中国三大家小说论赞》）载《月月小说》第二年第二期，作者有意将中外作品对比，颇具比较文学的色彩。

5 月，周作人以“独应”的笔名撰《论文章之意义及其使命因及中国近时论文之失》，载《河南》杂志第 4、5 期。

7月，燕南尚生发表《新评〈水浒传〉三题》，推崇《水浒传》为“祖国第一政治小说”。

本年，邱菽园《客云庐小说话》发表，罗普（披发生）《红泪影序》刊行。

1909年（光绪三十四年戊申十二月至宣统元年己酉十一月）

3月，周作人与鲁迅合译的《域外小说集》第一集出版，由东京群益社发行，译文以文言直译，开风气之先。

5月，《扬子江小说报》月刊在汉口创刊，由胡石庵主编，陶安化撰《扬子江小说报发刊词》。

9月，《十日小说》（旬刊）在上海创刊，由环球社编辑发行，张春帆《宦海》最初发表于此，较有影响。

10月，《小说时报》在上海创刊，由陈景韩、包天笑轮流主编，有正书局发行，以刊载著、译小说为主，陈景韩的作品发表很多，编辑和撰稿人多为鸳鸯蝴蝶派作者，被称为具有鸳鸯蝴蝶派倾向的最早期刊。

1910年（宣统元年己酉十一月至宣统二年庚戌十一月）

6月，章太炎著《国故论衡》在日本出版，分《小学》、《文学》、《诸子学》上、中、下三卷，为近代学术界重要著作之一。

7月，《小说月报》（月刊）在上海创刊，由恽铁樵、王蕴章主编，上海商务印书馆总发行。

本年，黄人著《中国文学史》，由国学扶轮社印行，系我国自撰文学史的创始之作。蒋瑞藻开始编辑《小说考证》，后由商务印书馆刊行。

1911年（宣统二年庚戌十二月至三年辛亥十一月）

3月，侗生《小说丛话》刊行，载《小说月报》1911年第3期。

8月，王钝根、吴觉迷等人主编《申报》后，辟“申报·自由谈”等专栏。

1912 年（宣统三年辛亥十一月至中华民国元年壬子十一月）

苏曼殊著中篇小说《断鸿零雁记》在《太平洋报》上发表。

8 月，管达如《说小说》，始载于《小说月报》。

本年，鸳鸯蝴蝶派小说盛行，堪比前期的谴责小说繁荣。

1913 年（民国元年壬子十一月至二年癸丑十二月）

2 月，鲁迅撰《拟播布美术意见书》一文，载《教育部编辑处月刊》第 1 卷第 1 册。

5 月，孙毓修撰《欧美小说丛谈》，载《小说月报》第 4 卷第 2 号至 8 号，第 5 卷 9 号至 11 号。

11 月，恽铁樵著《工人小史》，载《小说月报》，小说反映了“五四”前工人的痛苦生活。

12 月，眷秋著《小说杂评》载《雅言》杂志第 1 期。

1914 年（民国二年癸丑十二月至三年甲寅十一月）

1 月，《中华小说界》（月刊）创刊于上海，由沈瓶庵主编，中华书局刊行，沈瓶庵作《中华小说界发刊词》。

2 月，周作人以笔名“启明”撰《小说与社会》，载《绍兴县教育会月刊》第 5 号。

3 月，吕思勉撰《小说丛话》，于《中华小说界》第 3 期至 5 期连载。

5 月，徐枕亚主编的《小说丛报》创刊，内容有长短篇小说、文苑、译丛等栏目。

6 月，《礼拜六》周刊创刊于上海，由王钝根、孙剑秋主编，主要刊登哀情、写情、奇情、滑稽和社会小说，中国图书馆发行，创刊号载有王钝根《礼拜六出版赘言》。

1915 年（民国三年甲寅十一月至四年乙卯十一月）

1 月，《小说海》（月刊）创刊于上海，黄山民编辑，由中国图书公司发行。

2月，梁启超在《中华小说界》第2卷第1期发表《告小说家》一文，强调小说的感染教育作用。

3月，李定夷等主编的《小说新报》（月刊）创刊，国华书局发行，该刊是由《小说丛刊》变化而来的。

8月，包天笑编辑的《小说大观》（季刊）创刊，由文明书局、中华书局发行。

9月，袁世凯在教育部设立通俗教育研究会，下设小说、戏曲、讲演三股，其《章程》要求小说股严禁妨害风俗之新旧小说，编译、审核“寓忠孝节义”的小说。而身为小说股主任的鲁迅，强调小说应当理想高尚纯洁，有益于社会。

9月，陈独秀主编的《青年杂志》在上海创刊，这是中国近现代文化思想史上最重要的刊物之一。胡适提出了“文学革命”的主张，即所谓“新潮之来不可止，文学革命其时矣”。

1916年（民国四年乙卯十一月至五年丙辰十二月）

4月，钱静方《小说丛考》由商务印书馆出版，该书对小说评论中的考证方法带有一定的影响。

9月，教育部通俗教育研究会通令查禁鸳鸯蝴蝶派的《眉语》文艺月刊，以其提倡淫乱思想、毒害青年而查禁，随后还查禁了《金屋梦》、《鸳鸯梦》等小说。

10月，上海《时事新报》开辟“上海黑幕”专栏，黑幕小说逐渐风行，主要作家有向恺然、陆士谔等，代表作品有《绘画中国黑幕大观》及其《续集》。

12月，蔡元培应通俗教育研究会的邀请发表演说，阐述小说、讲演、戏曲、影戏等与通俗教育的关系。

本年，教育部通俗教育研究会订审核小说标准，分小说为教育、政事、哲学及宗教、史地、实质科学、社会情况、寓言及谐语、杂记八类，大要以适合国情、有益学识、辅助道德为归。

1917 年（民国五年丙辰十二月至六年丁巳十一月）

1 月，胡适在《新青年》2 卷 5 号发表《文学改良刍议》，提出文学改良应从“八事”入手，提倡以白话代替文言。

2 月，陈独秀撰《文学革命论》，载《新青年》2 卷 6 号，提出文学革命的“三大主义”，以“文学革命”为口号，对提倡白话文运动产生了广泛影响。林纾《论古文之不当废》一文，发表于上海《民国日报》上，反对白话文学的改良运动。

3 月，周瘦鹃译《欧美名家短篇小说丛刊》（原名《欧美名家小说丛刊》），由中华书局出版，收欧洲 14 国 47 位作家小说 50 篇。

5 月，刘半农撰《我之文学改良观》一文，载《新青年》3 卷 3 号，提出“白话文要吸收文言优点”的主张。

8 月，蔡元培在北京大学提倡学术研究，主张劳工神圣，并作《以美育代宗教说》一文，载《新青年》第 3 卷第 6 号，又载《学艺》第 2 号。

1918 年（民国六年丁巳十一月至七年戊午十一月）

1 月，《新青年》杂志从 4 卷 1 号起改为白话文，并开始使用新式标点。

5 月，《新青年》从第 5 卷起全部改为白话，是第一个全部用白话宣传文化新思潮的刊物，鲁迅第一篇白话小说《狂人日记》，载《新青年》4 卷 5 号。

8 月，徐枕亚主编的《小说季报》在上海创刊，它是继《小说丛报》之后编辑的刊物，内容以长短篇小说为主，由清华书局出版发行，多为鸳鸯蝴蝶派作品。

10 月，黑幕小说盛行，《教育部通俗教育研究会劝告小说家勿再编黑幕小说函稿》发表于《东方杂志》15 卷 9 号。

12 月，周作人撰《平民的文学》一文，载《每周评论》第 5 号，正式提出“人生的艺术”一词。

1919 年 1 月至 5 月（民国七年戊午十一月至八年己未五月）

1 月，钱玄同撰《“黑幕”书》，载《新青年》6 卷 1 号。周作人以笔名“仲密”发表《论黑幕》，载《每周评论》第 4 号。

2 月，周作人撰《中国小说里的男女问题》一文，载《每周评论》第 7 期，称赞《红楼梦》是中国问题小说的代表。周作人再以笔名“仲密”发表《再论黑幕》，载《新青年》第 6 卷 2 号，认为“黑幕小说是一种中国国民精神的产物”，至于文学上的价值却是“不值一文钱”。

3 月，林纾在《公言报》发表《致蔡鹤卿太史书》一文，反对陈独秀倡导的新文化运动，蔡元培撰《答林君琴南函》回复，载 3 月 21 日的《北京大学日刊》。

本年，中国小说观念的近代化进程完成，开始中国小说观念的现代化进程。

参考文献

《文史通义校注》，章学诚著、叶瑛校注，中华书局1985年版。

《清史稿》，赵尔巽等撰，中华书局1977年版。

《清史纪事本末》，黄鸿寿编，北京图书馆出版社2003年版。

《清史大纲》，萧一山撰，上海古籍出版社2005年版。

《剑桥中国晚清史》，费正清等编，中国社会科学出版社1993年版。

《中国近代史》，蒋廷黻撰，上海古籍出版社1999年版。

《近代中国史纲》，郭廷以撰，中国社会科学出版社1999年版。

《晚清七十年》，唐德刚著，岳麓书社1999年版。

《西学东渐与晚清社会》，熊月之著，上海人民出版社1994年版。

《中国租界史》，费成康著，上海社会科学院出版社1991年版。

《近代中国社会变迁录》，刘志琴主编，浙江人民出版社1998年版。

《梁启超年谱长编》，丁文江、赵丰田编，上海人民出版社1983年版。

《梁启超论清学史二种》，梁启超著、朱维铮校注，复旦大学出版社 1985 年版。

《中国近三百年学术史》，钱穆著，商务印书馆 1997 年版。

《士与中国文化》，余英时著，上海人民出版社 1997 年版。

《智者的尊严——知识分子与近代文化》，许纪霖著，学林出版社 1991 年版。

《中华文化史》，冯天瑜等著，上海人民出版社 1990 年版。

《晚清社会与文化》，夏晓虹著，湖北教育出版社 2001 年版。

《中国禁书简史》，陈正宏、谈蓓芳著，学林出版社 2004 年版。

《近五十年中国思想史》，郭湛波撰，上海古籍出版社 2005 年版。

《中国近代社会思潮》，高瑞泉主编，华东师范大学出版社 1996 年版。

《清末民初的思想主脉》，昌切著，东方出版社 1999 年版。

《中国思想史》，葛兆光著，复旦大学出版社 2000 年版。

《清末的下层社会启蒙运动：1901—1911》，李孝悌著，河北教育出版社 2001 年版。

《中国近代思想史论》，王尔敏著，社会科学文献出版社 2003 年版。

《上海：一座现代化都市的编年史》，熊月之、周武主编，上海书店出版社 2007 年版。

《张元济日记》，商务印书馆 1981 年版。

《忘山庐日记》，孙宝瑄著，上海古籍出版社 1983 年版。

《白话文学史》，胡适撰，东方出版社 1996 年版。

《现代中国文学史》，钱基博著，岳麓书社 1986 年版。

《中国近代文学之变迁　最近三十年中国文学史》，陈子展撰，上海古籍出版社 2000 年版。

《中国近代文学作家论》，任访秋著，河南人民出版社 1984 年版。

《中国近代文艺思想论稿》，叶易著，复旦大学出版社1985年版。

《中国近代文学史》（上），陈则光撰，中山大学出版社1987年版。

《中国近代文学发展史》，郭延礼著，山东教育出版社1991年版。

《近代文学观念流变》，章亚昕著，漓江出版社1991年版。

《爱国主义与近代文学》，郭延礼主编，山东教育出版社1992年版。

《上海近代文学史》，陈伯海、袁进主编，上海人民出版社1993年版。

《近四百年中国文学思潮史》，陈伯海主编，东方出版中心1997年版。

《中华文学通史·近现代文学编》，张炯等主编，华艺出版社1999年版。

《中国近现代通俗文学史》，范伯群主编，江苏教育出版社2000年版。

《中国近代文学史纲》，徐鹏绪著，中国社会科学出版社2004年版。

《中西文化碰撞与近代文学》，郭延礼著，山东教育出版社1999年版。

《中国近代翻译文学概论》，郭延礼著，湖北教育出版社1998年版。

《近代文学的突围》，袁进著，上海人民出版社2001年版。

《晚清民初的科学思潮与文学的科学批评》，王济民著，中国社会科学出版社2004年版。

《中国文学的近代变革》，袁进著，广西师范大学出版社2006

年版。

《中国文学批评现代转型发生论》，庄桂成著，中国社会科学出版社 2007 年版。

《20 世纪中国古典文学研究史》，赵敏俐、杨树增著，陕西人民教育出版社 1994 年版。

《20 世纪中国文学研究·近代文学研究》，裴效维编，北京出版社 2001 年版。

《中国文学史学史》，董乃斌等主编，河北人民出版社 2003 年版。

《中国文学精神·近代卷》，郭延礼、武润婷著，山东教育出版社 2003 年版。

《中国文学理论史》，黄保真等著，北京出版社 1987 年版。

《近代文学批评史》，黄霖著，上海古籍出版社 1993 年版。

《清代文学批评史》，邬国平、王镇远著，上海古籍出版社 1995 年版。

《范畴论》，汪涌豪著，复旦大学出版社 1999 年版。

《方法论》，刘明今著，复旦大学出版社 2000 年版。

《中国文学评点研究论集》，章培恒等主编，上海古籍出版社 2002 年版。

《批评的考究》，汪涌豪著，复旦大学出版社 2003 年版。

《八股文与明清文学论稿》，黄强著，上海古籍出版社 2005 年版。

《文艺的观念世界》，陈晋著，花城出版社 1988 年版。

《中国文学观念研究》，王彬著，中国文联出版公司 1997 年版。

《苦恼的叙述者》，赵毅衡著，北京十月文艺出版社 1994 年版。

《中国叙事学》，浦安迪讲演，北京大学出版社 1996 年版。

《中国叙事学》，杨义著，人民出版社 1997 年版。

《中国小说史略》，鲁迅著，齐鲁书社 1997 年版。

《中国小说史学史长编》，胡从经著，上海文艺出版社1998年版。

《中国小说史》，孟瑶著，传记文学出版社1986年版。

《中国小说史漫稿》，李悔吾著，湖北教育出版社1992年版。

《中国小说源流论》，石昌渝著，三联书店1994年版。

《中国古典小说史论》，［美］夏志清著，江西人民出版社1995年版。

《中国古典小说史论》，杨义著，中国社会科学出版社1995年版。

《中国小说通史》，李剑国、陈洪主编，高等教育出版社2007年版。

《中国古典小说叙论》，刘勇强著，北京大学出版社2007年版。

《中国白话小说史》，［美］韩南著、尹慧珉译，浙江古籍出版社1989年版。

《中国文言小说史稿》，侯忠义、刘世林著，北京大学出版社1993年版。

《唐代小说史》，程毅中著，人民文学出版社2003年版。

《宋元小说史》，萧相恺著，浙江古籍出版社1997年版。

《明代小说史》，陈大康著，上海文艺出版社2000年版。

《明清小说思潮》，董国炎著，山西人民出版社2004年版。

《清代小说史》，张俊著，浙江古籍出版社1997年版。

《晚清小说史》，阿英著，人民文学出版社1980年版。

《晚清小说史》，欧阳健著，浙江古籍出版社1997年版。

《晚清小说》，时萌著，上海古籍出版社1989年版。

《中国近代小说思想》，王旭川、马国辉著，华东师范大学出版社1997年版。

《中国近代小说演变史》，武润婷著，山东人民出版社2000

年版。

《翻译与创作——中国近代翻译小说论》，王宏志著，北京大学出版社 2000 年版。

《中国小说学通论》，宁宗一主编，安徽教育出版社 1995 年版。

《中国小说研究史》，黄霖等著，浙江古籍出版社 2002 年版。

《晚清小说研究概说》，袁健、郑荣编著，天津教育出版社 1989 年版。

《中国小说美学》，叶朗编著，北京大学出版社 1982 年版。

《明清小说理论批评史》，王先霈、周伟民著，花城出版社 1988 年版。

《中国小说理论批评史》，陈谦豫著，华东师范大学出版社 1989 年版。

《中国小说批评史略》，方正耀著，中国社会科学出版社 1990 年版。

《中国古代小说艺术史》，刘上生著，湖南师范大学出版社 1993 年版。

《中国小说理论史》，王汝梅、张羽著，浙江古籍出版社 2001 年版。

《中国小说理论史》，陈洪著，天津教育出版社 2005 年版。

《晚清小说理论研究》，康来新著，大安出版社 1986 年版。

《中国通俗小说理论纲要》，周启志等著，文津出版社 1992 年版。

《晚清小说理论》，颜廷亮著，中华书局 1996 年版。

《明清之际小说评点学之研究》，林岗著，北京大学出版社 1999 年版。

《中国小说评点研究》，谭帆著，华东师范大学出版社 2001 年版。

《古代小说研究及方法》，陈大康著，中华书局2006年版。

《曾朴研究》，时萌著，上海古籍出版社1982年版。

《觉世与传世——梁启超的文学道路》，夏晓虹著，上海人民出版社1991年版。

《中国小说的近代变革》，袁进著，中国社会科学出版社1992年版。

《晚清小说研究》，林明德编，联经出版事业公司1988年版。

《从传统到现代——世纪转折时期的中国小说》，［捷］米列娜编，北京大学出版社1991年版。

《中国现代小说雅俗流变与整合》，徐德明著，社会科学文献出版社2000年版。

《中国小说戏曲理论的近代转型》，程华平著，华东师范大学出版社2001年版。

《中国小说叙事模式的转变》，陈平原著，北京大学出版社2003年版。

《中国现代小说的起点——清末民初小说研究》，陈平原著，北京大学出版社2005年版。

《古老心灵的回音》，胡邦炜、［日］冈崎由美著，四川文艺出版社1991年版。

《想象中国的方法：历史·小说·叙事》，［美］王德威著，三联书店1998年版。

《被压抑的现代性：晚清小说新论》，［美］王德威著、宋伟杰译，北京大学出版社2005年版。

《未完成的现代性》，李欧梵讲演，北京大学出版社2005年版。

《太平广记》，［宋］李昉等编，中华书局1961年版。

《万历野获编》，［明］沈德符撰，中华书局1959年版。

《容斋随笔》，［宋］洪迈撰，上海古籍出版社1978年版。

《七修类稿》，［明］郎瑛撰，上海书店出版社 2001 年版。

《少室山房笔丛》，［明］胡应麟撰，上海书店出版社 2001 年版。

《焚书·续焚书》，［明］李贽著，中华书局 1975 年版。

《阅微草堂笔记》，［清］纪昀著，上海古籍出版社 1980 年版。

《金圣叹文集》，［清］金圣叹著，巴蜀书社 1997 年版。

《笔记小说大观》，江苏广陵古籍刻印社 1983 年版。

《清稗类钞》，［清］徐珂编撰，中华书局 1984 年版。

《小说见闻录》，戴不凡著，浙江人民出版社 1980 年版。

《中国小说丛考》，赵景深著，齐鲁书社 1980 年版。

《元明清三代禁毁小说戏曲史料》，王利器辑录，上海古籍出版社 1981 年版。

《中国小说史料》，孔另境编，上海古籍出版社 1982 年版。

《中国出版史料补编》，张静庐辑注，中华书局 1957 年版。

《中国近代出版史料初编》，张静庐辑注，中华书局 1957 年版。

《中国现代出版史料甲编》，张静庐辑注，中华书局 1954 年版。

《中国现代出版史料丁编》，张静庐辑注，中华书局 1959 年版。

《中国历代小说序跋集》，丁锡根编著，人民文学出版社 1996 年版。

《中国历代小说论著选》，黄霖、韩同文选注，江西人民出版社 2000 年版。

《晚清戏曲小说目》，阿英编，古典文学出版社 1957 年版。

《新编增补清末民初小说目录》，［日］樽本照雄编，齐鲁书社 2002 年版。

《中国通俗小说书目》，孙楷第编，人民文学出版社 1982 年版。

《中国通俗小说总目提要》，江苏省社会科学院明清小说研究中心编，中国文联出版公司 1990 年版。

参考文献

《中国文言小说总目提要》，宁稼雨撰，齐鲁书社1996年版。

《中国古代小说书目研究》，潘建国著，上海古籍出版社2005年版。

《晚清文学丛钞·小说戏曲研究卷》，阿英编，中华书局1960年版。

《二十世纪中国小说理论资料》（第一卷），陈平原、夏晓虹编，北京大学出版社1997年版。

《二十世纪中国小说理论资料》（第二卷），严家炎编，北京大学出版社1997年版。

《水浒资料汇编》，马蹄疾辑录，中华书局1977年版。

《三国演义资料汇编》，朱一玄、刘毓忱编，百花文艺出版社1983年版。

《儒林外史资料汇编》，朱一玄、刘毓忱编，南开大学出版社1998年版。

《金瓶梅资料汇编》，朱一玄编，南开大学出版社2002年版。

《吴趼人研究资料》，魏绍昌编，上海古籍出版社1980年版。

《李伯元研究资料》，魏绍昌编，上海古籍出版社1980年版。

《孽海花资料》，魏绍昌编，上海古籍出版社1982年版。

《林纾研究资料》，薛绥之、张俊才编，福建人民出版社1983年版。

《刘鹗及老残游记资料》，刘德隆等编，四川人民出版社1985年版。

《苏曼殊文集》，苏曼殊著，花城出版社1991年版。

《李伯元全集》，薛正兴校点，江苏古籍出版社1997年版。

《吴趼人全集》，海风主编，北方文艺出版社1998年版。

《梁启超全集》，张品兴主编，北京出版社1999年版。

《中国近代文学大系·文学理论集》，徐中玉主编，上海书店出版社 1994 年版。

《中国近代文学大系·史料索引集》，魏绍昌主编，上海书店出版社 1996 年版。

《中国近代文学史事编年》，郑方泽编，吉林人民出版社 1983 年版。

《中国近代小说编年》，陈大康著，华东师范大学出版社 2002 年版。

《小说闲谈四种》，阿英著，上海古籍出版社 1985 年版。

《中国近代文论类编》，贾文昭编，黄山书社 1991 年版。

《中国近代期刊篇目汇录》，上海图书馆编，上海人民出版社 1981 年版。

《中国近代报刊发展概况》，杨光辉等编，新华出版社 1986 年版。

《中国近代报业发展史：1815～1874》，［新加坡］卓南生著，中国社会科学出版社 2002 年版。

《钏影楼回忆录》，包天笑著，龙文出版社股份有限公司 1990 年版。

《清末民初文坛轶事》，郑逸梅著，学林出版社 1987 年版。

《书报话旧》，郑逸梅著，中华书局 2005 年版。

《艺林散叶》，郑逸梅著，中华书局 2005 年新 1 版。

《艺林散叶续编》，郑逸梅著，中华书局 2005 年新 1 版。

《中国近代报刊史》，方汉奇著，山西教育出版社 1981 年版。

《晚清小说期刊史论》，王燕著，吉林人民出版社 2002 年版。

《文学传播与现代中国文学》，马永强著，安徽大学出版社 2003 年版。

《晚清民国时期上海小报》，李楠著，人民文学出版社 2006 年版。

后　记

新小说肩负着匡世新民的历史重任而登上晚清民初的主流文坛，对传统的检讨与对异域文学的吸纳，形成中国小说观念近代化进程继承和反叛的时代特质，而“文学传统是带有某种内容和风格的文学作品的连续体”（E. 希尔斯《论传统》），中国文学气脉和小说精神仍在断裂与延续的文学生态中走向崇高。小说观念是晚清民初文学嬗变的突出表现，理清中国小说观念的近代化脉络，有助于完善小说史的理论框架和把握近代文学的整体风貌。

“‘观念史’模式暗含一种发展主题，虽然不无道理，但它歪曲了文学论述在某一具体情况下发挥其功用的方式。”（宇文所安：《中国文论：英译与评论·中译本序》）本书的谱写与描述，只是一种有限的资料整理与归纳，一种对中国小说观念嬗变轮廓的粗略勾勒，对其文学特征的探讨还有待廓大与深入。前贤时彦的奠基和夯实之功，拙笔的描述很难形诸万一。勤劬的阿英、张静庐、魏绍昌、郑逸梅等学者，博洽的郭延礼、黄霖、陈大康、袁进、陈平原诸先生……他们界碑性的开创与铺路之绩，为我省却了不少查找资料之劳，也拓展了我的行文思路，正因为他们杰构的精深分析，给我们的写作带来盎然的春意。

这是我的博士论文，其间凝聚着深湛的师恩。感念不已的是我的博士生导师董国炎教授，董先生的鞭策和鼓励，传道与启智的双重效应，是我前进道路永恒的动力。感谢我的硕士生导师广西师大文学院的阙真教授，正是她的谆谆教诲和不懈提携，我才有勇气去触摸古代文论研究的门墙。春雨润物，行为师范。邓绍基教授、王小盾教授、徐兴无教授、胡大雷教授、田汉云教授、钱宗武教授、许建中教授、黄强教授，或就博士论文的精心审阅，或在答辩会上对拙文的精彩点评，他们卓然独立的师道风范，那是指点迷津、开拓出一排排充满阳光征程的精神路标，拳拳之情，铭感永怀。所有这些，都是一种刻在树轮上的鲜活记忆，历久弥新，蒂固根深！

为自己创造一片风景，是源于对生命和生活本身的崇尚和珍重，这本驳杂粗陋小册上的点点字痕，分明是自我生命之页的一段写真、自我思考的一种物化表征。对生命意义的考索与追问，才会有我们在蓝天之下抒写箴言的壮志和豪情，才会有我们在行走之间漫卷诗书的温馨和快乐！“行到水穷处，坐看云起时”（王维《终南别业》），澄明心境、心与物游，在匆匆流逝的时光罅隙中寻找一个属于自我的精神空间，也是一种“诗意”的栖居。“凡作一文，皆须有宗有趣，终始关键，有开有阖”（黄庭坚《答洪驹父书》），中国小说观念近代化是一种变动不居的进程，其各个因素还有不少能够拓展掘深的空间，俾使这本小书的研究领域，还有待进一步拓展与深入。南国桂树绿了又黄、黄了又绿，精心揣摩晚清民初小说文本的观念内核，打造中国小说观念的严密的理论体系，我还有一段很长的征程。迎接地平线上那一轮跃升欲出的朝阳，我正在打点行装，准备着！

贺根民于南宁行走间

2009 年 6 月 18 日

图书在版编目（CIP）数据

中国小说观念的近代化过程／贺根民著. —济南：齐鲁书社，2010.10

ISBN 978 - 7 - 5333 - 2438 - 4

Ⅰ.①中…　Ⅱ.①贺…　Ⅲ.①小说史—中国—近代　Ⅳ.①I207.409

中国版本图书馆 CIP 数据核字(2010)第 170328 号

中国小说观念的近代化过程

贺根民　著

出　　版　齊魯書社
社　　址　济南经九路胜利大街 39 号
邮　　编　250001
网　　址　www. qlss. com. cn
电子信箱　qlss@ sdpress. com. cn
印　　刷　山东人民印刷厂莱芜厂
开　　本　880 × 1230 / 32
印　　张　12. 875
插　　页　2
字　　数　335 千
版　　次　2010 年 10 月第 1 版
印　　次　2010 年 10 月第 1 次印刷
标准书号　ISBN 978 - 7 - 5333 - 2438 - 4
定　　价　35. 00 元